SUSANNE BETZ

Falkenjagd

Buch

Preußen 1729: Mit vierzehn Jahren wird Friederike, die Schwester Friedrichs des Großen, mit dem Markgraf von Ansbach verheiratet. Doch anstatt sich mit seidenen Gewändern und pompösen Perücken, rauschenden Bällen und frivolen Liebschaften die Zeit zu vertreiben, gilt Friederikes ganze Leidenschaft der Anatomie. Eine Wissenschaft, die für Frauen im Zeitalter des Rokoko gänzlich tabu ist. Während ihr Mann Charles eine Mätresse aus dem Volk hat und das ganze Staatsvermögen für die Falkenjagd verprasst, begeistert sich Friederike in ihren Ländereien für neue Methoden von Ackerbau und Schweinezucht. Der Hofstaat ist entsetzt. Auch, weil sie sich weigert, ihr Gesicht mit arsenhaltigem Puder zu schminken und – noch viel schlimmer – weil sie sich wäscht! Im Selbstversuch hat Friederike nämlich festgestellt, dass sie seither viel weniger von lästigem Ungeziefer und Krankheiten geplagt ist. Doch als sie ihre Untertanen vor dem Hungertod rettet, weil sie sie dazu bringt, nahrhafte Knollen anzubauen und zu essen, die die Entdecker aus Amerika mitgebracht haben, beginnt das Volk die eigenwillige Markgräfin zu lieben. Schritt für Schritt löst sich die kluge Markgräfin von den höfischen Konventionen einer untergehenden Epoche und öffnet sich für die Ideen einer neuen Zeit. In dem jungen Heinrich von Gleichen, einem vermeintlichen Spitzel ihrer Schwester Wilhelmine von Bayreuth, erfährt Friederike schließlich die wahre Liebe. Und während die Truppen ihres Bruders mordend und brandschatzend durch das kleine Markgrafentum ziehen, macht sie ihr größtes wissenschaftliches Experiment und entdeckt das wahre Geheimnis menschlichen Lebens.

Autorin

Susanne Betz wurde 1959 in Gunzenhausen geboren. Sie studierte Geschichts- und Wirtschaftswissenschaften in Deutschland, den USA und Kolumbien. Danach arbeitete die promovierte Historikerin bei diversen deutschen und amerikanischen Tageszeitungen und Zeitschriften. Seit 1993 ist sie Hörfunkredakteurin in der Abteilung Politik des Bayerischen Rundfunks. Sie lebt mit ihrem Mann und drei Kindern in der Nähe von München und schreibt an ihrem zweiten Roman.

Susanne Betz

Falkenjagd

Historischer Roman

blanvalet

FSC
Mix
Produktgruppe aus vorbildlich
bewirtschafteten Wäldern und
anderen kontrollierten Herkünften

Zert.-Nr. SGS-COC-1940
www.fsc.org
© 1996 Forest Stewardship Council

Verlagsgruppe Random House FSC-DEU-0100
Das für dieses Buch verwendete FSC-zertifizierte Papier
Holmen Book Cream
liefert Holmen Paper, Hallstavik, Schweden.

1. Auflage
Originalausgabe Januar 2008 bei Blanvalet,
einem Unternehmen der Verlagsgruppe
Random House GmbH, München.

Umschlaggestaltung: HildenDesign, München
Umschlagfotos: © Balass/Bridgeman Art Library
Redaktion: Kristina Lake-Zapp
Lektorat: Linda Walz · Herstellung: Heidrun Nawrot
Satz: Buch-Werkstatt GmbH, Bad Aibling
Printed in Germany
ISBN 978-3-442-36800-6

www.blanvalet-verlag.de

Für Roland

Gott hat uns in die Welt gesetzt, damit wir uns amüsieren.

Voltaire

1

In den meisten Schüsseln schwammen wieder bleich gekochte Rüben. In anderen sackte fahler Kohl in sich zusammen. Friederike hatte es geahnt. Nur auf einer Platte dampfte ein Wildschweinbraten, garniert mit säuerlich in die Nase stechenden Kaldaunen. Wie jeden Mittag genügte Friederike ein Blick, um die Tafel abzuschätzen. Sofort wusste sie, wie viel jedes der Kinder erwarten konnte. An diesem Julimorgen des Jahres 1728 hatte ihr allerdings ein Lakai etwas krümeliges Brot aus der Hofbäckerei zugesteckt, so dass ihr Magen nicht so leer war wie sonst. Ihr dicker, sechsjähriger Bruder August Wilhelm, der immer neben dem Vater sitzen durfte, sagte unverdrossen fröhlich wie einen Abzählreim das Tischgebet herunter. Der König küsste sein Lieblingskind auf die breite Stirn und legte ihm eigenhändig ein Stück Fleisch auf den Teller. Beide begannen zu schmatzen.

Friederike spürte einen Rempler an ihrer linken Seite, und schon schob Lottine ihr die heiße Bratenportion der ältesten Schwester Wilhelmine in die Hand, die wie üblich unter dem Tisch an den Bruder Friedrich weitergegeben werden sollte. Wenn der Vater nur nichts merkte.

Aber heute verzog sich sein massiges Gesicht nicht wie sonst so oft gleich zu Beginn des Essens zu einer finsteren Grimasse. Wohlwollend schaute der König auf seine Kinderschar, die wie bei einer Bürgersfamilie mit ihm und der erneut schwangeren Königin ohne großes Zeremoniell an einem nur mit Zinntellern gedeckten Tisch speiste. Friederike wusste, dass ganz Europa über diesen Brandenburger Emporkömmling und seinen kümmerlichen Hof spottete. Ihre Mutter, die Tochter Georgs I. von England, sagte es ihr oft genug. Nicht nur, dass er selbst den wöchentlichen Speiseplan für Schloss Wusterhausen zusammenstellte und nur deftige Hausmannskost – noch dazu viel zu wenig – auftragen ließ, er feilschte auch um jeden Kreuzer, damit er noch mehr Monturen für noch mehr Soldaten kaufen konnte. Am Dresdner Hof dagegen wurden Schwalbennester aus China zu Suppen verkocht, um für die Sensation eines einzigen rauschenden Fests zu sorgen. Man trug dort Schwindel erregend hohe Türme aus Zuckermasse und Marzipan auf, über die man neuerdings auch in Versailles redete. Friederike hatte im Gegensatz zu den kleineren Geschwistern immerhin schon Konfekt gegessen, aber erst nachdem sie dreizehn geworden war und zu den Empfängen ihrer Mutter zugelassen wurde. Vor deren Boudoir und Spieltischen musste nämlich auch der Geiz des Vaters strammstehen.

»Ickerle, hör jetzt gut zu«, sagte der König und rülpste nach einem großen Schluck Bier.

»Mein liebes Ickerle, du machst deinen Vater nach seinem vielen Kummer mit der englischen Kanaille heut zu einem frohen Menschen, der sich endlich wieder an Gottes hellem Tag freuen kann.«

Die Lakaien blieben, die Vorlegegabeln noch in der Luft, reglos stehen. Die Königin riss die Augen auf und presste die rechte Hand auf ihren gewölbten Leib. Wilhelmine, der das Schimpfwort gegolten hatte, suchte panisch den Blick des Kronprinzen, an dessen Hals in Sekundenschnelle rote Flecken zu leuchten begannen.

Friederike legte langsam Messer und Gabel zur Seite und schaute den Vater über den Tisch hinweg stumm an. Sie fror vor Angst, aber man sah es ihr nicht an.

Der König bekam, noch bevor er weitersprach, feuchte Augen. Der Mann, der seine Töchter und Söhne mit Stuhlbeinen schlug, war gern und oft gerührt.

»Ich bin mir heut Morgen mit Hofmeister Herrn von Bremer, der die Verhandlungen für die verehrte Ansbacher Markgräfin führt, über alle Modalitäten und auch das Geld einig geworden.«

Der schwere Mann im schlichten dunkelblauen Uniformrock eines Obersten schnaufte noch einmal schwer ein und aus und fuhr dann fort. »Der Ehekontrakt kann nun also als ein schönes Stück Einigkeit unter uns Brandenburgern fixiert werden. Unser Haus muss wieder zusammenwachsen und Preußen im Süden des Reiches Ansehen gewinnen. Und du, Ickerle, sollst mir den ersten Enkel schenken ...«

Der König verstummte, weil ihm jetzt die Tränen so heftig aus den Augen quollen, dass er sich in seine Serviette schnäuzen musste.

Ein pfeilspitzer Blick der Mutter durchbohrte Friederikes Gefasstheit. Mit Mühe hielt sie auf ihrem Stuhl die Balance. Ihre Hände klammerten sich an die Tischplatte. Ansbach also. Markgräfin von Ansbach. Friederike sagte nichts. Im Mund lag ihr ein Stück ledriger Kohl, und sie hatte bislang noch kein Fleisch bekommen.

»Ein guter Bursch soll er sein, der Ansbacher Vetter.

Keiner von den Tagedieben mit seidenen Ärschen und äffischen, gottlosen Manieren, darum will ich ihn auch, wenn er herkommt, in mein Tabakskollegium einladen. Freilich hat der Ansbacher leere Taschen. Aber die werde ich ihm meinetwegen und deinetwegen stopfen.«

Der König lachte rau und trank wieder gierig aus seinem Krug, wobei er Friederike mit seinen winzig kleinen Augen fest im Blick behielt.

»Lutherisch musst du halt werden, weil sich die Vettern unten im Süden nie mit der viel gottgefälligeren Lehre Calvins, die uns und den guten Holländern so viel Nutzen bringt, anfreunden konnten. Vielleicht hat Gott den Armen aber auch die Erleuchtung verwehrt und bewusst nur wenigen …«

Wieder überkam den Mann, der vor fünfzehn Jahren von seinem Vater ein durch Schwelgereien, Mätressen und Faulheit zerlumptes, bettelarmes Land übernommen hatte, ein so übermächtiges Gefühl, dass seine Worte in Schluchzen untergingen. Fünfzehn Jahre hatte er, Friedrich Wilhelm, jeden Knopf, der für seine Soldaten gebraucht wurde, extra registrieren lassen. Systematisch merzte er die geldverschleudernde Wollust der Spitzen, Seidenstrümpfe, italienischen Opern, philosophischen Traktate und sonstigen Hurereien des Geistes und des Fleisches aus, die nur den ausländischen Händlern Reichtum brachte, das Land dagegen in Armut stürzte. Der König trug schwer an seiner Bürde. Er war kein glücklicher Mensch. Tief im Herzen wünschte er sich nichts mehr, als ein Bürger Hollands zu sein. Inmitten einer Gemeinschaft anderer herzhafter und hart arbeitender Herren, auf deren Rechtschaffenheit Gottes Wohlgefallen ruhte. Aber er war nun mal in dieses Joch gespannt und musste als Amtmann Gottes den störrischen Preußen Sparsamkeit und Pflichterfüllung beibringen. Die ihn dafür allerdings so wenig liebten wie seine eigenen Kinder.

Bei diesem Gedanken angekommen hätte Friedrich Wilhelm am liebsten mit beiden Händen den Tisch umgestoßen, an dem seine Frau saß, die er nie betrog und der er brav Jahr für Jahr ein Kind machte, was ihm von ihrer Seite nichts als Verachtung einbrachte. Und erst sein läppischer erster Sohn, der heimlich französische Bücher kaufte und schiefe Blicke mit Wilhelmine, der Kanaille von Tochter austauschte, die gegen ihn intrigierte, bloß um nach England zu heiraten. Das Blut wallte in ihm auf, denn das Bier hatte ihn heute noch nicht genügend ermüdet.

»Wenn mein Vater es wünscht, dann heirate ich den Markgrafen von Ansbach.«

Friederike, die keiner weiter beachtet hatte, weil alle die Sekunden bis zum Ausbruch des Königs zählten, sagte diesen Satz laut und deutlich.

Der König reagierte nicht gleich, denn schon gärte wieder Misstrauen in ihm. Hatte aus der Stimme seiner Tochter vielleicht mehr Entschlossenheit als Gehorsam geklungen? Ihr hatte er bislang immer getraut. Friederike gehörte nicht zu den Speichelleckern und aalglatten Lügnern, die an seinem Hof gegen ihn arbeiteten. Gottlob durchschaute er sie alle. Seine zweitälteste Tochter war so wie er, geradeheraus, sparsam und mit einem erstaunlich guten Sinn für die Realität. Trotzdem musste er immer auf der Hut sein. Während er sich dafür entschied, ihr wortreich und herzlich zu ihrer guten Wahl zu gratulieren, studierte er gleichsam zum Abschied ihre äußere Erscheinung noch einmal genau.

Eine Schönheit war sie durchaus, obgleich keine strahlende. Nase, Kinn, Wangenknochen ergaben ein hübsches, noch rundes Kindergesicht. Ihren Teint hatten gottlob bislang keine Pockennarben verdorben. Die Augen, die musste man wirklich extra loben, so schimmernd blau und groß waren sie. Das mit dem Bein, das jetzt ein wenig lahmte, tat ihm leid. Ein Mädchen von vierzehn Jahren, mit noch etwas eckigen Schultern und zarter Brust. Gott gebe, dass sie so schnell und leicht Kinder empfangen und gebären würde wie ihre Mutter, der sie mehr als die anderen Töchter ähnelte. Obwohl sie natürlich nie die Blicke auf sich ziehen würde wie seine Dorothea Sophie, von der man, als sie jung war, in ganz Europa als der Prinzessin mit der schmalsten Taille und dem vollsten Busen geschwärmt hatte. Darauf war sie immer noch stolz und vor allem darauf, eine Welfin zu sein. Auch das war eine Bürde, die Gott ihm auferlegt hatte. Der König schnaufte wieder sorgenvoll und hob die Tafel wie immer um Punkt ein Uhr auf.

Der kleine, schwergewichtige Mann schlurfte mit den Grimassen Wilhelmines und der herausgestreckten Zunge Friedrichs im Rücken davon. Allein ging er in den Hof und die Stufen hinauf zum Küchenbrunnen. Hier, umgeben von einem soliden schmiedeeisernen Gitter, stand an schönen Tagen sein Lehnstuhl. Er ließ sich fallen, streckte die Beine von sich und schlief augenblicklich ein.

Friederike wusste, dass der König ihrer Gouvernante, Fräulein von Montbail, Geld für den Fall zugesteckt hatte, dass sie nicht gleich der Ehe mit dem Markgrafen zustimmte und überredet werden musste. Merkwürdigerweise vergaß der König jedoch, die kleine Summe zurückzuverlangen. Friederike konnte sich deshalb von ihr einen Dukaten erbetteln. Der Hof hatte mit dem Ende des Sommers das feuchte Schloss Wusterhausen mit seinen engen Dachkammern und kleinen Fenstern verlassen, das mehr einem Kastell glich und noch dazu als unbeheizbar galt – ein Ort, an dem die Nähe des königlichen Vaters noch schwerer zu ertragen war.

Zurück im Berliner Stadtschloss, besserte sich auch die Laune der Mutter wieder. Jede Nacht spielte sie mit ihren Damen und Herren Tokkategli und sammelte Schulden und Schmeicheleien. Friederike wurde von ihr geschnitten. Die Mutter verzieh ihr nicht, dass sie so dumm gewesen war, der Heirat mit dem Ansbacher Bauerntölpel zuzustimmen. Einmal, als ihr Friederike über den Weg lief, hielt sie das Mädchen am Ärmel fest und rief ihren Hofdamen mit beißendem Spott in der Stimme zu: »O kommen Sie, kommen Sie, erweisen Sie der Hirtin von dreitausend Schafen und vierhundert Ziegen Ihre untertänigste Aufwartung.«

Friederike versank zitternd in einen tiefen Knicks. Dabei fiel ihr einer der papierenen Lockenwickel aus dem Haar und wurde von einem Luftzug über den Boden gefegt. Friederike wollte sich gerade bücken, da zürnte ihre Mutter aufs Neue: »Lassen Sie nur, dergleichen werden Sie in Ansbach ohnehin nicht brauchen. Die Bauernmädchen dort flechten ihre Haare.«

Die Königin zog ihre älteste Tochter Wilhelmine aus dem kichernden Tross und stellte sie Friederike gegenüber wie eine Statue.

»Sehen Sie sich Ihre unglückliche Schwester genau an, und hüten Sie sich davor, Ihre Mutter so zu beschämen wie sie. Sie sind zur Königin von England bestimmt! Denken Sie immer daran.«

Wilhelmine im dottergelb wippenden Reifrock, tadellos gepudert und geschminkt, lächelte ihre Mutter auf das Liebenswürdigste an.

»Ich werde erst vollkommen glücklich sein, wenn ich meiner lieben Frau Mama am Hof von St. James eigenhändig die Schokolade servieren darf.«

Wilhelmines Blick auf Friederike war noch demütigender als der der Mutter, weil sie zuckersüß lächelte.

Friederike verharrte weiter im Knicks, schwindlig und benommen von der öffentlichen Erniedrigung. Als sie sich schließlich wieder aufrichtete, streifte ihre Hand den harten Dukaten in der Rocktasche. »Das ist gut«, flüsterte sie zu sich selbst, »das ist gut.« Sie biss sich auf die Unterlippe und fing erst an zu weinen, als die Königin am Ende des Ganges verschwand.

Friederike eilte die Treppen hoch, einen langen Flur entlang und ließ dabei das Dukatenstück nicht los. Allein dafür, so dachte sie, hat sich die Verlobung gelohnt.

Am meisten Geld kostete es sie, den Kutscher zu bezahlen, der sie und die Montbail drei Tage später bei Einbruch der Dunkelheit zum »Weißen Elephanten« fuhr. Schließlich drohte ihm Kerkerhaft, sollte er erwischt werden. Friederike war noch nie so tief in die engen, nach Kot stinkenden Eingeweide der Stadt vorgedrungen. Natürlich hatte sie auch noch nie ein Gasthaus betreten.

»Flöhe gibt es auch im Schloss genug, die fangen wir uns hier nicht extra ein«, sagte das Fräulein von Montbail und zog Friederike, bevor sie die Tür öffnete, die dunkle Haube tief ins Gesicht, damit ja niemand sie erkannte.

In der Schankstube schwappte ihnen laute Heiterkeit entgegen. Wildfremde Menschen lachten und klatschten einander auf die Schultern. Männer legten, wie Friederike fand, ungemein hübsch aussehenden Mädchen den Arm um die Hüften. Andere klopften sich johlend auf die Schenkel, hoben große Krüge vor ihre rot schwitzenden Gesichter und prosteten sich gegenseitig zu. Von Minute zu Minute nahm das Brausen und Gedränge zu. Diese Stimmung, in der sich selbst Hunde und Kinder fröhlich tänzelnd durch die überfüllten Stuhlreihen schoben und man sie und die Montbail wie alte Freundinnen willkommen hieß, erfüllte Friederike mit einer unbekannten, nervösen Freude. Zu gern hätte sie eines der ausgelassenen Mädchen in ihrem Alter an die Hand genommen oder vielleicht sogar mit ihm gesprochen. Aber solch einen Umgang hatte sie nie geübt, und sie fühlte sich wie ein Insekt, das man aus dem Sand geklaubt und in eine wuchernde Graslandschaft versetzt hatte. Schnell suchte sie deshalb Zuflucht hinter dem breiten Rücken eines jungen Mannes, der wie ein Russe, vielleicht auch wie ein Türke aussah. Als sich dieser jedoch zu ihr umdrehte und sie zu einem Branntwein einlud, rückte sie rasch ein Stück von ihm ab an die Wand. Die Montbail verlor sie dabei aus den Augen.

Für die Vorführung war schon alles vorbereitet. An der Stirnseite des Schankraums hatte man ein Podest gezimmert und davor, quer von Wand zu Wand, einen prächtigen roten, allerdings nicht ganz sauberen Vorhang gespannt. Dieser beulte sich immer wieder aus und ließ erahnen, dass dahinter schon einiges los war. Die Besucher des »Weißen Elephanten«, Alte wie Junge, angesehene Kaufleute mit ihren Familien und müde Prostituierte, gerieten außer Rand und Band und stampften und klatschten so laut, dass die Schankmädchen unter großem Gelächter ihre Bierkrüge verschütteten.

Friederike hatte von dem Ereignis ganz nebenbei durch ihren Bruder Friedrich erfahren, der sich freilich beklagte, dass solche Narreteien immer noch ihren Weg über die Grenzen nach Preußen fanden, nicht aber mehr französische Schriften und Gelehrte oder zumindest französische Tanzmeister. Seitdem dachte sie unentwegt über Möglichkeiten nach, die Menagerie aus Paris zu sehen. Auch deshalb hatte sie so schnell in die Verlobung eingewilligt. Zusätzlicher Ärger mit dem Vater oder gar Stubenarrest hätten ihre Pläne zerstört. Die vergangenen Nächte, als klar war, dass sie genügend Geld für den Eintritt und vor allem den Kutscher beisammenhatte, schlief sie wenig. Die Aussicht auf einen zimtfarbenen Wilden aus den Wäldern Französisch-Amerikas ließ alles andere unwichtig werden, selbst den blond gelockten Prinzen, dessen Porträt inzwischen aus Ansbach eingetroffen war.

Als der Vorhang ruckartig zur Seite ging, erstarrte die zweite Tochter des preußischen Königs vor Enttäuschung. Auf der Bühne war nichts, aber auch gar nichts von dem zu sehen, was sie erwartet hatte und für das sie ein solches Risiko eingegangen war. Stattdessen erblickte sie nur, was sie schon längst aus dem verstaubten Raritätenkabinett ihres verstorbenen Großvaters kannte:

Auf einem langen Holztisch reihte sich ein Glaskolben, gefüllt mit menschlichen und tierischen Missgeburten, an den anderen. Zum Erbarmen gekrümmte Föten krallten ihre korallenrosa Finger an die Scheiben. Eine Katze, aus deren Nacken ein zweiter Kopf mit aufgerissenem und spitz bezahntem Maul wuchs, glotzte aus seinem Spiritussaft das Publikum an.

»*Mesdames et messieurs,* das ist die abgetriebene Frucht«, zischte der Conférencier mit bedeutungsvoll abgesenkter Stimme, »einer vor fünf Jahren in Lyon verbrannten Hexe, die mit jedem Jesuitenpfaffen in vierzig Meilen Umkreis Unzucht trieb, schlimmer als die Huren Babylons.«

Die Menschen um Friederike stöhnten auf.

»Und noch etwas darf ich Ihnen, aber nur Ihnen, weil Sie gottesfürchtige und unerschrockene Leute sind, verraten«, säuselte das spindeldürre Männlein weiter, von dem Friederike vermutete, dass es gar kein Franzose, sondern ein gallisch radebrechender Sachse war, »das Geschöpf der Hölle da zuckt jedes Mal bei Vollmond so wild wie der Leibhaftige beim Vaterunser aus dem Mund einer Jungfrau.«

Während sich die anderen Zuschauer bekreuzigten oder nach dem einen oder anderen Talisman in der Tasche griffen, beugte sich Friederike weit vor, konnte aber nur ein kleines, bernsteinfarbenes Fleischklümpchen mit sanft geschlossenen Augenlidern erkennen, das in seinem Glasbehälter träumte.

Als Pausenfüller wurde eine Runde Branntwein ausgeschenkt. Eine beleibte Frau vor ihr in der Tracht der Wäscherinnen wechselte den Platz, so dass Friederike auch wieder die Montbail entdeckte, die sich gerade von einem Chevalier ein Glas reichen ließ und lachend die Zähne blitzen ließ. Der Tisch wurde von der Bühne getragen, und eine Familie verwachsener Zwerge mit vorquellenden Augen in geradezu höfischer Kleidung marschierte auf. Die Eheleute tanzten zum Spiel einer Geige, die winzigen, kugelrunden Kinder vollführten Purzelbäume und bildeten schließlich eine Art Pyramide. Voller Zorn dachte Friederike an ihr gutes, unsinnig verschwendetes Geld.

Dass mittlerweile auch noch eine Dame mit einem Kropf, so prall wie ein Kuheuter kurz vor dem Melken, in Begleitung eines Feuerschluckers auftrat, nahm sie nur noch am Rande wahr. Als ihr der junge Russe, der vielleicht auch ein Türke war, wieder seine Branntweinflasche hinhielt, lehnte sie nicht ab. Die blauen Flammen, die auf der Bühne hüpften, verschwammen in ihren Tränen.

»Ist dem Fräulein nicht wohl, will es sich ausruhen? Ich logiere nur ein paar Schritte von hier. Kommen Sie mit«, sagte der junge Mann mit der Branntweinflasche und legte den Arm um ihre Taille, wie es vor Beginn der Vorstellung auch schon andere Männer mit den Mädchen gemacht hatten.

Wie freundlich und hilfsbereit die Menschen hier doch sind, dachte Friederike und antwortete ihm höflich: »Ich will Ihnen keine Mühe machen. Es geht mir schon viel besser.«

Was auch tatsächlich stimmte, denn sie hatte zum dritten Mal von seinem Branntwein getrunken. Der junge Mann drückte sich jetzt so nah an sie, dass sie den Trommelwirbel nur gedämpft vernahm.

»Die wilden Rothäute aus Französisch- ...«, plärrte der Conférencier. Friederike stemmte ihre Hände mit aller Kraft in den schmalen Spalt zwischen sich und dem russischen Türken und pflügte sich durch die Menge. Dann stand sie an der Rampe zur Bühne, kerzengerade und wach wie nie zuvor in ihrem Leben.

Es waren sogar drei Wilde. Zwei schmächtige in voller Bemalung und mit einem Band um den Kopf, an dem lange blaue Federn herunterhingen. In ihrer Mitte stand ein größerer, jüngerer Mann. Er schwang ein Kriegsbeil durch die Luft und war bis auf einen Lederschurz unbekleidet. Gebannt starrte Friederike ihn an.

Seine Brust war blank wie die feinste Kommode aus Kirschholz und gänzlich unbehaart. Seine Brustwarzen saßen wie Rosenknospen auf den fettlosen Rippen. Eine kleine Kopfbewegung brachte sein blauschwarzes Haar zum Zittern, und auf Geheiß seines Dompteurs drehte sich der Wilde um, damit man das Spiel seiner Rückenmuskeln sehen konnte.

Der Duft von geraspelten Orangenschalen, ausgelassenem Gänsefett und ein wenig auch von warmen Pferdeäpfeln wehte zu ihr hinunter.

Aus dem Gemurmel des Wirtshaussaals heraus grölte eine Frauenstimme: »Für mein Geld will ich auch sehen, was er drunter zu bieten hat.«

Eine andere überschrie sie noch: »Vielleicht mehr als die Burschen hier, dann soll er gleich bleiben und uns den Winter versüßen.«

Der Wilde verzog keine Miene, aber der Conférencier wurde nervös. Die geilen Weiber drohten, ihm die Vorstellung zu sprengen. Also stellte er sich eilig an einen hölzernen Pfahl, ließ sich von den beiden Indianern im

Federschmuck fesseln, während der junge Wilde vom Stamm der Huronen mit einer einzigen Bewegung, die die Luft zum Sirren brachte, sein Beil so schleuderte, dass es einen Fingerbreit über dem gepuderten Kopf im Holz stecken blieb. Die folgenden Schilderungen des Conférenciers von noch an der Brust ihrer Mutter skalpierten Säuglingen, niedergebrannten Dörfern weißer Siedler und blutrünstigen Zeremonien ließen die Zuschauer vor Schreck erschaudern.

Friederikes Augen erforschten den Körper des Huronen, der jetzt wieder ruhig in der Mitte der Bühne stand. Was befand sich unter dieser wie ein Blasebalg gespannten Haut? War er je zur Ader gelassen worden und wenn ja, welches Blut war hervorgequollen? Mochte es dicker, röter sein als das ihre oder vielleicht von ganz anderer Farbe? Überhaupt, wie viele Eimer Blut würde man von einem Menschen zusammenbekommen? Jetzt sah sie, dass er durchatmete und seine Schenkel und Waden straffte. Wollte er davonlaufen? Aber wohin? Sie verstand ihn gut. Sie würde immerhin bald nach Ansbach flüchten können. Womöglich versteckte die Haut eines Huronen noch ganz andere Lebensfunktionen und Säfte. Es wäre nur logisch, dass er für das Leben in den Wäldern Amerikas andere Fleisch- und Muskelschichten brauchte als ein Mensch in Berlin, London oder Dresden.

Interessant wäre natürlich auch, wenn man zimtfarbene und schwarze und auch getaufte weiße Menschen miteinander paarte und dann die Veränderungen von Haut, Gliedmaßen und womöglich sogar Organen von Generation zu Generation beobachtete. Obwohl das Ergebnis vielleicht zu wünschen übrig ließe. Dieser Hurone hier kam ihr jedenfalls schön und vollkommen wie ein göttliches Werk vor. Und das, obwohl er von Gott nichts wusste. Es war ihr allerdings nicht klar, ob man Gott für die Erschaffung eines Ungläubigen verantwortlich machen konnte. Doch wen dann?

Friederike wischte den Gedanken beiseite, um sich nicht vom Eigentlichen abbringen zu lassen. In diesem Moment spürte sie den Blick des Huronen auf sich: dotterweich und schwarz, so dass man keine Pupille erkennen konnte, und zudem recht vergnügt. Friederike bemerkte, wie der Duft nach Orangen stärker wurde. Sie atmete tief ein. Spiegelte sich ihre Haube in seinen Augen? Erkannte er sie? Sie beide standen ganz allein mitten in einer Berliner Gastwirtschaft und wussten, dass sie hier fremd und überflüssig waren. Der Sohn eines Pelzjägers, der bis zu seinem dreizehnten Lebensjahr keinen Weißen gesehen, dann aber französischen Jesuiten in die Hände geraten war, und die zweite Tochter des preußischen Königs verzehrten sich in diesem Augenblick vor Sehnsucht nach einem anderen Leben. Friederike hätte ihm gern ihren Namen genannt und nach dem seinen gefragt. Er verengte seine Augen zu schmalen Schlitzen. Sie sah darin ein Zeichen für sie.

»Schaut nur die an, die gafft ihm ja die Eier weg«, lachte eine Frau gellend auf und knuffte Friederike nicht unfreundlich in die Seite. Andere schimpften los, dass sie nun endlich auch ein paar Weiber der Wilden sehen wollten. Sofort rief der Conférencier eine verschleierte Türkin auf die Bühne, die ihren üppigen nackten Bauch zu Schellenklängen kreisen und hüpfen ließ. Die Huronen verschwanden augenblicklich hinter dem Vorhang.

Friederike besaß noch vierunddreißig Kreuzer, wenn sie das Geld für die Rückfahrt abzog. Wieder schob sie sich durch die Menge, rammte Hüften, riss eine Perücke herunter, wurde beschimpft, gestoßen und getreten. Zuerst nahm sie einen Ausgang, der zu einem dunklen Hinterhof führte, auf dem zwei Männer urinierten, die sie hämisch angrinsten. Dann fand sie die richtige Tür.

Die Zwergenfamilie kauerte in dem kleinen Raum auf einem Teppich am Boden und aß Kuchen aus einem Korb. Die Frau mit dem mächtigen Kropf, der ihren Kopf wie ein rosiger Pelzkragen wärmte, stickte an einem Kissen und blickte freundlich auf. Der Feuerschlucker fuhr unverdrossen fort, seine Stiefel zu putzen.

»Guten Abend.«

»Guten Abend, wie können wir Ihnen behilflich sein, gnädiges Fräulein?«

Es war der Vater der Zwergenfamilie, der das Wort an Friederike richtete. Sein ernstes, faltenreiches Gesicht zeigte Anteilnahme. Friederike zögerte nicht. Falsche Scham würde zu viel Zeit kosten.

»Ich suche den Huronen aus den Wäldern Französisch-Amerikas.«

»Noch so eine, die sich in Jérôme vergafft hat«, höhnte eine Stimme. Eine üppig geschminkte Matrone, die Friederike bisher noch nicht gesehen hatte, weil sie hinter einem Paravent saß, schlurfte schwankend, vielleicht schon ein wenig betrunken, heran.

»Wenn jede, die bei uns vorbeischaut …«

Friederike trat einen Schritt vor und drückte ihr, die hier offensichtlich das Sagen hatte, denn auch der Zwergenmann blickte gehorsam zu ihr hoch, die vierunddreißig Kreuzer in die Hand.

»Na gut, dann hier hinein, Fräulein.«

Für Friederike öffnete sich eine Tür zu einem weiteren kleinen Zimmer.

Hatte er auf sie gewartet? Oder wartete er die ganze Zeit, so wie er dasaß, ruhig und ausdruckslos auf einem Schemel? Er stand nicht auf, als sie eintrat.

Auf Französisch sagte sie: »Ich habe bezahlt.«

»Eh bien.«

Sein Blick hatte sich seit der Begegnung im Wirtssaal nicht verändert.

»Monsieur, Ihre Zähne bitte.«

Und schon stand sie ganz nah bei ihm, so nah, dass ihr jetzt auch wieder der Geruch des ausgelassenen Gänsefettes ins Gesicht stieg und den Orangenduft überlagerte, und öffnete seinen Kiefer so, wie sie es bei den Pferdeknechten in Wusterhausen gesehen hatte. Vorsichtig hob sie die Oberlippe an. Seine Haut fühlte sich weicher an als alles Lebendige, das sie bislang berührt hatte. Kein einziger Zahn fehlte, keiner war gelb oder gar schwarz. Ein wenig Speichel tropfte ihm aus den Mundwinkeln und über ihre gespreizten Finger. Das weiß blitzende Diadem hätte Dinglinger, der Juwelier des sächsischen Kurfürsten, nicht kostbarer schmieden können, dachte sie. Sie zählte langsam. Zuerst die obere Reihe, dann die untere.

»Zweiunddreißig«, sagte sie schließlich.

Er nickte.

Eine Weile blieben ihre Hände noch auf seinem Kinn. Er saß weiter reglos und lächelte amüsiert. Sie hatte es nicht vorgehabt, handelte dann aber blitzschnell. Während sich ihre linke Hand noch immer nicht von seinem schönen Kiefer trennen wollte, hakte sie mit der rechten eines ihrer opalverzierten Ohrgehänge aus und kratzte ihn mit der Nadel kräftig am Oberarm. Das Blut, das in einem großen, fast runden Tropfen herausquoll, hatte die gleiche Farbe wie das ihrer Monatsblutung.

»Danke, danke sehr«, sagte sie leise und wandte sich zum Gehen.

»Warum bleiben Sie nicht noch etwas bei mir?«

»Weil ich schon viel zu lange weg bin, aber vielleicht morgen ...«

Ihr Vorschlag kam ihr so verwegen vor, dass sie die Augen gesenkt hielt. Tatsächlich hätte sie noch sehr gern sein schwarzes Haar, das in langen Strähnen auf seiner Brust lag, durch ihre Finger gleiten lassen und ihn dabei über die Wälder Französisch-Amerikas befragt. Aber die Kutsche zurück ins Schloss war für Viertel nach elf bestellt. Außerdem musste sie noch die Montbail suchen, von deren Schweigen sowieso alles abhing.

Er seufzte kaum hörbar und machte ihre Hoffnungen in elegantestem Französisch zunichte.

»Morgen bin ich schon unterwegs nach Hamburg. Die Bürger dort haben ein besonderes Faible für Wilde.«

In den folgenden Wintermonaten war Friederike sehr beschäftigt. Sie nahm kaum zur Kenntnis, wie sich ihr Brautschatz mit weißseidenen Strümpfen, bestickten Kniebändern, Marseiller Nachthauben, Puderdosen und Kerzenhaltern aus gehämmertem Silber, Staatsroben aus hartem Brokat und heiteren, blütenberankten Negligés für den Tag füllte. Sie unternahm lange, mehr oder weniger heimliche Wanderungen durch das Schloss und ließ sich von allen Bediensteten, die sich darauf einließen, die Zähne zeigen. Sie schaute ihnen tief in den Rachen, auch wenn er manchmal nach Fäulnis stank. Dann notierte sie die Anzahl der Zähne und auch der Lücken, dann Namen, Alter und Herkunft der Leute. In einer nächsten Runde nahm sie Schnüre mit. Sie legte sie den Silberbeschließerinnen, Zofen und Mundköchen um Oberarme, Brustkorb und Handgelenk, um dann die Maße ihrer Gliedmaßen ebenfalls genau zu vermerken.

Nachts lag sie angestrengt wach und grübelte beim gleichmäßigen Schnarchen der Montbail darüber nach, was sie mit all diesen Untersuchungen und vielen Zetteln anfangen sollte. Was war es, das so brennend in ihr Antworten auf Fragen suchte, die sie noch gar nicht gestellt hatte? War es Gottes Wille oder purer Zufall, dass die Menschen sich in ihrem Wuchs und Körperbau so auffallend unterschieden? Konnte es sein, dass sich die einzelnen Geschöpfe eigenwillig vom göttlichen Ursprungsplan entfernten, ohne dass sie es selbst wahrnahmen? Was hatte der zimtfarbene, blankbrüstige Hurone damit zu tun? Welche Spur wies er ihr, oder führte er sie komplett in die Irre?

Die Nebel in ihrem Kopf lichteten sich für einen winzigen Augenblick und ballten sich dann noch dichter zusammen.

Tagsüber schämte sie sich, weil sie so anders als ihre Geschwister war. Sie wünschte, sie könnte mit Friedrich und Wilhelmine über einem italienischen Opernlibretto die Köpfe zusammenstecken, über den einen oder anderen Kastraten fachsimpeln und dabei, wie es die beiden gern taten, die Füße zärtlich ineinander verhaken. Sie bemühte sich, sich zu ändern. Brav las sie für eine Weile französische Komödien oder erbauliche Romane, aber sie fand sie weder witzig noch lehrreich.

Eines Tages kam ihr beim Essen eine Idee. Sie ließ sich heimlich aus der Küche die blank genagten Knochen von Hirschen, Schweinen und Enten bringen, scheuerte sie mit Sand, bis sie glänzten, verglich sie, vermaß sie und zeichnete sie ab. Schließlich vergrub sie sie in ihrer Wäsche, um sie immer wieder in den wenigen Stunden zu betrachten, in denen sie allein war, weil die Montbail zu einem Kammerherrn ins Bett geschlüpft war.

Aus Furcht, jemand könnte ihren absonderlichen Neigungen auf die Spur kommen, zog sie sich noch mehr als früher von ihren Geschwistern zurück. Mit ihrem Mann, dem Ansbacher Markgrafen, würde sie darüber sprechen können, da war sie sich sicher. Wahrscheinlich hielt er sich als moderner Mensch einen Hofmedicus, der an einer der fortschrittlichen Universitäten studiert hatte und ihr bald aus dem Dickicht ihrer Gedanken heraushelfen konnte. Vielleicht gab es in Ansbach sogar Forscher von Rang, mit denen man sich austauschen konnte. Außerdem war ja die Universität Altdorf bei Nürnberg nicht weit. Dort lehrten, wie sie gehört hatte, bedeutende Mediziner. Nicht dass man sie als Frau dort zulassen würde, nein, so weit wagte sie nicht zu hoffen, aber vielleicht konnte ihr wenigstens jemand berichten, was dort demonstriert wurde. Berlin war kein Pflaster für Wissenschaftler. Für sie war kein Geld da, und der Vater beschimpfte sie als nutzloses Federvieh.

Ab März begann sie, die Wochen, bald auch die Tage bis zu ihrer Hochzeit zu zählen. Die Königin rätselte über den Schmuck, den Friederike bekommen würde. Immerhin stammte die Mutter des Ansbacher Erbprinzen aus dem Württemberger Herrscherhaus. Der Vater und sein Minister, Grumbkow, erteilten ihr stundenlang Instruktionen, wie sie in Ansbach die Leute bespitzeln und Preußens Einfluss stärken sollte. Friederike hörte geduldig zu, froh darüber, dass die Flucht kurz bevorstand.

Am 23. Mai 1729 traf der junge Ansbacher mit seinem Gefolge am Berliner Hof ein. Siebzehnjährig, breitbeinig, rotgesichtig stand er da, lachte und redete. Auch wenn es nichts zu lachen oder reden gab. Artig übergab er Friederike Schmuckschatullen, in denen auf dicken Samtkissen tatsächlich Armbänder, Brustschnüre, Perlenketten und Ringe aus Ansbacher, aber auch Württemberger Besitz glitzerten. Der König freute sich mehr als alle anderen und drückte mit all der Kraft, mit der er sonst Schläge verteilte, die Köpfe der Verlobten zusammen. Er schleppte den zukünftigen Schwiegersohn zu stundenlangen Musterungen seiner Truppen, so dass Friederike den jungen Mann nur wenig sah. Einmal aber, als sie eine Weile zusammenstanden, um sich von Antoine Pesne porträtieren zu lassen, und der Hofmaler kurz das Zimmer verließ, nahm sie ihren ganzen Mut zusammen und sagte: »Habt Ihr schon gehört, dass es Folianten gibt, die den menschlichen Körperbau und seine Eingeweide detailgetreu abbilden?«

»Hoffentlich sind recht hübsche Frauenzimmer dabei«, gab Charles lachend zurück und schüttelte kräftig seine Arme und Beine aus, denn das lange Stehen und langweilige Abschreiten der Truppen bekam ihm gar nicht. Seine blauen Augen sprühten vor Ausgelassenheit. Das Zusammensitzen mit seinem Schwiegervater und dessen Kumpanen im Tabakskollegium gefiel ihm, da kamen seine Witze gut an, und der König brummte zufrieden, weil der Ansbacher viel Bier vertrug.

Die Hochzeit wurde für Berliner Verhältnisse pompös gefeiert, und die Ansbacher Markgräfin übertrug ihrem Sohn noch während seiner Abwesenheit die Regierungsvollmacht. Mitte Juni reisten die Jungverheirateten mit einem großen Tross ab. Neben all dem Bargeld brachte Friederike fünf Dörfer im Fränkischen mit in die Ehe. Besonders aber freute sich der Markgraf über die zwölf großen Hetzhunde, die ihm der König für die Jagd geschenkt hatte und die er abwechselnd in seiner Kutsche mitfahren ließ. Friederike trug während der achttägigen Reise nach Ansbach denselben Unterrock wie im »Weißen Elephanten«. Er zeigte zwei dunkelbraune Flecken, weil sie damit das Blut vom Oberarm des Huronen gestillt hatte. All ihre Aufzeichnungen über die Zahnbestände der Berliner Schlossbediensteten sowie vier ihrer besten Hirsch- und Schweineknochen nahm sie in Strümpfe eingewickelt ebenfalls in ihre neue Heimat mit.

2

Jan Kersmackers holte Louise vorsichtig aus dem kleinen Holzverschlag, in dem sie seit ihrer Abreise aus dem Falkenhaus des dänischen Königs in Bessested mit kurzem Zwischenstopp in Berlin gehockt hatte. Er sah sofort, dass es ihr schlecht ging. Was ein Skandal war, denn Kersmackers wusste, dass sie vom preußischen König extra mit dem zweiten Namen seiner Lieblingstochter benannt worden war, die er nach Ansbach verheiratet hatte. Mit diesem kostbaren Vogel wollte er ihr einen zärtlichen Gruß schicken.

Die junge Markgräfin begeisterte sich bislang allerdings nicht sonderlich für Jagdfalken, was Kersmackers sehr bedauerte. Umso mehr, so nahm er sich vor, wollte er sich mit ihrer Namensschwester Mühe geben. Vielleicht konnte er damit das Interesse der Markgräfin wecken.

Kersmackers seufzte. Sein Wunsch würde wohl noch lange nicht in Erfüllung gehen, denn Louise war entsetzlich mager und hässlich. Niemals hätte er es gewagt, sie der Markgräfin in diesem Zustand unter die Augen zu bringen. Ihr Brustbein stand so weit vor, dass er es zwischen seinem Daumen und Zeigefinger wie einen Griff halten und Louise daran ziehen konnte. Ein Blick auf den Boden ihres Reisekäfigs bestätigte seine Befürchtungen. Was sonst in fest gerollten, sämig weißen, mit Schwarz durchsetzten Abschnitten aus den Eingeweiden dieser Vögel quoll, schwamm hier als hellgrüner Rotz inmitten einer farblosen Lache. Sie hatten ihr in Berlin also verdorbenes Aas gegeben.

Als er Louise mit schnellem Griff die Haube abnahm, suchte ihr Blick kein Ziel. Auf ihren Augen, die eigentlich wie Holunderbeeren nach einem weichen Sommerregen hätten glänzen sollen, lag ein trüber Schleier. Sachte drehte der Falkner den starren Körper, in dem das Herz ängstlich pulste. Der Perlmuttschimmer, den der Markgraf so sehr an diesen Falken aus dem eisigen Norden liebte, war nicht zu sehen. Aber Kersmackers erkannte sofort die ungewöhnliche Reinheit des Gefieders. Die Unterseite war durchgängig weiß. Erst da, wo sich die Brust nach oben verjüngte, tauchten ein paar graubraune Einsprengsel auf, zufällig gestreut wie Pfefferkörner. Die Flügelspitzen waren schwarz. Dass mehrere Federn angebrochen waren, störte ihn wenig. Das ließ sich richten.

Jetzt erst löste Kersmackers den Prell aus weichem Hundeleder, der, wie er sofort anerkennend registrierte, von bester Qualität war, er stammte wohl noch vom dänischen Hof. Auch als er die dünne Fessel ganz abzog, hockte Louise plump und reglos in seiner Hand, nicht einmal ihre schuppigen Fänge zuckten. Sie waren von deutlich blaugrauer Wachshaut überzogen und bestätigten deshalb Kersmackers erste Schätzung, dass es sich bei dem königlichen Geschenk um einen jungen, wahrscheinlich erst zwölf oder vierzehn Wochen alten Vogel handelte.

So standen sie eine Weile zusammen da, und Kersmackers überlegte, in welcher der Kammern er Louise unterbringen sollte. Auf seinem runden fleischigen Gesicht ruhte eine gewisse Andacht, denn Kersmackers war ein Mann, der seine Gedanken gern gründlich zu Ende führte. Ein kühler Morgenwind zauste sein hellblondes Haar, das er vergessen hatte, hinten in den Beutel zu binden, weil die Kutsche mit Louise noch vor Sonnenaufgang auf den Triesdorfer Falkenhof gerollt war.

In der Stille dieser frühen Stunde schreckte ihn das erste röchelnde Pumpen sofort auf. Louises zerzauste Brust hob und senkte sich schwer. Dann verharrte sie wieder stumm und erschöpft vom Atemholen, und in Kersmackers Handfläche war nur der hüpfende, schnelle Rhythmus ihres Herzschlags zu spüren.

Aber das eine Mal war genug gewesen. Er, der sich seit fünf Jahren um die Beizvögel der Markgrafen von Brandenburg-Ansbach kümmerte und vor Kurzem wegen seiner Geschicklichkeit vom Falkenierskriecht zum Meisterfalkner aufgestiegen war, wusste Bescheid. Ihre Lunge hatte Schaden genommen. Kersmackers konnte sich gut zusammenreimen, wie alles gekommen war.

Den ganzen September über, bis in den Oktober hinein hatte im Norden wie im Süden eine ungewöhnliche Wärme den Himmel aufgebläht. Nachts zuckten Blitze über die sumpfigen Wiesen entlang der Altmühl, aber nur wenige Male entlud sich ein Gewitter mit Regen. Die Bauern freuten sich über das gute Erntewetter. Nur die pralle Haut der Zwetschgen platzte an den Bäumen auf, und aus dem honiggelben Spalt tropfte ihr Saft, noch bevor man sie herunterholen konnte. Auf dem Hofplatz hinter dem erst vor Kurzem fertig gebauten roten Falkenschloss, um den sich die Verschläge für die Tauben, das Schlachthaus und die Hütten und Gehege für die Falken, Milane, Reiher und Krähen gruppierten, flog schon ab der Mittagsstunde wieder feiner Sand auf, obwohl man ihn erst morgens sorgfältig gesprengt hatte. Die Männer achteten peinlich genau darauf, dass die kostbaren Gerfalken immer im Schatten standen und vor allem oft baden konnten.

Louise aber, so überlegte Kersmackers, hatte man wahrscheinlich tagelang in der aufgeheizten Kutsche sitzen lassen, während der Hundsfott von ihrem Begleiter in Schenken soff oder hurte. Er trug sie in eine kühle abseitige Kammer, die derzeit von keinem anderen Falken bewohnt wurde, und stellte sie auf ein mit festem, reinem Leinentuch ummanteltes Reck. Die Läden ließ er geschlossen, denn verängstigt und elend wie sie war, würde ihr Dunkelheit guttun.

Dann machte er sich schnell an die Arbeit. Er herrschte

einen der schlaftrunkenen Knechte an, frische Eier zu holen, suchte persönlich ein junges Täubchen aus und brach ihm mit einer einzigen Handbewegung das Genick. Routiniert hantierte er auf dem sorgsam gescheuerten Aastisch, zupfte Federn, löste Knochen und Knorpel, schnitt das Fleisch in lange dünne Streifen und legte es in eine saubere Schüssel. Dann nahm er dem Burschen zwei Eier, an denen noch Flaumfeder und Kot klebten, aus der Hand, schlug sie auf, trennte Eiweiß vom Gelb und mischte beide Dotter unter das Fleisch. Ganz zum Schluss ließ er das noch warme Blut einer weiteren frisch geschlachteten, allerdings alten Taube in das saftige Gemenge tropfen. Wenn etwas einem geschwächten, ausgezehrten Falken guttat, dann dieses Futter. Kersmackers hatte die Zubereitung von seinem Vater gelernt, der sie wiederum aus der alten Heimat kannte. Nicht umsonst galten die flämischen Falkner als die besten Europas. Der Meisterfalkner ging in die Hocke und hielt Louise mit der rechten Hand ein vor hellroter Tunke triefendes Stück Fleisch vor die Fänge, wobei er mit seiner linken Hand ihr rechtes Bein ein klein wenig anhob. Dabei schnalzte er leise und zärtlich mit der Zunge. Als das Tier nicht reagierte, zwickte er es leicht in den Fuß. Das half. Der Falke bückte sich, nahm das Fleischstück auf und kröpfte.

Als er am nächsten Morgen feststellte, dass Louise noch lebte, wurde ihm froher zumute. Noch bevor er frische Atzung brachte, richtete er ihre Kammer ordentlich her, ohne dabei Licht hereinzulassen. Er ließ sich ein paar Eimer mit rotem Sand bringen und verteilte ihn selbst auf dem Boden. Nachdem er ihn ordentlich festgestampft hatte, besprengte er ihn gleichmäßig mit Wasser. Dann machte er sich daran, Louises Futter zu bereiten. Wieder brauchte es viel Geduld und Zeit, bis die gesamte Tunke aus Blut, Eidotter und Taubenfleisch vertilgt war.

Am Nachmittag fand er die erste frische Losung. Wieder schmierte ein pistaziengrüner Klumpen auf dem dunklen Boden, doch diesmal waren die Ausscheidungen kompakter geworden. Ein Zeichen dafür, dass sie sich zumindest erholte. Ob ihre Lungen das verdorbene Aas überstehen würden, war freilich eine andere Sache.

Kersmackers hatte Herrn Johann Göbel, dem Falkensekretär, gewissenhaft über Louises Ankommen und ihren Zustand Bericht erstattet. Dieser gab Abschriften weiter an den Geheimen Rat und Obristfalkenmeister von Pölnitz am Ansbacher Hof, denn schließlich handelte es sich um ein Geschenk des Königs. Der Flame verschwieg nichts. Die schlechte Versorgung durch die Preußen beschrieb er sogar besonders deutlich, was ihm, wie er hoffte, mehr nützen als schaden sollte, denn oft genug hatte er den Markgrafen derb über seinen Schwiegervater, den preußischen König, spotten hören. Auch über die Ehe mit der jungen Prinzessin hörte man wenig Erfreuliches. Der Falkenmeister erinnerte sich gut, wie sie mit ihrem Tross vor zwei Jahren nach Ansbach gekommen war. Er selbst hatte lange am Straßenrand im Staub gestanden und die Kutschen und Wagen betrachtet, die in die Residenzstadt rumpelten.

»Fünfzig Mann berittene Soldaten mussten den Zug unserer Markgräfin begleiten«, hatte er den anderen Männern in Triesdorf berichtet, »weil die dreihunderttausend Taler bare Mitgift in den Ledersäcken so klapperten, dass die Banditen im ganzen deutschen Reich es hören konnten.«

Diese Heirat war zweifelsohne der große Coup für seinen Markgrafen gewesen. Allerdings wartete der immer noch darauf, dass der Bauch seiner Gemahlin anschwoll.

Den einfachen Leuten gefiel die junge Markgräfin. Kersmackers hörte sie ihre Feingliedrigkeit und ihre großen blauen Augen loben. Man betete für sie und auch dafür, dass sie bald schwanger würde. Allerdings kam sie ihnen mit der Zeit doch etwas merkwürdig vor.

Ein paar Monate nach ihrer Ankunft in Ansbach ließ sie sich in die Dörfer fahren und vermaß eigenhändig die Kinder, deren Mütter und Großmütter. Noch nie zuvor hatte eine Ansbacher Fürstin die stinkenden Bälger der Häusler und Kleinbauern, deren Haut mit Ausschlägen und Ungezieferbissen überzogen war, berührt. Diese Markgräfin aber schaute ihnen in die Ohren und in den Mund und notierte die Länge von Nase, Brustbein und Unterarmen. Weil sie Zuckerstücke verteilte, machten die Armen mit. Die Bürger und Großbauern aber schüttelten missmutig die Köpfe. Eine solche Königliche Hoheit verschenkte ihre Würde, raunten sie.

Dann, vor etwa einem halben Jahr, belauschte Kersmackers zufällig den Herrn von Reitzenstein, von dem man ja wusste, dass er der engste Vertraute des Markgrafen war, wie er dem alten Herrn von Eyb eine ganz ungeheuerliche Geschichte erzählte. Angeblich hatte die Markgräfin an einem warmen, windigen Julitag in Lehrberg ihre Kutsche anhalten lassen, weil gerade in diesem Moment eine am siebten Kind verstorbene Frau aus ihrer Hütte getragen wurde. Flugs gab die Fürstin dem Witwer ein Goldstück und wollte dafür die noch warme Tote einladen und mitnehmen. Da war eine gaffende Menge herangerückt und hatte der Markgräfin laut und erbost gedroht. Widerwillig ließ sie von der Toten ab. Die Leute rätselten, was die Markgräfin mit dem ausgezehrten Leichnam vorgehabt hatte und reimten sich noch über Wochen den schlimmsten Unsinn zusammen. Der Markgraf hatte entsetzlich getobt, als er von der Sache hörte. Seitdem lief alles schlecht zwischen den beiden Herrschaften. Der Markgraf besuchte seine Frau nachts nicht mehr so oft, wie es sich für einen Jungverheirateten gehörte. Die Markgräfin blieb dafür viel in ihrem Appartement und las ausländische Bücher, was bekanntermaßen auch nicht gut fürs Kinderkriegen war. Man erfuhr, dass der Markgraf, wenn er seiner Ehefrau begegnete, oft die Backen aufblies und die Augen verdrehte und sie dann wichtig von gelehrten Dingen sprach, die er nicht verstand. Letztlich aber war es Kersmackers egal, was die Ansbacher Herrschaft veranstaltete, solange der Markgraf sein Falkenhaus weiter so generös unterhielt.

Nach einer knappen Woche war Louise gesund. Sie atmete gleichmäßig und ruhig. Ihre Brust hatte sich gerundet. Kersmackers stülpte ihr eine schlichte Haube aus weichem Hundeleder über, prellte ihren rechten Flügel auf, band ihr an jeden Fang eine melodisch klingende Belle, ein Geschüh und dann die Langfessel an und trug sie auf der linken Faust zur Altmühl hinunter. Er hatte dafür gesorgt, dass keine anderen Falkner oder gar Hunde unterwegs waren.

Die Stelle, die er aufsuchte, war ideal. Der Fluss breitete sich flach aus, durch die Weiden, die in den letzten Tagen schon viel von ihren Blättern verloren hatten, tropfte das Licht in großen Lachen auf das Wasser. Kein Haus, keine Scheune störte weit und breit. Auch Bauern ließen sich nicht sehen, denn die zähen Gräser der morastigen Uferwiesen taugten nicht mal zu Einstreu. Kersmackers sog den bitteren Geruch des Herbstes ein. Er roch ein nicht allzu fernes Feuer, bei dem feuchtes Holz verbrannt wurde. Das würzte die gesalzene Wurst, die er kaute und in den Backentaschen hin und her schob. Er dankte Gott für solche Tage, wenn es im Himmel und in den Bäumen kräftig rauschte und er allein mit sich und seinem Vogel war.

Mit dem kleinen, in einem Schulterbeutel mitgetragenen Beil spaltete er sich einen Pfahl, den er gut einen Meter vom Ufer entfernt in den Fluss rammte. Daran band er die Langfessel fest und nahm Louise die Haube ab.

Kersmackers setzte sich ans Ufer und beobachtete, wie der Vogel nach nur kurzer Zeit wachsamen Äugens ins Wasser sprang und den linken Flügel genussvoll spreizte, sich reckte, blähte und wieder duckte, dass die Tropfen flogen. Schließlich beugte sich der Falkenmeister vor und füllte seinen Mund mit dem brackig schmeckenden Wasser. Dann nahm er Louise auf die Hand und bespritzte sie schnell mit einer dünnen Fontäne, die auch ihren Kopf benetzte. Gleichzeitig fischte er mit der rechten Hand den präparierten Taubenflügel aus der Umhängetasche und begann mit dem zärtlichsten Teil seines Handwerks. Sacht strich er Louises Körper ab. Immer wieder führte er den Flügel die elegante Biegung ihres Halses entlang, glitt zur Schwanzspitze, liebkoste die Brust. Noch nie hatte Kersmackers für eine Frau so viel Phantasie und Zeit aufgebracht wie für Louise bei diesem langsamen Liebesspiel am Fluss.

Wichtig dabei war, dass Kersmackers einen entscheidenden Zeitpunkt ihres gemeinsamen Vergnügens streng im Auge behielt. Sobald Louise nämlich annähernd trocken war, bestand die Gefahr, dass sie ihres Liebhabers überdrüssig wurde und aufsprang. Also musste er ihr zuvorkommen und sie rechtzeitig wieder nass machen, damit sie in neuer Erwartung bei ihm blieb. Irgendwann fing er an, ihr während des Reibens die Haube auf- und abzustreifen. Auch dieses Spiel trieben sie unzählige Male.

Dann schlug das Wetter um. Wenn sie frühmorgens losgingen, stand oft zäher, kalter Nebel über der Altmühl, die langen harten Stängel des Sumpfgrases legten sich welk um und begannen, zu braunem Glitsch zu vermodern. Danach fing der Regen an. Kersmackers entschied, dass es an der Zeit war, Louises Federn zu richten. Schließlich sollte sie schön sein, wenn die Markgräfin sie zum ersten Mal sah. Er ließ sich einen Korb besonders feiner, kleiner Karotten aus der Ansbacher Hofküche schicken. Die wurden in einem Tiegel angebraten und heiß, wie sie waren, vom Falkenierskneeht akkurat der Länge nach halbiert. Kersmackers schob beide Hälften über die lädierten Federstellen und drückte sie ein paar Minuten fest zusammen. Die Knicke glätteten sich. Den Rest der Karotten bestreuten Kersmackers und der Falkenierspage mit Salz und ließen ihn sich schmecken.

Eine große Feder von Louises linkem Flügel war komplett durchgebrochen, was ihre Flugsicherheit beeinträchtigte. Der restliche Stumpf, der höchstens drei Fünftel der ursprünglichen Länge ausmachte, stand hässlich quer ab.

Aus einer Fichtenkommode, die in der Schreibstube stand, holte Kersmackers Dutzende von Federn hervor – Federn, die die Falken in Triesdorf irgendwann einmal verloren hatten und die man seit Jahren sammelte und aufhob. Mit geübtem Auge fächerte er sie sorgfältig auf einer Tischplatte aus. Auch für die Auswahl der Nadel ließ er sich Zeit. Dreieckig musste sie oben sein, aus gutem Stahl und unten sehr spitz. Aber sie musste genau in die Röhre der Feder passen, nicht zu dünn und nicht zu dick sein. Die, die er schließlich nahm, war an der Spitze schon etwas abgerieben und musste extra zugeschliffen werden. Als er damit fertig war, tauchte er sie in Salzwasser und spießte sie ein Stück weit in die gekürzte Ersatzfeder. Louise hatte er einen Tag hungern lassen, so dass sie jetzt gierig kröpfte und stillhielt, während er ihr die neue Federspitze auf den alten Kiel aufpfropfte.

Anfang Dezember kam wieder trockenes Wetter. Für ein paar Stunden legte sich jeden Tag ein Tuch dünnen Sonnenlichts auf die Altmühl und ihre Nebenwasser. Die alten Leute setzten sich mittags vor die Häuser, streckten die Gesichter vor und wärmten sich.

Für einen Donnerstag gegen elf Uhr war der Besuch des Markgrafen avisiert.

Charles sprengte mit Reitzenstein, dem Oberschenk August Friedrich von Wiese und einem Gefolge von sechs Husaren allerdings schon viel früher auf den Hofplatz, so dass die Falkner noch nicht in ihren schönen kanariengelben Beinkleidern steckten und nur in aller Eile die lichtblauen Uniformröcke mit den roten Aufschlägen überziehen konnten. Kersmackers ließ sich nicht hetzen, sondern brachte Louise mit ruhigen Schritten. Er wusste, dass sein junger Markgraf schon mit zwölf den ersten Reiher gebeizt hatte und so viel von Falken verstand wie er selbst. Charles berührte Louises Fänge, besah sich ihren flachen, straffen Kopf und die kalten, schwarzen Perlen ihrer Augen. Er jubelte wie ein Kind über den puderfarbenen Schimmer, der sich inzwischen wie der feinste Seidenstrumpf über ihr Gefieder stülpte. Bis ins kleinste Detail besprach er mit Kersmackers Louises Pflege und ihre zukünftige Verwendung in Triesdorf. Dann fragte er seinen Falkenmeister augenzwinkernd: »Hat er denn endlich eine Frau, er soll mir nämlich tüchtige junge Falkenierspagen machen. Am besten gleich dutzendweise. Sag er mir, wenn er heiraten möchte, es soll ihm an nichts fehlen.«

»So eine schöne wie Louise findet sich nicht leicht«, antwortete der Flame ernsthaft und liebkoste den Kopf des Vogels mit einem Stäbchen aus Elfenbein.

»Ganz recht, die macht einem auch das Leben nicht so schwer wie die Weiber ohne Federn.«

Der Markgraf lachte schallend über seinen eigenen Witz und trat noch ein bisschen näher an seinen Falkner heran. Er grabschte nach Kersmackers drittem Knopf von oben und drehte ihn zwischen den Fingern hin und her, während der Blick aus seinen blauen Augen von seinem Greifvogel zu seinem Falkenier und wieder zurück wanderte.

»Hat er eigentlich meine Briseis gekannt?«

Kersmackers war wieder einmal beeindruckt von dem Gedächtnis des Markgrafen. Aber nein, die berühmte Briseis hatte er leider nicht selbst erlebt.

»Meine Mutter, unsere herzensgute Regentin«, fuhr der Markgraf fort, und seine Stimme wurde rau vor Rührung, wie immer, wenn er von seiner Mutter sprach, »hat sie noch vor meiner großen Reise nach Frankreich von dem für seine außerordentliche Geschicklichkeit bekannten holländischen Fänger Mollen kaufen lassen. Eng wie ein Panzer aus Schildpatt lag ihr Gefieder an, das allerdings nicht ganz so hell und rein war wie das von Louise. Aber sie konnte sich auf Höhen hinaufschrauben«, schwärmte der Markgraf und rollte verzückt die Augen, »die wir hier noch nie gesehen hatten und von denen man dann bis nach Dresden und Wien sprach.«

Als der Markgraf anfing, über seine Pläne für die Erweiterung des Falknerkorps zu sprechen, schnalzte Kersmackers Knopf vom Faden und sprang weit weg in ein Rinnsal Pferdepisse.

Den ganzen Winter über trug Kersmackers Louise ab. Sie lernte schnell. Er hatte in dieser Zeit wenig mit den anderen Falknern zu tun und in der Nacht nur selten Lust, Marie zu besuchen, die die Bettwäsche drüben im Weißen Schloss verwaltete. Morgens schlürfte er hastig eine warme Biersuppe, und abends, wenn er bei Einbruch der Dunkelheit durchgefroren zurückkehrte und Louise auf die Cage in ihrer Kammer gestellt hatte, trank er höchstens zusammen mit seinem Freund, dem Reiherknecht Petitville, der ebenfalls aus den spanischen Niederlanden stammte, ein wenig Branntwein und aß gesottenes Fleisch mit Meerrettich.

Eines schönen Tages nahm er zum ersten Mal das Federspiel, das aus einem hufeisenförmig genähten Lederbalg und blau gefiederten Kranichflügeln gefertigt war, mit sich hinaus. Louises gekrümmte Krallen schabten erstaunt auf dem Rücken seines Lederhandschuhs. Sie hatte bislang ausreichend Nervenstärke bewiesen, saß still, wenn er absichtlich Hunde oder Pferde in ihre Nähe schickte. Jetzt musste sie zeigen, ob sie das Fieber in sich trug und unerbittlich Beute machen konnte.

Wie fast immer suchten sie die freien, winteröden Wiesen entlang des Flusses auf. Erst als weit und breit keine Bäume mehr zu sehen waren, machte er halt und haubte Louise ab. Er schwang das Federspiel an einer dünnen Schnur, bis die Luft surrte, und ließ es ins Schilfrohr fliegen. Louises Augen folgten sofort. Er ließ sie steigen, und mit knatterndem Flügelschlag wischte sie ein paar Fuß über dem Boden zu ihrer ersten Beute. Kersmackers ließ sie kurz von der auf dem Federspiel festgemachten Taubenbrust kröpfen. Dann holte er sie zurück auf seine Hand. Ein paar Mal erwischte sie den Balg nicht, und dann verwehrte er ihr die Atzung. Das merkte sie sich.

Nach dem Jahreswechsel 1731/32 schneite es viel. Der gefrorene Schnee legte sich auf Triesdorf wie eine schimmernde Decke, die bei Kersmackers Ausgängen knarzte. Louises eigentliche Schönheit, so fand Kersmackers, entfaltete sich erst jetzt, wenn sie perlenglänzend in dieser stillen, lichten Welt ihre Bahnen zog. Auch der Himmel schien ohne Rand und Ende zu sein.

Er spürte, wie sich ihr Verhältnis veränderte. Mehr und mehr würde er zu ihrem Begleiter, der nur noch die läppische Aufgabe hatte, das von Mal zu Mal weniger interessante Federgestrüpp zu schleudern. Dieses Gefühl wuchs und wurde zu einer Versuchung. Daraus konnte, das wusste er, eine große Gefahr werden und die ganze lange mühevolle Arbeit zum Scheitern bringen. Gerade jetzt durfte er sich nicht von Louises Schönheit überwältigen und sie gar die Oberhand gewinnen lassen. Er musste Dienst tun, stur wie ein Schreiber an seinem Pult. Und Louise musste parieren wie ein Uhrwerk und ganz und gar sein Geschöpf werden. Beide, so dachte sich Kersmackers, sind wir Untertanen unseres Fürsten.

Um sich von Louise etwas abzulenken, bat er Marie zu einem Stelldichein, und bereitwillig ließ sie ihn in ihre Kammer.

Die Tage wurden länger und heller, und warme Lüftchen zogen über die Felder, als sie mit der Jagd auf Krähen begannen. Schon im Spätherbst hatte Kersmackers dafür gesorgt, dass genügend von ihnen gefangen wurden. Der Krähe, die er für die erste Übung auswählte, ließ er mit ein paar Stichen die Augenlider zunähen. Der scharfe Schnabel wurde verschlossen, indem ein Bindfaden darumgewickelt, dann durch die beiden Nasenlöcher geführt und schließlich fest verschnürt wurde. Die hinteren Klauen band er an die Beine hoch. Louise durfte auf keinen Fall verletzt werden.

Das erste Mal machte er es ihr einfach. Er hielt die Krähe fest und nur so weit entfernt, dass Louise drei-, viermal mit den Flügeln schlagen musste, um sie zu erreichen. Geduldig ließ er sie kröpfen. Beim zweiten Mal schob er ihr schnell eine schwarz gefärbte Taubenbrust unter, denn er musste mit den Krähen haushalten. Immer wenn Louise ihre Beute fing und ihren Schnabel hineinschlug, schrie Kersmackers heiser und zornig wie eine Krähe, damit sie sich daran gewöhnte und ihre Angst verlor. Tag für Tag vergrößerte er den Abstand zur Krähe, zehn Schritt, zwölf Schritt, bis schließlich ein Knecht sie nahm und fast bis auf dreißig Schritt hoch in die Luft fliegen ließ. Je gieriger und schneller Louise die Krähen jagte, desto mehr Ansporn brauchte sie. Ende Mai schaffte sie hundert Durchgänge ohne Pause. Umgehend erstattete er Sekretär Göbel Bericht und schrieb auch, wie sehnig und kräftig sich Louises Flugmuskulatur ausgebildet hatte.

Ende Juni 1732 kam der Herzog von Württemberg, ein enger Verwandter, mit großem Gefolge zu Besuch. In Triesdorf und Gunzenhausen wurden ihm zu Ehren prächtige Beizjagden veranstaltet. Man schlug violett gestreifte türkische Zelte auf, in denen die Gäste speisten, Kaffee tranken und sich die Damen zwischendurch die Zeit mit Ratespielen vertrieben.

Louise schlug an einem einzigen Nachmittag vier Reiher im hohen Flug. Als Dank für seine Mühen bekam Jan Kersmackers vom Markgrafen persönlich mit den überschwänglichsten Worten zwei goldene Falkendukaten überreicht. Der Hofmaler Johann Baptist Zierl reiste mit seiner Staffelei und Kästen voller Pulver zum Anrühren der Farben aus Ansbach an, und obwohl ihm vom süßlichen Geruch des Taubenblutes, der überall in der Luft hing, übel wurde, porträtierte er Louise mit reich bestickter Steckhaube in den Farben Brandenburg-Ansbachs.

Auch die junge Markgräfin nahm zu Ehren des Württembergers an der Beizjagd teil. Kersmackers sah sie schmal und gelangweilt inmitten ihrer gackernden Hofdamen sitzen. Er konnte förmlich spüren, wie einsam und unglücklich sie war. Plötzlich stand sie hinter ihm und sprach ihn an.

»Er ist ein besonders tüchtiger Falkner, sagt der Markgraf.«

»Zu Diensten, Ihre Königliche Hoheit.«

»Er hat einen auffallend runden Kopf.«

Kersmackers erschrak. Was um Himmels willen störte sie an seinem Kopf? Weil ihm keine andere Antwort einfiel, sagte er nur: »Ja, Ihre Königliche Hoheit.«

»Hat den auch sein Vater gehabt oder seine Mutter?«

Kersmackers fing an zu schwitzen. Er merkte, wie man sie von allen Seiten beobachtete. Ihr schien das egal zu sein. Er erhob sich aus seiner Verbeugung, schaute sie scheu an und sagte dann leise: »Mein Vater hat immer gesagt, in einem runden Kopf können sich die Gedanken freier bewegen. Auch mein Großvater hatte schon einen solchen.«

»Das mag wahr sein, was er über das Denken sagt. Umso trauriger, dass hier die meisten Menschen nur eckige Schädel haben. Ich hoffe sehr, ihn bald wiederzusehen.«

Und vor den Augen der Hofgesellschaft schenkte die Markgräfin dem einfachen flämischen Falknermeister ein solch bezauberndes Lächeln, wie man es schon lange nicht mehr bei ihr gesehen hatte. Kersmackers aber wurde den ganzen Tag nicht wieder recht froh. Ihm kam es so vor, als hätte die junge Markgräfin viel Ähnlichkeit mit einem verwirrten, schlecht gepflegten Falkenweibchen. Wie Louise, bevor sie zu mir kam, dachte er und schaute seiner Herrin traurig nach, als am Abend ihr bauschiger Seidenrock in einer Staatskarosse verschwand. Er kratzte sich nachdenklich über seine rotblonden Bartstoppeln und fragte sich, ob sie wohl verkümmern oder vielleicht doch irgendwann einmal so herrlich fliegen und jagen würde wie jetzt Louise.

3

Das erste Geschenk, das Elisabeth vom Markgrafen im Juni 1733 bekam, nachdem er sie ein paar Tage zuvor bei Lindenbühl in eine Scheune gedrängt, gegen die Wand gelehnt und mit hastigen Stößen entjungfert hatte, war ein Regenschirm.

Er selbst reichte ihr den Stock mit den schlackernden malvenfarbenen Kattunfalten, während der Kammerjunker, der ihn als Einziger in die niedere Stube begleitete, mit strengem Blick zwei Schritte hinter ihm stand. Elisabeth nahm das Geschenk mit einem nachsichtigen Lächeln entgegen. Sie sagte nichts außer einem artigen Danke und ließ ihren Blick nur an dem silbernen Griff in Gestalt eines Tieres verweilen.

»Solch einen krummen Karpfen haben sie bei uns auch einmal aus dem Weiher geholt«, bemerkte sie nach einer Weile und nahm, den Schirm mit steifen Armen in ziemlichem Abstand vor ihrer Brust haltend, auf der Ofenbank Platz.

Der Markgraf ignorierte ihre Dreistigkeit, sich einfach zu setzen, während er noch stand, und ließ sich selbst auf einen der wackeligen Hocker plumpsen. Natürlich hätte er das Mädchen auch für ein paar Stunden nach Gunzenhausen ins Oberamt oder ins Triesdorfer Schloss bringen lassen können, aber selbst einen Fuß in die verrußte Hütte zu setzen, sich auf die Sprache der Bauern einzulassen, übte auf ihn den Reiz der Abwechslung aus.

»Solch ein Tier, es ist ein Delphin, hat sich König Louis für das Schloss von Fontainebleau auf ein ganzes Service malen und eines auch in Gold als Tafelaufsatz mit Augen aus Saphiren fertigen lassen. Es lebt in seinen Meeren und soll überaus klug und freundlich sein.«

»Aha«, sagte Elisabeth und schaute ihn spöttisch an.

Charles tupfte sich die Stirn und ließ sich von Elisabeth Most aus einer gekühlten Zinnkanne in einen Becher gießen. Die Erinnerungen an den Besuch am französischen Hof erregten ihn, wann immer er daran dachte. Obwohl schon fünf Jahre seit der großen Reise vergangen waren, roch er noch deutlich das Gemisch aus Moschusparfüm und Schweinefett, mit dem die Frisuren der französischen Damen und Kavaliere zusammengehalten wurden. Und er schmeckte wieder den klebrigen Saft des Granatapfels, den ihm die Herzogin von Penthièvre, Gemahlin des französischen Admirals und Großjägermeisters, Stück für Stück in den Mund gesteckt hatte. Ihr geschminktes Gesicht war mit hauchdünnen blauen Äderchen überzogen gewesen und kam ihm vor wie ein von der Kälte überraschter Kohlweißling. Ihm, dem damals sonnenverbrannten sechzehnjährigen Prinzen aus der deutschen Provinz. Dabei hatte sie zwei Finger über seine Zunge spielen lassen, so dass ihm in Sekundenschnelle der Penis angeschwollen war. Und erst die vielen Mohrenkinder, die über die Flure huschten und Billets und Schoßhunde hier- und dorthin trugen und ungeniert in die Ecken pinkelten oder schissen, das war doch wirklich köstlich gewesen! Er erzählte ihr alles haargenau und freute sich, als sie am Ende lauthals auflachte.

Ihm fiel auf, dass ihr Haar, das in drahtigen Korkenzieherlocken abstand und sich kaum unter die Haube binden ließ, nicht blond, sondern falbfarben schimmerte. Genau wie Bathseba, das Pferd, das ihm sein Vater zum zwölften Geburtstag geschenkt hatte. Den Markgrafen, den es oft anwiderte, dass die Hofschranzen an seinen Lippen hingen und ihn umschmeichelten, überkam ein seltenes Glückgefühl, so allein mit diesem hübschen Mädchen zusammenzusitzen und sie mit seinen Geschichten zu unterhalten und zum Lachen zu bringen.

»Der König, der übrigens ein ungewöhnlich schöner Mann ist, vergisst oft, nach dem Sprechen seinen Mund zuzumachen. Was kolossal blöd aussieht, denn man muss ihm dauernd in den Rachen schauen.«

»Dass Könige so dämlich sein können, hätte ich nicht gedacht«, wunderte sich Elisabeth.

Charles entging nicht, dass sie dabei den Schirm in den Kasten gegenüber der Feuerstelle legte. Mit einer Handbewegung wies er seinen Kammerjunker an, den Schirm wieder herauszuholen und dann das Haus zu verlassen.

Schon am frühen Morgen hatte der Markgraf durch einen berittenen Boten befehlen lassen, dass sich alle Erwachsenen, aber auch Elisabeths kleine barfüssige Geschwister den ganzen Tag fernzuhalten hatten. Charles schob den silbernen Ring, an dem die dünnen Stäbe des Schirms zusammengeschmiedet waren, langsam den Stock hoch. Es handelte sich um ein kunstfertiges Stück, das die französischen Glaubensflüchtlinge in Heilsbronn gearbeitet hatten. Er hoffte, dass man diese Erfindung bald in größerer Zahl in andere deutsche Länder exportieren könnte. Die laschen Stofffalten sammelten und strafften sich. Elisabeth schaute gebannt zu. Sie schluckte mehrmals trocken, so dass Charles sah, wie sich ihr mit feinen Härchen bewachsener Kehlkopf leicht nach außen wölbte und dann wieder nach innen senkte. Das erregte ihn sehr. Mit einem letzten kräftigen Schub spannte er den Schirm ganz auf und winkte sie näher zu sich, damit sie mit unter die eben erschaffene Kuppel trat. Das Licht drang nur gedämpft durch den Stoff, und die dunklen Balken und der Tisch der Stube schimmerten als vage Schatten. Elisabeths Augen betrachteten staunend diesen seltsamen Himmel, während der Markgraf mit seiner linken Hand ihr Mieder lockerte und beide Brüste herausquellen ließ.

Als zweites Geschenk schickte Charles einen ganz mit Marderpelz gefütterten vanillefarbenen Seidenrock nach Lindenbühl. Elisabeth fingerte verzückt an den zarten Blumenstickereien. Obwohl es Juli war und in der fettigen Luft verklebte Hühnerfedern langsam zu Boden taumelten und wieder hochwirbelten, schlüpfte Elisabeth sofort in den Rock hinein und drehte sich im Kreis. Die Geschwister mit ihren verrotzten Nasen streckten ihre klebrigen Hände nach der Kostbarkeit aus. Ihr Vater und ihr ältester Bruder Andreas äugten blöd. Aber sie gaben ihr abends mehr Gerstensuppe als sonst und am Tag darauf sogar fettes Kesselfleisch. Sie ahnten, woher der Wind wehte, und hofften, dass sich damit Geld machen ließ.

Elisabeth hatte bislang nicht darüber nachgedacht, ob es ein anderes Leben für sie geben könnte als das der Tochter eines kinderreichen Hilfsfalkners, die mit etwas Glück einen passablen Ehemann fand, der sie nicht schlug oder mit einem Stall voller Kinder sitzen ließ. Doch wenn sie jetzt den Seidenrock trocken zwischen ihren rissigen Fingern knistern hörte, glaubte sie, hundert Versprechungen zu hören. Jeden Tag gebratene Hühner in fetter Sauce, blaue und gelbe Bänder für ihr Haar, bestickte Pantoffeln, süße Krapfen, vielleicht ein weiches Bett – so lauteten die neuen Wünsche, die der Rock mit sich gebracht hatte. Allerdings sagte ihr ein Instinkt, den sie ihren hungrigen Kinderjahren verdankte, dass sie auf der Hut sein musste. Die Hure eines großen Herrn zu sein, selbst wenn er der Markgraf war, war noch lange nichts, das einem ein Leben lang den Magen füllte. Als die Mutter noch lebte, hatte sie ihr von einer schönen Cousine erzählt, der sie angeblich ähnlich sehen sollte. Diese hatte in der alten Salzburger Heimat einem Baron zwei Bankerte geboren und war dann von der alten Baronin mit kaum mehr als den Kleidern am Leib fortgejagt worden. Deshalb traute Elisabeth ihrem Glück noch lange nicht.

Jeden Tag nach Sonnenaufgang reihte sie sich in die Schar der Mädchen ein, die mit ihren hellen Kopftüchern tief in der Stirn zu den Flachsfeldern zog. Die kleinen blauen Blüten, die wochenlang auf den schlanken Stängeln geschaukelt hatten, färbten sich innerhalb weniger Tage bräunlich und raschelten brüchig, wenn der Wind hindurchstrich. Dort, wo die Sonne gut hinschien, standen schon die Samenkapseln. Stundenlang rauften die Mädchen die Stängel, zogen sie in gleichmäßigem Takt aus dem Boden und legten je eine Handvoll am Rand des Ackers ab. Die ersten Stunden sangen sie noch alle Lieder, die sie kannten: Kirchenlieder und auch freche, schlüpfrige, die die Burschen an den Kirchweihtagen grölten. Doch gegen Mittag schleppten sie sich nur noch schweigend mit offenen, trockenen Mündern und stierem Blick die Furchen entlang und bemerkten nicht mehr, wenn sich Dornen in ihre nackten Füße bohrten. Nur hin und wieder hockte sich eine breitbeinig hin, hob die Röcke und verrichtete ihre Notdurft, so dass der Trupp ins Stocken kam und ein wenig gekichert wurde.

In Elisabeths Kniekehlen lief bald der Schweiß zusammen und begann zu jucken. Ein breites, schwankendes Gesäß mit hochgebundenen Rockschößen vor und das Keuchen eines anderen Mädchens hinter sich, griffen ihre Hände losgelöst von ihren Gedanken nach dem Hanf. Hätte sie fragen sollen, ob er wiederkäme? Hatte sie dem Markgrafen vielleicht etwas nicht recht gemacht an dem Nachmittag, als er mit ihr nebenan in die Schlafkammer gegangen war? Er hatte wohlig gelacht, als sie ihm mit der flachen Hand fest auf seinen rosigen Hintern geschlagen hatte, so dass kleine Wellen durch das massige Fleisch am Rücken und entlang der Oberschenkel liefen. Sie konnte sich weitaus Schlimmeres vorstellen. Auch wenn sie nicht verstand, warum die Leute so viel Aufhebens von dem Gebalge machten. Oft schon hatte sie gesehen, wie Mägde und Knechte auf dem nackten Boden hinter einem Heuhaufen einander besprangen und dabei so herzerweichend stöhnten und keuchten, dass es einem normalen Menschen, der seiner Arbeit nachgehen musste, an die Nieren ging. Nein, aus reiner Freude hätte sie so etwas nie gemacht. Aber hatte sie eine andere Wahl? Wenn der Markgraf gerade bei ihr sein Vergnügen fand, dann sollte ihr das recht sein. Zumal er auch ziemlich schnell fertig geworden war.

Elisabeth kratzte sich schnell einen Flohstich am Oberschenkel auf, spuckte darauf und ließ ihre Arme gleich darauf mechanisch weiterarbeiten. Nein, der Markgraf war weiß Gott kein übler Mann, so groß und kräftig und jung, wie er daherkam. Aber vermissen würde sie ihn auch nicht. Der Regenschirm, so tröstete sie sich, würde ihr auf jeden Fall bleiben. Sie wusste mit ihm zwar nichts anzufangen, aber ihr Bruder konnte ihn sicherlich gut über den Juden verkaufen. Und dann war da noch der prächtige Rock. Den würde sie auf keinen Fall hergeben.

Immer wenn ein Feld abgeerntet war, bündelten die Mädchen die Stängel und banden sie an Holzstangen fest, die senkrecht in den Boden gerammt wurden. Jetzt konnte der Flachs nachreifen. Ihre Rücken schmerzten, Mücken umsurrten ihre schweißnasse Haut. Erst als die Sonne ganz steil stand, ließen die Bauern Körbe mit Käselaiben und Brot und Krüge voll Wasser aufs Feld bringen. Die Mädchen aßen und tranken und rollten sich im Schatten der Bäume für ein paar Minuten zusammen. Danach arbeiteten sie bis zum Anbruch der Dunkelheit weiter. Bis ein Gewitter aufkam und sie die Röcke hoben und die Hemden aufschnürten, damit ihnen der Wind über die bloße Haut strich.

Ein paar Tage später verteilten sie sich auf den Tennen der größeren Höfe, wo quer über die ganze Länge runde Balken mit eng beieinander eingeschlagenen Kämmen geklemmt waren. Mit einem schnellen, heftigen Ruck zogen die Mädchen ein Büschel Flachsstängel nach dem anderen durch die Eisenzähne und riffelten so den Samen ab, der am Boden zu körnigen Pyramiden anschwoll wie in einer großen Sanduhr.

Elisabeth saß auf einem Hocker neben Marie Schmiedinger, deren Bruder in der Ansbacher Hofgärtnerei arbeitete, und fragte sie nach dem Aussehen und Benehmen der Frauen am Hof, den seit Jahren andauernden Umbauten am Schloss und schließlich nach dem Wesen des Markgrafen aus. Das Mädchen, das von schweren Brüsten nach vorne gezogen wurde, so dass es aussah, als habe es einen Buckel, schaute Elisabeth dumpf an. In ihren stecknadelkleinen Augen flackerte Bosheit auf. Mit schmatzenden Lippen sagte sie: »Der Markgraf soll bei Seiner Königlichen Hoheit zu wenig Vergnügen finden und muss sich deshalb oft anderweitig bedienen.«

Elisabeth lachte so laut wie die anderen, fragte aber nicht mehr weiter, sondern ließ ihre Hände noch eifriger hantieren als zuvor. Dass die Schmiedingerin öfter zu ihr hingaffte, ignorierte sie.

Das dritte Geschenk ließ auf sich warten. Allerdings, so hörte Elisabeth die Leute sagen, waren der Markgraf und die Markgräfin mit einer großen Entourage zum Erbprinzen nach Bayreuth gereist, der seit Kurzem mit der ältesten Tochter des preußischen Königs verheiratet war, der Schwester der Markgräfin. Angeblich hatten die Bayreuther Herrschaften aus Italien einen berühmten Kastraten kommen lassen, den sie ihren Gästen vorführten.

Dann aber, Anfang September, brachte ein Ansbacher Reiter in Husarenuniform ein Holzkästchen, das er der Mademoiselle nur persönlich übergeben durfte. Elisabeth öffnete es, wühlte alles Stroh heraus und fand ganz unten ein kleineres, kunstvoll geschreinertes Kästchen. In einem Tuch aus dickem blauem Samt lag sorgsam eingebettet ein zerbrechliches Spielzeug. Ein Mann mit schwarzem Dreispitz auf der weißen Perücke, gekleidet in einen himbeerroten Rock und eierschaumfarbene Kniehosen, reichte einer Dame einen kleinen Käfig, in dem ein winziges Vögelchen auf einer Stange saß. Die Dame war geschmückt mit sechzehn taubenblauen Schleifen, wie Elisabeth sofort nachzählte. Elisabeths Fingerkuppen wanderten über die hervorstehenden Schnörkel, Rosetten, Glieder, Nasen und Locken dieser leblosen Welt aus Porzellan, rieben die blanken Rundungen und spielten mit den kleinen Überraschungen, die sich noch am Pantoffel oder dem mit den maigrünen Blättern besetzten Geäst eines kleinen Bäumchens finden ließen. In ihrem ganzen Leben hatte sie nichts Schöneres gesehen.

Mit diesem dritten Geschenk erwachte ihr Ehrgeiz. Große Gefühle hatte sie nie kennengelernt, dafür war sie immer zu hungrig oder zu müde gewesen. Wenn sie nun nachts auf ihrem Strohsack lag, dachte sie sich Liebkosungen und Posen aus, mit denen sie den Markgrafen das nächste Mal beglücken wollte. Elisabeth war nie eitel gewesen. Jetzt aber zupfte sie morgens so lange an ihrem Brusttuch herum, bis ihr ihr Dekolleté reizvoll genug erschien, und band sich Schleifen in ihr Haar. Egal, ob sie gerade den Boden schrubbte oder den Kleinen Brot aufschnitt, mit einem Ohr horchte sie immer, ob Reiter auf den Hof kämen. Und obwohl sie es liebend gern getan hätte, war sie klug genug, den Mund zu halten und mit keinem der anderen Dorfmädchen über ihre Hoffnungen zu spekulieren.

Der Brief war natürlich ein Problem. Elisabeth hatte ihn, ohne das Siegel zu brechen, im Bettstroh verschwinden lassen. Sie wusste nicht, wem sie ihn zum Lesen geben sollte. Der Pfarrer kam nicht infrage. Der Vater, der ein Halsabschneider und Taugenichts war und die Mutter ins Grab getrieben hatte, schon gar nicht. Von ihren Freundinnen konnte keine mehr als den eigenen Namen kritzeln. Nachdem sie eine Nacht und einen Tag gegrübelt hatte, war ihr klar, dass ihr letztlich nur der Falkensekretär Göbel helfen konnte. Eine Tante zweiten Grades war mit ihm verheiratet, der Vater half seit einiger Zeit in der Triesdorfer Falknerei aus. So würde es nicht allzu sehr auffallen, wenn sie zu Göbel ins Rote Falkenschloss ging.

Elisabeth blieb ohne Entschuldigung vom Flachsriffeln weg, ging die fünf Stunden ohne Pause und ließ sich von einem Burschen den Weg zum Zimmer des Sekretärs beschreiben. Dort angekommen, wischte sie mit dem Handrücken die vom Schweiß noch wirrer gelockten Haare aus der Stirn und öffnete dann, ohne zu klopfen, die Tür.

Johann Michael Göbel erschrak, als das Mädchen so plötzlich kaum zwei Meter vor seinem Schreibpult stand. Anfang zwanzig vielleicht, weich und gerundet – sündhaft, gotteslästerlich und unkeusch also. Der Falkensekretär wollte dieser schlimmen Versuchung mit barschem Ton Einhalt gebieten, doch Elisabeth kam ihm zuvor und zog den großen Brief aus ihrer Schürzentasche hervor.

»Der Brief ist vom Markgrafen für mich, ich kann aber nicht lesen«, sagte sie, brach das Siegel und legte ihn vor Göbel auf das Pult. »Würde der Herr Sekretär mir bitte sagen, was darin steht?«

»Ach ja, lass sehen.«

Göbel war ein Mann, der für einen Bauernsohn ohne Bildung und Protektion eine beachtliche Karriere machte. Er arbeitete penibel und ungeheuer fleißig. Er hatte ein feines Matrixsystem der sauberen Spalten und Gitter mit Zwischensummen, Übertragsrechnungen und Nachschlagregistern ausgetüftelt, das der Markgraf persönlich lobte, weil sich damit die gesamte Falknerei erfassen ließ. Alle Posten von den Pferdekadavern, um die Milane anzuludern, über die Hunderte Tauben zur täglichen Atzung bis hin zu den Uniformen der Falkner ordneten sich in kleinen, deutlich geschriebenen Zahlen.

Nicht dass sich der Markgraf über den dank Göbel ablesbaren rasanten Anstieg der Ausgaben Sorgen gemacht hätte – um Geld mochten sich solche Krämerseelen wie der königliche Schwiegervater kümmern. Aber er fand Göbels Tabellen, denen man entnehmen konnte, wie viele Reiher oder auch Krähen er in diesem Mai verglichen mit dem Mai 1731 gebeizt hatte, außerordentlich modern. Er ließ von allen Tabellen Kopien an seine Tante, die Königin von England, und auch eine an den König von Neapel schicken. Der König von Neapel, das wurde ihm vom österreichischen Botschafter zugetragen, beneidete ihn um seinen Ruf, der glänzendste Falkner Europas zu sein.

Göbel brauchte für seine zähe Arbeit Ruhe. Deshalb hasste er Überfälle wie Elisabeths Besuch in seinem engen Zimmer, an dessen Wänden sich braune Aktenbände stapelten, wo gespitzte Federkiele, nachtblau gefüllte Tintenfässer, geschnittene Papierbögen und lange Lineale aus poliertem Kirschbaum jederzeit griffbereit waren. Hinzu kam, dass ihn ihre Person von Minute zu Minute mehr beunruhigte. Täuschte er sich, oder schaute sie ihn aus ihrem rosigen Engelsgesicht regelrecht dreist an? Schnell nahm er ihr den Brief aus der Hand und überflog den Text.

»Und was schreibt er mir?«

Elisabeth wippte auf den Zehenspitzen schon wieder gefährlich weit in seine Nähe.

»Also«, murmelte Göbel und schaute sie einmal, aber nur ganz kurz, an, dann versenkte er sich wieder in den Text.

»Du wirst am Siebenundzwanzigsten des Monats von zu Hause abgeholt und mit einer Kutsche nach Ansbach gebracht. Du sollst im Schloss bei der Weißwäsche arbeiten und auch da wohnen.«

Göbel scharrte leicht mit den Füßen am Boden und wusste nicht, wie er ihr die nächsten Formulierungen beibringen sollte. Sie wortwörtlich vorzulesen, hielt er für unschicklich. Außerdem verstand das dumme Ding wohl kaum die Sprache des Hofes. Er würde kostbare Zeit sparen, wenn er ihr diese spezielle Stelle zusammengefasst mitteilte.

»Was steht noch drin, lesen Sie doch weiter, ich muss wieder nach Hause!« Elisabeth schaute weiter süß und lieblich, aber sie sprach, als wäre sie es gewohnt, Befehle zu erteilen. Dabei krümmte sie auch noch alle zehn Finger um den Rand seines Pultes, so dass er unweigerlich die entzückenden kleinen rosa Muscheln ihrer Nägel, unter denen der Dreck stand, betrachten musste.

»Das Wohlwollen und die besondere Aufmerksamkeit des Markgrafen werden dir zuteil«, schnurrte Göbel hastig herunter. Dann faltete er den Brief, zögerte noch, ob er ihr ihn zurückgeben sollte, tat es dann aber doch.

»Vielen Dank, Herr Sekretär, und auf Wiedersehen.«

»Bild dir bloß nichts ein, da bist du genauso schnell wieder weg, wie du gekommen bist«, zischte Göbel.

Elisabeth antwortete ihm mit einem kleinen Lächeln. Sie konnte zwar weder lesen noch schreiben, lernte aber schnell. So schnell, dass sie verstand, dass Göbels Drohung rein gar nichts zu bedeuten hatte. Sie erkannte, dass der Neid sich in ihm wand wie ein Regenwurm, den man zwischen den Fingern baumeln ließ.

An den Heimweg erinnerte sich Elisabeth später nicht mehr. Sie wanderte durch sumpfige Wiesengründe und entlang moosiger Waldsäume, ohne zu hören, wenn ein Ast unter ihren Füßen knackte oder ein Vogel aufschrie. Seit ihrem elften Lebensjahr hatte sie für den Vater und den großen Bruder wie eine Dienstmagd geschuftet und die kleinen Geschwister vor dem Verhungern bewahrt. Egal, ob Schneetreiben herrschte oder ein Fieber sie schüttelte, war sie morgens um fünf Uhr in den Stall gehuscht, um die einzige Kuh der Familie zu melken. Leichtfüßig, mit einem Stängel Sauerampfer zwischen den Zähnen, wanderte sie aus ihrem alten Leben heraus und hinein in ein neues.

Die ersten Tage im Schloss waren fürchterlich. Man scheuchte sie herum, befahl ihr, Laken zu säumen und nach einer halben Stunde schon wieder aufzuhören und andere zu stopfen. Niemand schien genau zu wissen, wer sie eingestellt hatte. Außerdem ärgerte es die anderen Bediensteten, dass man ihr eine Kammer ganz für sich zuwies, während alle anderen zu viert schliefen und zu zweit in ein Bett krochen. Elisabeth fragte wenig, ließ sich das reichliche Essen schmecken und wartete.

In der fünften Nacht weckte sie ein Lakai. Fröstelnd eilte sie dunkle, zugige Gänge entlang und stolperte über Holzlatten und Farbkübel. Im Schloss wurde seit fast einem Jahrzehnt gebaut. Elisabeth war weder ängstlich noch überrascht, sondern erleichtert, dass es jetzt endlich so weit war.

Für den Markgrafen schien es noch Tag zu sein. In seinem privaten Appartement brannten unzählige Kerzen. Auf dem Tisch waren Muscheln, Kalbsaugen, Wildschweinbraten in Schokoladensauce, gesottene Krebse, Schalen mit Honigtunke, Fasanensuppe und gedünsteter Sellerie angerichtet. Auch eine kleine Pyramide aus buntem Marzipankonfekt hatte man in aller Eile aufgeschichtet. Obwohl Charles eben erst vom Spieltisch kam, wo er hoch gewonnen hatte, trug er keine Perücke mehr, war aber prächtig gekleidet in einen Rock in der Farbe von Rotkehlcheneiern, bestickt mit Edelsteinen, die Elisabeth nach der ersten Begrüßung ungeniert befingerte und bestaunte. An seinem Atem roch sie, dass er viel getrunken hatte.

Elisabeth musste ihm gegenüber auf einem Armstuhl Platz nehmen, deren steifer Bezug sie an den bloßen Armen kratzte. Sie bekam Wein eingeschenkt, Tokaier, wie er sagte, und sie leerte mit einem Schluck das halbe Glas, damit es ihr wärmer wurde. Wieder erzählte er ihr von seiner Reise nach Frankreich, vieles Neue und noch einmal das von den Mohrenkindern, die auf den Fluren von Fontainebleau hin und her schlitterten wie auf einer Eisbahn.

Elisabeth lachte und lachte und zog Charles an den langen blonden Strähnen, die sich aus seinem Nacken lösten. Während er noch mehr aß und trank und über den schwächlichen Schwager in Bayreuth spottete, dem schon nach zwei Humpen Bier speiübel wurde, suchten ihre Augen die schattigen Höhlen des Zimmers ab. Hellwach wanderten sie über die honigfarbenen Kommoden mit den geschweiften Beschlägen und das gewaltige Bett mit seinen gefransten Samtvorhängen. Sie sah die Schatten des Kaminfeuers über Gemälde lecken und wie sich ihr Mund in der Klinge des schweren Silbermessers spiegelte, mit dem sie mühsam hantierte. Durch ihren Kopf schossen abstruse Zahlen, Summen, die der Jude wohl für solche Kostbarkeiten zahlen würde.

Als sie später in den seidenen Kissen zusammenlagen, bettete Charles seinen Kopf auf ihren Bauch und streichelte ihr zärtlich über das rechte Knie, aber da war sie schon fest eingeschlafen. Erst im Morgengrauen ließ er sie von einem Lakaien zurück in ihre Dachkammer bringen. Er aß im Bett seine Morgensuppe und zog sich dann pfeifend ohne Hilfe eines Dieners an. Frisch und fröhlich wie schon lange nicht mehr, brach er mit Reitzenstein und Gefolge auf, um zum Bruckberger Jagdschloss zu reiten.

Den ganzen Winter über holte man sie nachts zum Markgrafen, zweimal die Woche, manchmal auch dreimal. Sie hatte keinerlei Scheu vor ihm, war herzhaft, ungestüm und immer heiter. Sie trällerte kleine Gassenhauer, plauderte beim Likör von Messerstechereien und Hexenzauber. Sie raunte ihm Gerüchte aus Dörfern ins Ohr, die zu seinem Besitz gehörten, die er aber noch nie besucht hatte. Dass diese Art der Unterhaltung dem Markgrafen am meisten gefiel, begriff Elisabeth schnell. Sie perfektionierte ihre Rolle von Besuch zu Besuch. Bis sie gurrend lachen konnte, auch wenn sie zu Tode erschöpft war, oder sich, was immer öfter vorkam, im lärmenden Labyrinth des Schlosses einsam fühlte und sich nach ihren Freundinnen und kleinen Geschwistern sehnte.

Er brachte ihr bei, Tricktrack zu spielen, und korrigierte gelegentlich ihre Tischmanieren. Zu Weihnachten schenkte er ihr nichts, aber zu Neujahr brachte er ihr einen gefleckten Spanielwelpen. Zuerst versuchte sie, das Tier in ihrer Kammer zu halten, aber wenn sie arbeitete, zerbiss es ihre Bettdecke und ihr zweites Paar Schuhe. Deshalb stahl sie sich bei Einbruch der Dunkelheit an den Wachen vorbei und schubste das Hündchen in eine Gasse. Der Markgraf fragte nie mehr nach ihm.

Ihre Arbeit bei der Weißwäsche blieb die gleiche. Am liebsten bügelte sie. Es gelang ihr, dabei zu dösen und Bettruhe nachzuholen, denn der Markgraf wollte sie ja nicht zum Schlafen bei sich haben. Beim Bügeln stellte auch keiner neugierige Fragen oder wollte sie dazu überreden, mit zum Tanz zu gehen, was sie liebend gern getan hätte. Ohne dass sie ihn je gefragt hatte, wusste sie, dass ihn das erzürnt hätte.

Einmal brachte ihr ein Bauernknecht aus Muhr einen Gruß von Georg, dem Saliterer. Sie hatte ihn kurz vor Lichtmess kennengelernt, als alle jungen Leute der Gegend zum letzten Flachsrocken zusammenkamen. Die Mädchen brachten Schmalzgebackenes mit, und die Burschen kauften ihnen Bier. Georgs braune Augen waren zärtlich wie die eines Rehbocks. Er roch auffallend anders als die Menschen, die Elisabeth kannte, nach einer Mischung aus Molke und Heu. Das kam, weil er sich oft wusch. Und, so verriet er ihr und machte dabei die entsprechenden Bewegungen mit den Armen, weil er auch gerne schwamm. Er zählte ihr auf, in welchen Dörfern er herumkam und wie viele Eimer Salpeter er im Monat von den gekalkten Wänden der Ställe und Häuser kratzte. Immer finde er neue üppige Ausblühungen, die so schnell wuchsen wie Wiesenschaumkraut im Mai, weil der Urin der Tiere das Salz unaufhörlich durch die Mauern trieb. Seine Arbeit würde immer gebraucht, davon ließ sich gut leben, flüsterte er ihr zu und legte schüchtern einen Arm um ihre Taille. Krieg war schließlich immer irgendwo, und die Landesherren zahlten gut für den grünblauen Staub, den er ihnen brachte, um Schießpulver daraus zu machen.

»Der Kaiser, sagt man, will bald Salpeter zukaufen. Dann wird er knapp, und auch meine Profite steigen«, sagte er und schaute sie scheu an.

»Um dich reißen sich bestimmt die Mädchen, Georg, du bist kein Hungerleider«, hatte sie ihm geantwortet und es auch so gemeint. Er gefiel ihr sehr. Sie hätte ihn damals nicht abgewiesen, wenn er mehr gewollt hätte als hastige Küsse.

Aber Georg war zu schüchtern. Er forderte sie bei der nächsten Kirchweih nur zum Tanzen auf. Sie verabredeten sich für das Johannisfeuer, doch in der Zwischenzeit sah sie der Markgraf, als sie dem Vater während einer Beizjagd einen Krug Bier bringen musste, und sie verlor noch am selben Tag ihre Unschuld und schämte sich, Georg unter die Augen zu treten. Irgendwie musste er erfahren haben, dass sie inzwischen im Schloss war.

Elisabeth sagte dem Knecht, er solle dem Saliterer nichts, aber auch gar nichts bestellen, drückte ihm für die Heimfahrt aber ein großes Stück Speck in die Hand, raffte die Röcke und rannte die östliche Treppe hoch.

Ihr Herz klopfte ihr hart bis in den Hals, weil sie an Georg denken musste und sie auf einmal seinen wunderbaren Geruch in der Nase hatte, so als stünde er gerade in diesem Augenblick neben ihr. Hunger leiden müsste sie bei ihm sicher nicht, aber niemals könnte sie in seidenen Betten schlafen und sich abwechselnd Marzipankirschen und Entenbraten in den Mund stopfen.

Elisabeth war froh, dass niemand den schmalen Gang zur Bügelkammer entlangkam, so dass sie sich noch eine Weile an die Wand lehnen und von ihren Erinnerungen Abschied nehmen konnte.

Es war Mitte März 1734, als sie ihm sagte, dass sie ein Kind erwartete. Sie spielten gerade eine Partie Tricktrack, und Elisabeth häufte ein Goldstück nach dem anderen vor sich auf. Der Markgraf gab ihr jetzt zu Spielbeginn immer eine bestimmte Summe, und was sie gewann, durfte sie behalten. Ende Oktober, Anfang November sei es so weit, fuhr sie fort, allerdings erst nachdem sie seine Möglichkeiten, die weißen Steine zu bewegen, gründlich abgeschätzt hatte.

Charles ließ gleich am nächsten Tag Heistermann kommen. Wie fast immer wurde der Hofzwerg der verstorbenen Markgräfin Christiane Charlotte in einer eigens für ihn gefertigten Sänfte, an dem groß das Wappen von Brandenburg-Ansbach prangte, in das Audienzzimmer getragen. Heistermann trank und aß viel, und das Gehen auf seinen kurzen Beinen fiel ihm schwer. Gleich als der Serenissimus ihn begrüßte, fing er zu nörgeln an. Die vielen Handwerker, vor allem das italienische Gesindel, die sich nun schon seit Jahren im Schloss eingenistet hatten wie Flöhe bei einer Witwe mit überschießenden Körpersäften, störten ihn. Heistermann besaß wie kaum ein anderer am Hof das Vertrauen des Markgrafen. Der Zwerg trug auch für einen Hofrat auffallend extravagante Schuhe. Die perlgraue Seide drehte sich in den Spitzen wie ein Schwanenhals nach oben, und auf der großen silbernen Schnalle funkelten zu Rosenbouquets zusammengesetzte Diamanten. Man munkelte, die verstorbene Regentin habe ihm immer wieder heimlich Geld zugesteckt.

Auf seinen Schultern saß ein nicht nur für den kleinen Körper ungewöhnlich großer, sondern auch besonders fleischiger Kopf mit wulstigem Nacken. Die Augenbrauen wuchsen ihm über der Nase zusammen, und Charles erinnerte sich, dass seine Mutter ihrem Zwerg von Zeit zu Zeit befohlen hatte, sich die langen Haare aus Nasen- und Ohrenlöchern zu zupfen.

Der Markgraf zog aus einer Tasche eine kleine, eiförmige Dose aus Rosenquarz, eingesponnen in ein Netz aus Golddraht, die er sich erst kürzlich aus Dresden hatte kommen lassen. Er klappte den emaillierten Deckel auf und lehnte sich mit ausgestrecktem Arm weit vor, damit sich Heistermann leicht von den kandierten Veilchen nehmen konnte. Die Dose war noch gut gefüllt, so dass ihre eigentliche Leckerei verborgen blieb.

»Heistermann, schauen Sie.«

Charles zog den Arm wieder zurück und winkte den Zwerg zu sich. Der kleine Mann ließ sich schwerfällig vom Sessel plumpsen und wankte zum Sessel des Markgrafen. Charles kippte ihm alle Süßigkeiten auf einmal in die Hand und hielt ihm dann die Miniatur in der Innenseite der Dose direkt vor die Nase.

»Mon Dieu.«

Heistermann zog die Luft scharf durch die Zähne. Auf blauem Grund streckte sich ein hummerfarbener Penis aus, lang und steif wie ein Fahnenmast, auf dem drei hübsche Ballettmädchen tanzten.

»Hochfürstliche Durchlaucht pflegt einen Geschmack, wie er nicht delikater sein könnte«, schmeichelte der Zwerg und wusste doch längst, dass es heute um etwas anderes als um galante Obszönitäten ging.

»Sie bekommt ein Kind von mir«, platzte Charles heraus und strahlte Heistermann aus seinem rotwangigen Bubengesicht an.

»Ihre Königliche Hoheit?«

Charles fuhr mit einer Hand durch die Luft, als wollte er eine Mücke verjagen.

»Elisabeth!«

»Elisabeth heißt also das schöne Kind vom Land.«

Natürlich hatte Heistermann von den Gerüchten gehört, aber bislang keinen Namen gewusst. Jetzt sollte er auch noch gleich eine Lösung finden.

Nach einer Stunde war beschlossen, dass Elisabeth für sich und den markgräflichen Bastard ein Schloss bekommen sollte. Heistermann war eingefallen, dass Georgenthal, welches der verstorbene Onkel Georg Friedrich vor vierzig Jahren als Jagdquartier hatte bauen lassen, leer stand. Abgeschieden wie es war, würde es sich ideal für diesen Zweck eignen. Der Markgraf konnte es sowohl von Gunzenhausen als auch von Triesdorf her schnell erreichen. Charles tätschelte seinem Zwerg die fetten Wangen und versprach, ihm gleich in Dresden eine Dose mit ebensolchem hübschen Innenleben zu bestellen. Beide wussten, dass das kleine Schloss völlig verwahrlost war. Man brauchte also wieder einmal die Juden. Heistermann schlug vor, sich zunächst an Löw Israel zu wenden. Israel war einer der wenigen Menschen außer dem Markgrafen und der verstorbenen Markgräfin, der sich der Zuneigung des Zwergs erfreute.

Noch am selben Tag erschien Löw Israel bei Hofe. In seinem schweren, an der Vorderseite mit Pelzborten und Goldfäden verzierten Kaftan umgab ihn ein gewisser orientalischer Flair. Allerdings ging Löw Israel im Gegensatz zu den meisten in Ansbach, Erlangen oder Heilsbronn ansässigen Männern seines Volkes schon seit einigen Jahren bartlos und trug eine Perücke. Sein jüngerer Bruder Mosche avancierte gerade in Paris und versorgte den Prinzen Conti mit frischem Geld, damit sich dieser seine ebenso geistreiche wie juwelensüchtige Mätresse, die Comtesse de Boufflers, leisten konnte. In die deutsche Provinz schickte Mosche jeden zweiten Monat Schnittkopien der neuesten französischen Mode, gestreifte Seide und Chinoiserietapeten, nach dem neuesten Schrei zu possierlichen Hündchen geschneiderte Flohfallen mit Rubinen als Augen sowie aphrodisisches Parfüm. Natürlich auch Bücher, vor allem aber detaillierte Beschreibungen von grandiosen Feuerwerken, Gartenanlagen und den vielen verrückten Ideen aus den Salons, die jetzt wie Pilze aus dem Boden schossen.

Löw Israels Kredit machte es auch möglich, den berühmten Carlo Carlone anzuwerben. Er sollte in zwei Monaten nach Ansbach kommen und für vereinbarte achttausend Gulden das Deckenbild im Festsaal *al fresco* malen. Der Jude profitierte seinerseits erheblich von seinem Engagement bei Hofe, denn viele der fränkischen

Adeligen, aber auch reiche hugenottische Flüchtlinge, die sich in der neuen Auslage prächtige Häuser bauen ließen, bezogen die dafür erforderlichen Mittel über ihn. Allerdings zu deutlich höheren Zinsen als der Markgraf.

Wie immer brachte der Hofbankier seinem Markgrafen ein hübsches und ein kurioses Geschenk mit. Letzteres war dieses Mal die getrocknete Schwanzflosse eines Bartenwals. Das erste zielte auf die größte Leidenschaft des Markgrafen ab. Von einem zierlichen Meißner Kaffeekännchen lächelte eine Amazone, die mit stolzer Geste einen Wanderfalken auf ihrem Handschuh trug.

Charles dankte mit aufrichtiger Freude und erkundigte sich zunächst eingehend nach Löw Israels Kenntnissen bezüglich des Erfolgs von Porzellanmanufakturen. Löw Israel, der wusste, dass er sich auf das verlassen musste, was er wirklich beherrschte, versprach, seinen Vetter David Wassermann heimliche Erkundigungen in Berlin und Kopenhagen einholen zu lassen. Auch als der Markgraf schließlich auf die komplette Sanierung von Georgenthal zu sprechen kam, passte der Hofjude. Seine Reserven seien erschöpft, klagte er. Mancher Rückfluss lasse auf sich warten. Er nannte nicht ohne Absicht den Namen des Geheimen Rates von Pölnitz, dessen Stadtpalais gegenüber dem markgräflichen Ballhaus schon seit einem Jahr fertig und bezogen war, ohne dass ihm der Zins, geschweige denn die fällige Rate erstattet wurde. Aber er, Löw Israel, könne Isaac Nathan empfehlen.

So lernten sich in den ersten Frühlingstagen 1734 Markgraf Karl Wilhelm Friedrich und Isaac Nathan aus Kleinlangheim, genannt Ischerlein, kennen. Isaac Nathan hatte bislang kaum das Ghetto verlassen, dort aber still und zielstrebig sein Vermögen gemehrt. An dem Tag, an dem er so überraschend ins Schloss bestellt wurde, setzte er alles auf sein Glück. Mit Absicht kleidete er sich in seinen abgeschabten mausfarbenen Alltagskaftan, setzte den Hut aus Bärenfell auf und brannte sich nur frisch die dünnen Schläfenlocken.

Als er auf den hallenden Gängen vor dem Audienzzimmer auf und ab ging, beugte er, obwohl er noch ein junger Mann war, ein wenig den Rücken. Er gab vor, scheu und ängstlich zu sein, um nicht den Spott oder Ärger eines gelangweilten Höflings zu provozieren. Durch hohe Türen hörte er Gebrüll, dann, wie aus den Fensternischen »von Eyb« gezischt wurde. Ischerlein riskierte einen Seitenblick.

Ein Mann in Uniform mit zusammengepressten Lippen stürmte aus dem Empfangszimmer und schleuderte Heistermann laut »dreckige Kanaille« entgegen. Der Zwerg schwenkte übertrieben tief seinen mit Juwelen besetzten Hut und furzte. Ein Lakai schubste den Juden in den Saal hinein.

Der Markgraf tobte noch immer. Die Tür schloss sich. Einem Kammerjunker wurde die Perücke vom Kopf gerissen, schwere Fäuste hämmerten auf eine Konsole, jemand goss Wein nach, der Markgraf sackte auf seinen Sessel, schrie etwas von Betrug und Prozess machen, riss sich den Rock auf, stutzte über Ischerlein, winkte ihn zu sich und erzählte ihm keuchend und zusammenhanglos von seinem Ärger.

Er pfiff nach einer sehnigen, sandfarbenen Bracke, kraulte sie und küsste ihr ein Ohr, dann bot er Nathan Wein an, seufzte und fluchte noch ein paar Mal. Schließlich richtete er das Wort an den Juden.

»Ich habe nur Gutes über ihn gehört. Und er weiß ja, dass sein Fürst auch den ungetauften Landeskindern wohlgesinnt ist. Wenn er mir jetzt hilft, wird das dem Ansehen seiner Glaubensbrüder nur nützen.«

»Alles, was Hochfürstliche Durchlaucht wünschen.«

»Knien braucht er nicht, steh er!«

»Zu gütig, zu gütig.«

»Ich will es kurz machen. Eine Demoiselle, deren Person hier nicht beredet werden muss, ist gesegneten Leibes. Sie wird zu meiner großen Freude und mit Gottes Hilfe im Herbst niederkommen. Versteht er?«

Ischerlein verstand sehr wohl. Auch ihm war dergleichen schon einmal passiert. Allerdings hatte sich seine Freude darauf beschränkt, das Dienstmädchen Rachel mit ein paar Kreuzern so schnell wie möglich aus dem Haus zu befördern.

»Ich brauche die Summe, die nötig ist, um Georgenthal standesgemäß herzurichten.«

Nach einer halben Stunde waren sie sich einig. Ischerlein würde die Summe für die Renovierung, Ausstattung und Möblierung von Georgenthal bis zu einer Höhe von fünfundvierzigtausend florentinischen Gulden übernehmen. Als er zwei Stunden später wieselflink aus dem Schloss huschte, wurde er von den im Treppenhaus promenierenden Schwätzern und aufgeputzten Damen, die seiner Meinung nach dem Herrgott seinen lieben Tag stahlen, keines Blickes gewürdigt. Unauffällig verschwand der Mann, der im Rücken des Markgrafen bald der mächtigste Mann in ganz Brandenburg-Ansbach werden sollte, in die engen dunklen Judengassen.

Die Lindenalleen im Hofgarten leuchteten hellgrün zu den Schlossfenstern hinauf, als Elisabeth zum ersten Mal nach Georgenthal fuhr. Der Markgräfin wurde berichtet, das Mädchen sei in einem einfachen roten Kleid zu Serenissimus in die Kutsche gestiegen. Jeder wunderte sich, dass sie diese Frechheit ruhig und mit nichts als einem Achselzucken zur Kenntnis nahm. Heistermann war sogar regelrecht gekränkt – er hatte sich einen furiosen Eklat gewünscht.

Der Markgraf lehnte sich mit einem tiefen Seufzer in die Polster der Kutsche. Wie so oft fühlte er sich in Elisabeths Gegenwart wie durch einen Zauber besänftigt. Zumindest für ein paar Stunden. Ihr gelang es, die Stürme, die aus heiterem Himmel über ihn kamen, in ihre drahtigen Locken abzuleiten und dort gefangen zu halten, bis sie als harmloses Sommerlüftchen in sich zusammenfielen. Dafür war er ihr dankbar. Sein aufbrausendes Gemüt bereitete ihm oft Kummer. So hatte er zum Beispiel vor einem knappen Jahr einen Fallmeister erschossen, weil er ihn verdächtigt hatte, die Jagdhunde zu vernachlässigen. Hinterher bereute er seine Tat sehr und stellte der Witwe eine hohe, lebenslange Pension aus.

An manchen Tagen konnte er weder sitzen bleiben noch sich auf die Akten, die man ihm vorlegte, konzentrieren. Alles in ihm zuckte und zappelte. Dann musste er hinaus und jagen. Natürlich spürte er, dass jedermann seine Schwächen beobachtete. Besonders seine Frau. Ihrem Blick entging nichts. Dieser Blick, so nüchtern und unbestechlich, machte ihn konfus und brachte seine Wut zum Überkochen. Friederike verachtete ihn. Das hatte er vom ersten Tag an gefühlt. Nein, er hatte es nicht schlecht mit ihr gemeint. Er wollte ein guter Ehemann sein, aber sie hatte es nicht zugelassen. Ihre Art, alles wie durch eine Lupe zu betrachten, raubte ihm den letzten Rest Ruhe. Er betete oft, kein schlechter Mensch zu werden. Er wollte auch nicht, dass die einfachen Leute ihn als jähzornigen und grausamen Fürsten ansahen. Bei Gott, das wollte er nicht.

Charles blickte wieder zu Elisabeth hinüber. Sie freute sich über seine Freude, wenn er den Flug eines Falken hoch oben am Himmel im Auge behielt. Sie redete ihm gut und sanft zu, damit er den Geheimen Hofräten ein Todesurteil ohne Unterschrift zurückgab. All diese Eigenschaften machten sie ihm lieb und wertvoll, und er bemerkte gerührt, dass er selbst immer häufiger daran dachte, die mit Rosenwasser getränkten Marzipankugeln einzustecken, die sie so gerne naschte.

Manchmal fragte er sich, ob seine Liebe zu Elisabeth der zwischen seinen Eltern ähnelte. Natürlich war seine Mutter überaus gebildet und belesen gewesen, aber die ungewöhnliche Innigkeit zwischen seinen Eltern gab doch viel Anlass zu Gerede. So viel Gefühl war bei einem Herrscherpaar einfach ungewöhnlich. Die Hofdamen genierten sich, das hatte ihm seine Amme erzählt, wenn die Markgräfin ihrem Mann wie eine junge Bürgersfrau in die Arme flog und ihn glückselig »Engelsmarkgraf« nannte. Sein Vater hielt sich nie eine Mätresse. Er krümmte sich vor Angst und Schuldgefühlen, als Christiane Charlotte in den Wehen lag und schrie. Die Menschen knieten derweil vor dem Schloss und beteten um das Leben der Markgräfin.

Wenn er seine Ehefrau frei hätte wählen können, so

überlegte Charles, hätte er sich eine wie Elisabeth gewünscht. Eine, mit der man stundenlang querfeldein spazieren konnte und die einem ein allzeit munteres Lachen schenkte, das ihre zähe Natur und ihren festen Willen einhüllte wie das Eiweiß den Dotter.

»Elisabeth, du bist meine Frau Wünschin.«

Charles lachte über dieses Wortspiel leise in sich hinein. Elisabeth, die gerade in eine Marzipankugel biss, nickte ihm gütig zu.

Der scharfe, säuerliche Geruch der ersten Wiesenmahd wehte zu ihnen hinein. Bald klang das Hämmern und Klopfen der Zimmerleute und Steinmetze durch den Wald. Elisabeth reckte ihren Kopf durchs Wagenfenster, doch außer dem bemoosten Dickicht der Bäume und der Staubwolke, die den Reitern folgte, konnte sie noch nichts erkennen. Georgenthal tauchte erst auf, als die Pferde vor der schmalen Zugbrücke strauchelten und die Kutsche beinahe kippte. Erschrocken über den hohen Besuch, legten die Handwerker und ihre Gehilfen die Werkzeuge aus der Hand, so dass Elisabeth nur noch das laute Quaken der Frösche vernahm, die zu Hunderten im Wassergraben saßen.

Würde sie in Zukunft noch viel anderes von der Welt mitbekommen als dieses Schmatzen und Plumpsen im schwarzgrünen Wasser? Elisabeth erfasste ihr zukünftiges Zuhause mit einem schnellen Blick. Was sie sah, traf sie wie ein dumpfer Schlag: das prächtige Fachwerk und die stolzen Giebel von Georgenthal, der schmale, gepflasterte Hofplatz, geduckt dahinter wahrscheinlich ein Wirtschaftshaus, ein Gemüsegarten. Alles war umgeben von einem Graben, der nur mittels einer Brücke überquert werden konnte, die ein Bediensteter sogleich wieder hochzog, nachdem sie sie passiert hatten. Noch bevor Elisabeth ihr zukünftiges Reich richtig betreten hatte, begriff sie, dass sie in dem entlegensten Winkel gelandet war, den das Markgrafentum zu bieten hatte.

Der Wald verschluckt mich, dachte sie. Keiner würde merken, wenn ich hier eingehe. Dunkle Baumwipfel drängten sich von allen Seiten in den Himmel und ließen nur einen kleinen blauen Ausschnitt offen. Warum lässt er mich und das Kind nicht in einem Haus in der Stadt wohnen oder wenigstens in einem Dorf? Warum sperrt er uns ein? Sie schenkte dem Markgrafen ein gewohnheitsmäßiges liebliches Lächeln, aber in ihrem Kopf brummten die Gedanken wie eine unter einem Wasserglas gefangene Hummel.

Mit vielen Worten zeigte er ihr die drei prächtigen Zimmer im Obergeschoss. Eines davon, das Speisezimmer, sollte noch mit neumodischen Papiertapeten ausgeschlagen werden. Elisabeth fragte nicht weiter nach. Dinge, die noch nicht an Ort und Stelle waren, interessierten sie wenig und lohnten nicht die Worte. Auch das war eine Lektion aus der Zeit, als ihr die Mutter abends einen nassen Lappen in den Mund gedrückt hatte, wenn sie vor Hunger nicht einschlafen konnte. Dafür lobte sie die polierten Fichtendielen mit Eichenriegeln im mittleren Raum. Dann ging ihr Blick nach oben. Eine Weile stand sie schweigend da, die Arme im Rücken verschränkt, und betrachtete das ovale Ölgemälde, das in den Deckenstuck eingelassen war.

»Die Maschine aus Holz war schon fix und fertig, um Feuerlein unter die Decke des Festsaals in der Residenz zu hieven«, erzählte der Markgraf und beschrieb ihr diese in allen Einzelheiten. Dann aber habe man sich zu guter Letzt doch noch für den berühmten Carlo Carlone entschieden. Mit ihm ließ sich eben mehr Ehre machen.

»Den Entwurf Feuerleins, der auch schon meinen Vater, die Mutter und mich als Kind porträtiert hat, will ich dir und dem Kind sichern, und habe ihn deshalb hierherschaffen lassen.«

Erwartungsvoll schaute er Elisabeth an, deren Augen gebannt an der Decke hafteten. Aus einem Gewitterhimmel voller lila aufgetürmter Wolken stürmten ihr drei Gestalten entgegen, die nur von lockeren Gewändern umhüllt waren. Mit rudernden Armen deutete ihr der Markgraf den Sinn des Bildes als eine Darstellung des Ansbacher Herrscherpaares, symbolisiert durch die höchsten Götter des Olymps, Zeus und Hera, die gerade ihren geflügelten Boten Hermes mit Befehlen und Verordnungen für die Landeskinder auf den Weg schickten.

Elisabeth fragte sich, warum man solch ein besonderes Bild so hoch an die Decke hängte, wo kein vernünftiger Mensch lange hinschauen konnte, ohne Nackenschmerzen zu bekommen. Sie drehte sich in Richtung der nächsten Tür, so dass Charles wohl oder übel verstummte und wieder ihren Arm ergriff. Zusammen gingen sie weiter in das Zimmer, das ihr Schlafzimmer sein sollte.

»Spürst du schon Kindsbewegungen?«, fragte er, wartete ihre Antwort aber nicht ab, sondern riss ein Fenster auf und schrie in den Hof hinunter, dass man Bier und Fleisch für die neue Herrin, die Frau Wünschin, richten solle.

Elisabeth inspizierte auch die Zimmer des Gesindes

bis hinauf in den nach frisch geschnittenem Holz riechenden Dachboden, wo sie mit Befriedigung registrierte, dass sich hier fabelhaft Wäsche, Apfelringe, Pilze und Kräuter trocknen ließen. Dann schaute sie sich die Keller für Kraut, Rüben, Bier, Wein, die Räucherkammer und als Letztes die Küche an.

So lange stand sie vor dem Herd, dass der Markgraf ungeduldig wurde und mit einem Humpen Bier nach draußen in den sonnigen Nachmittag ging. Noch nie zuvor hatte sie einen geschlossenen Herd gesehen, ja nicht einmal davon gehört. Immer wieder ließ sie sich von dem Maurer, der gerade noch das Mauerwerk frisch verputzte, das Prinzip erklären. Alles Feuer blieb im Innenraum gefangen, durch eine Klappe wurden Brennholz und Kohle nachgeschoben, während der Rauch durch ein Rohr nach draußen verschwand. Die Tiegel und Kasserollen oben auf der Eisenplatte würden aber trotzdem warm, und Wasser könne schneller als sonst zum Kochen gebracht werden. Elisabeth war begeistert und wollte auf der Stelle Wasser kochen, doch es ließ sich in der neuen Küche kein einziger Topf auftreiben.

»Eine Erfindung aus Frankreich«, sagte der Markgraf, als sie schließlich, überwältigt von so viel Luxus, zu ihm an den Graben kam, wo er mit einer langen Rute beharrlich die Böschung peitschte und gut gelaunt zusah, wie die Frösche ins Wasser sprangen. Elisabeth legte ihm eine Hand auf die Schulter.

4

Obwohl es schon Anfang September 1735 war, hockte die Hitze noch immer brütend wie ein staubiges Huhn auf der Stadt. Die fauligen Ausdünstungen aus den Höfen zogen auch mit der Abendluft nicht ab. Frisch geschlachtetes Fleisch wurde grau und schillerte bald grünlich. Milch nahm, obwohl man sie sofort in die Keller brachte, schon am zweiten Tag einen sauren Geschmack an. Viele Menschen litten unter Koliken und Durchfall, drei Kinder verstarben rasch hintereinander. Man erzählte sich, dass junge Burschen nachts in die Rezatwiesen zogen und nackt in den Fluss stiegen, obwohl sie gar nicht schwimmen konnten.

Auch die Markgräfin hatte sich von einer Zofe davon berichten lassen, die ihr den Schweiß vom Körper rieb und ihr zum vierten Mal an diesem Tag das Batisthemd wechselte. Danach lag Friederike mit bergamottegetränkten Lappen auf der Stirn auf einem Tagesbett und diktierte einen Brief an ihre Schwester, die erst vor zwei Wochen Herzogin in Wolfenbüttel geworden war. Friederike wählte nebulöse Formulierungen und spickte sie mit Bosheiten gegen die Bayreuther Schwester. Die, nachdem der alte und geizige Markgraf im Mai endlich gestorben war, mindestens einmal im Monat eine italienische Oper aufführen ließ und sogar an eigenen Werken herumkomponierte. Vielleicht würde, mit diesem Gedanken brachte Friederike wenigstens eine der vielen öden Stunden dieses Tages herum, die gute Lottine der wichtigtuerischen Wilhelmine den Rang ablaufen.

Sie selbst hatte dazu keine Chance. Das Ansbacher Opernhaus war schon zwei Jahre vor ihrer Ankunft abgerissen worden, um dem Anbau des Schlosses Platz zu machen. Außerdem waren ihr Opern egal. Auch der Markgraf konnte keinen Ton vom anderen unterscheiden und verprasste sein ganzes Geld mit seiner Falknerei.

Ihr Siegel war schon ordentlich aufgedrückt, als Friederike selbst dieses kleine intrigante Vergnügen nutzlos vorkam. Statt den Brief an die Postkutsche zu leiten, übergab sie ihn dem Feuer.

Anschließend schickte sie nach der Amme, ihr den zweijährigen Erbprinzen zu bringen. Sie lobte sein lavendelfarbenes Kleid, über das er allerdings oft stolperte, gab ihm kleine Zuckerkuchen und ließ die langen Schnüre aus Passauer Flussperlen, die sie zu seiner Geburt bekommen hatte, vor seinen dicken Händchen hin und her baumeln, bis er vor Zorn schrie und sie ihn zurück in die Arme seiner Amme drückte.

Es war der *Robinson Crusoe*, sie wusste es genau, der wie ein ungeübter Ebenist mit seiner feinen Säge merkwürdige Figuren in ihre trockene Langeweile schnitt. Als das Buch vorgestern in einer neuen französischen Übersetzung eintraf, setzte sie sich damit drei Stunden auf den Leibstuhl und gab vor, Verstopfung zu haben. Sie nahm den kleinen Band mit seinen hübschen Einsprengseln auf pistaziengrünem Grund zur Ausfahrt in den Hofgarten mit und las, bis eine Springbrunnenfontäne, in die der Wind heftig blies, die Seiten so durchnässte, dass sie sich wellten und über Nacht gebügelt werden mussten. Allein die Tatsache, dass der arme Mensch an seinem Schicksal nicht einfach verzweifelte, erregte sie.

Er hätte sich auch einfach in die Sonne legen und sich das Gehirn ausdörren lassen können. Stattdessen rang er hartnäckig jeden Tag ums Überleben, domestizierte wilde Ziegen und züchtete Bohnen. All die Mühsal und Plage und die vielen Jahre ohne Hoffnung in einer ganz und gar unwirtlichen, gottlosen Umgebung stellten Robinson Crusoe auf eine unendlich harte Probe. Aber er nahm sie an.

Habe ich so schnell aufgegeben?, fragte sich Friederike. Bin ich zu mutlos? Was war der hiesige Hof schließlich anderes als ein wüstes, unzivilisiertes Eiland?

Doch im Gegensatz zu ihr genoss Robinson auf seiner Insel eine Freiheit und Würde, die ihm keiner streitig machen konnte. Er war sein eigener Herr und schuf sich, so sinnierte die Markgräfin, ein eigenes System von Ordnung und Pflichten, um in der Wildnis nicht unterzugehen. Systematisch zivilisierte sich Defoes Held, überwand seine Schwächen und früheren Flatterhaftigkeiten und unterwarf sich dem Gesetz der Vernunft. Und das nicht, weil sein Fürst ihn dazu zwang, sondern freiwillig. Aus einer inneren Einsicht heraus, die ihm anscheinend von Geburt an mitgegeben war.

Wie sollte ihr das bloß gelingen?

Vorerst streckte sie sich, nachdem sie ihren Sohn verabschiedet hatte, wieder auf ihrem Ruhebett aus und schloss die Augen. Ja, es stimmte, sie hatte in den vergangenen Jahren allen Elan und Mut verloren. Ich habe Schiffbruch erlitten und sitze hier fest. Zwischen mir und meinen großen Plänen liegt ein Ozean. Jetzt musste sie über ihr Unglück sogar ein bisschen lachen. Dann kehrten ihre Gedanken wieder zu Herrn Crusoe zurück.

Was hatte er anders gemacht? Wie eine Strickleiter nahm sie diesen Gedanken in die Hand und kletterte daran ein paar Tritte hoch.

Wenn Defoes Held Herrscher über all seine Handlungen war, dann war er es wohl auch über die Ziele seines Glücks. Friederike wurde schwindelig. Konnte auch sie ihr Glück selbst bestimmen? Ließ sich ihre Lage vielleicht doch verändern?

Für einen Augenblick überkam sie ein Gefühl ungeheuren Glücks, aber dann wurde ihr so hoch oben auf der Strickleiter ihrer Gedanken immer schwindeliger. Die Kraft, die Stufen noch weiter hinaufzusteigen, verließ sie. Sie trat ins Leere, und das Seil ihrer Vorstellungen und Phantasien sauste durch ihre Finger. Enttäuscht und erschöpft schleuderte sie den Strick mit den schmalen Holzstegen weit weg in den gefährlich offenen Himmel ihrer Ideen.

Friederike nippte an einem Glas Wasser, vermischt mit Laudanum, das auf dem Tischchen neben ihr stand. In wenigen Tagen wurde sie einundzwanzig. Sie war jetzt schon mehr als sechs Jahre in Ansbach verheiratet und nahm fast täglich die Opiumlösung des Hofapothekers zu sich. Längst schon wusste sie nicht mehr, ob sie davon so träge wurde oder ob es vom Stumpfsinn der hiesigen Gesellschaft kam. Manchmal wünschte sie, sie fände den Mut, das Gesöff ihrer Oberhofmeisterin in den Ausschnitt zu kippen. Stattdessen blieb sie liegen und döste weiter. Ihre Hofdamen saßen mit Filetstickereien in den Händen im Hintergrund des Zimmers und unterhielten sich leise.

Zur Beruhigung ihrer aufgewühlten Gedanken versuchte sie, sich auf die Ökonomie des Herrn Crusoe zu konzentrieren. Ihr eigenes sparsames Wirtschaften war vom Vater früher immer sehr gelobt worden.

»Die schmalste Taille einer deutschen Prinzessin hat mein Ickerle von ihrer Mutter geerbt, ihren Sinn für die Realitäten aber von mir«, sagte der König ein paar Mal bei der großen Tafel in Anwesenheit aller Botschafter, so dass Friederikes Gesicht unter den neidischen Blicken ihrer älteren Schwester Wilhelmine rot erglühte.

Manchmal legte ihr der Vater Stiche und Beschreibungen von technischen Neuerungen vor, wie zum Beispiel die Gespann-Drillmaschine zum Säen, die ein gewisser Mr. Jethro Tull in Oxfordshire erfunden hatte. Gemeinsam überlegten sie, ob so etwas in den sandigen Böden Brandenburgs funktionieren würde, was ihn aber nicht daran hinderte, sie einen Tag später mit dem Stock auf den Rücken zu schlagen. Der König war dafür bekannt, erbarmungslos auf seine Kinder einzuprügeln, und noch kurz bevor sie nach Ansbach verlobt wurde, schleuderte er einen Stuhl so heftig nach ihr, dass sie, wenn das Wetter umschlug, den Schmerz bis heute im linken Unterschenkel spürte und das Bein nachzog.

»Welchen Schmuck wünschen Ihre Königliche Hoheit heute Abend anzulegen?«

»Jetzt schon?«

Friederike schaute entsetzt auf die Hofdamen und Kammerzofen, die sich um sie herum aufgestellt hatten. Sie wollten sie für die Galatafel zu Ehren der englischen Königin Caroline herrichten, die vor genau einundzwanzig Jahren von einer Kurprinzessin von Hannover zur Princess of Wales aufgestiegen war. Auch den Geburtstag seiner königlichen Tante und ihre Thronbesteigung ließ der Markgraf jedes Jahr mit aller Opulenz feiern.

Wie so viele der Ansbacher Gewohnheiten fand Friederike auch das einfach nur lächerlich. Immerhin war der erste englische König aus dem Haus Hannover ihr eigener Großvater gewesen. Und nicht einmal der Geburtstag ihres Vaters, des preußischen Königs, wurde in Ansbach gefeiert. Ja, der Markgraf griff nicht einmal ein, als ihr die alte Gräfin Seckendorff, die narbige Kröte, die bei Tag und Nacht im Schloss herumsaß und nach Fliegen schnappte, zum wiederholten Mal die Anrede »Königliche Hoheit« schuldig blieb. Dafür rächte sie sich inzwischen auf ihre eigene Art und Weise.

»Wo, mein liebster Charles, bleiben die Gunstbeweise der verehrten Tante aus London, die Einladungen zur Hochzeit des Prince of Wales, Geschenke, Sondergesandte?«, fragte sie ihren Mann in Anwesenheit des gesamten fränkischen Adels aus heiterem Himmel.

»Erst kürzlich hat man mir den Hosenbandorden in Aussicht ...«

»Den Hosenbandorden, nun ja, wer hat den noch nicht. Sie wissen doch so gut wie ich, dass Ansbach für den englischen König kaum so viel zählt wie Virginia oder Pennsylvania.«

Die Namen dieser beiden amerikanischen Kolonien kamen Friederike, die gerade ein Buch über den dortigen Tabakanbau las, mit einer gewissen Befriedigung über die Lippen, denn sie wusste, dass sie den Markgrafen mit solchen Bemerkungen aus der Fassung brachte. Sein Gesicht schwoll rot an, und der allgegenwärtige Reitzenstein musste ihn am Arm nehmen und wegführen, damit er ihr nicht vor allen an die Kehle ging.

Friederike wählte schließlich eine pflaumenfarbene Hofrobe, die ihren außergewöhnlich reinen Teint hervorheben sollte. Während man sie in das Fischbeinkorsett einschnürte, wobei ihr Busen hoch aufging wie duftiges Hefegebäck im Ofen, dachte sie an Freitag, den wilden Inselbewohner. Mein Gott, wie lange war es her, dass sie überlegt hatte, Haut, Fleisch und Fettschicht von einzelnen Gliedmaßen abzulösen, um das Innere von Menschen zu vergleichen. Zum Beispiel das eines Weißen mit dem eines Indianers oder eines Schwarzen. Aber diese Auswahl gab es in Ansbach leider nicht. Der letzte Hofmohr war, wie sie gehört hatte, genau am selben Tag verstorben wie der große französische Sonnenkönig. Und auf Huronen durfte sie hier, am Ende der Welt, schon gar nicht hoffen. Friederike seufzte. Nicht mal den wunderbaren Duft aus Orangen, vermengt mit Bienenwachs, hatte sie seither wieder gerochen.

Als sie ein Jahr in Ansbach lebte und sich mit Charles noch leidlich verstand, eröffnete sie ihm einmal ihren großen Wunsch, Forschungen zu betreiben und Menschen zu sezieren. Der Markgraf hatte sie im ersten Moment nur ratlos angeglotzt. So wie man es tut, wenn man auf der Straße einem Schwachsinnigen begegnet. Dann hatte er getobt: »Sie sollen dem Haus Brandenburg-Ansbach gesunde Kinder gebären und dem Hof eine würdige Fürstin sein, aber doch nicht in den Eingeweiden der Gosse wühlen.«

»Der französische Regent, der Onkel des Königs, hat ebenfalls alchimistische …«

»Ma chère, die Franzosen sind doch alle verderbt. Habe ich Ihnen schon erzählt, dass ich auf meiner Reise …«

»… viel Interessantes und Wissenswertes hätten erfahren können, wenn Sie nicht nur auf die Jagd und in die Bordelle gegangen wären.«

Friederike rannte aus dem Zimmer und schlug die Tür zu, noch bevor der Markgraf etwas erwidern konnte. Dafür hörte sie, wie er brüllend Hofmeister Bremer herbeizitierte, der damals die Heiratsverhandlungen geführt hatte. Es hatte keinen Sinn. Ihr Gemahl war ungebildet, rückständig und würde nicht begreifen können, was es alles zu erforschen, vermessen und zu präparieren gab. Sie fühlte sich in Ansbach ebenso wie im Kreis ihrer Berliner Familie als Fremde.

Warum kann ich mich auch nicht wie die Schwestern mit den schönen Künsten zufriedengeben? Mich mit Hoftratsch ablenken und den noch tüchtig aufrühren? Warum lasse ich mir von den knappen achttausend Gulden, die mir der Markgraf jährlich für meinen Haushalt gibt, die teuersten Atlanten aus England schicken? Was treibt mich dazu, Stiche von menschlichen Organen anzusehen anstatt von Kathedralen oder Schlössern?

»Mein Gott«, flüsterte sie zu sich selbst, »vielleicht bin ich wirklich verrückt.«

Die Zofen streiften ihr ein neues Hemd und schließlich den wackeligen Käfig aus Walfischbeinen und Drähten über, um den herum die Unterröcke drapiert wurden. Obwohl sie erst Anfang des vierten Monats schwanger war, wölbte sich, als man sie fertig geschnürt hatte, eine kleine Bauchwulst unter ihrem Mieder hervor. Also schob man ihr einen hölzernen Blankscheit in ein eigens dafür ins Mieder genähtes Fach, der den Bauch von ihrer Scham bis fast zur Brust so weit nach innen drückte, dass ihre Taille wieder von zwei Männerhänden umfasst werden konnte.

Jetzt musste sie nur noch eine Weile kerzengerade stehen, damit der Brusteinsatz ihres Kleides mit ein paar Stichen festgenäht werden konnte. Dann rafften ihre Damen die Stofffalten am Rücken so, dass sie verschwenderisch und anmutig zu Boden fielen. Friederike nahm eine sichelförmige schwarze *mouche,* ein Schönheitspflästerchen, »die Fliege der Koketterie«, aus der silbernen Dose und klebte es sich einen Daumenbreit links vom Mund. Als Nächstes legte man ihr einen flatternden Seidenumhang um, der ihre Haut berührte wie die trockenen Küsse, die sie sich als Kind von ihrer Gouvernante erbettelt hatte und nach denen sie sich heute oft noch sehnte. Dann schob man sie ins Puderkabinett.

Friederike drückte sich die Maske mit dem langen Schnabel vors Gesicht und schloss für fünf glückliche Minuten die Augen, während der feine italienische Reispuder mit einem Balg an die Decke geblasen wurde und fein zerstäubt auf ihre eng am Kopf frisierten Locken rieselte.

Unter den Fanfaren der Trompeter und Pauker zog sie in Begleitung ihres Oberhofmeisters, den beiden Kammerjunkern, der Oberhofmeisterin Baronin von Diepenbrock, die ihr die Mutter aus Berlin als Spionin mitgegeben hatte, und den flachbrüstigen Hofdamen Fräulein von Kleist und von der Gröben in den von Hunderten von Kerzen erhellten Saal. Der Markgraf und die gesamte Hofgesellschaft empfingen sie stehend.

Als sie sich ihrem Platz näherte, streifte ihr Rock Ehrenfried von Reitzensteins Knie, der seine Beine wieder einmal derart verwegen gedreht hatte, um seine wohlgeformten Waden zur Schau zu stellen. Der ganze Hof rätselte, wie er es schaffte, seine weißen Seidenstrümpfe unter den Kniehosen so straff zu binden, dass sie nie eine Falte warfen.

Friederike straffte sich in der Taille und bedachte den Mann, der je nach Laune des Markgrafen in einem Satz von geschliffenem Französisch in schmutzigste Schimpfwörter des fränkischen Dialektes übergehen konnte, mit einem schmallippigen Lächeln, was dieser mit einer übertriebenen, aber doch eine Spur zu schnellen Verbeugung quittierte. Damit war der Gesprächsstoff für diesen Abend zumindest an den Tischen des niederen Adels gesichert.

Der Markgraf hatte eine Tischordnung *à la bonderie* bestimmt, wodurch die strenge Etikette aufgelockert und die Tischnachbarn an der Fürstentafel durch Los bestimmt wurden. So saß an diesem Abend der uralte Geheime Rat von Nostitz zu ihrer Linken, ein Herr, der bekanntermaßen schon als junger Mann keine Suppen essen konnte, ohne das Tuch und seine Hosen zu bekleckern. Der mit Leibniz regen Austausch gepflegt hatte und in der Naturrechtslehre des Philosophen Wolff den einzigen Weg aus dem Jammertal der Unvernunft sah. In Gesellschaft sprach er jedoch nie über etwas anderes als über die Schrullen seiner zwei zahmen Meerkatzen. Die, wenn man ihm glauben durfte, sehr manierlich ihre Nahrung zu sich nahmen. Immerhin hatte er seine Jugend am preußischen Hof verbracht, und Friederike rechnete ihn deshalb automatisch ihrer Partei am Hof zu.

Rechts von ihr hatte man Graf Löwenstein-Wertheim-Rochefort platziert. Der kaiserliche Gesandte beim Fränkischen Kreis war ein zierlicher Mann, dessen kräftiger Bartwuchs zu allen Tages- und Nachtzeiten bläuliche Schatten auf die Wangen seines Frettchengesichtes warf. Seine Karriere, das wusste jeder, verdankte er ausschließlich seiner sagenhaft ausdauernden Liebeskraft. Immer wieder protegierten ihn Damen der Wiener Hocharistokratie. Friederike hatte aus Berlin Anweisung, alle Bemerkungen, Ansichten und Kontakte des Grafen vertraulich dem preußischen Gesandten zu melden oder verschlüsselt in Privatbriefen an die Mutter zu schreiben.

Obwohl sie sich in Ansbach nur zu oft als die armselige Hirtin von Ziegen und Schafen fühlte, als die die Mutter sie verspottet hatte, freute sie sich noch immer jedes Mal über die üppige Tafel. Anders als in Preußen, wo sie als Kind fast nur schweren Kohl und von allem zu wenig bekommen hatte, hielt man in Ansbach französische Tafel mit zwei Gängen zu jeweils vierundzwanzig verschiedenen Speisen. Zum Abschluss folgte ein Gang Konfekt.

Schon schleppten die Kammerjunker die schwer beladenen Schüsseln, Platten und Terrinen herein und stellten sie nach einer vom Hofmeister entworfenen Symmetrie auf die Fürstentafel. Dampfende Hechtsuppe, warme Lerchenpasteten, Hirschohren mit aufgebrochenen Krebsschwänzen und Pistazien, Knochen voller saftigem Mark, das man mit langen Gabeln herausholte. Gegrillte Tauben, in Honig gewendet, und gefüllte Artischocken gruppierten sich um gemästete, in Semmelbrösel panierte Schnecken. Schalen mit Staudensellerie, großen Oliven, Apfelsinengelee und Johannisbeerkrapfen kamen dazu.

Friederike ließ sich von allem geben. Sie aß genüsslich und vermied Gespräche. Die Essensdünste vermischten sich mit der aufgewärmten Luft und trieben ihr schon bald wieder den Schweiß aus den Poren. Läuse plagten sie in ihren Schamhaaren. Friederike sog den säuerlichen Geruch ein, der aus ihrem Dekolleté und den Achselhöhlen hochstieg und der sie schon als Kind getröstet hatte.

Was ist die Einsamkeit eines Robinson Crusoe schon gegen meine, sinnierte sie, als sie mit gespitztem Mund vorgab, den Worten des kaiserlichen Gesandten zu lauschen, der gerade einen Toast auf sie ausbrachte.

Der Markgraf, der sie an diesem Abend kaum gegrüßt hatte, saß eingerahmt von der bösartigen Gräfin Seckendorff und Caroline von Crailsheim, die mit knapp sechzehn Jahren erst ein paar Wochen am Hof war und der man trotz ihrer Größe, mit der sie fast alle Männer überragte, viel Erfolg prophezeite.

Friederike litt auch an diesem Abend wieder unter dem miserablen Spiel des Hoforchesters. Die Streicher pausierten zwischendurch, um sich an den Waden zu kratzen, und überholten trotzdem die Celli. Dennoch hatte der Markgraf dem Kapellmeister erst kürzlich die jährliche Besoldung um fünfzig Gulden aufgestockt, weil dessen Frau bei der Geburt von Zwillingen gestorben war und jetzt Ammen bezahlt werden mussten.

Der Markgräfin entging nicht, dass der kaiserliche Gesandte erregt auf seinem Stuhl hin und her rutschte, als üppig mit frischen Austern belegte Platten aufgetragen wurden. Laut Protokoll stand ihm davon erst etwas zu, wenn sie sich davon bedient hatte. Also entschied sich Friederike für Schinkenpasteten mit Mandelspänen, ein Stück Kapaun und marinierte Erdbeeren. Danach probierte sie noch von den Lammkoteletts in kräftiger, süßsaurer Sauce und Semmeln mit Pistaziencreme. Sollte der Wiener Lackaffe doch zappeln.

Zwischen zwei Bissen neigte sie sich Herrn von Nostitz zu und sagte lauter, als seine Schwerhörigkeit nötig machte: »Mein Bruder, der Kronprinz, lässt Sie grüßen.«

Nie hatte Friedrich in seinen Briefen ein Wort über den alten Herrn verloren, schrieb er doch fast nur von seinen Bauplänen für das Rheinsberger Schloss. Zwischendurch klagte er allenfalls noch über die Zählebigkeit des Vaters. Selbst die Mengen von Wasser, die sich in seinen Beinen stauten, brachten ihn nicht um, so dass an die Schwestern in Ansbach, Bayreuth und Wolfenbüttel leider keine Trauerbotschaften verschickt werden konnten.

Brütende Hitze lag über dem Saal. Eine Dame an einem Tisch des niederen Adels fiel in Ohnmacht und wurde hinausgetragen. Friederike spürte, wie mittlerweile ihr Mieder durchnässte. Sie ahnte, dass auch sie aussah wie ein Gespenst, denn die Menschen um sie herum hatten in kurzer Zeit groteske Züge angenommen. Das arsenhaltige Bleiweiß auf den Gesichtern verklebte mit dem Schweiß zu einer zähen, pampigen Schicht, die auf Stirn, Nase und Wangenknochen in kleine Furchen aufsprang wie das ausgelaugte Erdreich, wenn es wochenlang nicht regnete. Zufällig fiel ihr Blick auf Caroline von Crailsheim, und sie beobachtete sie eine Weile.

Die ist anders, dachte Friederike bei sich, ich weiß nur nicht, wie.

Sämtliche Augen am Tisch folgten dem Grafen aus Wien, der immer noch keine Austern schlürfen durfte. Gerade entfernte er mit einer galanten Geste einen Floh vom Busen der Frau von Eyb, küsste das zappelnde Vieh zwischen seinen Fingern und ließ es, ohne die Dame seiner Wahl aus den Augen zu lassen, zwischen seinen schönen Lippen verschwinden. Frau von Eybs kleiner Fuß suchte bereits den Weg zwischen seine gespreizten Schenkel.

»Waren Sie schon einmal auf einer einsamen Insel?«, fragte Friederike und wandte sich abrupt Reitzenstein zu, der drei Stühle weiter saß. Ohne auf eine Antwort zu warten, überschüttete sie ihn mit einer atemlosen Wiedergabe der letzten Nummer des *Mercure de France,* wonach der Herzog von Berry kürzlich bei einem Empfang in Versailles ohne Strümpfe erschienen war. Stattdessen habe er sich die Waden perlmuttweiß kolorieren lassen.

»Dafür, mein lieber Reitzenstein, muss man sich natürlich jedes Haar einzeln auszuzupfen lassen.«

Mit diesen Worten prostete Friederike dem Obriststallmeister und Favoriten des Markgrafen huldvoll zu und beobachtete amüsiert, wie er nach Worten rang. Sie verbuchte das als Sieg des Abends, langweilte sich aber mehr denn je. Die Angst, ihr Leben nutzlos zu vergeuden, bestürmte sie plötzlich wieder wie ein hungriger, streunender Hund. Die Stimmen und die Musik verklangen zu einem fernen Rauschen, als Friederike kräftiger dem Wein zusprach, als ihr bekam.

Nach dem zweiten Gang wurde die Tafel ganz abgeräumt und das Tischtuch gewechselt. Die restlichen Speisen gingen an die Pagen. Wenn sie gegessen hatten, wanderte der Rest zu den Köchen. Was letztlich noch zu kauen übrig bliebe, würden sich die Armen holen, die nachts an der Küchentür warteten.

Das Dessert, das auf großen, mit weißem Damast verhängten Brettern hereingetragen wurde, löste Schreie des Entzückens aus. Der Londoner Tower mit seinen Türmen ganz aus Marzipan und Zuckermasse war die Sensation des Abends. Die Konditoren hatten ihn nach einem Stich geformt, den der Markgraf selbst im Kunstkabinett ausgewählt hatte. Halbgefrorenes, überzuckerte Birnen, flambierte Äpfel und Kirschen garnierten das Kunstwerk. Danach stellte man sich zum Tanz auf.

»Lieber Gott«, betete Friederike stumm in sich hinein, als sie in den frühen Morgenstunden in Begleitung ihrer Damen zurück in ihre Gemächer ging und dabei das schmerzende Bein nachzog, »schick eine ganze Bootsladung voll Menschenfresser an diesen verdammten Hof.«

In den nächsten Wochen ging es ihr schlechter als in den Jahren zuvor. Ihre Hoffnungen, die zweite Schwangerschaft würde ihre Stellung bei Hof stärken, erfüllten sich nicht. Heistermann tuschelte und intrigierte mehr denn je hinter ihrem Rücken, Lakaien kicherten, sobald sie aus dem Raum ging. Der Markgraf betrank sich ungeniert in ihrer Gegenwart, grölte Unverschämtheiten über den preußischen Hof und ließ zu den Jagdgesellschaften mit seinen Kumpanen gewöhnliche Huren kommen. Mitunter verkroch er sich wochenlang bei seiner Mätresse und seinem Bastard in Georgenthal. Was Friederike noch am liebsten war, weil sie dann ihre Ruhe hatte.

An einem nebeligen Novembertag, als sie über den Arkadengang ging, wurde sie von einem fremdländisch aussehenden Mann fast umgeworfen. Er schleppte Papierrollen und Werkzeuge und hatte die Markgräfin mit ihren Damen nicht gesehen. Friederike wurde weiß vor Wut über diese Unverschämtheit. Wollte man sie schon wieder demütigen? Zollte ihr nicht einmal der einfachste Handwerker Respekt? Er entschuldigte sich hundertmal. Wer er denn sei? Carlo Carlone! Ach so, der! Friederike beruhigte sich etwas.

Der italienische Maler arbeitete seit Längerem am Deckenfresko des neuen Festsaals. Zusammen mit seinem Bruder, dem Stuckateur, hatte er eine Handvoll flinker und spaßiger Burschen aus Italien mitgebracht, die Farben mischten, Kübel schleppten oder den hölzernen Gerüstturm weiterrollten. Carlone schaute der Markgräfin geradewegs und ernsthaft in die Augen, bevor er sich noch einmal tief vor ihr verbeugte.

»Er ist also der italienische Maler«, sagte sie und ärgerte sich, dass ihr in dem Moment nichts Gewitzteres einfiel.

»Carlo Carlone aus Scaria im Val d'Intelvi zu Ihren Diensten.«

»Er war vorher in Wien beim Prinzen Eugen, nicht wahr?«

»Da auch.«

»Kommt er denn voran?«

Friederike hatte das gar nicht so sehr als Frage gemeint, sondern mehr als Höflichkeit.

»Wenn es Ihrer Königlichen Hoheit beliebt, zeige ich Ihr mein Gemälde.«

Täuschte sie sich, oder war da ein Funken Wärme in seinem Blick? Sie nahm jedenfalls die Herausforderung an und schickte die verdutzte Frau von Diepenbrock alleine weiter. Ganz entgegen der Etikette, betraten sie gleichzeitig den eiskalten Saal. Carlone winkte sie auf die linke Seite und drückte ihr ein kleines Fernrohr in die Hand. Als Erstes zeigte er ihr die Tugenden Tapferkeit, Klugheit und Gerechtigkeit, die mit Schild, Spiegel und Schwert ausgestattet waren und derer sich der Fürst bediente, um der Nachwelt durch kluge Regentschaft einen unsterblichen Ruhm zu hinterlassen. Dann schwenkte er seinen Arm weiter zum zentralen Ereignis. Ein römisch gekleideter Feldherr stellte die Figur des guten Herrschers dar, die im Himmel über dem Markgrafentum Brandenburg-Ansbach thronte. Carlone hub gerade an, ihr die Vertreibung alles Lasterhaften durch Apollon zu beschreiben, als Friederike ihn unterbrach.

»Carlone, das sehe ich alles auch, oder glaubt er, den preußischen Prinzessinnen hat man keine Mythologie beigebracht? Ich möchte, dass er mir erklärt, wie er ein Bein so verkürzt, dass die Perspektive stimmt.«

Carlo Carlone, der von einem Hof nördlich der Alpen zum anderen zog, um mehr oder weniger dieselben Szenarien *al fresco* an Wände und Decken zu malen, blickte erstaunt in das Gesicht dieser jungen Fürstin. Er hatte schon so viele dieser verspielten Damen kennengelernt. Trotzdem erstaunte ihn jetzt der Reiz ihres schmalen Gesichtes mit der langen, geraden Nase und den wässrig blauen Augen, die größer ausgefallen waren, als ein Maler sie zu malen gewagt hätte. Sie war noch jung. Einem geübten Beobachter wie ihm entging nicht, wie traurig sie war.

»Soll ich Ihrer Königlichen Hoheit meine Methode auf einem Übungsblatt demonstrieren?«

»Es würde mich freuen, wenn Sie die Zeit dazu hätten.«

Friederike fiel es selbst nicht auf, dass sie dazu übergegangen war, den Maler in seinem Wams aus Kaninchenfell nicht mehr als Domestiken anzureden, sondern zu siezen.

Eine Stunde später beugten die beiden noch immer ihre Köpfe über lose Blätter, auf die Carlone mit Kohlestiften Beine, Rücken und Arme so skizzierte, als wäre der Blickwinkel des Betrachters jedes Mal ein anderer. Vorsichtig weihte Friederike ihn in ihr geheimes Interesse an menschlichen Skeletten, Muskeln und Blutbahnen ein. Verblüfft nahm sie zur Kenntnis, dass er völlig gelassen reagierte. Als wären solche Wünsche nicht verrückt, sondern verständlich und sogar völlig sinnvoll. Er berichtete ihr von seinen eigenen Studien an der französischen Akademie in Rom, wo man die Rümpfe und Glieder von Toten zerlegt hatte, damit die jungen Maler genau den Aufbau des menschlichen Körpers studieren konnten, lange bevor sie lebende Aktmodelle zeichneten. Sie dankte ihm mit solch begeisterten Blicken, dass es ihm schwerfiel, in ihr nur die Königliche Hoheit zu sehen.

Von da an kam Friederike jeden Morgen, nachdem sie den kleinen Erbprinzen besucht hatte, bei dem italienischen Maler im Festsaal vorbei. Sie setzte sich in einen Sessel, hüllte sich in eine Marderfelldecke und schaute den Italienern ein bis zwei Stunden bei der Arbeit zu. Dann ließ sie sich eine Kanne mit dampfend heißer Schokolade bringen und bat Carlone um Gesellschaft. Sie bediente eigenhändig den Quirl, der oben durch den

Kannendeckel gesteckt war, um das dickflüssige, mit Muskat, Anis und Zimt gewürzte, stark gezuckerte Getränk aufzurühren, und schenkte ihm ein, wobei sie ihn stumm aus den Augen anlächelte.

Schweigend tranken sie, er stehend, sie sitzend, bis langsam die Wärme wieder in ihnen aufstieg. Carlo Carlone bemerkte, wie schön die Markgräfin in solchen Momenten war, und bedauerte, dass seine Kunst nicht ausreichte, den seidigen Schimmer ihrer Augen festzuhalten. Battista Tiepolo, so sagte er ihr, müsse sie malen.

»Der kann die wunderbare Verführung zum Ausdruck bringen, die von Frauen wie Eurer Königlichen Hoheit ausgeht. Frauen, deren Gedanken pfeilgerade sind und deren Phantasie das Herz eines Mannes schneller schlagen lässt. Ich kann sie nur fühlen.«

Wieder einmal sah ihr Carlone direkt in die Augen. Friederike hatte einen Mann noch nie solche Worte sagen hören. Das waren keine Schmeicheleien, keine der Phrasen und schlüpfrigen Anzüglichkeiten, die nachts am Spieltisch mechanisch wie Kindermurmeln hin und her gerollt wurden. Friederike wusste nicht, ob und was sie antworten sollte. Also sah auch sie ihn an. Sein kurz geschnittenes, trotz seiner fünfzig Jahre noch immer dunkles Haar umrahmte ein festes, energisches Gesicht, in dessen Kinn ein tiefes Grübchen saß. Blickten seine Augen spöttisch oder zärtlich? Seine Nase war auf jeden Fall kühn geschwungen. Er gefiel ihr sehr. Am liebsten hätte sie ihn auf der Stelle in ihr Schlafzimmer geführt. Aber sie war ja inzwischen rund und plump wie ein Kürbis. Da würde er keine Lust haben, mit ihr zu schlafen. So sagte sie schließlich, nachdem sie ihre Schokolade langsam ausgetrunken und dabei vor Verlegenheit ihre

Nase an den oberen Tassenrand gedrückt hatte, nur: »Bis morgen, Carlone.«

Er verbeugte sich und stieg wieder auf sein Holzgerüst.

Bei den nächsten Empfängen und während der sterbenslangweiligen Nachmittage mit ihren Hofdamen verzichtete die Markgräfin auf ihr Laudanum. Dafür malte sie sich aus, wie es wäre, wenn der italienische Maler ihr Mieder aufschnürte. Schicht für Schicht sollte er sie entkleiden, ihr dabei die Anordnung ihrer Rippen und Muskeln erklären und jede Partie ihres Körpers küssen. Nichts dergleichen geschah. Es sollten über zwanzig Jahre vergehen, bis sich Friederike wieder verliebte.

Kurz vor Weihnachten musste sie mit dem Markgrafen zum Fürstbischof von Bamberg und Würzburg, Friedrich Carl von Schönborn, nach Pommersfelden reisen. Auch das junge Bayreuther Markgrafenpaar wurde erwartet. Die Probleme der österreichischen Erbfolge drohten in einen Krieg zu eskalieren. Das war das Letzte, was Schönborn wollte, zu sehr liebte er seine Bequemlichkeit und seine prächtigen Kunstsammlungen. Allerdings war ihm klar, dass es den beiden Schwiegersöhnen des preußischen Königs schwerfallen würde, ihre Neutralität zu wahren. Dementsprechend plante er, die Tage mit Lustbarkeiten und Zerstreuungen so vollzupacken, dass seine Gäste berauscht von den Wonnen des Friedens nach Hause fuhren und der Krieg aus Franken herausgehalten wurde.

Wilhelmine von Bayreuth korrespondierte im Vorfeld der Reise mit der Ansbacher Schwester über Fragen der

Etikette. Sie schlug vor, dass sie als Königstöchter den Fürstbischof auf keinen Fall mit Hoheit, sondern nur mit »Euer Liebden« ansprechen würden. Friederike willigte ein.

Am ersten Abend in Pommersfelden wurde eine Serenade im Marmorsaal gegeben, die dem Kaiserpaar gewidmet war. Die preußischen Schwestern saßen nebeneinander.

»Hier singen sechs Katzen und ebenso viele deutsche Kater«, flüsterte Wilhelmine, nahm eine Hand ihrer Schwester und legte sie sich in den Schoss.

»Und die Katzen sind alle rollig.«

»Friedrich würde sofort aufstehen, gehen und dabei die Tür zudonnern.«

»Kommen Sie, ich flehe Sie an, wenn alles vorbei ist, in mein Zimmer, ich werde allein sein.«

»Friederike, weinen Sie? Ich dachte, es wäre besser geworden. Hält er sich denn noch die Dorfhure?«

»Die stört mich nicht, solange er nur im Schloss nicht unter die Röcke greift oder mich vor allen Leuten anschreit.«

»Wenn der Markgraf eine Mätresse hätte, müsste ich so furchtbar leiden wie damals, als der Vater Friedrich beinahe verstoßen hätte.«

»Der Unterschied ist, dass Sie Ihren Gemahl lieben und ich meinen nicht.«

»Aber ich liebe ihn nicht so sehr wie den Bruder.«

»Passen Sie auf, Wilhelmine! Die Schwester des Fürstbischofs, dieses ordinäre Luder dort im gelben Kleid, schaut, als könnte sie von unseren Lippen lesen.«

Wilhelmine drückte einen innigen Kuss auf die Hand ihrer jüngeren Schwester.

Beim anschließenden Souper zeigte sich Wilhelmine jedoch von einer ganz anderen Seite. Launenhaft spreizte sie sich vor ihrem Gastgeber wie ein Pfau. Überschwänglich lobte sie jede Muschel seines Grottensaals und machte ihn vollends verliebt, als sie dazu überging, seine geschätzte Meinung über diesen Kastraten und jenen Gemmenschnitt wissen zu wollen.

Friederike kam sich vor wie ein Kind, das man beim Versteckspielen auch nach einer Stunde noch nicht gefunden hatte. Das Einzige, was ihr in dieser Situation einfiel, war ein patziger Satz, den sie laut hinausposaunte: »Welche Kirchen wollen uns Eure Hoheit morgen in Bamberg zeigen lassen?«

Am nächsten Morgen konnte Friederike nicht aufstehen. Das ganze Pommersfelden steckte ihr in den Knochen, und das Kind in ihrem Bauch drückte auf ihre Blase. Obwohl sie dringend den Nachttopf benutzen musste, blieb sie stocksteif liegen und presste die Beine zusammen. Charles war schon vor Tagesanbruch zur Jagd aufgebrochen. Schließlich kam Wilhelmine hereinmarschiert. Elegant zurechtgemacht, frostig von oben herab, weil Friederike gewagt hatte, das Abkommen über die Etikette zu brechen. Sie gab den Kammerzofen schroffe Anweisungen, dirigierte sie von einer Ecke des Zimmers zur anderen und redete so lange auf Friederike ein, bis diese Angst bekam, die Schwester könne den ganzen Tag bei ihr auf der Bettkante sitzen bleiben, und deshalb aufstand.

Immerhin standen zwei Galakutschen bereit, so dass sie ohne die Schwester fahren und sich schweigend durchschütteln lassen konnte. Sie hatte sich abgewöhnt, mit ihrer Oberhofmeisterin mehr als das Nötigste zu sprechen. In Bamberg nahm Wilhelmine für sich das Vorrecht heraus, überall als Erste einzutreten und zu repräsentieren. Angeblich, weil der Bayreuther Markgraf ein höheres Amt im Fränkischen Kreis besaß als der Ansbacher. Friederike folgte ihr mürrisch. Nur als mittags braun gebrutzelte Bratwürste und dunkles Bier gereicht wurden, besserte sich ihre Laune. Sie starrte auf die vertrockneten Reliquien in ihren schmutzigen, goldstarrenden Kästen und wünschte ausnahmsweise, Charles mit seinen derben Sprüchen wäre dabei. In stockdunkler Nacht rumpelten die goldbemalten Kutschen auf den buckligen, hart gefrorenen Chausseen, die den Insassen jeden Stein im Rücken spüren ließen, zurück nach Schloss Weißenstein. Friederike fror und fühlte sich einsam; Zorn stieg in ihr auf. Als sie endlich ankamen und der Wagenschlag aufgerissen wurde, rief sie so laut wie ein Kind, dass auch der letzte Stallknecht sie verstehen konnte:

»Die Bayreutherin hat wohl beabsichtigt, dass ich das Kind verliere, und den Kutscher bestochen, wie der Teufel zu fahren«.

»Königliche Hoheit ...«

»Genug, ziehen Sie sich zurück.«

Friederike schnitt Frau von Diepenbrock scharf das Wort ab und freute sich trotzig, dass ihre Worte bald die Runde machen würden. Sie zog ihren Hermelin fester um den Hals, ging in ihre Zimmer und verließ sie nicht mehr bis zum Tag der Abreise. Sie genoss dafür das Mitgefühl des Markgrafen, der ehrlich erschrocken war und ihr tollpatschig die Hand streichelte.

»Wie damals, *ma chère,* im Sommer vor unserer Hochzeit, als ich so krank war und der Bayreuther schon seine dreckigen Finger ausstreckte, um mein ganzes Land einzusacken. Jetzt missgönnt mir diese verschlagene Bagage den einen Sohn und vielleicht den zweiten, weil der Bayreuther Ihrer Schwester nur eine Tochter machen konnte.«

Eine Woche später wusste die ganze Berliner Familie, selbst der kleine Bruder Heinrich, über den Eklat Bescheid. Die Gesandten trugen es weiter an die Höfe von Paris, Dresden, Stuttgart und sogar London.

Friederike erfuhr, dass Carlone einen Tag vor ihrer Rückkehr von Pommersfelden nach Ansbach das Schloss verlassen hatte. Das Deckenfresko im Festsaal war beendet und vom Hofbaumeister für gelungen befunden worden, ein neuer Auftrag des Kölner Erzbischofs wartete bereits in Schloss Augustusburg auf ihn.

Für Friederike hatte er die anatomisch exakte Zeichnung eines Oberschenkels mit offen gelegten Muskeln als Geschenk zurückgelassen. Die kühle, nüchterne Schönheit dieser Studie, die in so schroffem Kontrast zu Carlones üblichen huldvollen Auftragsarbeiten stand, rührte sie tief. Bis zum Abend zog sie sich zurück und studierte das Blatt. Mein Gott, wie habe ich mich wieder gehen lassen, dachte sie. Angesichts der reinen Schönheit von Carlones Zeichnung schämte sie sich über ihr dummes Spielchen. Natürlich war Wilhelmine eine aufgeblasene Kuh, laut, eitel und selbstgefällig. Aber ich, so sagte sie sich, bin auf dem besten Weg, zu einem armseligen Gespenst am Hof zu verkommen, das sich mit Intrigen und Launen ein bisschen frisches Leben einhaucht. Tränen liefen ihr lautlos über das Gesicht, tropften auf die Zeichnung und waren einfach nicht mehr einzudämmen. Wie aus dem Nichts stand plötzlich Caroline von Crailsheim groß und freundlich hinter ihr. Sie nahm das Blatt, das sich schon zu wellen begann, und tupfte es mit ihrem Rock trocken.

Am Morgen des 24. Februar 1736 spürte Friederike die ersten Wehen. Die Hebamme, die seit zwei Wochen im Schloss wartete, rieb ihr Bauch und Scheide mit erwärmtem Schweinefett ein, um die Haut dehnbarer zu machen. Der neue Leibarzt, Johannes Treu, tastete durch ihr Hemd die Lage des Kindes ab und bestätigte die Diagnose der Hebamme, dass die markgräfliche Leibesfrucht schon weit nach unten gerutscht war. Im Audienzzimmer der Markgräfin drängten sich im Laufe des Mittags alle Damen und Herren von Rang zusammen. Es wurde Tokaier gereicht, und man legte Patiencen. Einige spekulierten sogar im Flüsterton, an welches protestantische Haus man sich für eine neue Heirat wenden würde, falls die Markgräfin bei dieser Geburt stürbe.

Gegen zwei Uhr nachmittags, als immer heftigere Schmerzen von ihrem Körper Besitz ergriffen, legte sich Friederike auf ihr Bett. Die Hebamme hatte zwei kräftige Frauen mit gutmütigen roten Gesichtern mitgebracht, die links und rechts von der Markgräfin kauerten und mit ihren schrundigen Händen ihre zarten fest drückten, damit sie den Wehen besser standhalten konnte. In den Öfen loderte das Feuer hoch auf, und eine stickige Hitze waberte um das Bett, die ihr das Atmen erschwerte. Die nächste Stunde ging alles gut und schnell voran.

Dann aber, als die Hebamme wieder das lange Hemd der Markgräfin zurückschlug und ihre Hand in den Geburtskanal einführte, verzog sie den Mund. Ihre Helferinnen begriffen gleich, dass etwas nicht stimmte.

»Das Gesicht schaut nach vorn«, sagte die Frau tonlos und wich zur Seite, damit der Hofmedicus selbst tasten konnte. Erst zwei Monate war der Enkel eines Bauern und Sohn eines armen Pfarrers Hofmedicus des Markgrafen, und schon befand er sich in solch einer prekären Situation. War nämlich das Gesicht nach vorn gedreht, bestand, wie jeder wusste, die größte Gefahr, dass es stecken blieb und starb. Dann musste der Arzt es zerschneiden und Stück für Stück herauszerren, damit es nicht im Leib der Mutter verfaulte.

Der Arzt schaute Friederike prüfend ins Gesicht und sah, dass ihre Augen wach und klar waren. Sie nickte ihm zu. Er knöpfte sich die Manschette seines rechten Ärmels auf und schob ihn bis zum Ellenbogen zurück. An den Rändern seiner Perücke lief der Schweiß zusammen. Er schleuderte sie auf einen Stuhl.

Sein Gesicht zeigte einen Ausdruck höchster Konzentration, als er seinen rechten Zeigefinger hakenförmig krümmte und einführte. Er suchte seinen Weg im warmen dunklen Schlund, wanderte durch weichen Schleim und frisch schäumendes Blut, bis er an die Teile stieß, die sich härter, knotiger anfühlten. Sein Finger glitschte über Flaum und Fleisch und etwas, in dem er die Knospe eines kleinen Mundes zu erkennen vermeinte. Dann glaubte er, endlich die Stelle gefunden zu haben, die eine Ansbacher Amme in Zukunft jeden Morgen unter großem Gepruste und Gekicher kitzeln würde. Treu hakte seinen Finger sachte, aber energisch in die Achselhöhle des Prinzen ein und zog ihn gegen fünf Uhr abends Millimeter für Millimeter aus seiner schreienden Mutter heraus.

Neun Kanonen im Schlosshof feuerten zwei Salven Salut für den nachgeborenen Sohn ab. Als der Markgraf eine Stunde später, nachdem er sich vergewissert hatte, dass sein Sohn gesund war und kräftig atmete, zu Friederike ans Wochenbett kam, trank sie gerade frisch aufgebrühten Salbeitee, damit weniger Milch in ihre Brust einschoss. Er umarmte sie herzlich und dankte ihr. Erschöpft hörte sie zu, als er ihr von seinen Plänen für die Taufe des kleinen Prinzen erzählte. Mit großem Prunk wollte er dafür den neuen Festsaal öffnen lassen. Als er merkte, dass sie fast schon schlief, fragte er sie, womit er ihr eine Freude bereiten könne. Die Antwort kam sofort.

»Gebt mir genügend Geld für Ställe, Zuchtrinder, Schweine, Schafe und genügend Knechte und Mägde, damit ich in Schwaningen eine ordentliche Wirtschaft aufbauen kann.«

»Meine Liebe, wer hat Ihnen schon wieder solche Ideen in den Kopf geblasen?«

»Charles, ich habe Euch soeben einen gesunden zweiten Sohn geboren ...«

»Dafür danke ich Euch auch von ganzem Herzen. Selbstverständlich bekommt Ihr, was ihr Euch wünscht, ich dachte nur ...«

Die Hebamme trat energisch ans Bett. Friederike schloss bleich und erschöpft die Augen, und der Markgraf zog sich rasch zurück. Er wunderte sich, dass sie nicht mehr von ihm verlangte. Ein Hoftheater vielleicht oder eine Reise nach Italien. Schwaningen sollte ihm recht sein. Schließlich war ihr das Schloss mit seinem Dorf und den Ländereien schon seit der Geburt des Erbprinzen auf Lebenszeit übertragen worden. Außerdem, schoss es Charles durch den Kopf, wäre es gar nicht das Schlechteste, wenn sie öfter dort sein würde. Bei nächster Gelegenheit würde er Ischerlein mit der Finanzierung von Friederikes Plänen beauftragen.

Eilig verließ er das Schloss, um sich nach Georgenthal fahren zu lassen, wo er seit über einem Monat nicht mehr gewesen war. Zu seinen Füßen schaukelte ein Korb voller Pomeranzen, Orangen und Feigen aus den markgräflichen Gewächshäusern, auf dem Polster ihm gegenüber lag ein Steckenpferd mit schwarzen Rosshaaren und fein geschnitztem Maul, das er seinem Sohn Friedrich Carl mitbringen wollte, der inzwischen laufen konnte und lauthals Wauwau schrie, wenn der Markgraf seine Hunde von der Leine ließ.

Am Tag der Taufe des kleinen Prinzen Alexander trug man Baronin Diepenbrock, in deren Armen der Säugling schlief, in einer dicht verhängten Sänfte über die zugigen Gänge. Im Festsaal ballte sich über den Kavalieren und Damen, die voller Bewunderung zum Deckenfresko des Carlo Carlone hinaufstarrten, der Atem zu kleinen Wolken.

Friederike ließ sich derweil englische Folianten ans Wochenbett schleppen. Sie besah sich schwere schottische Hochlandbullen und gedrungene, merkwürdig schwarzgesichtige Schweine aus Yorkshire. Zufällig kam ihr dabei auch ein holländischer Stich in die Hände, auf dem die neue Frucht aus den amerikanischen Kolonien, die Kartoffel, mit ihren unter- und überirdischen Gewächsen maßstabgetreu abgebildet war. In natura hatte sie noch nie einen solch hässlichen Erdapfel gesehen. Nachdenklich legte die Markgräfin ihren Kopf auf das seidene Kopfkissen zurück. Sollen sich die Mutter und die Bayreuther Schwester doch die Mäuler über mich zerreißen!, dachte sie. Robinson Crusoe würde sie loben.

5

Es war, als würde man einen Smaragd schräg übers Wasser schleudern. So wie es Buben mit flachen Kieselsteinen tun. Ein scharfes Grün, das sekundenschnell in Kobaltblau überging, blitzte in der Sonne auf, bevor es mit einem kleinen Plumps im Fluss verschwand. Ein Schweif von Wassertropfen zischte hinterher. Carl Wilhelm Friedrich, Markgraf von Ansbach, duckte sich unter den langen Zweigen einer Weide, wohin er zum Pinkeln gegangen war.

Tränen schossen ihm in die Augen. Weil er, obwohl er schon viele Male einen Eisvogel beim Fischefangen gesehen hatte, gerade jetzt von dessen Schönheit überwältigt wurde. Ihm war es, als würde in eben diesem Augenblick seine enge äußere Hülle zerspringen, weil so vieles, das er nicht mit Namen nennen konnte, in ihm zerrte und hüpfte. Er weinte auch, weil er sicher war, dass er so viel Schönheit wie an diesem Junitag des Jahres 1736 nie wieder sehen würde. In der nächsten Sekunde stob der kleine Vogel mit einem zappelnden Fisch im Schnabel aus dem Wasser hinauf ins Geäst einer wogenden Buche am anderen Ufer der Altmühl. Der Markgraf hörte ein Knacken und wusste, dass der Vogel den Kopf seiner Beute gegen einen Ast geschlagen hatte.

Dann sah er ihn wieder. Dieses Mal leuchtete das Bernsteingelb seiner Bauchseite auf. Der Eisvogel flog steil hinunter ins Dickicht der Böschung, wo er ihn aus den Augen verlor. Irgendwo dort hatte er eine Erdhöhle, in der seine nackte Brut hockte, die ihm den Fisch gleich aus dem Schnabel reißen und verschlingen würde.

Der Markgraf kam mit berittenem Gefolge aus Gunzenhausen. Er hatte sich dort zwei Tage lang vom Oberamtmann über die laufenden Prozesse unterrichten lassen, um in Erfahrung zu bringen, ob seit seiner großen Gerichtsreform die Ämter zügiger arbeiteten. Auf dem Rückweg beizte er zusammen mit seinem Leibfalkner und einem kleinen dunklen Wanderfalken namens Calisto. Allerdings blieben nur ein Hase und zwei Wacholderdrosseln auf der Strecke, was ihn nicht sehr bekümmerte. Er wollte rasch zurück zu seiner Familie, mit der er in der Sommerresidenz logierte.

Die Hundemeute bellte sich heiser, als sie Triesdorf erreichte, und man ließ sie von der Leine. Mit tropfendem Speichel stoben die weiß, schwarz und rot gescheckten Bracken zu ihrem Zwinger, wo sie auf Befehl des Markgrafen mit bestem Futter belohnt wurden. Einmal hatte seine Frau ihm im Zorn ins Gesicht geschrien, dass es seinen Kötern besser ginge als vielen Menschen in seinem Reich. Sie hatte recht. Er leugnete es nicht. Aber seine Hunde waren ihm immer treu. Da gab es keinen Verrat, kein verschlagenes Beobachten, nicht einmal Misstrauen. Charles trieb die Sporen in die Flanken seines Pferdes und galoppierte das letzte Stück über die Chaussee.

Es kam immer wieder vor, dass in Lumpen gehüllte Gestalten und halb nackte Kinder zu den Zwingern schlichen, über die Gitter kletterten und Reste des rohen Fleisches noch an Ort und Stelle verschlangen, während er mit den Hunden auf der Jagd war. Wenn man sie erwischte, wurden sie mit Peitschen fortgejagt.

Wie immer spürte er den salzigen Geschmack im Mund, wenn ihm durch den Kopf ging, dass es Gottes Wille gewesen war, der ihn zum Herrscher über Leib und Leben seiner hundertfünfzigtausend Untertanen gemacht hatte. Einerseits wünschte er sich, dass sie ihn liebten, dass sie ihre Kinder aus ihren Hütten heraus an den Straßenrand schoben und jubelten, wenn er vorbeiritt, andererseits verlor er immer wieder die Geduld mit ihnen. Weil sie träge waren und nicht verstanden, was er wollte. Weil sie sich vor Hexen und dem bösen Blick mehr fürchteten als vor seinen Befehlen und Strafen. Das fing schon mit den verflogenen Falken an, die auf ausdrückliche markgräfliche Order unverzüglich zu melden, zu fangen und dann im Dunkeln zu halten waren, bis man sie abholte. Aber die Hundsfotte scherten sich meist nicht darum. Tauben drehte man einfach den Hals um und warf sie in den Kochtopf, obwohl sie doch dringend zur Atzung seiner Beizvögel gebraucht wurden.

Charles spuckte aus. Der Salzgeschmack aber blieb. Seine Gedanken jagten wieder kreuz und quer und überholten ihn beim Reiten. Er wollte ein modernes Land. Am liebsten gleich jetzt und heute. Warten war ihm ein Gräuel. Besonders langweilte es ihn, wenn ihm seine

Geheimräte mit steinernen Gesichtern und schmalen Lippen lange Dossiers vortrugen, anstatt sich um die Anschaffung dieser neuen Feuerlöschmaschinen zu sorgen. Oder die Porzellanmanufaktur, auch die kümmerte vor sich hin. War er etwa wieder zu lange bei Elisabeth geblieben? Gönnte man ihm denn gar nichts?

Längst ahnte er, dass man während seiner Abwesenheit gegen ihn arbeitete, sämtliche Unternehmungen zum Stillstand brachte oder sogar vereitelte. Nach außen tat der Schwiegervater generös, aber wahrscheinlich war alles ein abgekartetes Spiel. Ansbach sollte ruiniert und dann eingesackt werden. Er hatte auch seiner Frau von Anfang an nicht getraut. Sie paktierte hinter seinem Rücken mit den Preußen und wahrscheinlich auch mit den Bayreuthern. Gottlob hatte sie ihm wenigstens zwei gesunde Söhne geboren.

Sein Pferd wieherte, Lakaien und Knechte rannten dem Markgrafen entgegen, Trompeten verkündeten seine Ankunft. Mit dem Vorsatz, gleich morgen Ischerlein nach Triesdorf kommen zu lassen, sprang Charles vom Pferd. Sein Falkenweibchen blieb unbeirrt auf seiner linken Faust stehen.

Der Kies spritzte zur Seite, als der Markgraf dorthin ging, wo er zu dieser Stunde die Markgräfin vermutete. Schon von Weitem sah er die hellen Kleider und Perücken wie müde Falter in der Dämmerung taumeln. Friederike saß mit ihren Hofdamen und dem Erbprinzen in der venezianischen Gondel auf dem Kirchweiher. Der Erbprinz Carl Friedrich August, der vor Kurzem seinen dritten Geburtstag gefeiert und sein erstes Regiment Zinnsoldaten in der Uniform der Ansbacher Ulanen bekommen hatte, verbeugte sich erschrocken, als er den Vater sah, und brachte das kleine Boot ins Wanken.

Der Markgraf reichte Friederike galant seine freie Hand zum Aussteigen und hob dann seinen Sohn heraus. Der Kleine, um dessen rundes, blasses Gesicht sich dünne blonde Strähnen kringelten, stand stumm und ein wenig ängstlich da und ließ den Greifvogel, der nervös auf dem Handschuh des Vaters kratzte, nicht aus den Augen.

Elisabeths Sohn sieht viel gesünder aus als dieser, dachte Charles, während er fröhlich fragte: »Wollen wir Calisto zu Bett bringen?«

Der Kleine nickte und ergriff die Hand seines Vaters.

»Sie wollen doch um Himmels willen das Kind nicht in die stinkenden Vogelkammern lassen«, rief ihm Friederike entsetzt nach. Charles hob beschwichtigend die Arme.

»Madame, Ihr Sohn wird ein Falknerkorps erben, das größer ist als das des Kaisers, er sollte also rechtzeitig damit vertraut werden.«

Dann ging er, ohne die Markgräfin und ihre Damen weiter zu beachten, mit dem Kind und dem Falken in den von Grillengezirpe erfüllten Abend hinein.

An einzelne Tage konnte sich später keiner mehr erinnern. Sie verliefen ineinander wie die Farben des aufgetürmten Wolkenspektakels an der Decke des Ansbacher Festsaals. Es schien immer dieselbe Sonne, und ein unbekümmerter, nach Gras duftender Wind nahm sie geradewegs vom Juni in den Juli mit. Sie stiegen in Kutschen ein und aus Kutschen aus, ließen Spitzenschals im Fahrtwind flattern und kreischten wie toll, wenn ein Ast ihre

Perücken streifte. Expeditionen zu Einsiedeleien wurden unternommen, wo allerdings schon lange kein frommer Mensch mehr lebte und sich auf Teufel komm heraus auch kein neuer fand, der den Ort hätte malerisch beleben können. In Meiereien schaute man mit stirnrunzelndem Ernst zu, wie die Milch in einem spitzen Strahl aus dem Euter gestrichen wurde, und trank ergriffen. Die Höflinge veranstalteten Picknicks und streckten sich auf schattigen Lichtungen aus, wo sie sich gegenseitig mit Ratespielen traktierten, die allesamt darauf hinausliefen, den Namen desjenigen zu entschlüsseln, der gerade in diese oder jene Person verliebt war. Mitunter schlenderten sie nach dem Frühstück einfach nur zu den Gehegen der Löwen, Geparden, Affen und Bären und steckten ihnen Leckerbissen durch die Gitterstäbe zu. Die Damen, auch Friederike, trugen keine großen, sondern kleine Reifröcke unter ihren Kleidern, an deren Saum sich Käfer und Blütenstaub sammelten. In bestickten Pantoffeln verließen sie die geharkten Wege und liefen mitten durchs Gras. Sie schnitten eigenhändig Rosen von den Büschen, nahmen den nachsichtig lächelnden Gärtnern die Gießkannen weg und spritzten unter nicht enden wollendem Gekicher Wasser in die Luft. Außerdem probten sie für eine Aufführung, die wie immer am Ende des Sommers im Naturtheater stattfinden sollte.

An einem Nachmittag Anfang Juli, als man mit einem Anflug von Traurigkeit feststellte, dass die Blätter jetzt nicht mehr grüner und üppiger werden konnten, rollte Caroline von Crailsheim, die tatsächlich, seit sie vor einem Dreivierteljahr an den Hof gekommen war, mit ihrem schnellen Witz Karriere machte und auch die Markgräfin immer wieder zum Lachen brachte, einen ihrer lachsfarbenen seidenen Strümpfe herab. Sie zog ihn so schalkhaft aus, dass ihr weißer Fuß für einen Moment wie ein lichtscheues, urzeitliches Schalentier unter ihrem Rock hervorkroch. Dann band sie den noch wadenwarmen Strumpf dem Favoriten des Markgrafen, Herrn von Reitzenstein, über die Augen.

Sie spielten Blindekuh, bis es plötzlich zu regnen begann und die ganze Gesellschaft kreischend ins Schloss rannte, aufgedreht und überhitzt von den zufälligen, aber viel versprechenden Berührungen eines sehnigen Nackens oder einer runden Hüfte.

»Wie einfallsreich sie doch immer ist, die kleine Crailsheim«, bemerkte die Baronin von Diepenbrock, als sie mit der Markgräfin die Treppen hinaufstieg, »sie will damit natürlich kaschieren, dass ihre Nase zu lang ist.«

Friederike blieb stehen und schaute ihrer Oberhofmeisterin so unvermittelt ins Gesicht, dass diese gleich wusste, dass sie einen Fehler gemacht hatte. Aber die Markgräfin setzte noch eins drauf.

»Fräulein von Crailsheim versteckt nur eins, nämlich ihren scharfen Verstand. An dem würden sich diese Bauernlümmel ihre einfältigen Schädel aufschneiden, und der Markgraf käme mit der Peuplierung gar nicht mehr hinterher.«

Sprach es und ließ die Oberhofmeisterin blamiert stehen. Für die Markgräfin war das Fräulein von Crailsheim inzwischen fast so etwas wie eine Freundin geworden. Eine jedenfalls, die sich deutlich von den Landpomeranzen am Ansbacher Hof unterschied, die nur sticken und in der Gemäldegalerie auf und ab trippeln konnten. Caroline hatte zwar keinen blassen Schimmer von den wissenschaftlichen Dingen, die Friederike durch den Kopf gingen, aber sie spitzte ihre Ohren, schaute und verglich, ohne sich selbst zu ernst zu nehmen. Eigenschaften, die Friederike gefielen. Außerdem fand sie heraus, dass das Mädchen wunderbar vorlesen konnte. Ihre dunkle Stimme brachte die Platanen von Fontainebleau zum Rauschen und ließ die roten Segel der Phönizier im Wind des Mittelmeers knattern.

Als eine Woche nach dem Blindekuh-Spiel das bestickte Strumpfband des Fräuleins von Crailsheim durchnässt unter einem Holunderstrauch im rückwärtigen Garten gefunden wurde und alle sich fragten, wie es dorthin gelangt war, log die Markgräfin. Sie sagte, sie selbst habe es ihrem Spaniel zum Spielen gegeben. Nur so konnte sie die Gehässigkeiten und Intrigen gegen ihre neue Freundin stoppen.

Der Markgraf, der kaum Schlaf brauchte, ließ jeden Tag im Morgengrauen seine Herren aus den Betten holen, damit sie mit ihm auf die Jagd gingen. Erst als es zwei Tage hintereinander ohne Unterlass regnete, fiel ihm wieder der Jude ein, und er bestellte ihn zu sich. Zum Glück legte Ischerlein bereits im Vorzimmer seine Bescheidenheit wie einen für die Jahreszeit zu warmen Pelzmantel ab. So kamen sie schnell zur Sache, was auch der Grund dafür war, warum sie sich in den vergangenen Jahren so nahe gekommen waren, wie es für einen Fürsten und seinen Juden überhaupt möglich war.

»Ischerlein, es kotzt mich an. Überall fehlt das Geld. Die Blicke meiner Geheimräte vermiesen mir den kleinsten Spaß, eigentlich müsste ich meinen Schwiegervater schon wieder anpumpen.«

Ischerlein legte langsam ein Bein über das andere, bevor er achselzuckend antwortete:

»Dann muss mein Fürst eben das machen, was zurzeit alle Fürsten machen, nämlich Soldaten vermieten.«

»Du Hund, das weiß ich auch. Aber ich will das nicht. Ich will keinen meiner Kerle außer Landes geben, es sind ohnehin nicht genug, und es gefällt mir nicht, wenn ihre Mütter weinen.«

»Dann eben umgekehrt.«

Ischerlein langweilte sich bereits und gab sich keine allzu große Mühe, es zu verbergen.

»Holt neue Landeskinder. Noch mehr Hugenotten, Calvinisten und«, seine Stimme klang jetzt sogar etwas spöttisch, »fleißige, lernbegierige und demütige Kinder meines Volkes. Ein paar Privilegien hier, ein wenig Toleranz dort, und die markgräflichen Steuereintreiber werden sich freuen.«

In dem Moment wehte aus dem Garten das zornige Brüllen eines Löwen herein. Ischerlein riss seinen Kopf zum Fenster herum, doch er sah nur ebenmäßig geharkten Kies und tropfnasse Fuchsienbeete, die sich in Muschelform um einen Springbrunnen wanden. Bald darauf brüllte es wieder, ärgerlich und dann beleidigt. Der Markgraf wischte mit einer Handbewegung einen Stapel Akten vom Tisch.

»Hört Ihr das, Ischerlein, sie bewerfen den alten Pius, der am liebsten nur noch schläft, wieder mit Krautköpfen. Ansonsten fressen und saufen sie auf meine Kosten. Die Herren von Rothenhan, Bieberstein, Heydenab und wie die Speichellecker sonst noch heißen. Aber nach ein bisschen Jagen haben sie schon wunde Ärsche und klagen über gichtige Hände. Am liebsten würde ich sie auspeitschen lassen, aber sie sind ja«, höhnte er, »meine ehrenwerten Mundschenke und vornehmsten Räte.«

Der Markgraf konnte nicht länger sitzen bleiben. Er sprang aus seinem goldgefassten Sessel auf, packte den Juden an den Schultern und schüttelte ihn. Dann versetzte er den Stühlen Fußtritte, dass sie gegen Kommoden schlitterten, und drehte schließlich keuchend an seinen eigenen Rockknöpfen.

Ruhig sagte Ischerlein: »Ihr könntet zum Beispiel Bauplätze günstig ausweisen, Adelige und auch Bürger wollen sich schließlich gegenseitig übertrumpfen. Die Hugenotten sind schnell zu Vermögen gekommen, die sollten übrigens mehr bei Hofe zu sagen haben. Ach ja, zurück zum Bauen«, sprach Ischerlein weiter und ließ sich auch nicht aus der Ruhe bringen, als der Markgraf anfing, mit zweien seiner inzwischen abgerissenen Knöpfe zu jonglieren, »die Handwerker müssen mehr zu tun haben als bisher, dann eignen sie sich neue Fertigkeiten an, fremde Gesellen werden angelockt, wenn zwanzig neue Stadtpalais gleichzeitig fertig werden sollen. Alles in allem ergibt das«, betonte der Hofjude, »mehr Kinder, mehr Einwanderer, mehr Wirtshausbesuche, mehr Steuereinnahmen. Übrigens empfehle ich, den Export der Waren aus den Leonischen Gold- und Silberdrahtziehereien und den Strumpfwirkereien in Schwabach tüchtig anzukurbeln. Ihr müsst unbedingt Geschäftsträger nach Leipzig und Frankfurt schicken, die Kontakte knüpfen und die Produkte vorstellen.«

Wieder starrte Ischerlein für einen Moment aus dem Fenster in den Park. Trotz aller Geneigtheit, die ihm der Markgraf entgegenbrachte, fühlte er sich plötzlich sehr fremd in einer Welt von Krautkopf werfenden jungen

Herren in seidenen Hosen und Röcken, die mit Veilchenranken bestickt waren, während sich wieder eine Missernte abzeichnete und vielleicht viele Kinder im Winter verhungern würden.

Nach zwei Stunden war es beschlossene Sache. Alle bisherigen Kredite würden gestundet. Der Markgraf nahm bei seinem liebsten Juden noch einmal eine Schuld von hunderttausend Talern auf. Er wolle, sprudelte es sofort aus ihm heraus, sein Falknerkorps auf fünfzig Mann aufstocken und mit schönen neuen Uniformen ausstatten. Ja, ein neues Jagdschloss am Bärenwirtsweiher bei Gunzenhausen wolle er auch bauen. Dann solle natürlich sein unehelicher Sohn gut versorgt werden. Charles ließ Wein eingießen. Außerdem wünsche er sich sofort zwei Feuerlöschwagen mit Pumpen und beweglichen Leitern. Übermütig zog der Markgraf Ischerlein wie einen guten Freund an den Schläfenlocken, so glücklich war er. In der Porzellanmanufaktur sollten neue Brennöfen eingebaut werden.

»Ja, ja, und auch Bauplätze und kostenloses Holz soll es geben«, versprach der Ansbacher, der inzwischen in die taumelnde Stimmung eines Kindes am Abend seines Geburtstagsfests gekommen war, »damit du noch mehr Kredite vergeben kannst, Ischerlein.«

Sie tranken noch vier Flaschen Bullenheimer miteinander, aßen frisches Wildbret und lachten viel. Ischerlein war es egal, dass das Essen nicht koscher war. Stattdessen schob er voller Vorfreude das Begleitschreiben, das ihm sein Fürst zum Abschied schenkte, in den Ärmel. Die Kutsche fuhr ihn direkt vor die Tür der Babette Fuchs. Und der Brief mit dem markgräflichen Siegel brachte ihn in den Genuss ihrer außergewöhnlichen Dienste, die sie Beschnittenen sonst kategorisch verweigerte.

Charles wiederum beschloss, diesen guten Tag im Schlafzimmer seiner Frau zu beenden. Das wird auch meinem Hofprediger gefallen, dachte er, als er an ihre Tür klopfte. Nach einer Viertelstunde launiger Konversation bat er Friederike, ihre Damen zu verabschieden. Er trat hinter den Paravent und zog sich aus. Sie hatten sich in den sieben Jahren ihrer Ehe kaum einmal nackt gesehen. Was nicht an Friederike, sondern an Charles lag. Sie fragte sich manchmal, ob er sich bei seinem Frauenzimmer in Georgenthal auch so schamhaft anstellte.

Friederike war zwölf gewesen, als sie ihr Ohr an die Kammertür ihrer Gouvernante gedrückt hatte, um ihre kleinen heiseren Schreie zu hören, die immer dann ertönten, wenn das Fräulein von Montbail einen jungen Mann aus der Offiziersgarde oder der Reihe der Marstallknechte bei sich zu Besuch hatte. Ein paar Tage vor ihrer Hochzeit steckte ihr auf Anordnung der Mutter eine Hofdame ein *tableau d'amour* zu, das sie seitdem am Boden ihrer Briefschatulle aufbewahrte, aber leider nicht benutzte.

Sie erinnerte sich noch gut an die zweite oder dritte Nacht nach ihrer Entjungferung. Charles kam ziemlich angetrunken aus dem Tabakskollegium ihres Vaters zu ihr ins Bett geschlüpft. Das Büchlein wartete mit ihr zusammen unter der Bettdecke.

»Charles, lassen Sie uns das heute ausprobieren, ja«, hatte sie ihm zugeflüstert und das Kerzenlicht über eine Seite wandern lassen, wo ein entblößter Kavalier seine auf ihm sitzende Dame zu augenscheinlich größten

Wonnen galoppieren ließ. Sie konnte gar nicht mehr umblättern zu der Seite, wo ein anderes Paar stehend kopulierte, was ihr auch gut gefallen hätte, sondern gerade noch die Kerze ausblasen, damit die Kissen nicht Feuer fingen, denn ihr frisch angetrauter Gemahl schleuderte das kleine Buch wutentbrannt quer durch den Raum an die Wand, schimpfte sie eine Dirne und drohte, ihrem Vater von dem »dreckigen Franzosengeschlamp« zu erzählen.

So machte Friederike in den bisherigen Jahren ihrer Ehe weiterhin das, was sie auch schon in ihrer Hochzeitsnacht gemacht hatte. Sie winkelte ihre Knie an, während Charles kurz in sie eindrang und sich dann schwer atmend zur Seite rollte.

Auch in dieser Nacht brachten sie die Sache schnell hinter sich, ohne dass Friederike auch nur einen einzigen kleinen Schrei ausstieß. Sie lauschte noch eine Weile dem Sommerregen, der sanft gegen die Scheiben schlug, und hörte irgendwo weit weg ihren jüngsten Sohn weinen, der gerade zu zahnen begann.

Charles verbrachte die ganze Nacht bei der Markgräfin, und als am Morgen die Kammerjungfer mit der gewürzten Brühe kam, saßen sie beide recht zufrieden nebeneinander im Bett und schlürften die Tassen leer. In diesem Moment mochte Charles seine Frau sogar. Zumindest dehnte sich seine Dankbarkeit, dass sie ihm zwei gesunde Söhne geboren hatte, zu einem größeren Gefühl aus, das sich zu ihnen in die nachtwarmen Kissen gesellte. Friederike wiederum hielt ihre Zunge im Zaum und gab sich Mühe, ihn nicht zu reizen. Weil solche Augenblicke, wie sie beide wussten, selten waren, erzählte er ihr schnell von seiner Idee, das ganze Markgrafentum kartographieren zu lassen.

»Eine tolle Idee!«

Sie klatschte in die Hände. Ein wenig langsam und herablassend vielleicht, aber immerhin. Er errötete und schwadronierte mit Feuereifer weiter.

»Ich werde die Karten vervielfältigen und binden lassen und sie an alle Bibliotheken im deutschen Reich schicken.«

»Aber nach London doch auch.«

Er überhörte ihren Spott und überlegte, ob er nicht gleich auch die Grafschaft Sayn-Altenstein im Westerwald vermessen lassen sollte, die er über kurz oder lang von seiner Großmutter väterlicherseits erben würde.

Als sie sein Geschwätz nicht länger ertrug, stand Friederike auf, öffnete die Fensterläden und schüttelte ihr Flohpelzchen aus Marderfell, das sie auch des Nachts trug in der Hoffnung, dass alles Ungeziefer weg von ihrer Haut und in das kuschelige Nest gekrochen war, in den Garten aus.

Der Regen hatte in den frühen Morgenstunden aufgehört, grelle Sonnenstrahlen drangen ins Zimmer und in die Zweisamkeit des markgräflichen Paares. Als Friederike vom Fenster zu ihrem Toilettentisch ging, registrierte Charles wieder einmal, dass sie ein wenig humpelte. Im Bett ausgestreckt, beobachtete er, wie sie sich langsam die Haare bürstete. Nein, sie war keine Frau, an der er sich wärmen konnte wie an Elisabeth. Als sich Friederike zu ihm umdrehte, wusste er, dass sie seine Gedanken erraten haben musste. Verachtung schoss unter ihren Augenlidern hervor – ein Blick, dem er manchmal begegnete, wenn er bei der Jagd einen klugen alten Hirsch vor der Flinte hatte.

»Wollen Sie mir heute die berühmte Louise vorstellen? Immerhin trägt sie einen meiner Namen.« Friederikes plötzlicher Themenwechsel brachte ihn aus dem Konzept.

»Sonst ekeln Sie sich doch vor den Vögeln.«

Charles blieb vorsichtig, denn bei Freundlichkeiten seiner Frau war er auf der Hut.

»Aber Louise soll klug sein«, entgegnete Friederike sanft, »das reizt mich dann doch.«

Sie läutete nach ihrer Kammerzofe, damit diese ihr beim Anziehen half. Das Markgrafenpaar verabredete sich für vier Uhr nachmittags.

Friederike bat nur Caroline dazu, von der sie wusste, dass sie als kleines Mädchen einen lahmen Habicht aufgepäppelt hatte. Der Markgraf wiederum ließ den Erbprinzen holen. Mit großem Trara rief man, als das Grüppchen im Roten Schloss eintraf, Kersmackers herbei, denn ohne ihn, das war bekannt, wurde Louise nervös und unwillig. Der flämische Falknermeister ging dann auch als Erster in die Kammer, wo das Gerfalkenweibchen reglos auf seiner Stange saß.

Friederike atmete flach, damit der stechende Geruch nicht zu tief in ihre Lungen drang. Caroline hatte ihr Haar so schlampig gepudert, dass dicke fuchsrote Strähnen durchschimmerten, und der Markgraf blinzelte im Dämmerlicht irritiert zu der Tochter des alten Säufers, Pollux von Crailsheim, hinüber, die für seinen Geschmack zu verwegen und temperamentvoll war. Sie schnitt bei Soupers Grimassen und wurde gesehen, wie sie mit dem englischen Gesandten die Gänge entlangtanzte. Vor ein paar Monaten schließlich war etwas, wie der Markgraf fand, Ungeheuerliches passiert. In einer bitterkalten Mondnacht, als sie in den Wäldern von Colmberg Wildschweine jagten, überraschte er Reitzenstein, wie dieser mit dem Kopf an die morsche Wand eines Unterstands gelehnt seinen Schwanz rieb und dabei einen Spitzenschal der Crailsheim an Mund und Nase drückte. Der Markgraf war in wieherndes Lachen ausgebrochen und hatte Reitzenstein angeblafft, ob er denn schon so auf den Hund gekommen sei, dass er es sich selbst besorgen müsse. Warum machte er bloß solch ein Federlesens mit der Crailsheim?

Reitzenstein, so erinnerte sich der Markgraf, hatte damals geschaut, als hätte man ihm einen Degen in seine besten Teile gerammt, und mit knirschenden Zähnen »Es gibt solche und solche« geantwortet.

Der Markgraf hatte ihn daraufhin gehen lassen. Später schenkte er seinem Freund eine schöne, mit Silber beschlagene Pistole und klopfte ihm herzlich auf die Schulter. Die Scham über das Erlebte und auch seine Gutmütigkeit rührten Charles wie immer sehr. Doch Caroline von Crailsheim war ihm seit dieser Wildschweinjagd unheimlich.

Gedankenversunken standen sie eine Weile um das unnahbare Geschöpf herum, das sie bitterböse aus seinen Perlenaugen anschaute. Louises flacher Kopf, der so fein befiedert war, dass er kahl zu sein schien, bebte kaum sichtbar, und aus ihrem gekrümmten Schnabel kam ein leise schnarrendes Geräusch.

»Wann wurde sie geatzt?«, fragte der Markgraf schließlich und zerrte den ängstlichen Erbprinzen näher an Louise heran.

»Gestern Mittag.«

»Dann hat sie genau die richtige Kondition.«

Zur Sicherheit tastete der Markgraf selbst das Brustbein des Falkenweibchens ab.

»Wie viele Reiher oder Milane werden wir benötigen?«, fragte Kersmackers.

»Keine! Wir jagen, was uns der Himmel bietet. Aber nehme er die besten Hunde mit.«

Kersmackers zögerte. Bei Louise hatte schon die Mauser eingesetzt, und sie flog nicht mehr so sicher wie sonst. Er riskierte einen Einwand.

»Es liegen viele Federn unter ihrem Reck.«

»Mach er sie fertig«, herrschte der Markgraf ihn an.

Unsicher blickte er zu seiner Frau, ob die es sich vielleicht doch anders überlegte. Er selbst nahm wie so oft das dunklere, weniger edle, dafür auch weniger nervöse Wanderfalkenweibchen Calisto mit auf die Jagd.

Sie ließen sich zu einer kleinen Anhöhe bei Streudorf kutschieren. Von dort aus hatte man den besten Überblick über die Schleifen der Altmühl, die sich wie die an einem Stück geschälte Schale eines Apfels durch die Sumpfwiesen wanden, bis sie schließlich in den Himmel zu münden schienen. Außerdem lag die Anhöhe nur einen Steinwurf von einem Buchenwald entfernt. Von dort flogen die Reiher aus, um Fische zu fangen. Schaumige kleine Spinnennetze klebten im gemähten Gras. Der Prinz hüpfte hinter Heuschrecken her. Charles sah sich für einen Moment in Elisabeths Gesellschaft. Wie er den Arm um ihre Hüfte schlang und mit ihr durch diese Wiesen spazierte.

Die Diener stellten die Sessel für die Damen auf. Nach den vielen Regentagen umfing sie die Luft mit ungewohnter Milde.

Kersmackers positionierte sich mit Louise auf der Faust so, dass diese den Wind für sich nutzen konnte. Der Markgraf fixierte das weite Feld zwischen Fluss und Wald. Der Prinz wurde müde und legte seinen Kopf in den Schoß seiner Gouvernante. Caroline spielte mit den Hunden und schäkerte auch ein wenig mit den Knechten. Friederike bewegte rhythmisch ihren Fächer und starrte auf das Strohdach einer Scheune. So warteten sie alle zusammen eine gute Stunde.

Als endlich ein Reiher als schwarzer Punkt in der Ferne auftauchte, wurde der schlafende Erbprinz von seinem Vater wach gerüttelt und auf die Beine gestellt. Der Markgraf und Kersmackers warfen die Falken gleichzeitig von der Faust. Calisto schraubte sich schnell in engen Kreisen empor. Alle Blicke folgten ihr. Sie hatten keine Trompeten dabei und auch keine Trommeln, um die Attacke eines Falken anzuschlagen, ihn anzufeuern und die eigene Spannung zu steigern. Dafür schrie der Markgraf nach Leibeskräften, und jeder konnte sehen, wie dieser große, kräftige Mann vor Glück vibrierte. Seine Perücke lag längst wie ein pelziger Käfer im Gras.

Der Reiher, der die Gefahr erkannt hatte, stieg höher und höher. Doch Calisto steilte weiter auf und kam ihm näher. Von Westen waren in der letzten Stunde bauschige weiße Wolken aufgezogen und trieben, sich immer wieder neu formierend, über den Himmel, so dass die Vögel alle paar Sekunden verdeckt wurden, um dann in neuem Abstand wieder aufzutauchen.

Caroline knetete den warmen Ohrlappen eines nussbraunen Pudelpointers. Dem Flug der Vögel folgend, vergaß sie die Zeit und damit die Angst, zurück in das Wasserschloss ihres Vaters zu müssen, wenn sie nicht bald heiratete. Dort bildete sich im Winter eine Eisschicht auf dem Inhalt des Nachttopfs, und selbst im Juni kroch einem die Kälte die Beine hoch in den Unterleib. Es gab keinen Ort, an dem Kleider und Bücher nicht schon nach einer Woche schimmelten, dafür aber einen Vater, der sich an ihr verging, als er wieder keine hübsche Magd für ihre Dienste bezahlen konnte. Hinterher weinte er jedes Mal vor Reue und Scham. Ein paar Jahre hausten sie, so gut es ging, in getrennten Ecken des Wasserschlosses, bis der Markgraf sie aufgrund ihres berühmten Namens und ihres hübschen Aussehens nach Ansbach an den Hof kommen ließ. Seitdem genoss sie jeden Tag.

Die kleine Jagdgesellschaft sah jetzt, wie der Reiher alles ausspie, was er vorher in der Altmühl gefangen und gefressen hatte. Auch seinen Kot ließ er ab. Nur so wurde er leichter und stieg noch höher als Calisto, der man mittlerweile eine gewisse Ermüdung anmerkte. Plötzlich entdeckte Kersmackers Louise. Sie hatte ihren Steigflug in größeren Schrauben und langsamer angegangen, näherte sich nun aber schnell ihrer Beute. Ihr heller Körper hob sich vom inzwischen samtgrauen Treiben der Wolken ab – ein Schauspiel, das den Markgrafen und Kersmackers begeisterte, als würden sie es heute zum ersten Mal verfolgen. Die Wendungen, mit denen sich das Gerfalkenweibchen dem langhalsigen Reiher näherte, sprachen eine geheime, aber ihnen verständliche Sprache von Lust und Mut. Louise näherte sich mit ihren weit gespreizten Flügeln der Begegnung mit dem Tod. Sie jagte für die Männer unten auf der Wiese, egal, ob sie Fürst oder Knecht waren. Sie flog für ihre Leidenschaften und Begierden und ließ sie für eine Weile im Rausch des kunstvollen, eleganten Kampfes über den Trübsinn und die Langeweile des Lebens triumphieren.

Charles vergaß die Mühsal seiner Herrschaft und die verfluchte preußische und Bayreuther Verwandtschaft, die ihm das Leben schwer machte. Er vergaß auch Elisabeth, seine Schulden und die Unruhe, die in ihm ratterte wie ein überdrehtes Uhrwerk. Er hielt sich fest am Hals seines Falken, flog mit ihm immer höher und schmeckte statt Salz süßes Blut zwischen seinen Zähnen.

Einige lange Augenblicke – und das waren die allerschönsten – konnte man nicht mehr ausmachen, ob der Falke oder der Reiher höher stieg. Ihre Versuche, sich zu überflügeln, wurden immer verwegener. Alles schien möglich, auch dass die Falken in den Himmel flohen und sich ihre Freiheit nahmen. Aber dann sah die kleine Gesellschaft plötzlich, wie sich der Reiher mit dem Wind gegen den Falken drehte und ihn mit seinem aufgespreizten Schnabel attackierte. Er wusste jetzt, dass er Louise nicht mehr entfliehen konnte.

Friederike wiederum wusste, dass Charles zu abgelenkt war, um nach ihr zu schauen. Deshalb schloss sie die Augen und ließ den Himmel Himmel sein. Sie war in Gedanken in Schwaningen, wo sie sich diesen Sommer zum ersten Mal überhaupt umgeschaut hatte. Bislang hatten ihre Tagträume und Versuche, am Hof mehr Einfluss zu gewinnen, sie davon abgehalten und, wie sie sich heute eingestand, auch ihren Verstand vernebelt. Seit der Begegnung mit dem Maler Carlone aber hatte sie wieder Mut und Kraft und seit dem zweiten Sohn auch das nötige Geld, um in Schwaningen etwas zu verändern, wenngleich sie im Moment allerdings nicht die geringste Ahnung hatte, womit sie beginnen sollte. Robinson Crusoe hatte auf seiner muschelgesäumten Insel mit Sicherheit keine solche Trostlosigkeit vorgefunden wie sie vor vier Wochen auf ihren Gütern.

Mann und Frau und Kind standen als eine einzige verfilzte Wand da, die sich nur gassenbreit auftat, um ihre Kutsche durchzulassen. Zuerst waren gar keine Gesichter zu erkennen, sondern nur graue, mottenzerfressene Lumpen. Der Verwalter, über dessen Gesicht sich eine eiternde Wunde zog, schleuste sie über den morastigen, ungepflasterten Hof zum Schlosstor. In ihrem Rücken lachte ein Schwachsinniger mit gellend hoher Vogelstimme auf. Froh über dieses menschliche Zeichen, drehte sich die Markgräfin zu ihm um und warf ihm ein Goldstück zu, das ihm, wie sie sah, im nächsten Moment schon wieder entrissen wurde. Aus den Augenwinkeln bemerkte sie die Jochbögen der Frauen, über die sich die Haut straff spannte, und andere Zeichen des Hungers, die selbst die Jungen, die Säuglinge mit sich trugen, alt und gebrechlich aussehen ließen. Zwischen den verängstigten Bücklingen und Kratzfüßen von Pfarrer und Bürgermeister schimmerten rot die mit aufgekratztem Schorf und Ungezieferstichen überzogenen Köpfe der Kinder. Der blutige Auswurf, den die Leute ungeniert auf den Boden spuckten, blieb in Lachen stehen. Dann fiel mit einem Rumms das eisenbeschlagene Tor zu, und die Hofdamen atmeten erleichtert auf, weil sie den Pöbel nicht mehr sehen mussten.

Friederike lehnte den Umtrunk ab, den man ihr anbot. Sie wollte gleich die Ländereien, Scheunen und Ställe besichtigen. Der Verwalter konnte sein Entsetzen nicht verbergen. Der Pfarrer versuchte, sie zu einem Besuch der Dorfkirche zu überreden. Sie hatte schnell durchschaut, dass die beiden unter einer Decke steckten.

»Arbeit ist unser vornehmster Gottesdienst«, sagte sie dem Pfarrer, wobei sie das Gesicht einer preußischen Königstochter aufsetzte und leicht gehässig hinzufügte: »Außerdem ist ja nicht Sonntag.«

Sie raffte ihre Röcke bis zu den Knien hoch und stakste wortlos durch den Morast aus Fäkalien und fauligem Stroh. Den Pfarrer stach glücklicherweise eine Wespe, so dass sie ihn fortschicken konnte. Zum ersten Mal wünschte sich Friederike, ihr Vater wäre jetzt bei ihr. Er hätte seinen gescheiten Sekretär an der Seite gehabt, der Notizblöcke mit eckigen Zahlen gefüllt hätte, nüchtern, unbestechlich und allein Preußens Wohlfahrt verpflichtet. Der Vater selbst hätte seine Stiefel gegen die morschen Zäune gerammt, damit sie zur Schande des Verwalters gleich in sich zusammenfielen. An Ort und Stelle hätte er die Knechte auspeitschen lassen, weil sie das Vieh dreckig und mager hielten. Obwohl auf den Wiesen noch Gras wuchs, war man offensichtlich zu faul zum Hüten, so dass die Rinder und Kühe in den feuchten Ställen standen und kostbares Heu fraßen. Sie mutmaßte, dass seit Tagen nicht mehr ausgemistet worden war. Hinter einem Holzstapel entdeckte sie vier Hühnereier, nach denen niemand gesucht hatte, und steckte sie ein. Der Deckel zu dem in den Boden gemauerten Keller war nicht ordentlich geschlossen worden, und die Milch in den Krügen roch sauer. Zwei wohl schon seit Längerem verendete Ferkel lagen neben den langen Zitzen der Sau und stanken bereits. Den inzwischen völlig aufgelösten Verwalter im Schlepptau, beschleunigte Friederike ihre Schritte, stieß Türen, Bottiche und Verschläge auf, streifte mit ihrer in schilfgrünen Satin gekleideten Hand über rissige Balken, schaute, roch und schwieg noch immer. Die klugen Sachen, die sie in englischen Büchern über Physiokratismus gelesen hatte, ließen sie angesichts der Misswirtschaft und der Armut, die sie hier vorfand, im Stich. Mit einem Wink gestattete sie ihren Hofdamen, die Tücher über ihre Münder pressten und bei jeder Biegung mit einer Ohnmacht kämpften, den Rückzug.

Sie selbst eilte weiter, zerriss Spinnweben, stolperte über verrostete Rechen und gönnte sich erst bei den Äckern Zeit zum Durchatmen. Da stand sie dann, bohrte die Spitzen ihrer Seidenpantoffeln in die trockene, rissige Erde und blickte über das, was sie sah und nicht verstand. Wo eigentlich Hafer, Dinkel oder Gerste kurz vor dem Schnitt wogen sollten, gab es nur Öde. Es wuchs nichts außer Brennnesseln und kleinen blauen Kornblumen. »Warum?«, hatte sie den Verwalter gefragt. Nur das eine Wort, mehr brachte sie nicht heraus. Sie musste noch einmal nachfragen, weil sich aus seinem Gestammel kein Sinn ergab. Ohne eine weitere Antwort rannte der Mann los. Der Dreck spritzte von seinen Stiefeln, so schnell suchte er das Weite. Sie hätte ihn für diesen Ungehorsam hinrichten lassen können, sie verbuchte es als Erfolg, den einzigen dieses Tages, diesen Trunkenbold und Taugenichts los zu sein.

Als sich das Tor wieder öffnete und sie den stumm gaffenden Dorfleuten, die immer noch dicht gedrängt vor dem Schloss standen, erneut gegenübertrat, konnte sie ihnen nicht das kleinste Versprechen zurücklassen, so ratlos war sie. Sie wusste auch nicht, ob diese Menschen sie fürchteten oder verfluchten. Aber die ganze Fahrt zurück nach Triesdorf schämte sie sich, dass sie bisher nicht besser für sie gesorgt hatte.

Seitdem hatte sie das Gefühl, keine Zeit versäumen zu dürfen. Aus Ansbach wurden schon einmal studierte Folianten herangekarrt, andere in England und Holland für horrendes Geld bestellt, so dass sich Friederike darüber im Klaren war, sich für die kommende Karnevalssaison keine neuen Kleider leisten zu können. Die Neckereien und Spiele, die ihr am Anfang des Sommers 1736 noch gefallen hatten, begannen, sie nervös zu machen. Sie wollte arbeiten.

Von weit her drangen das Gejohle der Männer und auch ein spitzer Schrei Carolines zu ihr durch. Die Markgräfin öffnete die Augen.

Jetzt näherte sich auch Calisto wieder dem Reiher. Der Markgraf fuhr hastig sein Fernrohr aus, um sein dunkles Falkenweibchen deutlicher sehen zu können. Er feuerte es an und rief ihm Kosenamen zu, die er nicht einmal für Elisabeth gebrauchte, doch Louise hatte schon zu viel riskiert, um sich die Beute nehmen zu lassen. Mit einem letzten, glamourösen Flugmanöver stieg sie über den Reiher und packte ihn von oben mit ihren Fängen. Beide stürzten zur Erde. Die Jagdgesellschaft stöhnte auf. Caroline schlug sich den Fächer vors Gesicht. Der Erbprinz schmiegte sich an seine Mutter, und Friederike küsste ihn und konnte sich endgültig nicht mehr auf Schwaningen konzentrieren.

Wie schon so oft fürchtete Kersmackers auch jetzt, dass Louise sterben würde, wenn der Reiher es schaffte, sie mit seinem dolchspitzen Schnabel zu durchbohren. Er fröstelte am ganzen Körper, obwohl er einen Uniformrock aus festem Tuch trug. Der Markgraf gab Befehl, die Meute loszuschicken. Die Männer folgten dem Gebell. Als sie zu der Stelle kamen, wo die kläffenden Hunde einen Kreis bildeten, sahen sie das Gerfalkenweibchen triumphierend auf dem Reiher stehen, den es mit einem einzigen Schnabelhieb getötet hatte. Kersmackers gab ihm eine saftige Taube. Louise sprang auf seine Faust, und er streichelte glücklich ihren schönen Kopf, bevor er ihr wieder die Haube aufsetzte.

Der Markgraf dankte Friederike wortreich für ihren wunderbaren Einfall, der ihnen dieses grandiose Schauspiel beschert hatte. Auf offener Wiese wurde bis zum Einbruch der Dämmerung schwerer Burgunder ausgeschenkt, wovon auch der Erbprinz zu trinken bekam. Dazu wurde ein Mahl aus gepökelter Rinderzunge, Schnecken in Aspik und Aprikosen gereicht. Als sie zurückfuhren, lehnte sich Friederike ins Polster der Kutsche und sah über sich im tintenblauen Himmel das Sternbild des Großen Hundes. Es hatte die Form eines Strichmännchens mit kurzen Beinen, und sie erkannte es am hellen Stern Sirius in seiner Mitte. Ihr fiel ein, dass vorgestern Magdalenentag gewesen war, nach Maria von Magdala, der angeblichen Hure, die die Füße Jesu Christi mit Öl gesalbt und mit ihren Haaren getrocknet hatte. Mit dem Magdalenentag begannen bekanntlich die Hundstage mit ihrer drückenden Hitze. Angeblich sollte in den Wochen bis zum vierundzwanzigsten August das Wasser in Seen und Flüssen giftig sein. Die einfachen Leute hielten die Zeit, in der nachts der Hund glitzerte, für eine Unglückszeit.

Wie jedes Jahr schloss eine Aufführung im Naturtheater die Sommersaison in Triesdorf ab. Die dichten Buchsbaumhecken und die zu Kegeln geschnittenen Eiben waren mit Fackeln illuminiert. In kleinen Lauben, an denen sich verblühte Glyzinien hochrankten, servierte man Erfrischungen. Die erhöhte Bühne war mit Birkenlaub und Feldblumen geschmückt. Die Zuschauer saßen unter gespannten Baldachinen, während das kleine Orchester versteckt im Park musizierte.

Caroline hatte den Einfall zur ersten Szene gehabt. Vier Burschen, die man in Felle gesteckt und als blutrünstige Ungeheuer mit gedrehten Hörnern und gefährlich langen Klauen maskiert hatte, polterten mit einer Sänfte aus dem Dunkel hervor. Ihre entführte Schönheit wagte allerdings nicht, ihr Gefängnis zu verlassen, so sehr das Fräulein von Crailsheim auch rief: »Steigen Sie aus, Verehrteste, man hat Ihre Peiniger vertrieben, und Sie sind hier unter honorigen Menschen.«

Schließlich musste Reitzenstein, verkleidet als Ritter in silbernem Brustpanzer, auf die Bühne springen und den Verschlag der Sänfte aufreißen. Heraus tappte ein Bär an der Kette, dessen Wärter in der Kutsche kauern blieb. Knapp einen Meter vor dem Bühnenrand machte der Bär halt, stellte sich auf die Hinterbeine und schüttelte den zottigen Körper im geblümten Rock. Das Publikum johlte vor Begeisterung, der Markgraf und die Markgräfin lobten Caroline sehr. Ehrenfried von Reitzenstein, der ihr ebenfalls Komplimente machte, fragte sich allerdings insgeheim, ob sich ein Fräulein mit solch spaßigen Einfällen tatsächlich auch zur Ehefrau eignete.

Nach der Pause traten nacheinander zehn Damen des Hofes als Statuen hergerichtet auf. Die Zuschauer mussten raten, um welche allegorischen Figuren es sich handelte. Hera, die Göttermutter und Schützerin des heimischen Herdes. Aphrodite, die schaumgeborene Göttin der Liebe. Diana, die Freundin der Jäger mit den geschmückten Pfeilen im Köcher und so weiter. Der Anfang war so einfach, dass viele bald gähnten. Dann erschien Fräulein von der Gröben, eine der beiden Hofdamen der Markgräfin, auf der Bühne. Man hatte ihr eine schöne griechische Frisur ins Haar gebrannt und aus Seidenstoff ein faltenreiches Gewand drapiert. Die Webarbeit, die sie mitbrachte, war vorher von einem geschickten Bauernmädchen gearbeitet worden, so dass sie jetzt nur noch mit einem Webschiffchen ein bisschen durch die Luft fädeln musste. Doch keiner erriet Penelope, die auf den abtrünnigen Ehemann wartete.

Flachbrüstig, wie sie war, mit eckigen Schultern und einer stumpfen kleinen Nase, ähnelte sie wenig der stolzen Gattin des Kleinkönigs von Ithaka. Fräulein von der Gröben webte noch gutmütig weiter, als das Publikum schon vor Lachen brüllte. Schließlich erlöste die Markgräfin die Arme und winkte sie von der Bühne.

Als Friederike am Ende der Vorstellung ihren Platz verließ, tönte aus dem allgemeinen Aufbruch eine unbekannte Stimme zu ihr herüber.

»Gott sei Dank sind nicht alle fränkischen Frauen und Mädchen so himmelschreiend fad wie die Gröben, sonst würde unser Markgraf nur noch in Georgenthal herumhocken.«

»Die Idioten, als ob das mein Kummer wäre«, raunte Friederike Caroline zu, die die bösen Worte ebenfalls gehört hatte. Caroline nickte und legte ihren Arm um die Schultern der Markgräfin. Trotzdem konnte Friederike in dieser Nacht noch lange nicht einschlafen, doch es war nicht die Geliebte ihres Mannes, die sie wach hielt: In einem über zwei Jahre alten Journal für den Freundeskreis der Royal Agricultural Society hatte sie zufällig den Bericht eines gewissen Lord Bessborough aus der Grafschaft Yorkshire entdeckt. Er ließ sich ausführlich über etwas aus, das er *rotation of crops* nannte und das Friederike mit »Wechsel der Früchte« übersetzte. Ihr Interesse war geweckt. Viel zu langsam für ihre Neugier arbeitete sie sich bei dem Licht einer Kerze durch den Text. Zunächst listete der Lord die außerordentlichen Erträge an Korn und Winterfutter seiner neuen, wie er betonte, revolutionären physiokratischen Methode auf. Zeile für Zeile, der Zeigefinger den Worten voraus, drang sie zu seinem Geheimnis vor, das er nüchtern und ohne Floskeln enthüllte. Schließlich kam der Satz, der ein Feuerwerk neuer Möglichkeiten vor ihr entzündete. Er, so schrieb Bessborough kurz und bündig, bewirtschaftete seine Güter nach der vierfeldrigen Variante. Für schwere Böden empfahl er sogar die sechsfeldrige. Klee, Weizen, Rüben und Wintergerste wurden in einer festen Abfolge auf demselben Stück Erde angebaut. Speziell die Blattfrüchte würden den Boden ganz enorm mit neuer Kraft anreichern, so dass die Halmfrüchte besser gediehen. Rüben und Klee eigneten sich zudem vorzüglich als Kraftfutter für sein Vieh, dessen Bestand deshalb zunehme. Außerdem habe er festgestellt, dass man mit dieser Art der Bewirtschaftung Schädlinge aller Art auf dem Acker in Grenzen halte.

Friederike ließ das Journal sinken und klemmte ihren Fächer zwischen die Seiten. Auf einmal fühlte sie sich wie Robinson Crusoe mit der Machete in der Hand, wie er sich, umlauert von Gefahren, aber voller Tatendrang in das Innere seiner Insel vorkämpfte. Sie trug dem Kammerdiener auf, ihr eine Kanne Kakao zu bringen, damit sie bis zum Aufgang der Sonne weiterlesen konnte.

Am letzten Augusttag begab sich der Tross mit vielen Kleidertruhen, Bildern, Gobelins, Silberleuchtern und Bettlaken zurück in die Ansbacher Residenz. Das Wohlwollen, das sich zwischen Charles und Friederike in den vergangenen Sommermonaten eingestellt hatte, verlief sich rasch auf den langen Gängen und in den von Schwätzern überfüllten Vorzimmern. Aber den ganzen Winter, den Karneval und auch das Frühjahr 1737 über gingen sie höflich miteinander um und hofften auf eine dritte Schwangerschaft.

Friederike korrespondierte den ganzen Winter über mit Lord Bessborough, der sich wiederum geehrt von dem Interesse der deutschen Markgräfin fühlte und ihr detaillierte Skizzen seiner Äcker schickte.

Die Vorbereitungen für den turnusgemäßen Umzug in das Triesdorfer Schloss waren schon in vollem Gange, als der Erbprinz genau auf den Tag einen Monat nach seinem vierten Geburtstag an einer fiebrigen Erkältung verstarb.

Heistermann erzählte jedem, dass der Markgraf in seinem Appartement schreie und tobe wie ein tollwütiges Tier und alle Schuld der Markgräfin gebe, weil diese sich nicht genug um die Gesundheit des Kindes gekümmert habe und sich stattdessen nur noch mit unweiblichen Büchern befasse und mit ausländischen Spionen Umgang pflege.

»›Preußisches Luder‹ wird hier noch zum geflügelten Wort«, feixte der Zwerg und biss sich vor Vergnügen in die fleischigen Knöchel seiner geballten Faust, als er einen Tag nach dem schrecklichen Ereignis Caroline von Crailsheim begegnete. Im Vorbeigehen torkelte er ungehörig nahe an das Freifräulein heran, spürte er doch seit Langem, dass sie hinter ihrer lustigen Art ein Geheimnis verbarg. Der Witz war freilich, so kombinierte der Zwerg, dass man erst noch ausprobieren musste, ob sie sich deshalb leichter demütigen ließ oder im Gegenteil gleichgültiger gegen Intrigen war.

»Scheren Sie sich zum Teufel, Heistermann«, entgegnete Caroline ohne ein Zittern in der Stimme. Heistermann fluchte innerlich, dass er nicht die nötige Contenance aufbrachte, einfach in seine Sänfte zu klettern. Stattdessen blieb er stehen und blickte mit offenem Mund dem Fräulein von Crailsheim nach, wie es unerschrocken und groß wie ein fremdes Tier aus der Triesdorfer Menagerie die Treppe hinaufstieg.

6

Die beiden schmalen, grauen Bündel versperrten der Kutsche des Markgrafen den Weg. Die Pferde scheuten, der Kutscher musste anhalten. Charles selbst öffnete den Wagenschlag und schaute in die einsetzende Dämmerung dieses Abends im Mai 1740. Ursprünglich hatten sie wohl nicht mitten auf der Straße, sondern am Rand gelegen. Der Kutscher deutete von seinem Bock herab auf einen abgenagten Arm ein Stück weiter.

»Ein Fuchs oder ein Wolf«, vermutete der Markgraf.

Trotzdem schickte er mit Absicht den hochnäsigen Freiherrn von Redwitz, um nachzuschauen, tat der doch immer so furchtbar etepetete. Er wollte diesen Kammerherrn liebend gern entlassen, hatte aber leider im Moment Schulden bei ihm.

Als Redwitz zurückkam, war er grün im Gesicht.

»Dieses Gesindel! Kein Wunder, dass es so viele Käfer und Schmeißfliegen anlockt«, zischte er und schüttete eine Flasche Eau de Venice über sich aus.

»Verhungert«, sagte der Kutscher, »alle beide, eine Frau und ein kleines Mädchen.«

Mit den Schuhspitzen schob er die offensichtlich leichten Haufen in den Graben und hockte wieder auf.

Charles schloss die Augen und befahl Redwitz: »Sorgt in Georgenthal sofort dafür, dass man sie holt und anständig beerdigt.« Dann dachte er wieder an Elisabeth.

Als sich die markgräfliche Kutsche Georgenthal näherte, war sie noch dabei, vom Kopf her die meiste Haut abzulösen, auf alle Fälle aber die Federn der schwarz, braun und weiß gesprenkelten Vögel. Das nackte Fleisch flammte sie ab, um die letzten Federreste zu versengen. Als sie sich dabei an der linken Hand brannte, fluchte sie laut, nahm das nächste Holzscheit und schleuderte es mehr im Spaß als ernsthaft nach der Küchenmagd.

»Geh weg, du verstehst doch sowieso nichts davon, lauf lieber und hol den Buben.«

»Aber der schläft doch schon.«

»Der Markgraf will seinen Sohn aber immer gleich sehen, wenn er kommt, also mach schnell.«

»Und wenn er weint?«

»Gib ihm eine Zuckerbrezel, dann hört er schon auf.« Elisabeth kramte aus einem Schrank ein weißes Gebäckstück hervor, drückte es der Magd, die selber noch ein Kind war, in die Hand und wandte sich mit wütendem Eifer wieder den Schnepfen zu. Ihr hübsches Gesicht verschwamm in der heißen Küche zu einer großen roten Wunde, in der Schweiß und Bratenfett zusammenliefen.

Meist tauchte der Markgraf überraschend in Georgenthal auf. Gelegentlich, so wie heute, schickte er in Gunzenhausen einen Läufer los, um ihr die Zeit zu geben, alles für seinen Besuch vorzubereiten.

Seit sieben Jahren war sie jetzt seine Geliebte. Die Angst, er könnte sie fallen lassen, hatte sich in dieser Zeit in sie eingenistet wie ein zusätzliches Organ. An manchen Tagen, wenn sie zum Beispiel einen Bottich frisches Kraut einkochen ließ oder geschnittene Apfelringe auf lange Schnüre zum Trocknen auffädelte, nahm sie es so wenig wahr wie ihre Leber oder ihre Lunge. Lag aber in der Stille der Nacht der Markgraf schnaufend neben ihr und sie atmete seine Ausdünstungen ein, machte sich die Angst wieder bemerkbar.

Sie versuchte alles, was in ihrer Macht stand, um dem Schlimmsten vorzubauen. Obwohl sie einen solchen Umgang mit Kindern für kompletten Blödsinn hielt, hätschelte und pflegte sie zum Beispiel unermüdlich die Gesundheit von Fritz. Sie kochte ihm Kümmel- und Anistee, wenn er in den Bach gefallen war. Sie bereitete ihm warme Leibwickel, wenn er wieder einmal zu viele Kirschen oder Wecken gegessen hatte. Sie scheute die Ausgaben nicht und ließ ihn vorsichtshalber ein paar Mal im Jahr zur Ader, auch wenn er nichts Akutes hatte. Der Markgraf liebte den stämmigen Buben mit dem roten Gesicht unter den hellen Haaren, der seinem toten Erstgeborenen so ähnlich sah, und deshalb, so ihre Logik, würde er auch weiter für sie sorgen.

Bis vor Kurzem quälte sie auch die Angst, er könnte herausfinden, dass der Junge mit seinen bald sechs Jahren noch immer ins Bett nässte, und sie für diese Schande verantwortlich machen. Was hatte sie nicht alles unternommen! Die Erinnerung ließ sie jetzt noch aufstöhnen. Fritz musste täglich ein Schnapsglas voller Wasser aus der Blase eines Ebers trinken. Sie zwang ihn unter Androhung von entsetzlichen Prügeln, einen frischen Hahnenkopf hinunterzuwürgen, damit er rechtzeitig zum Pissen durch den Hahnenschrei geweckt würde. Trotzdem waren seine Laken jeden Morgen wieder feucht. Weil der Markgraf es manchmal gerne hatte, wenn das Kind bei ihnen im Bett schlief und er es in seine Armbeuge nehmen konnte, schob sie dem Buben heimlich Windeln unter das Nachthemd, wechselte sie mehrmals geräuschlos und wachte die ganze Nacht nervös über den Harndrang des markgräflichen Bastards. Am nächsten Tag war sie folglich nicht so munter, wie es ihr Liebhaber erwartete.

Erst der Rat der katholischen Kurpfuscherin aus Großenried half. Elisabeth zerrte den schlaftrunkenen und sowieso recht behäbigen Buben durch den nächtlichen Wald zum Haundorfer Friedhof. Pünktlich zur Mitternacht standen sie an einem frisch aufgehäuften Grab. Mit Mühe presste Fritz einen warmen Strahl heraus, und sie schauten schweigend zu, wie der Urin dampfend in die fette schwarze Erde einsickerte. Wie es die Großenriederin vorausgesagt hatte, nahm die Leiche des Knechts Georg Ströhlein das Bettnässen sicher mit ins Grab. Die dreißig Kreuzer, die sie dafür zahlen musste, waren also gut investiert.

Elisabeth wischte sich schnell die fettigen Finger an der Schürze ab. Die Zubereitung von Schnepfen war inzwischen ihre Spezialität geworden. Noch bevor sie nach Georgenthal zog, hatte sie einem der Ansbacher Mundköche schöne Augen gemacht und sich genau zeigen lassen, wie man den Hals der Vögel vorsichtig bog und mit ihren spitzen und besonders langen, dünnen Schnäbeln die Keulchen durchstach. Dann umwickelte sie die kleinen Braten mit dünnen Speckscheiben und reihte sie auf einen Eisenspieß auf, wo sie gute zwanzig Minuten über dem Holzfeuer gleichmäßig gedreht werden mussten, damit sie rundum Farbe annahmen. Die eigentliche Delikatesse aber, die der Markgraf liebte, seit er sie vor zehn Jahren bei dem weltberühmten Zeithainer Lager des sächsischen Kurfürsten und polnischen Königs, dem von allen bewunderten August, zum ersten Mal gegessen hatte, war das, was heiß und triefend aus dem Darm der Vögel tropfte. Der Schnepfendreck. Elisabeth schichtete gerade messerdünne, viereckig geschnittene und gelb geröstete Semmelschnitten, die aus dem feinsten Mehl der Ansbacher Hofküche gebacken waren, auf eine große Zinnplatte, als sie das Trommelfeuer der Hufe hörte.

Groß und seit seinem vorigen Besuch wieder etwas massiger geworden, stand der Markgraf in der Tür. Er küsste sie gleich und atmete tief durch. Immer wenn ihm der süßsäuerliche Geruch ihrer Scham in die Nase stach, den sonst nur vergorenes Pflaumenmus ausströmte, vielleicht noch gewürzt mit einem Schuss Himbeeressig, verstummte in seinem Hirn das Rascheln der vielen Schuldscheine, die er in der letzten Zeit an die Juden ausgestellt hatte. Dieser Duft überlagerte selbst das Parfüm der Höflinge, und Charles fühlte sich auf der besseren Seite des Lebens.

Unter dem Götterbild des Hofmalers Feuerlein entließ der Markgraf seine Kammerherren, zog den Buben, der verstohlen gähnte, in seinen Arm und Elisabeth auf seinen Schoß. Da brachte die Magd auch schon die köstlich dampfenden Brote, auf die man gerade eben spritzend heißes Fett zusammen mit den Exkrementen aus dem Schnepfenleib hatte träufeln lassen. Die drei speisten ohne Hast. Elisabeth wünschte, er würde sie wieder einmal seine Georgenthaler Familie nennen, so wie er es oft nach dem Tod des Erbprinzen getan hatte. Aber seltsamerweise sprach Charles heute Abend kaum etwas.

Damals, als der Markgraf es vor Schmerz und Zorn in der Residenz nicht mehr ausgehalten hatte, verkroch er sich wochenlang in Georgenthal. Er höchstpersönlich brachte Fritz das Reiten bei und schenkte ihm seinen ersten Falken mit kostbarer Haube, vor dem der

Junge aber noch Angst hatte. Reitzenstein wurde in das kleine Schloss mitten im Wald bestellt und bald darauf auch Heistermann. Elisabeth hatte noch nie zuvor einen Zwerg gesehen, und Charles musste sie ermahnen, den Ratgeber in allen schwierigen Lebenslagen nicht so dreist anzustarren. Der Markgraf wünschte jeden Abend ein Gelage, um seinen Kummer zu vergessen. Eilig aus Ansbach herbeigekarrte Musiker spielten auf, und Reitzenstein und Heistermann versuchten, mit herzhaften Trinksprüchen die Stimmung in Gang zu bringen.

Oft wurde Fritz mitten in der Nacht aus dem Bett geholt. Der Markgraf ließ seinen Sohn barfuß und im Hemd zwischen den Tellern, Gläsern und Speiseresten über den Tisch laufen, damit alle sehen konnten, was für ein starkes und gesundes Kind er war. Das war Elisabeths glücklichste Zeit mit dem Markgrafen. Geld schaffte sie trotzdem weiter beiseite und versteckte es wie ein Eichhörnchen vor dem Winter. Ischerleins Vetter verwaltete es und sorgte dafür, dass sie gute Zinsen bekam. Elisabeth war nicht mehr arm. Siebentausend Gulden bekam sie inzwischen jährlich vom Markgrafen für den Georgenthaler Haushalt, fast so viel wie die Markgräfin. Sie wirtschaftete damit sparsam. Die Belege und Abrechnungen ihrer Geschäfte mit dem Juden fächerte sie manchmal wie Liebesbriefe auf dem Bett auf, drehte und wendete sie, bis sie Eselsohren und Fettflecken bekamen. Mit dem Fingernagel zog sie die kuriosen Linien der Zahlen und Buchstaben nach. Lesen und Schreiben konnte sie immer noch nicht, dafür rechnete sie schneller im Kopf als manche der Juden, die die Frau Wünschin zu respektieren lernten.

Elisabeth war weder prunksüchtig noch verschwenderisch. Sie ließ sich wenige, aber schöne Kleider nähen, und auch das nur mit dem Ziel, dem Markgrafen zu gefallen. Ihre eigentliche Lust bestand in der Vorstellung, dass irgendwo in den Gewölben der Frankfurter Rothschilds Säcke voller Goldstücke lagerten, die allein ihr gehörten und auf die auch der Markgraf keinen Zugriff mehr hatte.

»Hast Du die Körbe mit den Krebsen bekommen, das gepökelte Fleisch und das Mehl?«

Die Frage des Markgrafen kam überraschend und schreckte sie aus ihren Gedanken hoch. Sie lag schon im Bett, und er zog sich gerade aus.

»Das schon. Aber fünf Schweinehälften haben gefehlt, und genügend Bier ist auch nicht mehr da«, antwortete sie schnell.

Er brummte, dass er den Verantwortlichen auspeitschen lassen würde. Sie hörte, wie er einen langen, scheppernden Strahl in den Nachttopf pinkelte und dabei leise aufstöhnte. Dann schlurfte er zum Bett und legte sich wortlos neben sie. Er rührte sie nicht an. Irgendwann schlief er ein, sie dagegen blieb wach. Wieder kroch die Angst in ihr hoch. Das war das erste Mal, dass er nicht gleich in der Nacht seiner Ankunft mit ihr schlief. Was war geschehen? Warum mied er sie? Gefiel sie ihm nicht mehr, war er ihrer überdrüssig? Als es draußen schon hell wurde, fiel auch Elisabeth in den Schlaf, doch das auch nur, weil der Gedanke an ihre mit vielen Vorräten gefüllten Speisekammern, die langen Reihen mit geräucherten Würsten und Schinken, die Säcke voller Mehl, der Keller voller Kraut, Rüben und Topinambur sie etwas tröstete.

Der Markgraf brach mittags wieder auf. Er verabschiedete sich hastig, schaute ihr kaum in die Augen, umarmte aber den Buben voller Liebe. Er wollte in Triesdorf nach dem Rechten schauen und auf Falkenjagd gehen. Dann müsste er weiter nach Schwaningen zur Markgräfin, die ihm zu Ehren ein Festessen gab.

Erst als Elisabeth am Abend wieder ins Bett ging, bemerkte sie, dass die Seite, auf der der Markgraf geschlafen hatte, besonders in der Mitte mit merkwürdigen Flecken übersät war.

Der Winter hatte sich in diesem Jahr länger als sonst hingezogen. Das Heu reichte nicht mehr für das Vieh, das deshalb viel brüllte. Im April schneite es noch einmal, der Schnee blieb liegen, und das frische Gras kam nicht durch. Dabei hatte man so sehr für ein besseres Jahr gebetet. Bereits drei Ernten hintereinander waren schlecht ausgefallen. Zuerst war ein verregneter Sommer schuld gewesen. Im darauffolgenden Juni hagelte es so heftig, dass die Halme zu Boden gedrückt und die Körner herausgeschlagen wurden. Im nächsten Mai kamen Käfer, wahrscheinlich von den Welschen oder Bayreuthern, die man nicht kannte, und fraßen alles ab. Die Kühe blieben mager und knochig. Die Schweine rauften sich um jede einzelne Eichel im Wald, und die Menschen aßen Rüben, bis sie Bauchkrämpfe bekamen.

Vielleicht hing das ganze Unglück ja auch mit dem Tod des kleinen Erbprinzen zusammen. Hatte sich die Markgräfin tatsächlich nicht gut genug um ihn gekümmert, wie der Markgraf damals geschrien hatte, oder waren die Juden schuld, die vom Markgrafen so gut behandelt wurden, als wären sie ordentliche Christenmenschen? Die Menschen, die immer dünner und grauer im Gesicht wurden, rätselten jetzt viel über solche Zusammenhänge. Noch jungen Frauen fielen die Zähne aus, obwohl sie extra Brennnesselsud tranken. Viele hatten kaum genug Milch, um ihre Kinder zu stillen. Burschen, die sonst mit ein paar kräftigen Schlägen einen Baum gefällt oder an einem einzigen Nachmittag ein Viertel Feld gemäht hatten, wurden jetzt schnell müde. Der Markgraf ließ jeden Abend am Schlosstor Brotlaibe verteilen, aber es reichte nie. Ein winziges Stück Schweinespeck kostete so viel wie ein Paar feine französische Pantoffeln, und Bürgerstöchter hurten für ein paar Würste. Arme Leute verscharrten vor Scham ihre verhungerten Kinder, andere, so munkelte man, aßen sie auf.

Während die Schwaninger Dorfbewohner bei Friederikes erstem Besuch noch finster geschaut hatten, zeigte sich kein Mensch mehr auf der Straße oder vor dem Schloss, als sie ein Jahr nach dem Tod ihres Kindes wiederkam. Diesmal, so teilte sie ihrem Hofstaat mit, bliebe sie für ein paar Wochen, vielleicht sogar Monate. Hofbaumeister Retty hatte inzwischen sämtliche Umbauarbeiten abgeschlossen. Auch die Arbeiten im Park, bei denen Hofbildhauer Biarelle geholfen hatte, waren weitgehend fertig. Man hatte auf ihr Geheiß alle Gebäude, Stallungen und Scheunen des Gutes ausgebessert oder abgerissen und neue gebaut. Der Markgraf hatte zudem den Wunsch geäußert, auf dem höchsten Punkt Schwaningens eine gemeinsame Kirche für Hof und Dorfgemeinde zu errichten. Friederike, die nicht so viele Sünden drückten wie ihn, schlug es ihm nicht ab. Als jedoch die Ernten ausblieben und der Hunger kam, ließ sie die Bauarbeiten vorläufig einstellen.

»Das wäre doch gotteslästerlich weiterzumachen, wenn die Leute keine Kraft mehr in den Knochen haben«, sagte sie zum Pfarrer.

Friederike hatte eine Weile gebraucht, bis sie ihren gesamten Besitz abgeschritten und in ihrem Kopf gespeichert hatte: achtundvierzig Morgen Acker, zehn Morgen Gartenland, zwanzig Tagwerk Wiesen und etwa zweihundertzwanzig Morgen Laub- und Nadelwald sowie Weideflächen für hundert Schafe, drei Vogelherde mit denen Singvögel zum Verzehr als Spielzeug für die Damen gefangen wurden, Steinbrüche, eine Lehmgrube und vier Weiher. Zu diesen Erträgen kamen in guten Jahren aus den Abgaben der Untertanen und der Jagd ungefähr achttausend Gulden. Außerdem gehörte ihr noch der Kreuthof, dessen Bauernhaus allerdings bald in sich zusammenfallen würde.

Man mochte sie nicht, das spürte sie. Weil sie den Verwalter, der nachlässig und großzügig gewesen war, vergrault hatte. Man hatte Angst vor ihr, weil ihre blitzblauen Augen jede Unordnung entdeckten und jede Fuhr Hafer abschätzen konnten. Aber sie zuckte nur mit den Schultern und sagte zu Caroline: »Wäre ich weniger streng, würde es den Kindern mit den Hungerbäuchen auch nicht helfen.«

Die nickte und war ausnahmsweise gleich einer Meinung mit der Markgräfin. Auf Friederikes Wunsch saß die von Crailsheim auch immer dabei, klimperte mit den Augen, schob ihren hübschen Busen gelegentlich noch etwas weiter aus dem Ausschnitt und lächelte, wenn die

Markgräfin mit dem Bürgermeister, einigen Großbauern und ihrem neuen Verwalter, einem kleinen drahtigen Mann, der allerdings katholisch war, über die zukünftige Bewirtschaftung sprach. Ihre Anwesenheit sollte die Männer etwas aufmuntern, denn die Pläne und Befehle Ihrer Königlichen Hoheit waren verwegen. Oder, wie sich die Männer hinter vorgehaltener Hand zuraunten, schlichtweg verrückt.

»Klee, Weizen, Rüben und Wintergerste bauen wir jetzt auf ein und demselben Feld an. Immer im Wechsel, keine Brache mehr«, erklärte Friederike zum wiederholten Mal und sagte tapfer das herunter, was sie vor geraumer Zeit von Lord Bessborough gelernt hatte. So ganz sicher war sie sich auch nicht, aber man musste es ausprobieren. Alles war besser, als sich der Not zu ergeben. Sie suchte die Augen des Bürgermeisters.

»Wir werden dann mehr Futter für das Vieh haben und so wiederum mehr Dünger für den Getreideanbau. Wir werden Zäune um die Weiden bauen, damit uns die Kühe, Schafe und Schweine nicht querfeldein und gar auf die Äcker laufen.«

Ihre Stimme hatte härter und schriller geklungen, als ihr lieb war. Aber es kostete sie viel Kraft, über solche Dinge mit den Männern zu sprechen, die in ihrem ganzen Leben noch kein Wort mit der Ansbacher Herrschaft gewechselt hatten. Friederike wollte, dass sie sie nicht fürchteten, sondern ernst nahmen.

»Ach, noch etwas«, sagte sie, als die Leute schon unter Bücklingen und rückwärts den Raum verließen, »ich habe für Schwaningen jeweils eine dieser Sä- und Hackmaschinen, die Mr. Jethro Tull erfunden hat, bestellt. Sie sollen in drei Monaten eintreffen.«

Das war jetzt zwei Jahre her. Friederike wusste auch nicht genau, was im Boden vor sich ging und warum. Aber der Weizen wuchs tatsächlich kräftiger auf den Feldern, auf denen vorher Klee angebaut worden war. Er überstand auch den Hagel besser, weil viel mehr Körner an einem Halm saßen. Die Bauern staunten nicht schlecht. Jonathan, der dritte Sohn des Schwaninger Müllers, bat eines Tages um eine Audienz bei ihr. Er knetete seinen Hut und stammelte, er wolle gern etwas über diesen, wie Königliche Hoheit es nannte, Fruchtwechsel lesen.

»Er kann lesen?«

»Ich habe es mir selbst beigebracht.«

»Komm er morgen wieder, und mein Hofmeister gibt ihm alles, was ich dazu habe.«

Von da an ließ sie Jonathan nicht mehr aus den Augen. In Schwaningen überstand man die schlimmen Jahre besser als sonstwo in der Markgrafschaft. Die Menschen waren zwar auch mager, und ihnen fielen auch mehr Zähne aus als sonst üblich, aber auf Friederikes Besitz verhungerte wenigstens niemand mehr. In den anderen Dörfern und Städten ging das Sterben weiter. Die Leute sagten, am Himmel wäre ein Komet aufgetaucht. Die Katholischen beichteten, bis ihnen nichts mehr einfiel. Was für sündige Gedanken sollte man auch schon haben, wenn einem der Magen knurrte wie ein wütender Hund?

Die Schwaninger schauten immer noch ängstlich und verstockt zu Boden, wenn sie ihre Markgräfin mit Gefolge erblickten, die Kinder aber lächelten und winkten zurück, wenn sie ihnen zulachte.

»Vielleicht würden sie mich bald sogar lieben, wie Ihr

es tut«, sagte sie mit viel Spott in der Stimme, als der Markgraf ihr am Tag nach seinem kurzen Besuch bei Elisabeth die Ehre erwies, ihr Tischherr zu sein.

Charles hüstelte, und sie ersparte ihm eine Antwort, indem sie hinzufügte:

»... wenn ich sie jetzt in Ruhe ließe. Aber diesen Gefallen werde ich ihnen nicht tun, vielmehr will ich ihnen dieses Jahr wieder einen gewaltigen Brocken zumuten. Außerdem: Was ist schon Liebe, nicht wahr, Charles?«

»Ach ja, da haben Sie vielleicht recht. Was haben Sie denn vor?«

Der Markgraf, der gerade eben wieder unter großem Brennen gepinkelt und danach festgestellt hatte, dass aus seinem Schwanz eitrige, riechende Tropfen kamen, fühlte sich zu matt, um wieder einmal mit seiner Ehefrau zu streiten.

»Kartoffeln.«

»Was?«

»Kartoffeln!«

Reitzenstein, der gegenüber am Tisch saß, glotzte so blöd mit aufgeklapptem Mund, dass Friederike nicht widerstehen konnte, ihm ein Stück Brot zwischen die Lippen zu schieben. Wenigstens musste Charles jetzt lachen.

»Aber Kartoffeln sind doch giftig.«

»Ihre flämischen Falkner in Triesdorf sagen etwas anderes.«

Der Markgraf pfiff durch die Zähne und kippte ein Glas Wein auf einen Satz.

»Seit wann haben Sie etwas mit meinen Falknern zu besprechen?«

»Nur mit Kersmackers. Der ist ein gescheiter Kerl.

Das habe ich gemerkt, als wir damals zusammen gebeizt haben. Mit meiner Louise und Ihrer Calisto«.

Als Carl Friedrich noch lebte und Heuschrecken fing, dachte sie bei sich und fragte sich, ob auch Charles jetzt an ihr totes Kind dachte. Seufzend fuhr sie fort: »Ich weiß, dass die Flamen und Holländer schon seit Längerem Kartoffeln anbauen. Kersmackers hat mir bestätigt, dass die Menschen sie in seiner alten Heimat regelmäßig essen. Sein Vater hätte immer bedauert, dass er bei uns in Deutschland keine mehr auf seinen Teller bekam.«

Der Markgraf schwieg. Wenn Kersmackers etwas sagte, dann konnte man das nicht so leicht vom Tisch wischen. Sein bester Falkner war kein Schwätzer.

Am nächsten Morgen führte sie den Markgrafen zu dem Feld, auf dem sie probeweise Kartoffeln anbauen ließ. Die Pflanzen hatten fleischig grüne Blätter und blühten wunderhübsch in Purpurrot. Caroline, die sonst nie zu den Äckern ging, war entzückt und pflückte sich ein paar der zarten Blumen, um sie sich später ins Haar winden zu lassen.

Der Markgraf zeigte sich nicht uninteressiert, aber Friederike spürte, dass ihn etwas quälte. Er war auffallend ruhig, fast apathisch und so friedlich, dass sie anfing, sich Sorgen zu machen. Sie sprachen noch eine Weile über Alexander, der, das fanden sie beide, ein ungewöhnlich hübsches, vielversprechendes Kind war. Dann fuhr er zusammen mit Reitzenstein, dem Caroline eine Kartoffelblume an den Rock geheftet hatte, und seinem Gefolge zurück nach Ansbach.

Heistermann hatte Schuld. Der Zwerg hatte ihm Marthe Zierl aufgeschwatzt. Ihm immer wieder den Mund damit wässrig gemacht, wie üppig ihre Brüste wären und wie gut sie es einem besorgte. Er war ja auch so oft allein! Die Markgräfin, auf die er zwar keine Lust hatte, wohnte jetzt fast nur noch in Schwaningen. Und bei Elisabeth konnte er nicht, obwohl ihm das am liebsten war, zu oft und zu lange sein. Seckendorff wollte, dass er seinen Regierungsgeschäften in der Residenz nachging, so gewissenhaft, wie es die Mutter getan hatte. Ach Gott, hätte die Mutter doch nur ein wenig länger gelebt! Aber resch war sie, die Marthe. Mit ihren vierzehn Jahren hatte sie es faustdick hinter den Ohren.

Eine Woche später, das Brennen beim Wasserlassen hatte nicht nachgelassen, bemerkte Charles, dass ihm auch noch einer seiner Hoden anschwoll und zu schmerzen begann. Statt des wässrigen Ausflusses tropfte jetzt eine dicke weiße Milch aus seinem Glied. Als er die sah, wurde ihm für ein paar Sekunden schwarz vor Augen. Er ahnte, was er sich geholt hatte. Wie immer sprach er zuerst mit Heistermann.

»Welches Unglück, welches Unglück! Haben Ihre Hochfürstliche Durchlaucht denn keine englischen *overcoats* benützt, wie ich es immer geraten habe?«

Charles schüttelte kleinlaut den Kopf und murmelte: »Ich kann diese engen Dinger aus Schafsdarm nicht ausstehen, sie verderben einem den ganzen Spaß.«

»Nicht einmal in Versailles habt Ihr Euch von Amors vergiftetem Pfeil treffen lassen.«

Charles lächelte dankbar und erzählte Heistermann, um sich etwas abzulenken, wieder einmal von einem seiner schönen Besuche vor zwölf Jahren in einem französischen Bordell. Ach Gott, was für ein kräftiger Bursche war er damals doch gewesen! Die Damen hatten gerufen, dass sie jetzt öfters einen Prinzen aus Franken haben wollten.

Der Markgraf und sein Zwerg lachten lauthals und vergaßen für eine Weile das Unheil, das sich über Ansbach zusammenbraute. Aber letztlich wusste auch Heistermann keinen anderen Rat, als den Leibarzt zu konsultieren.

Doktor Treu, der vor vier Jahren die Markgräfin so geschickt von Alexander entbunden hatte und seitdem Charles' vollstes Vertrauen besaß, redete nicht lange um den heißen Brei herum.

»Die venerische Krankheit.«

Das hatte der Markgraf schon gewusst, bekam aber trotzdem einen solchen Zornanfall, dass sich die Kammerjunker, Pagen und Lakaien duckten. Er packte den armen Arzt, drehte mit aller Kraft an einem seiner Rockknöpfe und schrie:

»Diese Hure, diese Hure, sie hat es mit allen getrieben und es dann mir angehängt.«

Doktor Treu ging darauf nicht ein, sondern entfernte nur die Hand von seinem Knopf, der schon locker hing, zog dem Markgrafen die Hosen wieder hoch und befahl, einen Aderlass vorzubereiten. Weil er aus Erfahrung wusste, dass der Markgraf leicht in Ohnmacht fiel, ließ er ihn vorher kräftige Fleischbrühe trinken und auf einem niedrigen Schemel Platz nehmen, was dem korpulenten Markgrafen schwerfiel. Dann rieb er ihm mit einem warmen Schwamm die Armbeuge und öffnete mit einer

Lanzette die Ader. Der Markgraf umklammerte mit zusammengedrückten Augenlidern einen Stock und wimmerte. Seine Amme lebte seit vergangenem Herbst nicht mehr. Sie hatte ihm bei Aderlässen immer den Kopf gehalten und ihm Kosenamen ins Ohr geflüstert. Charles spürte in diesem Moment ganz deutlich, wie alles in seinem Leben bergab ging.

Sechs Unzen Blut ließ Doktor Treu in einen Zinnteller laufen. Das war viel. Aber die Krankheit war schließlich schon fortgeschritten. Als alles vorbei und der Arm verbunden war, flößte man dem Markgrafen noch eine stärkende Sauerampfersuppe ein.

Am nächsten Tag hatte sich nichts gebessert. Der linke Hoden glich einer braun verdörrten Pampelmuse. Treu ließ ihn mit Eis kühlen und den Markgrafen Hanfsamenmilch trinken. Der Schmerz schwand zeitweise, kehrte aber nach ein paar Stunden bissiger denn je zurück. Charles fieberte stark. Trotzdem zeigte sich der Leibarzt optimistisch, denn die markgräfliche Prostata war nicht angegriffen. Inzwischen hatte man Marthe Zierl, die Tochter des Hofmalers, festgenommen und verhörte sie.

Zu allem Unglück traf auch noch eine Eilstafette aus Berlin ein. Der König war am 31. Mai 1740 gestorben. König Friedrich II. grüßte »Ihre Königliche Hoheit, seine Schwester, und Ihre Hochfürstliche Durchlaucht, den Schwager, mit inniger Liebe«.

Charles verdrehte die Augen und reichte Heistermann von seinem Krankenlager aus das Schreiben mit dem preußischen Adler.

»Ich vermute, er glaubt nicht einmal an Gott.«

»Schlechte Zeiten, schlechte Zeiten, Serenissimus.«

»Und die Zierl? Hat sie was ausgepackt?«

»Wangenheim, Schenk von Geyern, Rothenhan, Fuchs von Bimbach. Ischerlein auch, den sogar im gleichen Zeitraum wie Ihr, manchmal sogar am selben Tag wie Eure Hochfürstliche Durchlaucht.«

»Nein!«

»Doch, sie schwört.«

»Dieser Saujude, und ich habe ihm vertraut.«

»Seine Glaubensbrüder mochten ihn nie.«

»Neid, alles Neid, so wie mich der Bayreuther auch immer schlechtmacht.«

»Und jetzt?«

»Die Zierl muss auf die Wülzburg, sofort. Mit Ischerlein, das überlege ich mir noch.«

Die Behandlung mit Quecksilber schlug schließlich an. Charles musste täglich zweimal ein Gran Calone einnehmen; um sein Glied wickelte man Fliederteeumschläge. Er bekam zwar Durchfall, aber das gehörte zur Therapie, sagte Doktor Treu.

Die Nachricht vom Tod ihres Vaters wurde nach Schwaningen weitergeleitet und traf ein, als Friederike gerade mit Caroline Ball spielte. Sie wunderte sich, dass sie so gar nichts empfand. Keine Trauer, keine Wehmut, nicht einmal Erleichterung. Allenfalls Dankbarkeit, weil er ihr wie jeder anderen Tochter dreißigtausend Taler hinterlassen hatte. Friedrich sollte allerdings bestimmen, wie das Geld angelegt wurde.

Am Nachmittag ließ sie sich zum Kartoffelacker fahren, ging Schritt für Schritt am Saum entlang und freute sich, wie kräftig die Pflanzen gewachsen waren. Darüber hätte sich ihr Vater gefreut. Ungeziefer entdeckte sie keines. Erst als sie wieder zurück bei der offenen Kutsche stand und dem Pferd über die Nüstern strich, fiel ihr auf, dass sie heute ihren lahmen Fuß genau so behände gesetzt hatte wie den anderen.

Ab Ende Mai regnete es nicht mehr. Friederike machte sich darüber zuerst keine Gedanken, im Gegenteil. Alexander war mit seinem kleinen Hofstaat bei ihr in Schwaningen zu Besuch, und sie tollte mit ihm und einem Wurf junger Hunde an jedem dieser schönen Sonnentage im Park umher. Sein Französisch war nicht das Beste. Sie musste Charles darauf aufmerksam machen. Der Kleine verbrachte wohl zu viel Zeit mit Frau Schawesberger, seiner Amme. Aber sonst genoss sie es sehr, wenn er seine kleinen Arme ausbreitete, der *»très chère maman«* auf den Schoß kletterte und sie küsste. Als sie durch seine blonden langen Locken hindurchblinzelte, bemerkte sie nur, dass die Gärtner lange Ketten bildeten und die Gießkannen von Hand zu Hand wandern ließen, um die Blumenbeete zu wässern.

»Warum tut ihr das?«, fragte sie selbst zum Entsetzen ihrer Hofdamen einen der Gärtner, einen älteren Mann mit jungen Augen.

»Weil die beiden Brunnen im Park ausgetrocknet sind und wir das Wasser jetzt aus dem Kanal holen müssen, Königliche Hoheit«, antwortete dieser und verbeugte sich so tief, dass er nur schwer wieder hochkam.

Friederike drückte ihm ein Goldstück in die Hand und ging zu ihrem Sohn zurück. Noch am selben Nachmittag aber schaute sie sich den Kartoffelacker an, den sie seit

Alexanders Ankunft vernachlässigt hatte. Die purpurfarbenen Blumen waren verblüht, die Blätter hingen schlaff herab. Keine Frage, auch hier brauchte es dringend Regen. Sie ließ den Kutscher weiter zu ihren Weizen-, Gerste- und Haferfeldern fahren. Was sie sah, war schrecklich. Die Erde klaffte daumenbreit auf, ein heißer Wind wehte ihr Staub ins Gesicht. Mäuse huschten über die Feldwege. Die Menschen, die sie traf, hatten zornige Augen. Das Getreide war vertrocknet. Die Ernte wieder vernichtet. Ein Winter mit Rüben stand bevor, falls die überhaupt reichten. Sonst musste man Wurzeln ausgraben, Eichelbrei essen und Blüten von Haselsträuchern, vermischt mit Mehlresten, backen. Eingehüllt in ihre schwarzen Kleider, hockte eine alte Frau am Feldrand und wiegte einen Säugling. Wahrscheinlich war sie zu verwirrt, um zu merken, dass es die Markgräfin war, die vor ihr stand, denn sie jammerte, ohne angesprochen zu werden:

»Wir werden wieder hungern müssen, und die Jüngsten und Ältesten werden als Erste unter der Erde liegen.«

Friederike ballte ihre Hände zu Fäusten und verbiss sich die Tränen.

Der Markgraf überstand nicht nur die Franzosenkrankheit, sondern auch die Quecksilberbehandlung. Beides zeigte, versicherte Doktor Treu, seine außerordentlich kräftige Konstitution. Allerdings fühlte sich Charles noch lange schwach und müde. Auch als die Beschwerden nachließen, spürte er ein mächtiges Gewicht auf seiner Brust, besonders wenn er nachts nicht einschlafen konnte.

»Ein Albdruck, ein Dämon«, sagte er seinem Leibarzt.

»Ein Aderlass hilft da immer.«

Obwohl man ihm dieses Mal acht Unzen Blut herauslaufen ließ und er ohnmächtig wurde, drückte ihn der Alb weiterhin schwer. Charles versank in Grübeleien. Gut, durch Gottes Gnade war er Herrscher über seine Untertanen. Aber dankten ihm das die Untertanen auch? Es war doch nicht seine Schuld, dass es derzeit nichts zu beißen gab. Hatte er es je abgelehnt, wenn ein Schuster oder ein Schmied ihn um die Patenschaft für eines seiner Kinder bat? Wie viele seiner Untertanen hatte er schon hängen lassen in den elf Jahren, seit er regierte? Charles kam auf zwanzig, allerhöchstens. Auch mit der Folter hielt er sich zurück. Wenn ihn aber umgekehrt schon Ischerlein und die Zierl so hintergangen hatten, wer weiß, wie viele andere es noch taten? Liebte Alexander ihn aufrichtig? Oder kam er mehr nach seiner Mutter, die sich für etwas Besseres hielt? Was sie da mit den Kartoffeln vorhatte, bewahre Gott, die Leute würden sie in hohem Bogen wieder ausspucken! Außerdem hatte ihm Doktor Treu gesagt, es sei bewiesen, dass der Verzehr von Kartoffeln schwachsinnig, auf jeden Fall aber in höchstem Grade melancholisch machte.

Die Fensterläden und Scheiben des Schlosses blieben jetzt den ganzen Tag über geschlossen, aber der trockene Wind trieb trotzdem Sand durch die Ritzen. Charles sorgte sich sehr um seine Falken und schickte täglich Depeschen nach Triesdorf, dass man den Vögeln auf jeden Fall genug Wasser zum Baden hinstellen solle. Seit vielen Wochen hatte er nicht mehr gebeizt, und er war sich sicher, dass er sich auch deshalb so elend fühlte. Zu lange schon hatte er keinen Falken mehr pfeilschnell über den Himmel fliegen sehen und ihn auf seinen Flügen begleiten können.

Ischerlein wurde schließlich doch einbestellt. Heistermann hatte immer wieder darauf gedrängt. Alle Adeligen, die wie immer auf den Gängen und in den Vorzimmern herumstanden, grüßten, als der mächtige Hofbankier hereinrauschte. Daran war er inzwischen gewöhnt. Das gehörte dazu wie seine seidenen Kleider und seine französische Perücke. Dann grüßte ihn aber auch der Zwerg mit einem breiten Grinsen. Noch bevor er zum Markgrafen hineinging, ahnte Ischerlein, dass irgendetwas faul war.

Als er wieder hinausging, war er es, der Heistermann überschwänglich grüßte, den Dreispitz schwenkte und spöttisch sagte: »Was, mein lieber Herr Geheimer Rat, ist schon so ein bisschen Zwicken und Zwacken im Schwanz Seiner Hochfürstlichen Durchlaucht gegen Wechsel im Wert von fast zwei Millionen Gulden Schulden in meiner Hand?«

Heistermann wurde blass und konnte nur noch herauspressen:

»Wir sehen Sie also wieder, Herr Hoffaktor?«

»Ganz gewiss, mein Lieber, ganz gewiss noch oft.«

Anfang August befahl Friederike, die Kartoffelpflanzen auszugraben. Die Leute stellten sich zuerst sehr dumm an. Niemand wusste, was er machen sollte. Das hatte der holländische Lieferant der Saatkartoffeln nicht geschrieben. Gott sei Dank kannte Kersmackers einen alten, ehemaligen Falkner, der zusammen mit seinem Vater aus Flandern in den Dienst des Ansbacher Markgrafen gekommen war. Frans Verhaagen, so bucklig und dünnstimmig er war, erinnerte sich noch daran, was eine gute Kartoffel war. Im Beisein der Markgräfin sank er auf die

Knie nieder und rupfte ein paar der verkrusteten Knollen ab. Er putzte die Erde weg, bis man die blaue Schale und Hörnchenform erkennen konnte. Dann erklärte er dem Verwalter, der sich ganz nahe an den Mund des Alten beugen musste, dass man Kartoffeln auf jeden Fall dunkel und frostgeschützt einlagern müsse.

Die Markgräfin nahm Verhaagen mit ins Schloss und bat ihn, ihr und den Köchen genau zu zeigen, wie man Kartoffeln so zubereitete, dass sie für Mensch und Tier genießbar wurden. Tiegel wurden aufgesetzt, Wasser zum Kochen gebracht, Butter erhitzt und geschwenkt, Auflaufformen eingefettet und Gewürze gerichtet. Obwohl es Verhaagen Mühe machte, lange zu stehen, blieb er die ganze Zeit neben dem Herd und stach immer wieder mit einer Gabel in eine der im Wasser tanzenden Kartoffeln. Schließlich war sie seiner Meinung nach weich genug, und er spießte sie heraus, bestreute sie mit Salz und tauchte sie tief in ein Stück Butter. Mit geschlossenen Augen und so genussvoll, dass ihm die Butter aus den Mundwinkeln rann, aß er die erste Kartoffel. Dann kostete die Markgräfin.

»Köstlich«, befand sie.

»Köstlich«, befanden auch Caroline, der Bürgermeister, der Pfarrer und der Verwalter und ließen sich weitere Kartoffeln servieren.

Als im Dorf das Mehl knapp wurde und schließlich ausging, ließ Friederike ihre Keller öffnen und die Kartoffeln in Körben an die einzelnen Familien und Häuser verteilen. Sie schickte Lakaien mit, die den Leuten zeigten, wie man sie kochte. Nur die Hofdamen weigerten sich, die neue Nachtschattenfrucht zu probieren.

»Sie soll ja nicht nur Schwachsinn verursachen, sondern auch den Geschlechtstrieb steigern«, sagte Frau von Kleist beim Silvesteressen.

»Wie wunderbar«, erwiderte Caroline und bedeutete dem Pagen, ihr noch etwas von den mit Käse überbackenen Kartoffeln aufzulegen.

Friederike musste laut lachen. Dann hob sie ihr Glas und prostete ihrem kleinen Hofstaat zu.

»Der Bürgermeister und der Pfarrer lassen ausrichten, dass alle im Dorf mit den Kartoffeln über den Winter kommen werden. Dick werden sie zwar nicht davon, aber zu verhungern braucht keiner.«

Am Neujahrsmorgen machten sich alle Bewohner Schwaningens auf den Weg zum Schloss. Die kleinsten Kinder wurden auf dem Arm getragen und auch die meisten Alten mitgeschleppt. Das Klopfen am Tor und die vielen Stimmen alarmierten die Wachposten, die sofort ihre Gewehre anlegten. Hofmeister von Haagk verlor den Kopf und wurde hysterisch. Die Markgräfin kam und befahl, die Menschen in den Schlosshof zu lassen. Dann öffnete sie selbst eine Tür zum Balkon und trat hinaus. Die eisige Luft drückte sie fast wieder zurück, denn sie trug nur ein leichtes Kleid. Sie bemerkte sofort, dass die Menschen freundlich zu ihr hochschauten.

»Es lebe unsere Markgräfin! Hoch lebe die Markgräfin!«

Sie hörte diese Rufe noch im Traum. Als sie schon zusammen mit Robinson Crusoe am abendlichen Strand um eine Feuerstelle saß.

7

»*Sus scrofa vittatus*«, sagte Friederike zu ihrem Bruder, dem preußischen König, als er nach einem Toast auf ihre Person wieder Platz genommen hatte. Weil er darauf nicht einging, formte sie ihre Lippen so übertrieben, als würde sie zu einem Schwerhörigen sprechen: »Chinesisches Maskenschwein, *Sus scrofa vittatus.*«

Er schwieg. Also ratterte sie gleich noch herunter: »Dreizehn bis sechzehn Ferkel pro Wurf, geschlechtsreif schon mit einundachtzig Tagen, fast der doppelte Fleisch- und Speckertrag wie bei unseren Tieren, gutmütig und genügsam in der Haltung. Deshalb plane ich …«

Friedrichs Kopf ruckte jetzt etwas, und die Muskeln seines mageren Halses spannten sich.

»Ach, die Hirtin von Schafen und Ziegen und jetzt also auch noch von Schweinen. Unsere Mutter ist ja weiß Gott kein Ausbund an Scharfsinn, aber ihr Bonmot von damals muss man doch als bemerkenswerte Weitsichtigkeit honorieren.«

Damit war das Gespräch von seiner Seite aus beendet. Der König schenkte seiner Schwester noch ein dünnlippiges Lächeln und konzentrierte sich dann auf das Zerschneiden einer Ananasscheibe. Der schnellste Ansbacher Reiter hatte erst gestern dreißig dieser modischen tropischen Früchte aus den Glashäusern des Onkels und Herzogs von Württemberg geholt. In Ansbach züchtete man solche Neuheiten noch nicht, wollte damit aber beim König, der sie, wie man wusste, liebte, Eindruck schinden.

Er ist viel schlimmer als früher, dachte Friederike,

während sie den Bruder aus den Augenwinkeln beobachtete. Akkurat und schnell führte er ein saftiges gelbes Stück nach dem anderen in den Mund. So streng und reserviert, dass jedes Mitglied des Ansbacher Hofes, mit Ausnahme vielleicht des Geheimen Ratspräsidenten und Premierministers Freiherr von Seckendorff, an dessen Brust der schwarze preußische Adler steckte, sich als belangloses Insekt fühlen musste. Ein Insekt, das man nicht einmal aufspießte und im Glaskasten aufhob, bis es zerbröselte. Paradoxerweise lag er, obwohl er alle seine Verachtung spüren ließ, ständig auf der Lauer. Wenn er dann bei diesem oder jenem eine Schwäche entdeckte oder auch nur eine ungeschickte Bemerkung mit anhörte, schlug er wie mit einer Fliegenklappe zu und machte den armen Menschen lächerlich. Natürlich lachte jeder an der Tafel. Wunderbar, wie der König doch wieder einmal den Nagel auf den Kopf traf! Anscheinend, so schoss ihr durch den Kopf, musste er andere demütigen, um sich selbst für scharfzüngig und geistreich zu erachten. Was, wenn man es genau betrachtete, eine jämmerliche Schwäche des Herrn Bruders war. Auf diese Erkenntnis, die sie irgendwie erleichterte, genehmigte sich Friederike einen großen Schluck Rheinwein.

Früher, als Kronprinz, so erinnerte sie sich, hatte er seine Gehässigkeit noch mit literarischen Spielchen und hübschen Festen abgepolstert. Jetzt aber führte er sie so offen spazieren wie andere ihr neues Spitzenjabot. O ja, der Poet, der Humanist unter den Königen! Den es nicht einen Deut scherte, wenn Zehntausende auf den Schlachtfeldern krepierten. Alles oder nichts, siegen oder sterben, weniger als das Absolute wollte er nicht vom Leben. Mehr wusste er wohl auch nicht. Warum habe ich schon wieder Mitleid mit ihm?, überlegte sie und spülte diese Frage sogleich mit dem Rest Wein in ihrem Glas hinunter.

Abrupt drehte sich der König wieder ihr zu und riss sie aus ihren Überlegungen.

»Sie haben vor drei Monaten wieder eine Fehlgeburt erlitten, liebe Schwester, das bedauere ich zutiefst.«

Er erlaubte seiner Stimme sogar einen Anflug von Wärme. Schließlich war er an der Familie interessiert. Wahrscheinlich hätte er sogar behauptet, er liebe seine Geschwister und die Mutter. So wie er den Vater gehasst hatte und überglücklich gewesen war, als dieser endlich starb. Das Gedeihen und die Begabungen der Neffen, die Fruchtbarkeit der Schwestern freuten ihn. Wobei er als selbstverständlich annahm, dass sie stets und zuallererst den Ruhm Preußens vor Augen hatten. Mit den Schwestern war er in der Regel sogar geduldiger und nachsichtiger. Der König ließ sich unablässig über sie informieren. Er feierte jeden Geburtstag seiner neun Geschwister am Berliner Hof oder auch im Feldlager und ließ sich dabei deren jeweiliges Lieblingsgericht auftischen.

Auch Friederike kannte Friedrichs komisches Verlangen, sich trotz allem immer wieder mit den Geschwistern zu verbünden. Nur so hatten sie als Kinder den Ehrgeiz der Mutter und die Prügel des Vaters überstanden. Als er ungefähr dreizehn gewesen war, hatte Friedrich sein Taschentuch auf eine blutende Wunde an ihrer Wange gedrückt und sie aus dem Zimmer gezerrt, damit der Vater sie nicht noch schlimmer zurichtete. Auch deshalb lächelte sie ihm jetzt freundlich zu und verzieh dem königlichen Bruder seine Ignoranz gegenüber den chinesischen Maskenschweinen.

Da war er also, im September 1743, und besuchte sie für vier Tage in Ansbach. Er, der mit seinem Raubtiersprung auf Schlesien die europäischen Kabinette und deren Pläne durcheinandergeschüttelt hatte wie frisch gepalte Erbsen in einer Schüssel. Kaum lag Kaiser Karl VI. in seinem Zinksarg, marschierte Friedrich an der Spitze von zwanzigtausend Mann im Erbe Maria Theresias ein. Sein Instinkt, so ließ er die Schwester damals über seinen Gesandten in Ansbach wissen, prophezeite ihm Glück. Der Widerstand war zuerst fast beleidigend gering. Als die preußischen Truppen die Winterquartiere bezogen, waren nur noch Glogau, Neiße und Brieg in österreichischer Hand. Dann kam Mollwitz und die Schlacht gegen die Truppen unter Neipperg. Ein gleißend schöner Apriltag war es gewesen, schrieb er später allen Geschwistern. Die Sonne ging rosarot auf wie eine kandierte Kirsche und träufelte die unwirklichsten Farben auf das Schlachtfeld.

Ob der junge König in diesem Frühling wirklich gesiegt hatte, darüber debattierte halb Europa noch immer. Über viereinhalbtausend Tote und Verwundete, so bilanzierte er, aber seine Armee hatte sich auf dem Schlachtfeld und danach in der ganzen Provinz behauptet. Maria Theresia unterschrieb notgedrungen den Vertrag von Breslau. Das fruchtbare Schlesien mit einer Million neuen Untertanen gehörte vorerst Friedrich. Sie, die Markgräfin in ihrem Ansbacher Loch, war Schlag auf Schlag die Schwester eines waghalsigen Eroberers mit Fortune geworden. Weil das Wort gerade so schick wurde, nannten manche ihn sogar ein »Genie«. Dementsprechend schleimten sich die Hofschranzen neuerdings bei seiner Schwester ein. Allerdings waren sie auch der Meinung, dass Friederike weniger Fortune mit nach Ansbach gebracht hatte.

Die kunstvolle Balance der europäischen Mächte kippte. Schnippschnapp hatte der Emporkömmling gemacht, und die Kabinette in Frankreich und England mussten Nachtsitzungen einlegen. Jetzt wollten alle ein Stück vom Erbe der Habsburgerin haben. Spanien, Bayern, Frankreich und Sachsen erklärten Österreich den Krieg. England witterte wiederum eine Chance, die französischen Besitzungen in Amerika einzuheimsen. So viel Unruhe passte Friedrich dann auch wieder nicht. Er wollte Österreich schließlich nur zurechtstutzen und Preußen mit den Habsburgern auf Augenhöhe bringen. Aus dem Raubtier wurde in den nächsten Monaten eine Katze, die unruhig auf und ab strich. Schlesien im Handstreich zu nehmen war eine Sache, eine andere, sich zu entschließen, bei welchem Bündnis man mitmachen, welchen Geheimvertrag man unterschreiben und dann gleich wieder brechen sollte.

Sie aßen gerade Zitroneneis, das in Zinnformen zu Kronen gegossen worden war und unter Beifall aufgeklappt wurde, als der Ansbacher Markgraf seinen Sessel so heftig zurückschob, dass das Scharren die Musik übertönte. Erschrocken war ihm sein Page beim Aufstehen behilflich. Charles stürzte zur Tür. Seine Rockschöße blähten sich, sein Gesicht stand in Flammen, er stöhnte auf. Der Besuch des königlichen Schwagers setzte seinen Gedärmen heftig zu. Kurz bevor er heute Morgen mit

Gefolge losgeritten war, um den König und Schwager in Wicklesgreuth offiziell zu begrüßen, setzte zum ersten Mal wässriger Durchfall ein. Am schlimmsten war es gewesen, als der König den Markgrafen einlud, sich zu ihm in die mit acht Postpferden bespannte Kutsche zu setzen. Eine Ehre, eine große Ehre, beide wussten es. Gegenüber dem Bayreuther Schwager hatte es eine solche huldvolle und zugleich intime Geste nicht gegeben. Kalter Schweiß staute sich in Charles Nacken, in seinem Bauch grummelte es. Der König redete unentwegt von Truppenaushebungen. Kurz bevor er sich entsetzlich blamierte, riss Charles den Wagenschlag auf, sprang aus der fahrenden Kutsche und hastete, schon mehr in der Hocke als aufrecht, hinter einen Busch. Als der Markgraf bleich zurückkam, tat der König, als wäre nichts geschehen, und fragte auch nicht nach. Aber für den Rest der Fahrt spitzte er genüsslich die Lippen und lächelte sogar gelegentlich. Jetzt war er sich sicher. Den Ansbacher würde er bei dem, was er vorhatte, schnell einsacken können. Er hatte einen sicheren Blick für die Angst anderer.

Eine Kompanie Grenadiere stand auf dem Schlossplatz. Nachmittags um drei konnten endlich Fahnen geschwenkt, Signale geblasen und Salut geschossen werden. Die Kutsche hielt erst im Vestibül, wo die Markgräfin mit ihren Damen, sämtliche Minister und Kavaliere warteten. Ein Empfang, wie es ihn seit zehn Jahren nicht mehr gegeben hatte. Als die Lakaien unter Bücklingen die Türen öffneten, wehten aus der Kutsche unangenehme Düfte, und Friedrich flüsterte seiner Schwester bei der ersten Umarmung zu: »Seine Blähungen sollte ich bei der nächsten Schlacht einsetzen. Die Geheimwaffe schlechthin, meine Liebste.«

Sie stutzte zuerst, raunte dann aber: »Sie könnten damit wahrscheinlich die ganze Wiener Hofburg ausräuchern und die Habsburger Bagage verjagen. Oder welche Pläne haben Sie sonst mit Maria Theresia?«

Sein Lächeln verschwand augenblicklich. Laut sagte er für die Umstehenden: »Sie, liebste Schwester, gesund wiederzusehen ist eine große Freude für mich.«

Dann wandte er sich auch schon ab und überfiel den Markgrafen mit Fragen zu den Ansbacher Regimentern, die er sich allesamt anschauen wollte. Er hasste Friederikes Direktheit. Damit hatte sie schon als Kind alle in Verwirrung gebracht. Sie verstellte sich nie so wie er und Wilhelmine. Als Schauspielerin war sie miserabel, im Gegensatz zu ihm, der dem Vater zum Schluss den größten Mist ins Gesicht gelogen hatte, nur um ein bisschen mehr Freiheit für sich herauszuholen. Friederike blieb ernst und aufrichtig wie ein preußischer Soldat. Auch wenn sie wusste, dass sie damit den Vater erzürnte. Komischerweise hatte der sie trotzdem lieber gemocht als seine anderen Töchter und sich später geschämt, dass er sein Ickerle so unglücklich verheiratet hatte.

Vor allem aber mochte Friedrich nicht, dass sich die Ansbacher über seine politischen Pläne den Kopf zerbrachen. Die sollten dankbar sein, wenn etwas von Preußens Erfolg auf sie abfiel. Wie er sich Wien gegenüber klug verhalten sollte, war ihm außerdem im Moment auch nicht ganz klar.

Das erste gemeinsame Abendessen verlief so öd und provinziell, wie er es erwartet hatte. Wenigstens wurde sein

Wunsch befolgt und auf großes Zeremoniell verzichtet. Dieser rückständige Schnickschnack, mit dem Zeit und Geld vergeudet wurden, hing ihm zum Hals heraus. Viele verschiedene Speisen gleichzeitig auf der Tafel widerten ihn an. Der Schwager hatte genug Schulden am Hals, wahrscheinlich würde er ihn sowieso gleich anpumpen wollen, so wie er es beim Alten immer gemacht hatte. Aber er musste diesen Idioten noch ein bisschen bei der Stange halten.

Endlich sah er ihn, vier Tische weiter, zumindest seinen Rücken, und der war besser als nichts. Schon den ganzen Abend über hatte er ihn mit den Augen gesucht. Der König lehnte sich schräg zur Seite, so dass er halb auf seiner Schwester ruhte. Jetzt konnte er sogar sein Profil erkennen. Die dichten schwarzen Augenbrauen, die sich so lebhaft von seinem Gesicht abhoben und auf und ab hüpften, wenn er sprach. Und er sprach fast immer. Friedrich wünschte so sehr, sie könnten für einen Moment einen Blick wechseln. Aber de Villepin plauderte viel zu angeregt mit einer jungen Dame, die beim Lachen ihren Mund weit öffnete. Gerade das aber schien dem Offizier, wie der König an einer schmerzhaften Zuckung seines eigenen Herzens feststellte, zu gefallen. Mein Gott, was war er glücklich gewesen, als Louis einwilligte, mit nach Ansbach zu reisen. Das machte alles ein wenig erhabener. Auf der Reise lasen sie sich gegenseitig die jüngsten Briefe Voltaires vor. Dabei hatte der aus Pau – der heiteren Stadt Heinrichs IV. – stammende junge Chevalier, in dessen hellbraunen Augen grüne Lichter tanzten, den König mit einer Vertrautheit angeschaut, die Friedrich mit Schlaflosigkeit bezahlen musste.

Friederike genoss jede Sekunde dieses kleinen Schauspiels. Nicht dass sie Caroline auf den französischen Offizier im Gefolge ihres Bruders gehetzt hätte, aber es gefiel ihr, wie der hübsche kleine Busen und unverschämte Humor ihrer Freundin den jungen Herrn aus Frankreich in den Bann zog. Friedrich kämpfte um Fassung, was aber nur sie, die ihn als weinenden Jungen erlebt hatte, erkennen konnte. Sie nahm das als kleine Revanche für die chinesischen Maskenschweine.

»Würden Sie mir Asyl geben, wenn ich nach Preußen zurückwollte?«, fragte sie mit dem Übermut, mit dem Kinder einen Stein auf einen gefrorenen Teich schmettern, um auszuprobieren, ob das Eis bricht. Sie bemühte sich, nicht mit den Lidern zu zucken, sondern seinem Blick so lange standzuhalten, bis er den seinen senkte.

»Ich dachte, Ihre Ehe wäre jetzt in ruhigere Gewässer gekommen?«

»Sie sagen doch selbst, dass er ein Idiot ist.«

»Genau diesen Umstand sollten Sie für Preußen nutzen! Sie sind hier wertvoller als in Berlin. Deshalb sollten Sie sich nicht dauernd in Schwaningen vergraben, sondern hier in der Residenz Augen und Ohren offen halten und unsere Sache unterstützen.«

Als Antwort schnitt Friederike eine Grimasse.

»Ich schreibe Ihnen doch schon brav alles, wovon ich glaube, dass es für Sie von Interesse ist.«

»Sie wissen, warum ich nach Ansbach gekommen bin?«

»Um Ihre Schwester wieder einmal in die Arme zu schließen natürlich.«

Friedrich tat sich schwer mit Ihrem Spott und musste husten. Sie ließ ihn nicht zu Wort kommen.

»Ich weiß genau, was Sie vom Markgrafen wollen. Ihr Gesandter hier wird immer geschwätziger. Passen Sie auf ihn auf, das muss ich Ihnen jetzt schon sagen. Aber Charles«, flüsterte sie und machte mit Absicht eine Pause, um noch etwas von dem Eis zu löffeln.

»Ja, was?«

»Seine Mätresse bekommt jeden Moment das zweite Kind von ihm, das bringt den Armen ganz durcheinander. Dass er sich da auf Ihre Wünsche konzentrieren kann oder überhaupt will, bezweifle ich wirklich.«

Der König vergaß jetzt sogar Villepin und dessen Augenbrauen, von denen er manchmal träumte, er würde sie mit seiner Zungenspitze glatt bürsten. Er starrte seine Schwester beunruhigt an.

»Er ist ja noch blöder, als ich dachte.«

»Sie soll eine gute Frau sein. Manche Männer wissen das zu schätzen.«

Auch mit dieser Bemerkung wollte sie den Bruder treffen, der seiner eigenen Frau die gleiche Aufmerksamkeit schenkte wie einer Kommode.

Dann sprachen sie nichts mehr, denn die Tafel wurde aufgehoben und der Ball eröffnet. Der Markgraf verschwand endgültig und stöhnte und krümmte sich bis in die frühen Morgenstunden auf seinem Leibstuhl. Der preußische König tanzte das erste Menuett mit der Markgräfin. Für den Rest der Nacht verkroch er sich in sich selbst. Friederike hielt pflichtbewusst neben ihm die Stellung. Sie hätte ihm gern zum Trost die Hand getätschelt, aber sie wusste, dass er das nicht wollte. So saßen Schwester und Bruder schweigsam nebeneinander in ihren goldgefassten Sesseln, während die Menge unter ihnen schnatterte und tanzte. Vor allem entging ihnen nicht, dass Caroline von Crailsheim und Louis de Villepin alles aufboten, damit das Strohfeuer zwischen ihnen hell und hoch loderte.

Am nächsten Morgen hatte Friederike den Eindruck, dass die Wangenknochen ihres Bruders noch spitzer waren als sonst und seine Wangen fast durchbohrten. Sie konnte sich mit einem Mal gut vorstellen, wie er als alter Mann aussehen würde. Nach einem knappen Gruß verzog er sich wieder in sein Appartement und bat Villepin zu sich. Er sah sofort, dass der junge Mann die vergangene Nacht nicht mit Schlafen verbracht hatte. Mit der Drolligkeit eines kleinen Buben gähnte der junge Franzose immer dann, wenn er glaubte, der König würde nicht hinsehen. Friedrich quälte ihn und sich mit langen Monologen über klassisches Versmaß. Nur so konnte er seine Enttäuschung und auch seine Sehnsucht einigermaßen kontrollieren. Warum war diesem Weibsbild mit den liederlich gepuderten roten Haaren eine Zuwendung vergönnt, die er sich selbst zähneknirschend verbot? Nach einer Stunde hielt er es nicht länger in Louis' Gegenwart aus. Er ließ schriftlich beim Markgrafen anfragen, ob man sofort und nicht erst wie geplant um fünf Uhr die Ansbacher Soldaten besichtigen könne?

Charles lag aufgewühlt in seinem Bett. Er fluchte, als man ihm die soeben eingetroffene Nachricht vorlas, warf gleich noch ein Kopfkissen nach dem Sekretär und bohrte dann wieder sein Gesicht in die Matratze. Er dachte ununterbrochen an Elisabeth. Eine Eilstafette hatte gemeldet, dass die Frau Wünschin überraschend Blutungen hätte, aber keine Wehen. Die Hebamme und der eiligst von Ansbach angereiste Doktor Treu waren ratlos. Elisabeth bat ihn, um ihr Seelenheil zu beten. Was der Markgraf von Ansbach seitdem ununterbrochen tat. Auch in den Momenten, in denen ihn der Durchfall schüttelte. Erinnerungen an ihre erste Niederkunft beschäftigten ihn. Er fühlte sich schlecht, ja sogar niederträchtig, weil er damals, als sie seinen Fritz zur Welt gebracht hatte, drei Tage auf die Jagd geritten war. Als dann die Nachricht kam, war er in erster Linie stolz, dass er schon wieder einen Sohn gezeugt hatte. Erst zwei Tage später kam er auf die Idee, Elisabeth bei Ischerlein eine schöne Perlenkette zu bestellen. Und dann die Geschichte mit der Zierleinstochter, dieser verhurten Schlampe. Hoffentlich hatte Elisabeth nie davon erfahren. Er fühlte Gottes Zorn auf sich. Vielleicht wollte er ihn strafen. Das Kind war ihm egal, auch wenn es wieder ein Sohn sein sollte. Hauptsache, sie überlebte. Ohne sie, diese Angst kauerte zähnefletschend neben ihm, würde er keinen Augenblick mehr Ruhe finden. Nein, er wollte nicht aus seinem Bett und hinaus in diesen furchtbaren Tag treten, zu diesem bitterbösen, gottlosen König! Der Markgraf weinte bitterlich.

Heistermann in seiner Sänfte und Reitzenstein zu Fuß trafen fast gleichzeitig ein. Charles war inzwischen immerhin aus dem Bett geklettert, trug aber noch sein weißes Nachthemd und kniete auf dem Boden. Er wippte leicht hin und her, biss sich in die Fingerknöchel und murmelte unablässig Gebete. Sein Gesicht war verquollen.

Er sagte ihnen nur einen Satz: »Ich scheiß auf diesen König.«

Nur mit Mühe konnten sie ihm einen schweren Silberleuchter aus der Hand reißen, den er durch das Fenster schleudern wollte. Sowohl Reitzenstein als auch der Zwerg im pflaumenfarbenen Seidenrock, den er sich zum königlichen Besuch in Paris bestellt hatte, begriffen, dass das Markgrafentum in größter Gefahr war. Auch ihr eigener Hintern brannte schon.

»Bitten Sie Seckendorff, schnell zu kommen«, flüsterte Heistermann. Und das, obwohl ihm der Geheime Ratspräsident eigentlich suspekt war, denn Seckendorff gehörte zu den wenigen am Hof, die nicht schon zum Frühstück ein Gerücht in ihrer Kaffeetasse umrührten.

Eine halbe Stunde später stand Charles mit Rouge auf den bleichen Wangen und einer halben Flasche Branntwein in den Adern neben dem König. Dieser hatte auch noch darauf bestanden, die Loge mit Blick auf die Reitbahn zu verlassen und sich wie ein einfacher Mann auf die Straße zu stellen. Ein kalter, feuchter Wind aus dem Osten strich um das Schloss. Was, so hoffte Ratspräsident Seckendorff, seinem Markgrafen helfen würde, auf den Beinen zu bleiben. Seckendorff hatte auch die geniale Idee gehabt, den Erbprinzen dazuzuholen. Er hatte sofort bemerkt, dass der König diesen siebeneinhalbjährigen Neffen mochte.

Zuerst ritt die Garde vorbei. Charles hörte das Prasseln der Hufe auf dem Pflaster. Mit dem Sehen tat er sich schwer, das meiste verschwamm vor seinen Augen. Der Schwager lobte immerhin die Pferde. Dann marschierten die Husaren. Der Markgraf hoffte, dass ihre dunkelgrünen Uniformjacken fleckenlos waren und die Federbüsche gerade auf den Hauben steckten. Dass sie nicht im Gleichschritt gingen, bekam er trotz seines Rausches mit. Aber der Schwager sagte nichts. Pferdeäpfel dampften. Der Geruch tat Charles gut. Dann geriet die Truppenschau ins Stocken. Rufe gellten vom Schloss her, Seckendorff verwickelte den König in ein Gespräch, Charles überlegte, wo er sich festhalten könnte. Reitzenstein spürte es und trat neben ihn. Endlich stolperte der Fähnrich des Infanterieregimentes heran. An seinem roten Revers fehlten zwei silberne Knöpfe. Der preußische König scharrte mit den Stiefeln. Bei einigen der Männer saß der Dreispitz schief, andere drehten ihren Kopf zur Seite, was in Preußen mit Stockschlägen bestraft wurde. Der König nahm den kleinen Alexander, der seiner Meinung nach fix im Kopf war, bei der Hand und beschrieb ihm die Montur seiner eigenen Soldaten. Ohne sich weiter mit dessen Vater abzugeben, verließ Friedrich den Exerzierplatz. Er brauchte Männer aus Ansbach. Sonst konnte er seine Armee nicht zur schlagkräftigsten Europas machen. Man würde sie schon noch drillen!

Friederike grübelte währenddessen über ihren Finanzen. Die achttausend Gulden, die ihr jährlich für ihren Haushalt zustanden, hatte sie schon im Juli verbraucht.

»Caroline, es tut mir so leid, ich kann Ihnen bis Lichtmess kein Geld mehr für Ihren Dienst zahlen. Sie wissen doch, die neuen Scheunen, der Pflug aus England und jetzt die Maskenschweine …«

»Ach, Königliche Hoheit, ich bin doch so glücklich, überhaupt bei Ihnen sein zu dürfen. Meinen Sie aber nicht, dass dieser Engländer Sie für seine Viecher über den Tisch zieht?«

Caroline probierte gerade ein leichtes, mit Vögeln bedrucktes Kleid, das ihr die Markgräfin für ihr nächstes Stelldichein mit Louis leihen wollte.

»Natürlich verlangt er viel. Aber diese Schweine sind nun mal die besten, die es gibt. Wenn ich die im großen Stil züchte, kommt mein Geld hundertfach zurück. Außerdem macht es mich ganz närrisch, herauszufinden, wie es ist, wenn man sie mit unseren heimischen kreuzt. Haben die Ferkel dann die Zeichnung der chinesischen Säue und Eber, oder sind sie vielleicht doch stärker behaart? Welche Eigenschaften setzen sich durch? Verstehen Sie, das ist alles so verworren. Aber es muss ein System geben. Ich muss Buch über jeden Wurf führen, über jede Kleinigkeit, und wenn es nur ein größeres Ohr oder ein längerer Schwanz ist.«

Caroline lachte hellauf. O mein Gott, was für Flausen hatte Friederike schon wieder im Kopf! Das kam wahrscheinlich daher, weil sie nie ihre Beine um den Rücken eines in Liebesdingen so begabten Mannes wie Louis schlang. Da entging Ihrer Königlichen Hoheit einiges. Ausgelassen wirbelte Caroline durch das Zimmer und rief:

»Kaufen Sie alle Schweine, die Sie brauchen. Ich habe etwas Geld gespart und bezahle für den Rest dieses Jahres Ihre dummen Hofdamen und auch unsere Feindin, die Oberhofmeisterin. In Ordnung?«

»Caroline, Sie sind der Engel meines Lebens.«

»Wie sehe ich aus?«

Caroline drehte sich noch schneller. Ihre noch nicht gepuderten Haare brannten eine verheißungsvolle Spur in das pistaziengrün bespannte Zimmer.

»Bezaubernd, hinreißend, viel zu schade für diesen langweiligen Hof.«

»Für mich könnte Versailles in diesen drei Tagen nicht aufregender sein.«

»Dann mal los, vertrödeln Sie nicht Ihre Zeit bei mir. Zumal ich nun endlich meine Bestellungen nach Yorkshire schicken muss.«

Caroline hatte schon den Türgriff in der Hand, als die Markgräfin sie noch einmal rief.

»Caroline, haben Sie herausbekommen können, wie es um die Wünschin steht?«

Ihre Freundin schüttelte den Kopf.

»Viel Neues weiß ich nicht. Reitzenstein hat mir nur verraten, dass das Kind nicht kommen will und dass es ihr heute Morgen sehr schlecht ging. Sie wollte auch den Pfarrer sehen. Serenissimus ist außer sich vor Sorge und hat schon wieder eine Eilstafette nach Georgenthal geschickt.«

»Wenn sie stürbe, wäre das eine Katastrophe für mich.«

Friederike zögerte, weiterzusprechen. Aber hatte sie diesem leichtsinnigen Geschöpf nicht bislang mehr vertrauen können als allen anderen Menschen?

»Also, die Wünschin«, fuhr sie fort und blickte der verwunderten Caroline ernst in die Augen, »die Wünschin schützt mich auf eine gewisse Art und Weise. Genauer gesagt, erlaubt sie mir, mein eigenes Leben zu führen. Er ist durch sie mit der Zeit ein friedfertigerer Mensch geworden. Er lässt mich in Ruhe, er mischt sich nicht in das ein, was ich in Schwaningen tue. Eine andere an ihrer Stelle, vielleicht sogar eine vom Hofe, wäre ehrgeizig, wollte Karriere machen und würde sich anstrengen, mich kaltzustellen. Der Markgraf wäre Wachs in den Händen einer solchen und mein Leben wahrscheinlich die Hölle. Darum bete ich jetzt auch für die Wünschin.«

Caroline wusste nicht, was oder ob sie überhaupt darauf antworten sollte. Deshalb warf sie der Markgräfin nur eine Kusshand zu. Der war klar, dass ihre Freundin in Gedanken längst schon wieder in den Armen des französischen Offiziers lag. Friederike entließ sie mit einem nachsichtigen Lächeln.

Für einen Moment beneidete sie ihre Freundin heftig. Wie aufregend musste es sein, von einem Mann erwartet und begehrt zu werden. Wieder einmal dachte sie an Carlo Carlone, mit dem sie so gerne all das nachgeholt hätte, was sie mit ihrem Ehemann versäumt hatte. Es fiel Friederike schwer, wieder zu ihrem Schreibtisch zu gehen, und noch schwerer, sich auf chinesische Maskenschweine zu konzentrieren. Angespannt zerrupfte sie das Ende eines Federkiels, bis langsam wieder Ruhe über sie kam und sie sich daranmachte, ebenso wie Herr Crusoe nach seinem Schiffbruch, ihre Zeit mit etwas Sinnvollem zu füllen. Wie viele Maskenschweine sollte sie also bestellen? Von England mussten sie über den Kanal nach Le Havre geschifft und von dort quer über den halben Kontinent nach Schwaningen gekarrt werden. Dreißig vielleicht oder vierzig? Manche würden die Reise nicht überleben oder gleich am Anfang im Stall krepieren. Schließlich orderte sie fünfzig. Sie würde, so beschloss sie, dafür eine Kröte schlucken und die Wünsche des Bruders erfüllen. Dann würde er ihr vielleicht einen Kredit gewähren. Außerdem forderte sie in ihrem Brief Bessborough auf, sie umgehend seinem Freund in Sussex zu empfehlen, der angeblich seit Längerem mit Einzüchtungen experimentierte. Um dem Lord Beine zu machen, wies sie wieder einmal auf ihre enge Verwandtschaft zum Hof von St. James hin, aber sie ahnte, dass das dem selbstbewussten Engländer ziemlich egal war. Hauptsache, sie bezahlte pünktlich ihre Rechnungen.

Am Abend des zweiten Tages des hohen Besuches wünschte der König, mit dem Geheimen Ratspräsidenten Seckendorff unter vier Augen zu speisen. Sowohl Friederike als auch Charles erinnerten sich später an diese Stunden als die glücklichsten während der ganzen prächtigen Festivitäten.

Kurz vor Mitternacht bekam der Markgraf zudem eine gute Nachricht aus Georgenthal. Die Wünschin fühlte sich wieder besser. Die Blutungen hatten aufgehört. Die Hebamme und Doktor Treu waren sich sicher, dass die Geburt doch noch auf sich warten ließ. Zu Tode erschöpft, als wäre er wie ein Fuchs tagelang von Reitern und Hunden über Stock und Stein gejagt worden, fiel der Markgraf in einen traumlosen Schlaf, aus dem ihn weder Blähungen noch Durchfall aufschreckten.

Friederike schickte an diesem Abend ihre Hofdamen und Zofen früh zu Bett, legte sich der Länge nach auf den Fußboden und skizzierte wieder einmal die Umrisse eines Menschen auf ein großes Stück Papier. Dann setzte sie aus dem Gedächtnis sämtliche Organe, Blutbahnen und Knochen ein, von denen sie wusste, dass es sie gab. Sie zeichnete in erster Linie das, was ihr von den Gesprächen mit Carlo Carlone über die menschliche Anatomie im Gedächtnis geblieben war. Natürlich besaß sie inzwischen auch einen ganzen Stapel medizinischer Lehrbücher, die aber nicht so exakt das Spiel der Gelenke, Rippen und Muskeln wiedergaben, wie der Maler es durchschaut hatte.

Ihre Knie schmerzten, als sie Stunden später wieder in die Hocke ging und schließlich aufstand. Sie trat einen Schritt zurück und schaute von oben auf ihr Werk. Im Schloss war es inzwischen ganz still geworden. Nur das Schnarchen der Zofe, die auf einer Pritsche direkt vor der Tür schlief, drang noch zu ihr.

Friederike liebte solche Nächte, in denen sie komplett vergaß, dass sie die Markgräfin von Brandenburg-Ansbach, die Schwester des preußischen und die Nichte des englischen Königs war. Sie fühlte nur noch die Verwandtschaft zu dem schemenhaften Wesen am Boden, in dessen Rumpf trichterförmige Pilze wuchsen und sich aufgeblähte Darmwürmer umeinanderschlangen. Das Einzige, was sie jetzt noch quälte, war, dass sie wusste, dass sie vieles nicht wusste. Ein Schmerz, den sie inzwischen liebte.

In letzter Zeit grübelte sie immer mehr darüber nach, in welchen Gefäßen die auf- und absteigenden Körpersäfte, auf die so viele Ärzte schworen, überhaupt zirkulierten. Es fehlte schlichtweg der Raum dafür. Langsam ging sie um den gemalten Mann herum und betrachtete ihn von allen Seiten. Würde er mit dem, was sie ihm mitgegeben hatte, atmen, springen, leben können? Was trieb dieses Leben an, welcher Funke musste wohin überspringen, damit die Maschine in Gang kam? Was davon blieb noch für die Ärzte, wenn sie sofort nach dem Tod den Leib aufschnitten? Ratlos, aber doch müde ging Friederike schließlich wieder in die Knie, um ihr Papier zusammenzurollen, damit die Lakaien, wenn sie morgen in aller Herrgottsfrüh das Feuer in den Kaminen schürten, es nicht entdeckten. Erst jetzt sah sie in sein Gesicht. Ein paar Striche ergaben Augen, Nase, Mund, umrahmt von unordentlichen langen Haaren. Sie spürte einen kleinen Stich und gleichzeitig Wärme, die, wie sie stark annahm, aus ihren eigenen Organen kam.

Natürlich, das war er, sie erkannte ihn. Die Ähnlichkeit mit dem schönen Huronen, den sie vor einer kleinen Ewigkeit in einer Berliner Wirtschaft getroffen hatte und der sie damals gut zu kennen schien, war unübersehbar. Die Grübchen aber und das männliche Kinn, stammte das nicht von Carlone? Würde sie jemals wieder einen Mann treffen, der ihr gefiel? Und wenn ja, was würde dann passieren?

Schließlich kam der Tag, auf den die Hofmaler, Dekorateure, Vergolder, Feuerwerksleute, Zimmerleute, Hofgärtner, Brunnenmacher, Steinmetzen, alles in allem achtzig Künstler und Handwerker, seit Wochen hingearbeitet hatten. Dieser Donnerstag sollte der Höhepunkt des königlichen Besuches werden und der ganzen Welt den Glanz des Hauses Brandenburg-Ansbach vor Augen führen. Durch eine dünne Wolkenschicht schien schon morgens dunstig die Sonne, an den Bäumen störten erst wenige gelbe Blätter die spätsommerliche Harmonie. Man war guter Dinge. Heistermann deutete es als positives Omen, dass der Stuhlgang des Markgrafen sich wieder von einem flüssigen, übel riechenden Schwefelgelb zu würzigem Dunkelbraun verfestigt hatte. Seckendorff, seine Sekretäre und Kanzleimitarbeiter hatten mit den Unterhändlern des Königs bereits alles penibel vorbereitet. Man sortierte ein letztes Mal die Schriftstücke, las flüsternd die eine oder andere Passage. Geräuschlos wurden Kopien über mit Intarsien verzierte Kirschholztische geschoben. Auf Worte konnte man inzwischen fast verzichten, weil man sich in den vergangenen Tagen bestens mit den Spielregeln arrangiert und ein leichtes Kopfnicken eingeübt hatte. Die einen schauten sich jetzt also wohlwollend auf die polierten Fingernägel, die anderen entfernten hier und dort ein Stäubchen vom seidenen Rock. Bis der König und der Markgraf eintrafen, löffelte man Bouillon und ließ sich Schnecken in Aspik reichen. Sie aßen mit dem ebenfalls routinierten Appetit der Diplomaten.

Bei diesem Zusammentreffen war Charles eindeutig im Vorteil. Elisabeth, so die Meldung des Eilboten vor einer Stunde, hatte ausgezeichnet geschlafen und wollte tagsüber sogar ein wenig mit Fritz spazierengehen. Seine Gebete, ließ sie ihm ausrichten, hätten sie gerettet. Dementsprechend überschwänglich stürmte er auf den Schwager zu. Er hatte auch keine Lust mehr, an den Verträgen zu feilen, die Anspannung war ihm zu viel. Hauptsache, Friedrich haute morgen wieder ab.

Um ein Pferd hatte er ihn damals, vor dreizehn Jahren angefleht. Als er als Kronprinz zusammen mit dem Vater die frisch und schon unglücklich verheiratete Schwester in Ansbach besucht hatte. Während die Minister und seine Adjutanten Wichtigkeit in den mit schönen Falkenszenen geschmückten Raum ausatmeten, ärgerte sich der junge König darüber, wie sehr er sich jetzt wieder von der Vergangenheit quälen ließ. Von Ansbach aus hatte er damals fliehen wollen. Zuerst nach Württemberg und von da aus zum Onkel und König von England. Weg von der Tyrannei des Vaters, weg von der Freudlosigkeit des preußischen Hofes. In Ansbach war die Freiheit zum Greifen nahe gewesen, denn er hatte den jungen Schwager für einen furchtlosen Kerl gehalten. Aber der hatte den Schwanz eingezogen und ihm das Pferd verweigert. Das Geld vom königlichen Schwiegervater war ihm wichtiger. Gott, wie elend er sich damals gefühlt hatte, wie gottverdammt in der Scheiße, dass er sich vor solch einem Trottel klein und bittend hatte machen müssen.

Ansbach war ihm zuwider. Er trommelte mit seinen feinen langen Fingern auf die Tischplatte, während der Schwager umständlich die Vertragsseiten umblätterte.

»Es ist für Sie und Ansbach zum Besten«, sagte der König streng.

Der Markgraf schaute großäugig und maulig zurück. Ganz der Bub, der genug hat vom Stubenhocken und den lateinischen Verben und endlich zum Rennen ins Freie möchte.

»Ja, ja, ich weiß, ich unterschreib gleich, aber dann trinken wir erst mal Bier.«

Gönnerhaft tat ihm Friedrich den Gefallen. Charles' Unterschrift und Siegel auf der Abtretungserklärung aller Anspruchstitel der markgräflichen Linie auf Schlesien an die königliche Linie waren schließlich der einzige Zweck dieser vier grauenhaften Tage in Ansbach gewesen. Nicht verhindern konnte er, dass ihm der Schwager, erschöpft und gefühlsduselig wie er nach seiner überstandenen Diarrhö war, noch von seiner Mätresse, einer gewissen Frau Wünschin, und ihrem gemeinsamen Sohn vorsabberte.

Friedrich schloss die Augen, zog den Mund noch schmäler und dachte daran, dass Villepin doch tatsächlich die Frechheit besaß, sich seit gestern nicht mehr bei ihm blicken zu lassen.

Der Rest des Tages war dann noch einmal fürchterlich anstrengend. Friederike musste sich in eine schwere, silberstarre Hofrobe einschnüren lassen, die noch dazu voller Ungeziefer war, weil man vergessen hatte, sie auszubürsten. Ihr Busen quoll schließlich so weit heraus, dass sie fürchtete, beim kleinsten Niesen würden die Brustwarzen herausrutschen. Ein dicke Schicht Bleiweiß mauerte ihr Gesicht ein, und die neumodische Perücke, bei der die Locken ganz klein anlagen, jagte ihr schon nach einer Stunde Schmerzen durch die Stirn. Der ganze Hofstaat mit dem König und der markgräflichen Familie an der Spitze spazierte zu Fuß die vierhundert Meter vom Schloss zum Hofgarten. Nur der kleine Alexander strahlte, dass man seine Zahnlücken sah. Er war stolz, dass ihm sein königlicher Onkel so viel Aufmerksamkeit schenkte. Friederike stützte Charles am Ellenbogen, denn er war mittlerweile schon wieder betrunken. Wie kaum je zuvor in ihrer Ehe dankte er ihr mit einem gerührten Lächeln, aus dem der Speichel troff.

Auf Wunsch des Oberhofmeisters sollte dieses Fest in der Orangerie in die Geschichte Ansbachs eingehen. In den Spalierbäumchen baumelten vergoldete Kronen aus Holz und schwarze Adler. Als sie fast an ihrem Ziel waren, stolperte Charles und riss den schmächtigen Schwager fast zu Boden. Mit tausend Entschuldigungen küsste der Markgraf Friedrichs Wangen, und Friederike fürchtete, ihr Bruder würde jetzt gleich davonstürmen und

Ansbach augenblicklich verlassen. Zumal auch noch in dem Moment, als sie die illuminierte Orangerie betraten, das Hoforchester so laut und falsch zu spielen begann, dass die einigermaßen Musikalischen unter ihnen zusammenzuckten. Der Markgraf allerdings winkte seinen Musikern fröhlich zu.

Das Feuerwerk war ein Erfolg. Das gab auch der Bruder zu. Von den Höhen Ansbachs zischten rubinrote Kreisel, blaue Pfeile schossen über die Lindenallee, und die Buchstaben F und C ließen sich deutlich am Nachthimmel erkennen. Zum Rest der opulenten Darbietungen und Dekorationen schwieg der hohe Besuch. Dafür fragte er Friederike nach ihrem Kartoffelanbau in Schwaningen, welche Sorten sie bevorzugte und wie sie die Bauern zu deren Anbau bekommen hatte. Er müsste schließlich dafür sorgen, dass sich die Preußen tüchtig vermehrten, und das ginge nur mit nahrhaftem Essen.

»Ganz recht«, antwortete Friederike, »jedem Preußen müsste man die Fortpflanzung befehlen.« Als sie sah, wie ihr Bruder sogleich vor Ärger erbleichte, denn seine eigene Ehe hatte er bislang noch nicht einmal vollzogen, fügte sie schnell hinzu: »Ach ja, ich empfehle Ihnen blaue Englische, die wie Hörnchen aussehen, oder gelbe Zapfenkartoffeln. Am besten, Ihr esst sie selbst, das macht den Leuten Mut.«

Dass er trotzdem über ihren Spott verärgert war, war ihr mittlerweile egal. In ihrem Mieder steckte ein Wechsel von über zehntausend Florentiner Gulden, den der Bruder ihr noch vor der Konfekttafel ausgestellt hatte. Dafür hatte sie ihm versprochen, in Ansbach für Preußens Ruhm zu kämpfen wie sein bester Offizier.

Am nächsten Morgen, als der König um Punkt zehn Uhr mit großem Protokoll verabschiedet wurde, kamen ihr allerdings die ersten Zweifel an ihrem Versprechen.

8

Es war, wie es war. Da beiße die Maus keinen Faden ab, sagte Caroline von Crailsheim und zuckte mit den Schultern. Seit der Tross des Königs vor drei Monaten, im September 1743, aus Ansbach abgereist war, hatte sie keine einzige Blutung mehr gehabt. Übel war ihr nicht, und sie spürte auch kein Spannen in der Brust. Den Kavalier de Villepin schrieb sie sowieso in den Wind.

Die Markgräfin beneidete sie auch in diesem Moment der Wahrheit um ihre beispiellose Gelassenheit. Andere hätten wahrscheinlich gewinselt oder zumindest versucht, sich die steinernen Stufen des Treppenhauses hinabzustürzen, um so einen Abgang einzuleiten. Caroline spazierte stattdessen mit der Markgräfin an einem sonnigen Wintertag durch die Lindenallee im Hofgarten und drehte versonnen lächelnd ein Blatt zwischen den Fingern, auf dem sich ein verirrter Käfer wärmte.

Sie sprachen nicht weiter darüber, weil beide ohnehin wussten, dass die Lage miserabel war. Das Fräulein hatte keinen Ehemann und auch kein Erbe, um schnell einen zu ködern. Friederike wiederum fehlte das Bargeld, ihr eine Mitgift zu schenken. Alles, was sie gehabt hatte, hatte sie in den Ankauf der chinesischen Maskenschweine gesteckt. Reitzenstein, der einmal verrückt nach Caroline gewesen war, verschlang sie zwar immer noch mit glasigen Augen, sah aber ein, dass sie dem Markgrafen und letztlich auch ihm selbst nicht geheuer war. Den Markgrafen bräuchte man nicht zu bitten, sagte Caroline ohne Bitterkeit. Da könnte man sich gleich selbst eine Kugel in den Fuß schießen. Außerdem hatte die Markgräfin mit ihm schon seit fast einem Jahr kein privates Wort mehr gewechselt. Sie hörte ihn nur öfter auf den Gängen schimpfen, dass die preußische Sippschaft auf ihrem Hochmut geradewegs in die Scheiße rutschen würde, und das eine oder andere Mal stimmte sie ihm sogar zu. Ansonsten kamen sie so gut miteinander aus wie schon lange nicht mehr.

Caroline würde den Hof verlassen müssen. Ein Hoffräulein, auch wenn es aus gutem fränkischem Adel kam, das ein Kind am Bändel hatte und nicht einmal eine Amme bezahlen, geschweige denn auf Bällen tanzen, bei Theateraufführungen hübsche Allegorien darstellen und den Gesandten Wiens bei Laune halten konnte, war ein Unding. Nicht dass man schlecht über sie geredet hätte. Uneheliche Kinder sprangen in jeder Gasse herum und verdienten sich auf jedem Bauernhof ihr Brot. Jede Geliebte eines hohen Herrn war froh, wenn sie ihm seine Potenz bewies und schwanger wurde. Aber ein Geschöpf wie Caroline hatte nur dadurch eine Daseinsberechtigung am Hof und damit in der Welt, dass sie sich und andere amüsierte. Dass sie jung und die Illusion von ewiger Leichtigkeit blieb. Wo hätte sie ihr Kind verstecken sollen, wenn sie bis zum Aufgang der Sonne am Spieltisch saß oder mit der Markgräfin repräsentieren musste? Wie es großziehen, wenn sie ihm nichts außer lachsfarbenen Seidenstrümpfen und den chinesischen Fächern bieten konnte, die ihr Reitzenstein geschenkt hatte? Selbst August der Starke hatte, wie jeder wusste, die Kinder seiner Mätressen weit weg auf Gutshöfen oder in Klöstern aufziehen lassen, damit er mit ihren Müttern weiter von Oper zu Festgelage, von Wettspiel zu Prunkjagd ziehen konnte. Caroline wusste das alles, denn sie war eine vernünftige Person, und Sentimentalität war noch nie ihre Sache gewesen. Ein langweiliges Leben auch nicht.

Also versuchte sie es weiter mit bitteren Tees und essigsauren Einläufen und gab gutes Geld für den Rat einer bekannten Kurpfuscherin aus. Aber nichts half.

Außerdem befand sich der Hof mitten im Karneval. Nach dem Ärger mit dem königlichen Schwager, der ihm die Galle hochgetrieben hatte, wollte der Markgraf feiern, was das Zeug hielt. Kein Abend verging, ohne dass sich Türken, menschliche Schiffe mit gesetzten Segeln, langschnabelige Wesen der Unterwelt, Sennerinnen mit Strohhüten oder fesche Ungarn vor den Spiegeln des Festsaals einfanden. Die Diener schleppten jeden Mittag neue Holzkulissen heran, die die Hofmaler bis zum Abend bepinselten. Der Rheinwein floss in Strömen, und jeden Abend wurden dreihundertsiebzig neue Kerzen angezündet.

Die Laune des Markgrafen besserte sich von Tag zu Tag. Heistermann wusste, warum. Er, der in alle Geheimnisse eingeweihte Hofzwerg und Geheime Rat, hatte seinem Herrn Diavolini di Napoli aufgeschwatzt. Kolossal sei die Wirkung, der Schwanz schwelle in Sekundenschnelle an wie ein Schweinedarm, in den man Wasser füllte, und die Weiber würden ganz kirre. Er selbst, so protzte Heistermann, probiere es laufend an den allerjüngsten Zofen aus. Der Zwerg kicherte heiser, und der Markgraf bestellte gleich drei Dutzend dieser

Wunderpillen, die man aus dem getrockneten, orangeroten Saft der Spanischen Fliege gewann. Er mischte sie in seinen Wein, und bald stellte sich bei ihm eine etwas schmerzhafte, aber phänomenale Erektion ein, so dass der Markgraf seit langem wieder das Gefühl verspürte, richtig zu leben. Eilig verabredete er sich mit der jungen Witwe des Barons Scheyern, nur um gleich am nächsten Morgen schon wieder eine Schlittenpartie zu befehlen. Die Damen und Herren des Hofes legten noch mehr Bleiweiß und Rouge auf, um die Spuren der kräftezehrenden Nächte zu verwischen. In Bärenfelldecken gewickelt, ließen sie die verschneite Landschaft an sich vorbeisausen.

Ende Januar 1744 kam für drei Tage eine italienische Truppe nach Ansbach mit Harlekinen und Äffchen, die allerlei Kunststücke vorführten. Auch ein Kastrat war dabei, dessen Gesang Friederike gut gefiel und ihre Sorgen ein wenig vertrieb. Als die Italiener weiterzogen und der Hof sich wieder wie ein Mehlknödel in Sauce mit Langeweile vollsog, zitterte Friederike erneut darum, Caroline zu verlieren. Ohne sie, das wusste sie, würde sie so mutlos und traurig werden wie in den ersten Jahren in Ansbach. In ihrer Not entschloss sie sich, dem Markgrafen zu Ehren eine lustige Bauernwirtschaft in Schwaningen auszurichten. Sie und er würden einen schönen Abend lang einfache Wirte darstellen, die Hofdamen und Kammerherrn Mägde, Bauern und Knechte spielen. Der Markgraf liebte solche Vergnügungen, und für ein paar Stunden waren sie alle von der Leichtigkeit eines anderen Lebens überzeugt.

Über hundert Kostüme mussten in Auftrag gegeben werden, der Umbau des Schwaninger Saals in ein verwinkeltes Holzdorf überwacht werden.

An dem Morgen, an dem Friederike abfuhr, ließ sich Caroline ihre Taille so fest schnüren, dass sie im Gesicht blau anlief und kurz das Bewusstsein verlor. Die Markgräfin riet ihr, sich mit Pulsrasen in ihr Zimmer zurückzuziehen, und befahl zur Täuschung der Oberhofmeisterin gleich noch einen Aderlass.

Es war gegen Mittag, als die Kutsche der Markgräfin auf der Fahrt nach Schwaningen in Triesdorf Station machte. Ein Pferd lahmte und wurde ausgetauscht, außerdem war unterwegs eine Speiche gebrochen. Die Luft tanzte auf den weiten Eisflächen der überschwemmten Altmühlwiesen. Sie wünschte, Caroline wäre bei ihr, denn die hätte sich jetzt sicher die Kufen untergeschnallt, Pirouetten gedreht und geschlittert wie ein Lausbub. So aber stand die Markgräfin eingehüllt in ihren Zobel da und schaute über die stille, helle Landschaft. Ihre beiden stummen, hölzernen Hofdamen waren bald vergessen, und der Oberhofmeisterin hatte sie die Erlaubnis gegeben, sich im Falkenschloss mit heißem Wein aufzuwärmen.

Zuerst dachte sie, es wären Kaninchen oder vielleicht Füchse, die sich auf dem Eis balgten. Dann sah sie, dass es eine Frau und ein Knabe sein mussten. Friederike schirmte mit der Hand die spitzen Sonnenstrahlen von ihren Augen ab und eilte über die gefrorenen Wiesen auf die beiden zu. Es war wieder ein bisschen so wie in ihren ersten Jahren als Markgräfin, als sie sich auf die einsame Insel Robinson Crusoes fortgesehnt hatte, um der Wirklichkeit zu entfliehen. Wie er erlebte sie jetzt den ersten schreckhaften und doch glücklichen Blick auf andere menschliche Lebewesen. Der Knabe nahm Gestalt an, bekam Arme und Beine und ein Gesicht mit rundem Kinn und dicken Wangen. Als sie weiterging, wusste sie, wessen Sohn er sein musste. Sie warf seiner Mutter ein Lächeln zu. Niemand außer ihnen dreien war jetzt noch auf der Welt.

»Es ist die Frau Wünschin, nicht wahr?«

»Königliche Hoheit, welche Ehre, Ihre untertänigste Dienerin.« Die Frau, deren blonde Locken an der Sonne Feuer fingen, versank vor ihr in einen tiefen Knicks.

»Sie hat doch vor Kurzem ein kleines Mädchen bekommen, nicht wahr? Wie geht es dem Kind?«

Elisabeth konnte diese Gnade, diese Gunst kaum fassen. Sie blickte auf zu der schmalen Markgräfin, die mit ihrer weißen Pelzkapuze über der weißen Perücke und dem weiß geschminkten Gesicht aussah wie der gemalte Engel aus der Kirche der Katholiken. Nur die wachen blauen Augen, die so irdisch neugierig und wach schauten, passten nicht zu einem himmlischen Boten. Aber auch ganz und gar nicht zu einer bösartigen oder gar närrischen Person, die mit ihren Experimenten Gott ins Handwerk pfuschen wollte. So nämlich hatte Heistermann einmal über die Markgräfin gelästert.

»Ihr kleines Mädchen?«

»O ja, sie zahnt schon und beißt mir kräftig in die Brust«, lachte Elisabeth frei heraus.

Friederike lachte auch.

»Weiß sie, dass die kleine Eleonore, so heißt sie doch, am selben Tag Geburtstag hat wie ich?

Elisabeth errötete noch mehr und nickte.

»Ist er gut zu ihr und den Kindern?«, erkundigte sich Friederike aufrichtig.

»Ja.«

»Das ist gut.«

Sie sahen sich weiter an, Elisabeth immer noch tief knicksend.

Wic frisch sie aussieht, dachte Friederike. Wie einer der guten süßsauren Jungfrauenritt-Äpfel, die ich jetzt in Schwaningen anbauen lasse. Sie hat auch noch alle Zähne im Mund. Weiß und gerade. Die Markgräfin fragte, wie das käme.

»Am Abend spüle ich mit Salzwasser, und wenn ich nicht zu müde bin, schrubbe ich sie mit Sand.«

»Ihr Sohn ist groß und kräftig, er soll bald nach Ansbach kommen, solche Burschen braucht das Leibregiment …«

Elisabeth schossen die Tränen in die Augen.

»Königliche Hoheit sind zu gütig, zu gütig.«

Sie ergriff Friederikes Hand und küsste sie.

Friederikes Blick verschwamm. Sicher, so dachte sie, weil sie das gleißende Winterlicht nicht gewohnt war, und vielleicht auch, weil sich die Hand der Wünschin so fest und angenehm anfühlte, dass sie die Frau gern mit in die Kutsche genommen hätte, um weiter mit ihr zu plaudern. Sie hätte noch so viele Fragen gehabt. Wie sie zum Beispiel ihre Kinder gesund hielt, ob sie schon mal Kartoffeln gesehen oder vielleicht sogar gegessen hatte, und ob sie und die Kinder schon die Pocken hinter sich hatten. Die Frau Wünschin, das hatte sie sofort erkannt, wusste, wie man ein vernünftiges und gescheites Leben führte. Ihr Vater, der König, hätte diese Person gemocht.

Friederike verabschiedete sich mit einem herzlichen Lächeln, winkte den Buben heran und küsste ihn auf die Stirn. Sie hatte einen Plan gefasst.

Dementsprechend beschwingt ging sie mit den Hofdamen im Rücken zum Falkenschloss und der Kutsche mit dem goldenen Wappen zurück. Als sie sich noch einmal kurz umdrehte, sah sie, wie die Wünschin ihrem Buben die Arme um die Hüfte schlang und sich mit ihm im Kreis drehte. Doch wie Füchse, die vor ihrem Bau tollen, schoss es Friederike durch den Kopf.

Die Oberhofmeisterin war angetrunken vom Falkenschloss zurückgekehrt, und Friederike erfuhr, dass sich der Bastard und seine Mutter derzeit auf Befehl des Markgrafen in Triesdorf aufhielten, damit der Junge das Beizhandwerk gründlich erlernte.

Als sie mit ihrer Idee herausrückte, sparte das Freifräulein von Crailsheim nicht mit Spott. Was ihre Zukunft anbetraf, machte sie sich ohnehin keine Illusionen. Vielleicht würde sie noch ein paar gute Jahre als Geliebte eines Landjunkers verbringen und dann als Gouvernante an einem kleinen Hof Unterschlupf finden. Verzweiflung aber gestattete sie sich nicht, die schadete nur dem Teint. Sie hatte vor, aus Ansbach zu verschwinden, sobald sich ihr Bauch nicht mehr wegschnüren ließ. Irgendwo und irgendwie würde sie das Kind schon zur Welt bringen und zurücklassen können.

Dass die Markgräfin jetzt selbst zur Feder griff und gründlich jedes Wort abwog, bevor sie es aufs Blatt schrieb, bestürzte sie im Moment mehr als die Aussicht, bald mittellos auf der Straße zu landen.

»Wenn das die Welt erfährt, sind Ihre Königliche Hoheit für alle Zeiten blamiert. Das Frauenzimmer wird es dem Markgrafen stecken. Bedenken Sie doch, in welche Gefahr Sie sich begeben. Und überhaupt gehörte sie früher zum niedrigsten Gesinde hier.«

Friederike winkte gelassen ab.

»Sie wird dem Markgrafen kein Wort davon sagen. Die Wünschin ist couragierter als wir beide zusammen. Allein schon«, kicherte sie, »dass sie seine Blähungen erträgt, zeugt von Unerschrockenheit.«

Nach Einbruch der Dunkelheit ließ die Markgräfin den jungen Dragoner von Stetten kommen, dem Caroline hin und wieder ihre Gunst gewährt hatte und der deshalb seinen Auftrag verschwiegen und zuverlässig ausführen würde. Wie sich herausstellte, hatte er schon öfters der Frau Wünschin Erdbeeren aus den markgräflichen Gärten bringen müssen und kannte daher den Weg nach Georgenthal.

Noch in der Nacht peitschte er sein Pferd wieder zurück nach Ansbach. Die Markgräfin empfing ihn kurz nach sieben Uhr. Sie saß mit offenem Haar in ihrem Bett und trank aus einer dampfenden Tasse Schokolade. Verlegen rieb der junge Mann die Innenflächen seiner Hände an seinem Rock.

»Kein Brief, warum bringt er mir keinen Brief? Ist er nicht von der Wünschin empfangen worden?«, schimpfte Friederike.

»Doch, doch, Königliche Hoheit, sofort und ausgesprochen freundlich. Ich musste ihr auch gleich den Brief Eurer Königlichen Hoheit vorlesen.«

»Vorlesen?«

»Ja, aber sie ließ mich bei meiner Ehre schwören, dass ich alles für mich behalte. Die Antwort hat sie mir dann auch gleich gesagt.«

»Ist sie von Sinnen?«

»Nein, ganz und gar nicht. Sie kann nur nicht lesen und schreiben, außerdem sagte sie«, der Dragoner schlug verlegen die Augen nieder und starrte auf seine kotverdreckten Stiefel, »dass Briefe in dieser Angelegenheit eine große Dummheit wären.«

»So, hat sie das gesagt. Hat sie meinen denn auch gleich verbrannt?«

»Ja, an der nächsten Kerze.«

»Also, was teilt sie uns mit, sprich er doch!«

»Die Dame wird in der kommenden Nacht um zehn Uhr am Herrieder Tor von einem Holzfuhrwerk erwartet. Sie soll sich ärmlich kleiden, und Gott und die Wünschin werden ihr beistehen.«

Die Markgräfin überwachte persönlich, dass Caroline keine seidenen Strümpfe oder gar geblümte Negligés einpackte. Nur zwei französische Liebesromane und eine Flasche kräftigen roten Bullenheimer konnte das Freifräulein zwischen die Leinentücher schmuggeln, die ihr Friederike für die Niederkunft mitgab. Missmutig schlüpfte sie in das Mieder aus ungefärbtem Flachs, das man bei einer verblüfften Zofe gegen eines aus feinstem Musselin getauscht hatte. Ebenso einen einfachen Leinenrock ohne Reif, der sich, wie Caroline allerdings zugeben musste, sehr bequem trug. Dann knotete sie sich auf Anraten der Markgräfin noch ein wollenes Tuch um die Brust, denn die Nächte waren kalt, und sie musste auch ihren Pelzumhang zurücklassen.

Zornig bürstete sich Caroline den Puder aus ihrem langen zimtfarbenen Haar, der wie Brotkrümel auf dem Boden liegen blieb. Sie zupfte die halbmondförmige *mouche* vom Kinn, wischte die zähe Schminke ab und stand schließlich so schön wie seit ihrer Ankunft im Ansbacher Schloss nicht mehr vor der Markgräfin. Diese zog sie plötzlich an sich und küsste sie auf den Mund. Ihre

Hände verfingen sich in Carolines lang herabhängenden Haaren. Caroline öffnete die Lippen und nahm Friederikes Gesicht in beide Hände. Aber die Zeit drängte. Für einen weiteren Kuss blieb ihnen keine Zeit mehr. Auch nicht für Abschiedstränen.

Die Flasche Wein trank Caroline noch während der Fahrt. Als sie erwachte und Sonnenlicht durch die Holzsparren des Gebälks glimmen sah, wusste sie nicht, wo sie war, solche Kopfschmerzen hatte sie. Vorsichtig atmete sie den Geruch von frischem Heu aus ihrer Matratze und den süßsäuerlichen der getrockneten Äpfel, die an langen Schnüren quer durch den Raum baumelten. Weiter hinten im Dunkel hing Wäsche zum Trocknen. Auf einem Stuhl entdeckte sie die fremden Kleider, die sie gestern Nacht getragen hatte. Eine Truhe, noch ein Stuhl, sonst war es zwischen den Dachschrägen leer. Zum ersten Mal in ihrem Leben war Caroline froh, dass es keinen Spiegel gab. Staub segelte glitzernd zu Boden. Sie spürte, wie sich das Kind in ihr bewegte.

Elisabeth hielt von Anfang an Distanz zu ihrem Gast. Keine Sekunde ließ sie Zweifel aufkommen, dass sie, die Madame Wünschin, die Herrin von Georgenthal war, die alle Fäden in der Hand hielt. Die bestimmte, wie viel Fässer Sauerkraut eingelagert wurden und wie viel Ster Holz der Ansbacher Hof zu liefern hatte. Die die Dienstboden scheuchte, als hätte sie das ihr ganzes Leben getan. Mit wichtiger Miene empfing sie den Juden, damit er ihr über die Zinsentwicklung ihres Frankfurter Depots berichtete. Caroline hatte auf dem Dachboden zu bleiben. Auf keinen Fall durfte der Markgraf von ihrer Existenz erfahren, deshalb musste sie auch für die

Mägde und Knechte möglichst unsichtbar sein. Elisabeth selbst trug ihr das Essen hoch. Würziges Suppenfleisch im Gemüsesud, Starkbier, Knochen, aus denen Caroline mit Heißhunger das köstliche Mark löffelte, Eigelb, mit Rotwein und Zucker verquirlt, damit sie für die nahende Entbindung gestärkt sein würde. Nur nachts, wenn alle schliefen, spazierte sie ein paar Runden um das kleine Schloss und hörte den Fröschen zu.

Sie sprachen zuerst nur das Nötigste miteinander. Elisabeth hielt das Fräulein, das sich von einem Kerl hatte schwängern lassen, von dem sie kaum mehr wusste als den Titel, schlicht und einfach für dumm. Gleichzeitig ärgerte sie sich über deren kecke Bemerkungen und wunderte sich, dass die kluge und herzensgute Markgräfin für solch eine Person so viel riskierte. Aber der Wunsch der Markgräfin war ihr ein heiliges Anliegen. Also würde sie das Freifräulein hüten wie ihren Augapfel und auch dafür sorgen, dass das Kind keinen Schaden nahm.

Caroline wiederum wusste nicht, was sie mit einer anfangen sollte, die noch nichts von Madame Pompadour, der Göttin am französischen Hof, gehört hatte, mit der man nicht Molières Stücke oder wenigstens die neue Mode diskutieren konnte. Tatsächlich aber war ihr die Wünschin nicht geheuer. War sie mächtig? Hatte sie Einfluss auf den Markgrafen? Warum gab sie sich dann damit zufrieden, an der Peripherie zu kreisen wie ein Mond?

Elisabeths Sohn, vor dem sich die Anwesenheit der fremden Dame nicht verbergen ließ, weil er gern auf dem Dachboden mit seinem zahmen Frettchen spielte, fasste dagegen schnell Zutrauen zu Caroline. Nach zwei Tagen waren sie Freunde. Sie band ihm seine flachsblonden

Haare im Nacken zu einem adretten Zopf, neckte und foppte ihn. Stundenlang kauerte er brav vor ihrem Bett, das sie mit dicker werdendem Bauch kaum noch verließ, und hörte mit offenem Mund zu, während sie ihm die einzelnen Ansbacher Regimenter beschrieb. Flüsternd verriet er ihr, wo er im Wald Fallen aufgestellt hatte und dass er später einmal eine große Jagd reiten, vielleicht aber auch Soldat werden wollte. Sie drückte ihm schmatzende Küsse auf seine runden Backen. Von seinem Vater sprach Fritz nie.

Sie begann, ihm aus ihren Romanen vorzulesen. Dass er etwas begriff, bezweifelte sie. Zumal ihr selbst die Täuschungen, Versteckspiele und Kabalen, die ihr noch vor ein paar Wochen so gut gefallen hatten, inzwischen ziemlich blöd vorkamen. Bald aber fiel ihr auf, dass Fritz manche der Szenen fast wörtlich wiederholen konnte. Das gleiche sensationelle Gedächtnis wie sein Vater, dachte Caroline und kritzelte begeistert einen schnellen Brief. Eingebacken in ein Brot, erreichte er über viele Umwege die Markgräfin. Drei Tage später fand ein hübsches, in einem dicken Ring geräucherter Würste verborgenes Buch seinen Weg in das Georgenthaler Versteck.

»›Törichte Ziege, dummer Hammel‹, schnauzte das Schwein, ihr haltet euch für klug und gebildet, dass ihr mir Vorschriften machen wollt. Glaubt ihr denn, dass der Bauer uns allein zu unserem Vergnügen herumkutschiert?«

Als Fritz diese Worte hörte, kuschelte er sich zu Caroline ins Bett. Caroline hatte sofort erkannt, dass die Markgräfin ihre eigene Ausgabe von La Fontaines Fabeln geschickt hatte, und fühlte sich ein wenig getröstet.

Die beiden waren so ins Lesen und Zuhören vertieft, dass sie nicht bemerkten, wie Elisabeth die Speichertreppe hinaufkam.

»Hättet ihr nur ein Fünkchen Verstand«, imitierte Caroline gerade die Stimme des Schweins, »dann wüsstet ihr, auf welchem Weg wir uns befinden.«

Elisabeth raffte ihren Rock und setzte sich still auf den Boden. Sie liebte solche spannenden Geschichten.

»Bestimmt denkt die leichtsinnige Ziege, man will auf dem Markt nur ihre Milch haben. Und du, törichter Hammel, glaubst vielleicht, dass man es einzig auf deine Wolle abgesehen hat. Ich für meinen Teil dagegen weiß es ganz genau, dass man mich mit dem vielen guten Futter ausschließlich zu dem Zweck vollgestopft hat, weil man mich töten und verspeisen will. Darum lasst mich um Hilfe schreien, solange ich es noch kann!«

Caroline blickte auf. Ihre Blicke trafen sich. Caroline lächelte, Elisabeth auch.

»Und wie geht es aus?«

»Verrate ich nicht, Sie müssen schon selbst zuhören.«

»Dann lesen Sie also bitte weiter.«

»Setzen Sie sich doch zu Fritz und mir aufs Bett.«

Zu dritt machten sie es sich auf dem Bett bequem und Caroline las noch zwei weitere Fabeln vor. Elisabeth gefiel am besten »Der Hase mit den Hörnern«. Ein Häschen, das gehört hatte, dass alle Tiere mit Hörnern das Reich des Königs verlassen mussten, bekam solche Angst, dass es zu guter Letzt seine langen Ohren für Hörner hielt und freiwillig floh. Fritz fand das sehr komisch. Er spreizte seine Finger zu langen Hasenlöffeln über den Kopf und hoppelte ausgelassen durch den Speicher.

»Wissen wir denn genau, wer wir wirklich sind? Ich meine, kann man sich sicher sein, dass man ein Hase und kein Hörnertier ist und umgekehrt?«, fragte Caroline. Eine Frage, auf die sie eigentlich keine Antwort erwartete.

»Doch, ich weiß es genau.« Elisabeth stand auf und strich ihren Rock glatt. »Ich bin eine fest angebundene Ziege, die nicht wegläuft, auch wenn sie Gelegenheit dazu hätte. Weil das schöne grüne Futter sie träge gemacht hat.«

»Ich war nie angebunden, leider.«

Caroline lachte rau auf. »Ich müsste eigentlich weglaufen, aber ich mache mich selbst zur Gefangenen, weil sie mich braucht.«

»Wer?«

»Ihre Königliche Hoheit.«

Elisabeth starrte Caroline an, die anfing, ihren Bauch zu massieren, der in letzter Zeit von einem Moment zum anderen steinhart wurde.

Elisabeth verstand nicht. Die Markgräfin, die Tochter des preußischen Königs, die so fein und würdevoll war, sollte dieses kindische Fräulein brauchen, das außer tanzen, huren und französischem Klimbim nichts im Kopf hatte und dabei nicht einmal schlau genug war, sich mit reichen Männern ins Bett zu legen?

»Und warum braucht sie Euch?«, knurrte Elisabeth, obwohl sie lieber geschwiegen hätte.

»Weil sie nur so ihre Gefangenschaft aushält. Außerdem bin ich der einzige Mensch, den sie wirklich liebt. Das weiß sie. Ob sie allerdings auch weiß, dass sie der einzige Mensch ist, den ich liebe, weiß ich, ehrlich gesagt, nicht.«

Zum ersten Mal bemerkte Elisabeth, dass das Freifräulein nicht nur Grimassen schneiden oder spöttisch schauen konnte, sondern auch ernst.

»Ach so«, antworte Elisabeth nur und packte Fritz am Kragen, damit er mit ihr hinunterging. Mit einem Mal verstand sie sehr genau, was Caroline meinte. War sie nicht auch der einzige Mensch, der dem Markgrafen die Liebe gab, die er brauchte? Da hörte sie, wie Caroline ihr munter wie eh und je nachrief: »Sie sollten lesen lernen und schreiben gleich auch noch.«

Elisabeth drehte sich abrupt um.

»Der Markgraf würde das, glaube ich, nicht erlauben. Vielleicht bin ich auch zu dumm …«

»Papperlapapp, die Markgräfin sagt, Sie sind sogar sehr gescheit.«

Vor Freude lief Elisabeth rot an.

»Aber der Markgraf darf nichts davon wissen, sonst …«

»Von mir hier oben darf er ja auch nichts wissen, also wären wir quitt. Geheimnis gegen Geheimnis. Schreibpapier hab ich genug dabei, wir fangen gleich nach dem Mittagessen an.«

Von da an kam Elisabeth jeden Tag zu einer Unterrichtsstunde. Manchmal schaukelte sie dabei die kleine Eleonore auf ihrem Schoß. Hin und wieder stand sie auch plötzlich auf, klatschte ihren Bogen Papier auf den Boden und rannte wütend die Stiege hinunter, weil sie das Gefühl hatte, es würde ihr niemals gelingen, die Kringel, Schleifen, Auf- und Abstriche so schön zu ziehen, wie Caroline sie ihr vormachte. Aber sie gab nicht auf. Nach einer Viertelstunde kam sie wieder hoch, Caroline tat, als ob nichts gewesen wäre, und Elisabeth fing von Neuem an. Nach einer Woche konnte sie ganz passabel »Elisabeth Wünschin von Georgenthal« schreiben und auch den Satz »Heute habe ich tausend Gulden beim Juden Salomon Grünstein in Frankfurt mit fünf Prozent Zinsen angelegt.«

Caroline hatte den Vorschlag, Elisabeth zu unterrichten, eigentlich nur gemacht, weil sie sich während der langen Tage auf dem Dachboden schrecklich langweilte. Bald aber entdeckte sie den Spaß daran. Die Wünschin war wirklich nicht dumm. Außerdem steckte ihre Begeisterung, täglich ein neues Wort entziffern zu können, an. Beide lachten gern. Aber so viel Gemeinsamkeit hätten sich sowohl Caroline als auch Elisabeth nie eingestanden.

Friederike ging es währenddessen gar nicht gut. Ohne Carolines gute Laune und schöne Stimme war der Trübsinn des Hofes kaum auszuhalten. Fahrig und ruhelos strich sie wie eine Katze auf fremdem Terrain durch die Säle, ihre stummen Hofdamen wie einen Schwanz hinter sich herziehend. Zu allem Übel musste sie zur Abwesenheit des Fräuleins von Crailsheim auch noch wohlwollend nicken, denn offiziell hatte sie Caroline ihrer nach einer Fehlgeburt leidenden Braunschweiger Schwester als Vorleserin ausgeliehen. Provozierend oft fragte der Zwerg Heistermann sie nach dem Verbleib ihrer Favoritin.

»Du Aas«, hämmerte es in ihrem Kopf. Laut und überschwänglich liebenswürdig, aber ohne auf seine Frage einzugehen, sagte sie zu ihm: »Lieber Heistermann, Ihre neue Bernsteinbrosche ist superb. Wenn ich mich nicht täusche, hat Monsieur, der Bruder Ludwigs XIV., ein ähnliches Stück selbst entworfen.«

Das nächste Mal konterte sie mit dem verlogensten Kompliment zu seiner kükengelben Weste. Auch jetzt blähte er sich wieder vor Stolz. Erst als er ihren Reifrock durch die nächste Tür verschwinden sah, merkte er, dass sie ihn ausgetrickst hatte. Sie hat es gelernt, die Spielchen zu spielen, dachte der Zwerg nicht ohne Anerkennung. Wer weiß, so überlegte er, am Ende sogar von mir. Grimmig watschelte er zu seiner Sänfte.

Es wurde Mai, und der Markgraf, der Erbprinz und der ganze Hof siedelten wie immer um diese Jahreszeit ins Triesdorfer Sommerschloss über. Dass die Markgräfin nicht mitkommen würde, galt als unausgesprochener Befehl. Was ihr nur lieb war. Sie hatte längst beschlossen, endlich wieder nach Schwaningen zu ziehen. Dort brauchte sie ihren Kummer wenigstens nicht zu verstecken. Er begleitete sie, wenn sie ihre Felder abschritt, auf denen der Weizen hoch zu wachsen versprach. Er saß auf ihren Fingerkuppen, wenn sie die Qualität einzelner Ähren prüfte. Sie verbrachte viel Zeit im Freien. Manchmal war sie so in das Gespräch mit ihrem Verwalter oder einzelnen Bauern vertieft, dass sie ihren Sonnenschirm schief hielt. Ihre Hofdamen und Zofen stießen entsetzte Schreie aus, denn ihr Gesicht durfte unter seiner Puderschicht nicht rot werden.

Sie dachte immer noch viel an Caroline und daran, ob sie die Geburt überstehen würde. Von Nacht zu Nacht aber schlief sie besser. Morgens sprangen ihre nackten Füße energisch über das Parkett, sie ließ die Fenster weit öffnen und sich so einfache Kleider überziehen, dass die Zofen sich zu schämen begannen.

An solch einem Morgen besuchte sie zum ersten

Mal den Schweinestall. Der Gestank, der ihr entgegenschlug, war bestialisch. Schlimmer noch als der des süßen Taubenblutes, den sie immer so gehasst hatte, wenn er sich mit Charles' Bierfahne mischte. Sie hielt sich ein mit Parfüm getränktes Taschentuch vor Nase und Mund. Rosig und prall standen sie da, mit schwarzen Masken um Augen und Rüssel. Die Ferkel, die eines neben dem anderen an den Zitzen der Säue lagen, waren, das sah sie sofort, außergewöhnlich kräftig. Insgesamt zählte sie zweiundsechzig Stück. Bald, so informierte sie der Verwalter, der vor Anspannung seinen Hut knetete, würden fünf weitere Säue werfen. Friederike nickte zufrieden. Es hatte sich also gelohnt, dass sie im vergangenen Herbst gegen alle Unkenrufe und für teures Geld fünfzig Wessex-Saddleback-Schweine aus England, Einzüchtungen der chinesischen Maskenschweine, gekauft hatte. Zuerst hatten ihre Bauern über diese fremden Tiere geschimpft, sahen aber bald ein, dass diese tatsächlich fruchtbarer und genügsamer waren als die heimischen. Sie wühlten auch weniger den Boden auf, sagten die Knechte. Die Achtung der Schwaninger vor der Klugheit und Weitsicht ihrer Markgräfin wuchs von Tag zu Tag.

Mehr aus Spaß fragte sie, welcher Eber diesen und jenen Wurf gezeugt hatte. Die Männer rissen erschrocken ihre Augen auf. Rot flammte über ihre Gesichter bis zu den strähnigen Haaren hoch. Es war schon Furcht einflößend, dass die Markgräfin zu ihnen in den Stall kam, ihre Frage verstanden sie aber überhaupt nicht. Welcher Eber auch immer welche Sau besprang, scherte doch keinen Teufel. Hauptsache, sie warf viele Ferkel. Die Markgräfin bekam keine Antwort. Noch an diesem

Abend gab sie Befehl, dass von nun an jedes Schwein in ihrem Besitz gekennzeichnet und registriert werden sollte, männliche und weibliche Tiere in getrennten Gattern zu halten waren und jede Paarung und jeder Wurf notiert werden mussten.

Als sie an diesem Abend im Bett lag und über den vergangenen Tag sinnierte, fiel ihr plötzlich ein, dass sie kein einziges Mal an Caroline gedacht hatte. Die Freude über ihre Arbeit hatte ihren Kummer und ihre Sehnsucht aufgesaugt wie die Mittagssonne einen zähen Frühnebel. Obwohl sie in ihrem bisherigen Leben nur zwischen Berlin und Ansbach und einmal je nach Bamberg und Bayreuth gereist war und nie die Weite eines Ozeans erblickt hatte, spürte sie jetzt eine warme Meeresbrise durch das Zimmer streichen. Irgendwo rauschten Wellen. Sie winkte Robinson Crusoe zu. Ein Gefühl wunderbarer Schwerelosigkeit überkam sie und trug sie in einen Schlaf voller verheißungsvoller Bilder.

Gemeinsam setzten sie einen Brief auf, den Elisabeth dann eigenhändig an ihren Frankfurter Juden schreiben wollte. Ihr war über Nacht die Idee gekommen, ihr Vermögen teilweise umzuschichten und statt in Gold mehr in Wechseln anzulegen. Da stürmte Fritz keuchend die Treppe hoch.

»Mutter, rasch, der Markgraf, seine Reiter sind schon über die Brücke.«

Mit einem Ruck stand Elisabeth auf. Sie drehte sich nur noch einmal kurz mit erschrockenen Augen zu Caroline um und sagte scharf: »Verhaltet Euch um Gottes willen still.«

Dann stürmte sie auch schon nach unten. Caroline

legte sich wieder auf ihr Bett und faltete die Hände über ihrem Bauch.

Innerhalb von Minuten veränderte sich das ganze Schloss. Es wurde zu einem Musikinstrument, das nach einer verwegenen Melodie polterte, pfiff und schepperte. Caroline spürte die Anwesenheit des Markgrafen bis hinauf auf den Dachboden. Selbst das Kind in ihrem Leib strampelte aufgeregter als sonst. Durch eine Dachluke beobachtete sie, wie Männer Weinfässer abluden und auf ihre Schultern hievten.

Dann sah sie ihn. Groß, massig, im einfachen schwarzen Rock und ohne Perücke stand Carl Wilhelm von Brandenburg-Ansbach bei der Zugbrücke. Er überwachte persönlich, dass die Truhen voller Geschenke für Elisabeth und seine Kinder in die richtigen Zimmer gebracht wurden. Dann verschwand er für einen Moment aus ihrem Blickfeld, um eine Minute später mit der kleinen Eleonore auf dem Arm wieder aufzutauchen. Er stemmte das Mädchen, auf dessen Köpfchen der erste Flaum spross, hoch in die Luft, bis es vor Vergnügen kreischte.

Elisabeth eilte mit wiegenden Hüften hinzu und reichte ihm einen Krug. Er strich ihr eine Locke aus dem Gesicht, sie nickte ihm zu, er küsste sie auf den Mund. Dann wandte sich der Markgraf wieder seiner Tochter zu, wiegte sie zärtlich hin und her, bis sie an seiner Brust einschlief, und lächelte sogar die Diener an, die demütig an ihm vorbeischlichen. Er wirkte so friedlich und froh, wie ihn Caroline noch nie gesehen hatte. Für eine Sekunde glaubte sie, er habe nach oben zu ihr geschaut. Mit klopfendem Herzen drehte sie sich von der Fensterluke weg und schämte sich, dass sie hinter das Geheimnis eines Menschen gekommen war, den sie seit vielen Jahren zu kennen geglaubt hatte und der doch ein ganz anderer war.

Als sie sich kurz darauf auf den Topf setzen musste, um Wasser zu lassen, bemerkte sie, dass sich Blutschlieren durch den Urin zogen. Eine halbe Stunde später setzten die Wehen ein. Sie tat, was sie getan hatte, wenn der Vater früher über sie gekommen war: Sie biss sich so fest sie konnte ins Handgelenk.

Elisabeths Sohn brachte ihr das Abendessen und merkte sofort, dass etwas nicht stimmte. Elisabeth wagte nicht, nach einer Hebamme zu schicken, das wäre jetzt, da der Markgraf da war, zu gefährlich gewesen. Also schlich Fritz wieder heimlich nach oben und flüsterte Caroline die Anweisungen seiner Mutter zu, dabei streichelte er ihr das verschwitzte Haar. Viel laufen solle sie, zwischen den Wehen warme Brühe trinken und – mit einem schüchternen Lächeln hielt Fritz ihr ein Stück abgekautes Holz hin – das da fest zwischen die Zähne pressen, anstatt zu schreien.

»Der Mutter hat es bis jetzt immer geholfen.«

»Du bist ein Schatz, Fritz.«

Caroline schloss den Buben in die Arme und hielt ihn an sich gedrückt, bis ein neuer Schmerz ihr ins Kreuz fuhr.

Gegen Mitternacht konnte sich Elisabeth endlich vom schnarchenden Rücken des Markgrafen wegrollen. Barfuß huschte sie an Eleonores Wiege vorbei hinauf auf den Speicher. Sie sah sofort, dass das Fruchtwasser ausgelaufen war. Caroline hielt ihre Beine weit gespreizt und biss mit verzerrtem Gesicht auf das Holzstück. Ihr Kopf fuhr herum in Richtung Tür, und als sie die Wünschin erblickte, wusste sie, dass alles gut werden und sie Friederike doch noch wiedersehen würde.

Eine Stunde später drückte eine letzte heftige Wehe einen gesunden, von Blut und Schmiere überzogenen Jungen in Elisabeths Hände. Caroline ließ sich ein paar Schluck Branntwein einflößen und schlief auf der Stelle ein. Elisabeth schüttelte wie schon so oft den Kopf über dieses kindische Geschöpf, das sich in ihrer schwersten Stunde robuster als jedes Bauernmädchen erwiesen hatte. Dann hob sie den Knaben hoch, öffnete ihr Nachthemd und drückte ihm eine ihrer Brustwarzen in den Mund, damit ihn wenigstens etwas in dieser Welt willkommen hieß.

Als der Markgraf am nächsten Vormittag zur Jagd ausritt, musste ihm Fritz Magenkrämpfe vorgaukeln, damit er ausnahmsweise in Georgenthal bei der Mutter bleiben durfte. Eine halbe Stunde später lief er mit einem in graues Sackleinen gewickelten Bündel im Arm in Richtung Haundorf, höllisch auf der Hut, dass keine der markgräflichen Wachen ihn bemerkte. Fritz lieferte das Neugeborene bei einer Frau ab, die die Wünschin schon vor Wochen als Säugamme ausgesucht hatte. Die drei Goldstücke für die Pflege und vor allem die Verschwiegenheit zahlte sie aus ihrer Schatulle. Ebenso das Geld, das ein Dreivierteljahr später fällig wurde, um den fröhlich vor sich hin glucksenden Kleinen in ein Damenstift in der Nähe von Braunschweig zu bringen, wo er die nächsten Jahre bleiben sollte.

Reitzenstein wurde es schwindelig, als er das Fräulein von Crailsheim im September übermütig lachend und eine Idee fülliger – und damit noch reizvoller – die Haupttreppe des Ansbacher Schlosses hinuntertänzeln sah. Sie stutzte, blieb stehen und warf ihm ihren bemalten Fächer zu, der, weil Reitzenstein viel zu verdattert war, ihn aufzufangen, vor seinen Füßen zusammensackte wie ein vom Baum geschossener Buntspecht. Noch am selben Abend fing sie eine Liebschaft mit dem neuen kaiserlichen Gesandten beim Fränkischen Kreis an. Reitzenstein betrank sich so stark, dass sich selbst der Markgraf wunderte. Die Markgräfin nahm auch diese Torheit kommentarlos zur Kenntnis und war nur froh darüber, dass Caroline offensichtlich keinen Schaden genommen hatte.

Über das Kind sprachen sie nie. Kleine Kinder, das wussten beide, starben wie die Fliegen, wenn nicht bei der Geburt, dann meist schon, bevor sie laufen konnten. Liebte man sie zu früh, brach einem jedes Mal das Herz. Friederike hatte das am eigenen Leib erfahren, als sie ihren ersten Sohn verlor. Damals hatte sie schon die Hoffnung gehegt, dass er groß werden und am Leben bleiben würde. Ihr nächstes Kind hielt sie mit Absicht von sich fern, damit sie nicht wieder so leiden musste. Erst jetzt erlaubte sie sich langsam, Zärtlichkeit für Alexander zu empfinden. So erging es fast jeder Frau, egal, ob Königin oder Bäuerin. Auch ihre eigene Mutter hatte viele Säuglinge sterben sehen, bis endlich einer das erste Jahr überlebte. Die Natur war grausam, und man musste demütig sein.

Caroline tröstete sich damit, dass Elisabeth Wort halten und gewissenhaft über das Wohl des Kleinen wachen würde. Dann hatte er vielleicht eine Chance, zu überleben. Das war mehr, als sie zu hoffen gewagt hatte. Dafür erzählte Caroline der Markgräfin, wenn sie beide alleine waren und sich mit über die Armlehnen baumelnden Beinen in die goldgefassten Sessel fläzten, viel von Fritz, nach dem sie sich sehnte. Wie sehr er dem Markgrafen von seinem ausgezeichneten Gedächtnis her ähnelte und was für ein sonniges Gemüt er hatte. So einen Sohn zu haben wäre schon etwas, seufzte sie einmal, und beneidete in diesen Momenten Elisabeth. Auch über die Wünschin sprachen sie jetzt öfter. Dann hatten sie beide sogar das Gefühl, sie wäre mit im Zimmer und würde ihre Arme in die Hüften stemmen, ihre störrischen Locken schütteln und sagen: »Mesdames, vertrödeln Sie nicht so Ihre Zeit.«

»Ja, die Wünschin«, seufzte die Markgräfin und wünschte, sie könnte sich mit ihr beraten, wie sie es anstellen sollte, dass die Schwaninger Bauern ihre Kinder gesünder hielten und ihnen das viele Ungeziefer vom Leib schafften.

Ende Oktober erreichte Elisabeth ein Korb voller polierter Jungfrauenritt-Äpfel aus dem Schwaninger Obstgarten. Zwischen den Früchten verbarg sich das Saphirarmband, das die preußische Königin Dorothea Sophie aus ihrem Wettinererbe der Tochter vor fünfzehn Jahren mit nach Ansbach gegeben hatte. In einem halbierten Apfel fand sich auch noch ein Brief.

> Mein Dank wird Sie und Ihre Kinder ein Leben lang begleiten. Noch mehr in Ihrer Schuld stehe ich, wenn Sie mir verraten, ob Sie sich und Ihre Kinder schon einmal mit Wasser gewaschen haben?
> Friederike, Markgräfin von Brandenburg-Ansbach.

Elisabeth las langsam und laut. Stolz darüber, dass sie jedes Wort entziffern konnte.

9

Einen Tag, nachdem Kaiser Karl VII. am 20. Januar 1745 in München gestorben war, fing Friederike an, kalte Bäder zu nehmen. Der Markgraf war entsetzt und mit ihm der ganze Hof. Zuerst hoffte man noch, dass es sich verheimlichen ließe. Nicht auszudenken, wenn der Herzog von Württemberg oder die Erzbischöfe von Würzburg und Bamberg von dieser neuen Verrücktheit, die schon an Wahnsinn grenzte, erfuhren. Dass die Bayreuther Bagage sich darüber das Maul zerreißen würde, war ohnehin klar.

»Ihre Königliche Hoheit hatte ja schon immer die abartigsten Verlangen«, raunte Heistermann jedem zu, der ihn in seiner Fensternische besuchte, »dass sie jetzt aber nicht einmal vor ihrem eigenen Körper haltmacht ...«

Er verdrehte theatralisch die Augen und bestäubte sich mit Parfüm, um seinen Abscheu noch deutlicher zu zeigen.

Seit er wegen seiner Gicht kaum noch laufen konnte, saß Hofrat Heistermann am liebsten am mittleren Fenster des Bilderkabinetts. Von da aus hatte der Zwerg alles im Blick. Er sah, wer im Schloss aus und ein ging. Wer sich bei Regen im Schloss die Beine vertreten und dabei den Rubens anschauen wollte, musste ebenfalls an ihm vorbei. So war er immer noch der wichtigste Großhändler für getratschtes Gift am Hof. Wobei die Sache mit dem Waschen ihn persönlich schmerze, sagte er. Dass sein Markgraf durch die eigene Gemahlin in derartige Peinlichkeiten verwickelt wurde, war ein Skandal ersten Ranges. Diejenigen, die in sein gequältes, aufgedunsenes Gesicht sahen, glaubten ihm sogar.

Die Markgräfin beließ es ja auch nicht bei einem Mal. Bereits Ende Februar sickerten aus Schwaningen Informationen durch, dass sie mittlerweile jeden Tag bade.

Alles hatte mit einer Seite aus der *Yorkshire Tribune* begonnen, die der letzten Rechnung Bessboroughs beilag. Der Lord wollte sich bei der deutschen Fürstin wichtigtun, denn ein ganzer Artikel widmete sich der Prämierung seiner Zuchtbullen. Daneben war noch die Gästeliste eines Empfangs in seinem Haus abgedruckt. Friederike wollte die Zeitungsseite schon ins Kaminfeuer werfen, als ihr eine Überschrift auf der Rückseite ins Auge fiel: Das kalte Wasser und die neuen Lebenskräfte.

Bereits eine Stunde später gab sie beim Schwaninger Scheffler einen großen Holzbottich in Auftrag. Sie war nicht nur neugierig, sondern regelrecht aufgeregt. Caroline bestand darauf, beim ersten Versuch zugegen zu sein. Im Notfall wollte sie so schnell wie möglich einen Arzt für die Markgräfin rufen.

»Nur Hunde und Falken baden gern, für die ist es anscheinend auch nicht gefährlich. Aber die menschliche Haut ist diesem aggressiven Element vollkommen schutzlos ausgeliefert. Wer weiß, was für furchtbare Krankheiten durch Ihre Poren eindringen werden«, beschwor sie noch einmal die Markgräfin. Selten war ihr etwas so ernst gewesen.

Doch Friederikes Entschluss stand fest. Sie ließ sich komplett ausziehen und setzte sich dann langsam und vorsichtig in den bis obenhin mit klarem kaltem Wasser gefüllten Zuber. Beide Frauen hielten den Atem an. Friederike blickte ihre Freundin nur aus weit aufgerissenen

Augen an. Der Wind drückte zornig gegen die Fensterscheiben, sonst war es still.

Erst nach ungefähr fünf Minuten vernahm Caroline wieder ein Lebenszeichen von der mittlerweile bis zum Kinn abgetauchten Markgräfin: »Wunderbar, herrlich. Ich habe sie gespürt.«

»Was gespürt?«

»Die Konvulsionen.«

Caroline schlug vorsichtshalber schnell ein Kreuz. Obwohl sie sicher war, Friederike mehr zu lieben als sonst irgendjemanden, zweifelte auch sie gelegentlich an deren Verstand.

»Caroline, meine Organe sind deutlich angespannt und aktiviert worden, ich habe es genau gefühlt.«

»Soll ich Ihrer Königlichen Hoheit schnell einen Aderlass vorbereiten lassen?«

»Ach, Quatsch! Das kalte Wasser lässt meine Körpersäfte doch extra gut zirkulieren, wozu brauche ich da einen Aderlass?«

Mit Schwung, dass das Wasser nur so spritzte, erhob sie sich nach fünf weiteren Minuten, wies die helfende Hand der eiligst herbeigestürzten Caroline ab und stieg ganz alleine, mit klappernden Zähnen, aber offensichtlich sehr glücklich aus dem Bottich. Bevor sie sich von einer Zofe mit großen Leinentüchern abtrocknen ließ, betrachtete sie eingehend ihre Gänsehaut, die harten Brustwarzen und überhaupt die kräftige Rötung, die ihr ganzer Körper inzwischen angenommen hatte.

»Genau wie es dieser englische Arzt in der *Yorkshire Tribune* beschrieben hat. Was für ein erfolgreiches Experiment.«

Friederike kam sich vor wie jemand, der die Tür eines

dunklen Raums aufgestoßen und helles Tageslicht hereingelassen hatte. So, vermutete sie, musste sich auch Robinson Crusoe gefühlt haben, als er nach Schiffbruch und Erschöpfung mit neuer Vitalität und Frische die Herrschaft über seine Insel übernahm. Wie habe ich überhaupt so lange so schlaff und kränklich dahinvegetieren können?, fragte sie sich. Warum bin ich nicht früher auf die Wirkung von kaltem reinem Wasser gekommen? Friederike klopfte sich mit ihren Handflächen kräftig auf die Wangen, schüttelte ihre Beine und streckte dann noch einmal die Arme weit von sich. Sie war sich ganz sicher. Jetzt, mit dreißig Jahren, begann für sie dank dieser sensationellen Therapie ein ganz neues Leben. Zu ihrem Entzücken kam augenblicklich ein weiterer Beweis, dass die Behandlung funktionierte.

»Auch das stimmt, Caroline, auch das!«, jubelte sie, während sie mit gespreizten Beinen auf dem Leibstuhl saß.

Langsam rezitierte sie ihr neues Wissen: »Es gibt kein wirksameres Mittel als die Kälte, wenn man das Blut verflüssigen und schleimige Substanzen von den Gefäßwänden entfernen, die Drüsen entschlacken und die Lebensgeister dämpfen oder ihren schnelleren Fluss in den Nerven fördern will, wenn Verstopfungen der Leber oder der Milz beseitigt werden müssen oder der Harnfluss angeregt werden soll.«

Caroline fand, dass dieses närrische Baden, ob es nun gefährlich war oder nicht, auf jeden Fall eine gute Seite hatte. Friederike, die so oft von der Mühsal ihrer vielen selbst gestellten Aufgaben und Arbeiten angespannt war, lachte auf einmal fröhlich wie ein kleines Mädchen, dem man eine neue Puppe in den Arm gedrückt hatte. Sie klatschte in die Hände, umarmte Caroline und ließ, obwohl es schneite und sehr kalt war, die Fenster weit öffnen. Dann scheuchte sie Zofe und Caroline hinaus, weil sie sofort und haarklein die Beobachtungen ihres Selbstversuches aufschreiben wollte.

Anfang April 1745, als das Eis nach einem harten Winter endlich wich und die Wege wieder begehbar wurden, tuschelte man im Ansbacher Schloss über die nächste Schreckensnachricht aus Schwaningen. Die Markgräfin, so schrieb ihr Hofmeister pflichtschuldig in dürren, gequälten Worten an Premierminister Seckendorff, hätte am gestrigen Mittwoch zu Fuß den Park verlassen und sei weit über Wiesen und Felder gewandert.

Friederikes eigene Untertanen, die Dorfbewohner, bekamen Angst um sie. Scheu und vorsichtig, dass sie sie nicht bemerkte, aber fest entschlossen, sie auf keinen Fall aus den Augen zu verlieren, versteckten sich bald ausgesuchte Wachen hinter Schuppen, Bäumen und Holzstößen und beobachteten ihre Exkursionen. Sie sahen, dass die Markgräfin schnell und kräftig wie eine Stallmagd durch die Gegend stapfte. Dabei trug sie schwere Stiefel wie ein Mann. Einmal war sie sogar bei Regen unterwegs, und als sie zurückkam, leuchtete ihr Gesicht rot wie das eines gemeinen Dienstboten. Ihre Bauern wussten nicht, warum und wieso eine Fürstin so etwas tat, sehr wohl aber, dass es gefährlich war und dass man sie auf keinen Fall ohne Schutz lassen konnte. Vom Hof, von den Preußen oder den Juden drohte schließlich immer Unheil. Oder von den Katholischen. Sie nahm ja auch nur einen verspielten semmelfarbenen Spaniel auf ihre Exkursionen mit. Ihre Hofdamen und auch Caroline hatten viel zu viel Angst vor dem Schmutz.

Von einer solchen Wanderung zurück, zwickte sich Friederike, als sie durch den Torbogen mit den zwei Engeln auf dem Wappen ging, in eine ihrer Waden. Das tat sie jetzt regelmäßig, und jedes Mal spürte sie, dass ihre Muskeln fester geworden waren. Nicht nur der kranke Körper, auch der gesunde profitierte von den kalten Bädern und straffte seine Fasern. Ihre Stimmung zerbrach wie eine hübsche Kaffeetasse, die auf die Steinfliesen fällt, als sie die Kutsche mit dem markgräflichen Wappen erblickte. Sehr langsam und sehr ernst stieg der Freiherr von Seckendorff aus. Sie ahnte, warum. Schließlich war der Premierminister der Verbindungsmann zwischen ihr und dem königlichen Bruder.

»Die Bayern haben gestern in Füssen mit den Habsburgern einen Frieden geschlossen«, berichtete Seckendorff ohne große Umschweife, als sie sich im Audienzzimmer niederließen. Er sprach mit ihr direkt wie zu einem Mann. Erstens hatte er nie daran gezweifelt, dass Friederike völlig klar im Kopf war, zweitens brauchte er sie. Der Markgraf selbst wurde immer labiler und unberechenbarer. Entweder versteckte er sich vor den Staatsgeschäften und den Schulden bei seiner Mätresse, oder er jagte mit seinen Falken, wie andere Opium rauchten. Es sah auch nicht danach aus, als ob der Erbprinz noch einen Bruder bekäme, und neunjährige Kinder starben noch leicht. Außerdem spürte Seckendorff, wie er langsam den Einfluss auf den Markgrafen, dessen Vater und Mutter er schon gedient hatte, verlor. Den auf die mögliche Regentin musste er also pflegen.

Friederike hörte aufmerksam zu, als der Geheime Ratspräsident und Premierminister fortfuhr: »Bayern hat dabei zugesichert, den Großherzog Franz Stephan, den Gemahl Maria Theresias, bei der bevorstehenden Kaiserwahl zu unterstützen.«

Friederike zog sofort den richtigen Schluss: »Friedrich ist also isoliert.«

»Königliche Hoheit, Sie sagen es. Hinzu kommt, dass er auf seine einzig noch verbliebenen Verbündeten, die Franzosen, weiß Gott nicht bauen kann.«

»Stimmt es, dass die Hälfte der preußischen Soldaten an Ruhr und Typhus gestorben oder übergelaufen ist?«

Der alte Freiherr nickte noch ernster, noch trauriger.

»Dazu kommen Geldprobleme. Das Erbe Ihres Vaters ist aufgebraucht, die Kriegskasse leer. Der preußische Gesandte hat mir erst heute Morgen gesagt, dass der König jetzt ein hohes Spiel spielen muss. Es geht längst nicht mehr darum, Schlesien zu halten, sondern Preußen und die Dynastie nicht wieder in den zweiten Rang abrutschen zu lassen.«

Friederike erschrak und sah, dass in den Augen des Freiherrn viele Äderchen geplatzt waren, so dass man nicht genau sagen konnte, ob er müde war oder geweint hatte.

»Was kann ich tun?«

»Der König braucht frische Soldaten.«

Friederike lachte trocken auf.

»Also diese unbequeme Fahrt haben Sie umsonst gemacht. Der Markgraf sitzt in Ansbach.«

»Der Markgraf will sich nicht mit den Österreichern verfeinden, und wenn doch, verlangt er vom König Unsummen für die Soldaten, die der aber nicht zahlen kann.«

»Also braucht er mein Geld.«

Seckendorff nickte.

Friederike entließ den Ersten Minister und dachte für den Rest des Nachmittags nach. Sie erinnerte sich an den Wechsel, den der Bruder ihr bei seinem Besuch vor eineinhalb Jahren ausgestellt hatte. Außerdem ließ er ihr pünktlich die Zinsen für die dreißigtausend Taler zukommen, die ihr der Vater hinterlassen hatte. Sie hatte jedes Mal ganz genau nachgerechnet. Und noch nie hatte auch nur ein Kreuzer gefehlt.

Sie hatte durchaus Geld. Nicht nur, dass durch ihre Neuerungen Schwaningen insgesamt profitabel wirtschaftete, gerade jetzt ließ sie noch für den Kreuthof ein neues, anständiges Bauernhaus bauen. Als Verwalter dafür hatte sie den dritten Sohn des Schwaninger Müllers im Auge. Jonathan war ein wortkarger, doch kluger Bursche.

Das eigentliche Geld aber brachten die Schweine. Da hatte sie den richtigen Riecher gehabt. Sie hielt sie in großem Stil, Säue mit ihren Ferkeln, getrennt von den männlichen Tieren. Sie wurden mit gekochten Kartoffeln gemästet und nicht mehr auf die Weiden oder in den Wald getrieben. Das war übersichtlicher. Außerdem setzten die Tiere so rascher Fett an. Seit sie mit der Zucht begonnen hatte, hatte Friederike schon drei neue Ställe bauen lassen müssen. Sie vermehrten sich rasant, und in einem Wurf quiekten selten weniger als vierzehn Junge. Das Fleisch und der Speck waren vorzüglich. Sie verkaufte die Tiere mittlerweile bis in die freie Reichsstadt Nürnberg, deren Bürger das Fleisch von Schweinen sogar lieber mochten als das von Rindern und Wild. Auch die Ansbacher Hofküche gehörte zu ihrer Kundschaft und vernachlässigte die eigenen Bauern, aber diese Schlampwirtschaft war nicht mehr ihr Problem.

Friederike kicherte.

Hinzu kam, dass die Wünschin ihr seit vergangenem Sommer Ratschläge in Geldangelegenheiten gab. Die Markgräfin hatte sie darum gebeten. Darauf war die Mätresse des Markgrafen sehr stolz. Welchem Juden konnte man trauen und welchem nicht? Welche Anleihen hatten eine Zukunft, an welchen konnte man sich die Finger verbrennen? Wann musste man abstoßen und wann noch warten? In ihrer Georgenthaler Abgeschiedenheit wusste die Wünschin erstaunlich gut Bescheid, kannte genau den Zins, der derzeit bei den Erlanger Mendelsons im Vergleich zu dem bei den Rothschilds in Frankfurt gezahlt wurde, und spielte die beiden Geldhäuser gegeneinander aus. Friederike bewunderte sie deswegen. Sie liebte auch die geheimen Billets aus Georgenthal, auf denen Elisabeth mit kindlich großen, sorgsam gerundeten Buchstaben ihre Empfehlungen schrieb. Die Markgräfin befolgte sie meistens. Deshalb war sie jetzt durchaus in der Lage, dem Bruder zu helfen. Aber Friederike zauderte. Warum junge Burschen, die sie vielleicht einmal gesehen hatte, als sie gerade Heu machten oder Rüben stachen, in den Tod schicken? Was ging Ansbach dieser Krieg an? Was ging sie dieser Krieg an?

Kalte Bäder halfen ihr ausnahmsweise nicht weiter. Die Entscheidung war schwer, aber sie musste schnell getroffen werden. Prinz Karl von Lothringen, Maria Theresias Schwager, zog bereits gegen Friedrich.

Ich bin eine Preußin, sagte sie sich schließlich. Irgendeinen Sinn mussten der Geiz des Vaters, ihre Verheiratung nach Ansbach und der Ehrgeiz des Bruders doch haben. Zumindest hoffte sie es.

Eine Woche später setzten sich dreitausend junge Männer aus dem Markgrafentum Brandenburg-Ansbach in Richtung Südosten in Marsch. Die Markgräfin zahlte dem Markgrafen die Subsidien und kam auch für Uniformen und Verpflegung auf. In den ersten Junitagen stießen die Bauernburschen zur Armee des preußischen Königs. Gerade noch rechtzeitig, um etwas gedrillt zu werden und dann bei der Schlacht von Hohenfriedberg dabei zu sein, wo Friedrich mit einem beispiellosen Reiterangriff die österreichischen Linien auseinandersprengte. Selbst der Pfarrer und der Bürgermeister von Schwaningen benutzten daraufhin für ihn das neumodische Wort »Genie«.

Mit derselben Post, mit der der König ihr durch einen Sekretär seinen Triumph melden ließ, traf auch ein belangloser Brief ihres Bruders Heinrich ein. Am Schluss schon, ganz verschämt an den Rand gekritzelt, schrieb er:

Über Freunde in Paris, die ich Ihnen aber verheimlichen muss, habe ich erfahren, dass ein gewisser Schweizer Professor Albrecht von Haller, der in Göttingen Anatomie, Chirurgie und Botanik lehrt, an der wissenschaftlichen Schrift *Primae lineae physiologiae* arbeitet. Die gelehrte Welt, so teilte man mir mit, spricht von einer Sensation. Würde Sie das interessieren?

Und ob sie das interessierte, aber für eine solche Anschaffung würde Friederike jetzt kein Geld mehr haben.

Noch am Nachmittag ereignete sich die nächste Ungeheuerlichkeit in diesem Jahr. Aufgewühlt, wie sie durch Heinrichs Nachricht war, streifte sie querfeldein. Weniger als sonst achtete sie auf die Zeit. Irgendwann begann der Spaniel zu hecheln. Zuerst setzte sie sich nur hin. Mit einem Mal lag sie. Sie hätte hinterher schwören können, dass sie es nicht willentlich getan hatte. Durch ihren Schnürleib und das Gestänge ihres Reifrocks hindurch spürte sie im Rücken Steine und Wurzelstöcke. Ein leuchtend grüner Käfer verirrte sich auf ihrem Bauch. Zunächst hielt sie ihren Sonnenschirm noch steil über sich, bald aber tat ihr der Arm weh und knickte ein. Der Schirm landete, aufgespannt wie er war, bei ihren Füßen; der Spaniel rollte sich an ihrer Hüfte zusammen. Unter ihren Handflächen kitzelte Gras, und ihre Fingerkuppen bohrten sich neugierig bis zu den Erdkrumen durch. Die Junisonne leckte ihr so ungestüm über das Gesicht wie sonst nur ihr Lieblingshund. Sie hielt für ein paar Herzschläge die Luft an. Dann ließ sie es zu. Hatte sie in diesem Jahr nicht schon anderes riskiert? Wenn sie die kalten Bäder überstanden hatte, die ihr im Gegenteil so gut bekamen, dann konnte sie vielleicht auch ein paar Minuten Sonne ausprobieren.

Einen ganzen Nachmittag lag Friederike Louise, Markgräfin von Ansbach, lang ausgestreckt mit geschlossenen Augen auf einer kleinen Waldwiese. Lila Akeleien verfingen sich in ihrer Perücke, Sonnenkringel und Wolkenschatten wanderten über ihr Gesicht, das Zirpen der Grillen mischte sich in ihre Gedanken. Die Burschen aus dem Dorf, die ihr wie immer heimlich gefolgt waren, schissen sich vor Sorge fast in die Hosen. Noch nie hatten sie eine Person von Stand, noch dazu eine Königliche Hoheit erlebt, die sich der Sonne aussetzte. Dazu war sie ja auch noch eine Frau. Das war in höchstem Maß sonderbar. Martin Schuhbauer murmelte, man müsse jetzt dringend den Pfarrer holen. Sein Vetter Simon Altmann aber zischte zurück: »Willst du, dass man sie abholt und wegen Irrsinn wegsperrt?«

Sie ließen sie also liegen.

Friederike schlief, obwohl sie müde war, nicht ein. Sie hatte nur das Gefühl, sich aufzulösen. Sie spürte den Rand und die Hüllen ihres Körpers nicht mehr. Sie wurde flüssig. Eine flüssige Prinzessin von Preußen, gab es so etwas? Nein, die Frage lautete anders, korrigierte sie sich: Durfte es so etwas geben? Gab es ein Recht auf ein Ich? Denn wenn es das gab, dann konnte sich dieses Ich auch vernebeln, verflüssigen und je nach Bedarf der Sonne aussetzen. Auch wenn das vielleicht gefährlich, schädlich oder gar unvernünftig war. Wer war der Herr der Ichs? Gott, Preußen, Ansbach? Oder nur das Ich selbst? War Robinson Crusoe auch flüssig geworden? Was aber, wenn jeder Untertan, jeder Bauer, jeder Jude, jeder Krämer das Recht auf ein Ich haben wollte?

Erst eine Hummel, die dunkel brummte und mit ihrem Pelz Friederikes Wange streichelte, holte sie in die Wirklichkeit zurück. Sie gab dem Spaniel einen Klaps, und sie brachen auf. Martin Schuhbauer und Simon Altmann dankten Gott.

Caroline allerdings war bei Friederikes Rückkehr außer sich.

»Haben Sie denn überhaupt nicht an Ihre Schönheit,

Ihren Teint gedacht? Ruiniert bis auf Wochen hinaus ist der jetzt, und Sie sind rot und braun wie eine Bäuerin«, schimpfte sie.

Bei einem ihrer nächsten Bäder fiel Friederike eine Anzahl von Flöhen auf, die an der Wasseroberfläche trieb. Sie waren tot. Jedenfalls krabbelten sie nicht mehr, wenn man sie auf den Finger nahm.

»Haben Sie diesen Sommer auch weniger?«, fragte sie Caroline.

»Nein, warum?«, antwortete ihre Freundin und kratzte sich gleich kräftig unter der rechten Achsel.

»Weil ich das Gefühl habe, dass sie mich kaum noch plagen. Ich sehe auch keine Bisse oder Stiche mehr. Als könnten sie das Wasser nicht vertragen.«

Nachdenklich fischte Friederike mit der hohlen Hand im Wasser herum.

»Vielleicht kräftigt das kalte Wasser nicht nur unsere Fasern und strafft die Eingeweide, sondern reinigt uns auch. Wenn man an die Millionen von unsichtbaren Geschöpfen unter dem Mikroskop von Herrn Leeuwenhoek denkt, ich meine, könnte es nicht sein, dass man sie mit Wasser nicht nur in unseren Körper hineinbringen, sondern sie auch davon fernhalten kann?«

Caroline mochte diese bohrenden Blicke überhaupt nicht. Mit welchem Schmarren sich die Markgräfin auch das Leben schwer machte! Diese Einsamkeit in Schwaningen tat niemandem gut. Sie selbst sehnte sich dringend nach einem Ball, einem Blindekuh- oder Pfänderspiel, einem Festessen, bei dem man flirten konnte. Doch vor allem sehnte sie sich nach einem galanten Mann, selbst wenn sie für ihr Techtelmechtel mit Villepin hatte büßen müssen. Aber es war schließlich das erste Mal gewesen, dass etwas schiefgegangen war. Also antwortete sie der Markgräfin nur mit einem unwirschen »Hm«.

»Ich überlege, ob man die Kinder im Dorf mit ihren verlausten Köpfen zwingen sollte zu baden.«

»Nicht einmal am Hof des Königs von Sachsen badet man.«

»Deshalb wird mein Bruder die Sachsen auch besiegen.«

Friederike streckte Caroline die Zunge heraus.

Während der König von Preußen mit seiner Armee nach Böhmen vorrückte, um sie aus den Ressourcen seiner Feinde zu ernähren, und an der oberen Elbe bei Königgrätz wieder auf die Truppen des Prinzen Karl stieß, erreichte Friederike ein Hilferuf aus Georgenthal. Im ersten Teil ihres Briefes empfahl ihr die Wünschin, mit etwas Geld an der Londoner Börse zu spekulieren. Mit tausend Gulden vielleicht, aber nicht mit mehr. Sie hätte einen sicheren Gewährsmann dort, der auf ihre Anweisungen handle.

Auf einem zweiten Blatt folgte die Unglücksbotschaft. Der Markgraf habe sich, so hätten ihre Spitzel im Schloss gemeldet, Delphine Vidal, die Tochter eines hugenottischen Strumpfwirkers aus Schwabach, ins Bett geholt. Nachdem er sich schon damals bei der Zierl angesteckt habe, fürchte sie jetzt das Schlimmste. Die Franzosenhure würde ihn sicher verhexen, sich breitmachen und sie und die Kinder ins Armenhaus bringen. Und das jetzt, wo Eleonore gerade so schön sprechen könne. Ihre Königliche Hoheit hätte Ihre Freude an dem kleinen Mädchen, das doch am selben Tag wie Ihre Königliche Hoheit auf die Welt gekommen war. Was solle sie tun? Welchen Rat könne ihr die Markgräfin geben?

Viele der Buchstaben waren reichlich krumm ausgefallen. Schon daran erkannte Friederike, dass es wirklich schlecht um Elisabeth stand.

Sie selbst hatte nichts von einer Strumpfwirkerstochter gehört. Trotzdem schickte sie Caroline unter einem Vorwand in die Residenz. Drei Tage später kam das Freifräulein mit gemischten Gefühlen zurück. Sie selbst, jawohl, das müsse sie zugeben, habe in Ansbach eine schöne Zeit verbracht. Es habe wieder einmal Spaß gemacht, Reitzenstein so richtig scharfzumachen und dann mit dem jungen Bartenberg, der für seine siebzehn übrigens gut küsse, in eine Kammer zu verschwinden.

»Und?«

Im Moment gingen der Markgräfin Carolines amouröse Schilderungen auf die Nerven.

»Also, es gibt sie.«

»Delphine Vidal?«

»Ja, so heißt sie.«

»Und weiter?«

»Er schläft seit sechs Wochen mit ihr und hat ihr einen Rubinring geschenkt. Sie prahlt beim Gesinde mit ihrer Eroberung, doch noch muss sie Silber putzen. Jedem erzählt sie, wie und was der Markgraf gern hat, und führt sich auf wie eine richtige Mätresse. Sie ist bei weitem keine Schönheit wie die Wünschin, auch nicht so gescheit und schon gar nicht so anständig. Aber«, Caroline pfiff anerkennend durch die Zähne, »dieses Mädchen hat etwas, das die Männer verrückt macht. Sie hat Augen, unverschämt und hervorstehend wie ein Mops, und ist sonst drall und weich wie eine Pflaume, in die sie sofort hineinbeißen möchten, weil der Saft so schön spritzt. Kurz gesagt: Sie ist ein freches kleines Luder, das gefährlich werden kann.«

Caroline, daran zweifelte Friederike keinen Moment, hatte die Lage erfasst. Sie musste also handeln. Mein Gott, wie lange hatte sie mit Charles kein privates Wort mehr gesprochen, aber auch kein böses. Er ließ sie in Ruhe, behandelte sie mit größter Höflichkeit und Ehrerbietung, wenn sie sich bei offiziellen Anlässen trafen. Auf keinen Fall durfte er erfahren, dass sie Elisabeth kannte. Was wusste sie über diesen Mann, der ihr immerhin zwei Kinder gemacht hatte? Sie überlegte hin und her, selbst dann noch, als sie abends zusammen mit Caroline, dem Oberhofmeister, den beiden Hofdamen und den Kammerherren gebratene Wachteln in Orangensauce, gesalzenen Schinken mit Radieschen, Apfelmus, Wildpastete mit Honig, Forelle in Essigsud, Selleriesalat, Zanderauflauf, frisches Rindermark und wie immer überbackene Kartoffeln aß.

Am nächsten Morgen, kurz bevor ihr die Kammerzofe die übliche Schicht Bleiweiß und Rouge ins Gesicht schmieren wollte, kam ihr die Idee. Wenn sie der Wünschin und deren Kindern helfen wollte, dann musste sie Charles bei seinem Stolz und die kleine Schlampe bei ihrem Ehrgeiz packen. Sie ließ sich sofort ihr Schreibzeug bringen. Nach den üblichen Höflichkeiten und Überlegungen zur Gesundheit und Ausbildung ihres gemeinsamen Sohnes kam sie schnell zur Sache.

»Ihr Ansehen und Ihre Stellung als reichsunmittelbarer Fürst verlangt es geradezu, für Ihre illegitimen Kinder einen Adelsbrief zu verlangen, damit die Ehre und das Glück ihrer hohen Abstammung auch vor aller

Welt dokumentiert werden. Ich empfehle Ihnen, liebster Charles, nein mehr, ich lege es Ihnen ans Herz, bei der bevorstehenden Kaiserwahl Mitte des kommenden Monats, zu der Sie, wie ich weiß, reisen werden, die Gunst der Stunde zu nutzen und dem jungen Kaiser dieses Anliegen zu unterbreiten. Franz Stephan und Maria Theresia werden es einem der vornehmsten Fürsten des deutschen Reiches sicher ohne Zögern gewähren.«

Die Antwort kam mit einer Eilstafette. Der Markgraf dankte ihr überschwänglich. Ihre Idee – er nannte sie »genial« – zeigte, dass sie die Glorie des Hauses Brandenburg-Ansbach zu würdigen und verstehen gelernt hätte. Ihre Vorschläge deckten sich mit seinen innigsten Herzenswünschen. Er schimpfte im Folgenden auf Heistermann und Seckendorff, die ihn nie so gut berieten, und fragte dann noch, ob ihr der Name Falkenhausen für seine Bastarde gefalle. Alexander gehe es im Übrigen prächtig, nur schwärme er etwas zu sehr vom Onkel, dem preußischen König. Das gefalle ihm nicht. Man müsse schließlich auf die Neutralität Ansbachs achten. Er umarme sie zärtlich.

Friederike nickte zufrieden und legte das Schreiben in ihre Schatulle. Als Mutter des Freiherrn von Falkenhausen würde Elisabeth viel mehr sein als nur eine Frau Wünschin, nämlich unantastbar, und keine Angst um ihre Zukunft haben müssen. Fritz wäre ein gemachter Mann mit einer Karriere vor Augen. Die kleine Eleonore würde standesgemäß heiraten und bei Hofe verkehren können.

Viel schwieriger war die Sache mit der Tochter des Strumpfwirkers. Der neue Kaiser würde nicht prompt reagieren, es konnte noch eine Weile mit dem Adelsbrief dauern. In der Zwischenzeit konnte das Mädchen seinen Einfluss ausweiten. Sie musste, so sagte sich Friederike, kaltgestellt werden, bevor der Markgraf sich zu sehr an sie gewöhnte oder ihr ein Kind machte.

Ob Jonathan, der Sohn des Müllers, gleich verstand, was die Markgräfin von ihm wollte, gab er nicht zu erkennen. Ruhig und freundlich stand er vor ihr, in einem reinlichen Hemd, den Blick auf seine Schuhe gerichtet.

»Wohnrecht auf dem Kreuthof kostenlos, solange er seine Arbeit gut macht. Zu dem jährlichen Lohn eine Beteiligung an der Ernte. Zweihundert Gulden bei der Hochzeit, meine Patenschaft beim ersten Kind und dazu noch mal hundert Gulden. Jetzt schau er mich doch mal an, Jonathan, ich will ihm bestimmt nichts Böses. Hübsch ist sie außerdem.«

Sie sah seinen Adamsapfel hüpfen und fürchtete, er würde gleich zu weinen anfangen. Endlich hob er den Kopf. Nicht nur, dass seine Haare semmelfarben waren, auch seine Augen, so fand Friederike, glichen ihrem Spaniel. Er sagte immer noch nichts. Aber er nickte bedächtig. Er war einverstanden. Noch am Nachmittag ließ sie ihn mit einem Begleitschreiben an den Ansbacher Oberhofmeister und einem Vertrag für seine zukünftige Stellung als Verwalter des Kreuthofes nach Ansbach kutschieren. Vier Wochen hörte sie nichts von ihm. Dann kam ein Bote mit der dringenden Bitte, Jonathan doch irgendein Schmuckstück, nichts von Wert, aber groß und glitzernd, zu schicken. Friederike entschied sich für eine Brosche in Form eines Schwans, die mit Halbedelsteinen und Bernstein besetzt war. Ihre Schwester Wilhelmine hatte sie ihr bei einem Besuch in Bayreuth mit einem hinterfotzigen Lächeln geschenkt.

Dann trafen nur noch schlechte Nachrichten ein. Der junge Prinz Albrecht von Braunschweig-Bevern, der Schwager ihrer Schwester Lottine, war in der Schlacht bei Soor gegen das vereinte Heer der Österreicher und Sachsen gefallen. Friedrich hatte, so hörte sie, toll und überheblich, wie er war, die Gefahr provoziert. Dann lagen auf einmal über Nacht achtzig Schweine mit grünblasigem Schaum vor dem Maul auf dem Stallboden. Niemand wusste, was ihnen fehlte. Innerhalb von zwei Tagen waren sie alle verreckt. Man wagte nicht, ihr Fleisch zu essen, und verbrannte sie.

Im Oktober zogen verheerende Stürme vorüber, und es schüttete oft tagelang. Von ihren geliebten Lindenalleen brachen oberarmdicke Äste ab. Man hatte große Mühe, die Rüben aus der matschigen, schweren Erde zu ziehen. Friederike beobachtete oft von ihren Fenstern die durchnässten, gekrümmten Gestalten, die sich Wolltücher über Kopf und Gelenke gewickelt hatten und in der Dämmerung vom Feld nach Hause wankten, wobei sie kaum noch die Füße vom Boden heben konnten. Wenigstens brauchten diese Menschen nicht mehr wie noch vor wenigen Jahren zu hungern, sondern konnten sich nach der schweren Arbeit auf ein warmes Essen mit Kartoffeln in Sauermilch freuen.

Irgendwann holte sie sich auf einem ihrer Spaziergänge, vielleicht hatte sie auch zu lange neben ihrem Spaniel im feuchten Laub gesessen, einen Husten, und Caroline verbot ihr, bei dem Wetter hinauszugehen oder zu baden.

Sie ließ die gesunden Schweine isolieren und befahl, noch häufiger auszumisten. Als keine weiteren erkrankten, die Rüben gezogen und alle Kartoffeln vorschriftsmäßig eingelagert waren und zu ihrer Freude kurz hintereinander vierzehn Stierkälber auf die Welt kamen, begann sie sich zu langweilen. Ihr Husten aber blieb hartnäckig. Sie streifte nur durch das Schloss, mäkelte an den Hofdamen herum, spielte ein bisschen Tricktrack mit Caroline, fühlte sich aber so trübsinnig wie schon lange nicht mehr.

»Ist das Melancholie, Caroline?«

Caroline, die so eine Stimmung nicht kannte, schob sich ein Stück Orangenkuchen in den Mund, süß und ein bisschen klebrig wie der junge Bartenberg, der ihr, nachdem sie ihn entjungfert hatte, schwülstige Briefe schrieb und sie bat, mit ihm zu fliehen.

»Vielleicht könnten wir mal wieder ein Fest geben und Leute einladen?«

Friederike hatte für diesen Vorschlag nur einen langen Seufzer übrig. Caroline startete einen neuen Versuch:

»Oder wir siedeln für ein paar Wochen in die Residenz um? Der Karneval beginnt gerade.«

Friederike wusste, wie sehr sich Caroline wünschte, am Karneval teilzunehmen. Sie selbst hatte dazu keine Lust. Noch wettete Heistermann, so hatte sie gehört, große Summen darauf, dass die Hugenottin der offizielle Bettschatz des Markgrafen werden würde und man die Wünschin abschreiben könnte. Fast niemand wagte dagegenzusetzen.

Also verbrachten sie die Tage weiter in der Schwaninger Bibliothek. Die Hofdamen arbeiteten brav und ordentlich an ihren Filetstickereien. Caroline investierte ihre unverbrauchten Leidenschaften in einen der neuesten englischen Abenteuerromane und las unterhaltsamer vor denn je. Friederike zwang sich, dabei die Buchreihen abzugehen, immer hin und her, damit die Spannkraft ihrer Beine nicht nachließ. Gerade hörte sie Caroline sagen: »Der Kapitän der *Mary* wollte schon die Segel setzen lassen, als am Horizont die Schiffe der Piraten auftauchten«, als eine der Hofdamen vor Schreck leise aufschrie. Friederike blieb abrupt stehen. Ihr Blick fiel auf einen breiten Buchrücken. Sie bog ihren Hals nach links und entzifferte den in winzig kleinen Goldbuchstaben aufgedruckten Titel: *Künstliche Zerlegung menschlichen Leibes des hochgelehrten und weitberühmten Herrn Dr. Caspari Bartholini itzo durch Anordnung Sr. Simonis Paulli Med. Anat. Ac Botan. P.P. In der Königlichen Academie Kopenhagen allen Wundärzten zum Nutzen ins Deutsche übersetzt 1648.*

Sie erinnerte sich daran, dass sie das Werk vor vier, fünf Jahren bestellt, dann aber vergessen hatte, als der Hunger in Schwaningen wütete und Bücherlesen Zeitvergeudung war. Jetzt zog sie es heraus und lümmelte sich damit in einen Sessel. Vieles, das merkte sie sofort, war überholte Scharlatanerie aus dem vergangenen abergläubischen Jahrhundert. Dann aber kam Dr. Paulli auf einen gewissen Harvey zu sprechen und das, was er dessen »Spekulationen zum Blutkreislauf« nannte. Sie verstand nicht allzu viel, aber doch so viel, dass sich Paulli über etwas lustig machte, was ihr recht vernünftig und plausibel vorkam.

Sie betrachtete die Sammlung von achtundsiebzig anatomischen Kupfertafeln des Professors Cassario aus Padua, die Paulli ebenfalls mit deutschem Text versehen herausgebracht hatte. Sie waren hervorragend gut gestochen. Noch nie hatte sie die Maschinerie der menschlichen Organe und Knochen so detailliert gesehen. Sie bemerkte nicht, dass Caroline und die Hofdamen den Raum verließen und ihr eine Zofe warme Brühe brachte. Besonders fasziniert war sie von der Darstellung der Frucht im Mutterleib und der Gallenblase. Als sie bei den vier Tafeln mit den Blutgefäßen ankam, fiel ihr wieder der Name Harvey ein. Harvey und die Entdeckung des Blutkreislaufes. Was wusste sie mit ihren einunddreißig Jahren davon? Nichts. Das war, so befand sie, fast ebenso schlimm, wie nichts gegen den Hunger der Untertanen zu unternehmen. Stand Harvey in ihrer Bibliothek? Caroline wurde aus ihrem Bett geholt. Zusammen gingen sie in rasender Geschwindigkeit die Buchreihen durch. Vergeblich.

Es dauerte über eine Woche, bis eine Ausgabe aus Leipzig kam. Als man sie ihr brachte, saß sie gerade bei ihrer Morgentoilette. Ihre Zofe war schon dabei, eine frische Schminkmasse aus Blei, Zerussit, Wismutpulver und Bleiessig zusammenzurühren, was tatsächlich immer das schönste Weiß für das Gesicht ergab. Auch die Tiegel mit dem Wangenrot und der Pomade standen schon bereit. Nein, sie war einfach zu neugierig. Sie konnte nicht mehr warten. Sie wollte sofort das Buch in Empfang nehmen und die Seiten aufschneiden. Heute Morgen würde sie so bleiben, wie sie war! Wer sah sie auch schon, außer den Hühnern und den Hofdamen. Friederike zog den seidenen Umhang von den Schultern, schnappte sich das Buch und ließ die Zofe den Tränen nahe zurück.

Was ihr gleich gefiel, war, dass dieser Engländer unzählige Experimente an Tieren und Menschen durchgeführt hatte und diese genau beschrieb. Er hatte ihre Venen unterbunden und Blut von Menschen auf Tiere und umgekehrt transfusioniert. Oft war der Ausgang tödlich gewesen, das verschwieg er nicht. Auch diese Ehrlichkeit schätzte sie. Schließlich musste jede Annahme oder ihr Gegenteil empirisch belegt werden, immer und immer wieder. Dass es dabei zu Pannen kam, war klar. Schließlich imponierte ihr sein Mut, mit dem er seine Erkenntnis auf den Markt gebracht hatte. Wahrscheinlich hielten noch heute viele Menschen das, was er behauptete, für Blasphemie.

»Caroline, das musst du hören. Das ist radikal.«

In ihrer Erregung duzte sie die Freundin zum ersten Mal.

»Umschnüren wir einen Arm mit einer Bandage, so wird klar, dass es einen Übergang des Blutes von den Arterien in die Venen gibt. Hieraus können wir schließen, dass der Schlag des Herzens …«

Die Markgräfin verstummte für einen Moment verzückt und fuhr dann triumphierend fort:

»… eine fortgesetzte Kreisbewegung des Blutes bewirkt.«

Bis zum Abend hatte Friederike Harveys gesamtes Traktat gelesen, seine Argumente und Schlussfolgerungen verinnerlicht. Er hatte Blutmengen mathematisch berechnet und die Strömungsgeschwindigkeit des Blutes gemessen. Wenn derselbe Vorrat permanent zirkulierte, so konnten größere Mengen in kurzer Zeit nicht immer wieder nachproduziert werden, das leuchtete ihr ein.

»Wozu also Aderlass? Das ist dann doch Quacksalberei, reiner Unsinn.«

Caroline nickte.

Friederike war so erregt, dass sie aus dem Sessel hochschoss und rief: »Kein Wunder, dass immer wieder jemand daran stirbt. Das Blut reicht einfach nicht mehr zur Versorgung der Organe, wenn zu viel herausgelassen wird. Das muss man verbieten lassen, und zwar sofort!«

Es dauerte lange, bis sie sich wieder gefasst hatte.

Die zweite, für sie noch weiter reichende Erkenntnis kam langsamer und erst am Nachmittag. So wie ein beiläufiger Besuch, ganz ohne Zeremoniell.

»Caroline, warum glauben Sie, dass ich Harvey, obwohl er ziemlich kompliziert schreibt, gleich verstanden habe?« Friederikes Frage hatte einen listigen Unterton.

Caroline ging darauf ein.

»Weil Ihre Königliche Hoheit Ihren Hofdamen den Spaß verderben will, denn die lassen sich ja, wie wir alle wissen, so gern zur Ader, damit sie mal wieder von einem Mannsbild berührt werden, auch wenn es nur ein Arzt ist.«

Friederike begann zu kichern, überschwänglich, hemmungslos, bis sie schließlich vom Sessel kugelte und japsend am Boden saß. Caroline war es, die sich als Erste wieder fing:

»Also, was hat Ihnen zu den Geistesblitzen verholfen?

»Dass ich heute keinen Kleister im Gesicht habe.«

Caroline schaute so verdutzt, dass Friederike gleich wieder kichern musste.

»Das, was in meinem Körper seit Anfang des Jahres

solche Wunder bewirkt hat, konnte sich bislang nicht auf mein Gehirn auswirken. Erstens, weil ich mein Gesicht bislang nicht mit kaltem Wasser gewaschen habe, zweitens, weil meine Poren auf der Stirn ständig verstopft waren und meine Schädeldecke von der Perücke verschlossen ist. Kein Wunder, dass ich auch immer wieder solche Blähungen im Kopf hatte, die mich melancholisch und früher in Ansbach so missmutig und träge gemacht haben.«

Alles war auf einmal sonnenklar. Friederike streckte ihren Zeigefinger nach Caroline aus und kratzte ihr einen Streifen Bleiweiß mit Puderüberzug aus dem Gesicht. Mit gerunzelter Stirn betrachtete sie die fette Schmiere unter ihrem Nagel.

»Ich nehme an«, fuhr sie nachdenklich fort, »dass es durch diese Barriere vor den Körperöffnungen zu einem Stau der Flüssigkeiten kommt. Die inneren Funktionsabläufe geraten aus dem Gleichgewicht. Die Flüssigkeiten und Säfte gelangen unkontrolliert an alle möglichen Stellen im Körper, verderben das Blut, irritieren die Organe und«, flüsterte sie, »verursachen Migräne, Eiterbeulen, Geschwülste und Schwellungen.«

»Vielleicht auch Gallensteine?«

»Vielleicht auch Gallensteine.«

Vom nächsten Morgen an, es war der 12. Dezember 1745 – sie markierte das Datum in ihrem Kalender –, verkündete sie ihren Damen und Zofen offiziell, dass sie sich nicht mehr schminken lassen wolle. Allenfalls eine kecke *mouche* auf die Wange oder das Kinn würde sie akzeptieren.

Drei Tage später besiegte ihr Bruder die Sachsen und Österreicher bei Kesselsdorf und besetzte bald darauf Dresden.

Wieder einen Tag später stellte ihr Jonathan die Tochter des hugenottischen Strumpfwirkers als seine Ehefrau vor, mit der er sich jetzt auf dem Kreuthof niederlassen wollte.

Sobald die beiden die Tür hinter sich geschlossen hatten, schrieb sie diese glückliche Wendung des Schicksals nach Georgenthal.

Friederike fühlte sich so froh und frei wie schon lange nicht mehr. Aber nicht nur, weil die Gefahr, fallen gelassen zu werden, von der Frau Wünschin abgewandt war. Friederike selbst war dabei, sich neu aufzurichten und Ballast abzuwerfen. Die junge, unzufriedene Markgräfin im Ansbacher Schloss war ihr schon lange wie eine Fremde vorgekommen, die immer mehr verblasste. In den vergangenen Jahren hatte sie ihre Insel gut bestellt, Geld verdient, ihren Untertanen zu einem menschenwürdigen Leben verholfen und sich selbst bewiesen, dass man mit vernünftiger Tätigkeit den eigenen Kummer überwinden konnte. Friederike blickte zufrieden zurück. Jetzt aber hatte sie das Gefühl, dass sie endlich stark genug war, um zu einer glitzernden, unbekannten Bucht oder vielleicht sogar neuen Insel aufbrechen zu können.

»Die Reise geht weiter«, flüsterte sie sich selbst zu. Vielleicht hilft mir Herr Crusoe sogar bei der Verwirklichung meiner geheimsten Träume, überlegte sie, während sie zuschaute, wie die Schneeflocken unablässig in den Kanal fielen und glitzernd auf kleinen Eisschollen weit in die Ferne des Schwaninger Schlossparks hinausgetrieben wurden.

10

Kersmackers bemühte sich, die mit weichem Neuschnee bedeckte Böschung so gemächlich hochzugehen, dass der Markgraf mit ihm Schritt halten konnte. Trotzdem vernahm er schon bald das schwere Schnaufen seines Landesherrn im Nacken. Es war ein herrlicher Februartag im Jahre 1748, klar und von prickelnder Frische. Die Sonne stand schon so, dass man den Frühling ahnen und sich an ihr wärmen konnte. Beide hatten sie hübsche, flink schauende Falkenweibchen auf der Faust stehen. Natürlich kein Ersatz für Louise und Calisto, die an Altersschwäche gestorben waren, das sagten sie sich oft. Aber auch diese neuen Vögel waren gut abgerichtet. Kaum ein Lüftchen regte sich, und man konnte weit über die Windungen der Altmühl schauen. Ein idealer Tag zum Beizen. Trotzdem schien ihm der Markgraf nicht so recht bei der Sache zu sein.

Überhaupt war Kersmackers gleich aufgefallen, dass Ihre Hochfürstliche Durchlaucht sich seit ihrer letzten gemeinsamen Jagd verändert hatte. Sein Bauch unter dem Falknerrock wölbte sich noch breiter und massiger. Kurzatmig, oft sogar keuchend, schleppte er sich vorwärts, während er früher energisch und weit ausholend marschiert war. Und täuschte er sich, oder hing ihm das rechte Augenlid etwas schief nach unten?

»Kersmackers, warte, ich muss ihn was fragen.«

Der Flame, der fast so alt war wie der Markgraf, drehte sich um und wunderte sich über den ungewohnt rauen Ton seines Herrn.

»Hochfürstliche Durchlaucht?«

»Würde er auch dem Kaiser in Wien als Falkenmeister dienen wollen?«

Der Markgraf sah Kersmackers aus solch traurigen Augen an, wie sie nur Hunde haben, wenn man ihnen den Stock nicht mehr wirft.

Kersmackers schluckte und presste dann hervor: »Sind Hochfürstliche Durchlaucht nicht mehr mit mir zufrieden?«

»Ach, Kersmackers«, seufzte Charles und legte seinen Arm um die Schulter des Falkenmeisters, »er ist doch mein Bester. Keiner kennt die Seele der Falkenweibchen so wie er. Keinem würden sie am Wiener Hof so viel bezahlen wie ihm. Er hat einen Ruf dort. Wir hier aber …«

Kersmackers sah, wie dem Markgrafen die Tränen in die Augen schossen. Erschrocken zog er sein Schnupftuch heraus und reichte es dem Markgrafen.

»Sie haben mich alle ausgesaugt. Ischerlein ist abgehauen. Auf und davon nach Leipzig, bevor ich ihn in auf die Wülzburg sperren konnte. Nachdem er mich so hintergangen hatte, an der Franzosenkrankheit wäre ich beinahe gestorben. All meine Schuldscheine hat er an andere Juden weiterverkauft. Ich stecke so tief in der Kreide, dass diese Kanaillen von Ministern von mir verlangen zu sparen. Vor allem an der Falknerei, sagen sie. Wahrscheinlich, weil sie mit den Preußen unter einer Decke stecken und wissen, dass das mein sicherer Tod ist. Ich will aber nur diejenigen entlassen, von denen ich weiß, dass sie woanders gut unterkommen.«

Für ein paar Augenblicke lehnte Charles seinen von der Anstrengung des Ansteigens und Redens nass geschwitzten Kopf an die Schulter seines Falkners. Dann riss er sich wieder zusammen, rotzte ein paar Mal kräftig in den Schnee und stemmte sich die letzten paar Meter den Hügel hoch. Kersmackers ging bedrückt schweigend neben ihm her.

Der Markgraf und sein Meisterfalkner beizten an diesem Tag zwei Milane, drei Kaninchen und ein Eichhörnchen. Alles in allem keine schlechte Strecke. Sie sahen zu, wie die Falkenweibchen im milchhellen Himmel ihr Bestes gaben und anmutige schnelle Schleifen flogen. Der Markgraf jubelte sogar einmal laut und voller Freude auf, und Kersmackers hoffte schon, dass er wieder der Alte wäre. Aber bald sah er ihn erneut mit hängenden Schultern und traurigen Augen dastehen und auch, wie er aus einer silbernen Flasche Schnaps trank.

Es wurde dunkel und schon sehr kalt, als sie mit den Hunden und Knechten wieder im Triesdorfer Falkenschloss eintrafen. Kersmackers wusste zuerst nicht so recht, wie er es sagen sollte. Er trat von einem Bein auf das andere, so dass Charles ihm schon das Wegtreten zum Pinkeln gewährte.

»Nein, nein«, stammelte Kersmackers und rieb seine rechte Hand nervös am Revers seines lichtblauen Rocks, »ich meine nur, wenn ich weiter freie Kost und Unterkunft bekomme, dann ...«

In der Dunkelheit konnte Kersmackers seinen Herrn

schon nicht mehr erkennen, sondern nur noch den Glanz in den Augen des Falken auf seiner linken Faust.

»... dann«, fuhr er stockend fort, »bleibe ich auch ohne Lohn hier.«

Im nächsten Moment spürte er die nassen, unrasierten Wangen des Markgrafen und dessen stinkende Perücke an seinem Gesicht. Er wurde gedrückt und umarmt wie seit seiner Kindheit nicht mehr.

»Mein Gott, er ist so ein guter, feiner Kerl. Wenn es mehr solch treue Menschen gäbe, wäre mein Leben schöner. Aber in dieser neuen Zeit, wo nur das Geld und die Kriege ...«

Wieder musste der Markgraf weinen. Er ließ sich auf ein rissiges Holzbrett an der Wand der Falkengehege fallen, legte seinen Kopf in beide Hände und dachte an den missmutigen und freudlosen Schwager in Potsdam und die düsteren Minister in seinem eigenen Schloss, die ihn ständig maßregelten. Mein Gott, wie war es doch früher lustig und heiter in Ansbach zugegangen. Charles sah die Bilder von dampfenden Festgelagen vor sich. Reizende, schäkernde Damen, die ihm zuzwinkerten. Farbenprächtige Jagden mit dem Herzog von Württemberg und dem Landgrafen von Hessen, zu denen er seine Falkner allesamt hatte neu einkleiden und eigens geprägte Falkendukaten als Erinnerung verteilen lassen. Sollte das jetzt alles vorbei sein?

Er schnäuzte kräftig in Kersmackers Taschentuch. Diese ganzen messerscharfen politischen Händel, die der neue Geheime Ratspräsident zurechtfeilte, die Seilschaften und Fallen, die er unablässig knüpfte – auch das war ihm aus tiefster Seele zuwider. Aber was hätte er machen sollen? Der junge Christoph Ludwig von Seckendorff-Aberdar hatte, ohne dass er, der Markgraf, recht mitbekam wie, das Regiment am Hof übernommen. Dessen Onkel, der alte, bedächtige Seckendorff, konnte oder wollte mit der ehrgeizigen, scharfzüngigen Art des Jungen nicht mithalten. War es ein Fehler gewesen, dass er ihn von seinem Posten als Geheimer Ratspräsident enthoben und den Neffen dazu ernannt hatte? Andererseits war es doch auch gut, dass der mit seinen Verbindungen zum Wiener Hof dafür gesorgt hatte, dass Fritz im vergangenen Jahr endlich den Adelsbrief bekam. Der Bub konnte sich jetzt vor der ganzen Welt Freiherr von Falkenhausen nennen. Auch seine Elisabeth, die Liebste von allen, war jetzt eine Madame Falkenhausen. In Charles' Schädel brummte es. Der junge Seckendorff zeigte den Preußen endlich mal eine andere Gangart. Also musste man schauen, wie man mit ihm klarkam.

Charles seufzte tief und erhob sich schwerfällig. Bevor er zu seiner Kutsche schlurfte, die ihn das kurze Stück zum Weißen Schloss fuhr, wo er schlafen wollte, drückte er dem verdutzten Kersmackers noch zwei Goldstücke in die Hand. Das war mehr als dessen Jahresgehalt. Heute, so sagte sich der Markgraf, wollte er noch nicht sparen.

Freiherr von Seckendorff-Aberdar, der neue starke Mann in Ansbach, saß an diesem Abend tief gebeugt über seinen Notizen und geheimen Korrespondenzen. Ihm gegenüber hatte der Geheime Rat von Hutten zu Frankenberg Platz genommen und schaute ihn verschwörerisch und zugleich ergeben an. Das Projekt war gerade erst geboren worden. Jetzt, so betonte Christoph Ludwig Seckendorff, müsste es mit der allergrößten Geheimhaltung und Sorgfalt entwickelt werden. Der junge, in Berlin als kaiserlicher Gesandter geschulte Freiherr drückte die Fingerkuppen seiner beiden Hände gegeneinander. Seine lange Nase zuckte unmerklich, wie immer, wenn er sich außerordentlich gut fühlte. Der Markgraf war mehr und mehr Wachs in seinen Händen, und er konnte ungestört die Drähte ziehen, die die Höfe in London, Den Haag und Wien in Bewegung setzen würden. Preußen würde sich noch wundern! Seckendorff kicherte so boshaft, dass sein Gegenüber verwundert von den Schriftstücken aufschaute. Nur über die Rolle der Markgräfin war sich der Premierminister noch nicht im Klaren. Bei ihrem letzten Besuch in der Residenz, was allerdings auch schon wieder ein Dreivierteljahr zurücklag, hatte er versucht, Caroline von Crailsheim auszuhorchen. Würde Königliche Hoheit versuchen, den Markgrafen streng auf preußischem Kurs zu halten? Was bekam sie dafür von ihrem Bruder? Wie würde sie reagieren, wenn sich Ansbach außenpolitisch anderweitig engagierte?

Caroline hatte mit honigsüßem Lächeln das Geld, das er ihr gab, in ihren Ausschnitt geschoben und dann – dem jungen Seckendorff wurde es immer noch heiß, wenn er daran dachte – ihren Rock angehoben, das Knie hochgezogen und ihm zwischen die Beine gedrückt. »Ich werde sehen, was sich für Sie tun lässt«, hatte sie dabei geflüstert und ihn fassungslos stehen lassen. Heistermann, obwohl inzwischen schon fast blind, hatte mitbekommen, wie sie ihn gefoppt hatte, und erzählte es im ganzen Schloss herum. Auf seine Fragen hatte er bis heute keine Antwort bekommen.

Friederike hatte gerade ein pralles Schweineherz vor sich auf einem blank gescheuerten Holztisch liegen, als ihr Caroline Wochen später und ganz nebenbei von Seckendorffs Versuchen erzählte, sie als Spionin anzuwerben. Friederike hatte nur leicht die Achseln gezuckt und entgegnet, sie habe jetzt Wichtigeres zu tun, als sich über die Ansbacher Kabalen den Kopf zu zerbrechen. Ach, und noch etwas, sie solle doch bitte die Tür gut hinter sich schließen. Die Dienstboten oder gar die Kammerherren sollten auf keinen Fall mitbekommen, was sie hier machte.

Tatsächlich hatte Friederike sogar das Schlüsselloch von innen mit einem kleinen Stück Wolle zugestopft. Man wusste ja nie. Seit sie sich nicht mehr schminkte und Harveys Untersuchungen über den geschlossenen Blutkreislauf studiert hatte, hatte sie ihre Forschungsarbeiten wieder aufgenommen. Ganz im Geheimen, versteht sich. Den Dienern log sie vor, ihren Lieblingshund verlange es nach frischen Innereien, weshalb sie sich noch warm dampfende Lungen, Lebern und Herzen bringen ließ. Sie musste vorsichtig sein. Die Fehler von früher würde sie nicht wiederholen. Sie erinnerte sich noch gut daran, welche Aufregungen es gegeben hatte, als sie vor über fünfzehn Jahren eine gerade verstorbene Häuslerin in ihre Kutsche hatte einladen wollen. Die Leute hatten fast einen Aufstand angezettelt. Nein, inzwischen bin ich schlau genug, sagte sie sich. Was ich vorhabe, gilt bei Frauen immer noch als Hexenwerk. Draußen in der Welt, an allen Universitäten, wird untersucht und geforscht, aufgeschnitten und destilliert. Männer schreiben darüber Bücher und tauschen frei ihre Erkenntnisse aus. Die Kirche hat sie zwar im Visier, aber wenn sie einem fortschrittlichen Landesherrn dienen, lässt man sie gewähren. Eine Frau aber, Friederike schüttelte missmutig den Kopf, eine Frau aber, selbst wenn es sich um eine

Markgräfin handelt, bringt sich in Gefahr, als Handlangerin des Teufels dazustehen.

Entschlossen schnitt sie das Herz auf, das vor einer halben Stunde noch in einem chinesischen Maskenschwein gezuckt hatte. Zum wiederholten Mal schaute sie sich die vier Kammern an. Sie ließ ihre Finger über die glitschigen Blutröhren gleiten, löste sie heraus und drückte sie auf die Tischfläche. Mit ein wenig Druck gelang es ihr, sie voneinander zu trennen. Sie musste noch üben, das war ihr klar. Sie musste immer und immer wieder saubere Querschnitte machen. Das Herz eines Schweins mit dem eines Kaninchens oder eines Schafs vergleichen. Ihre Hände und Augen mussten noch schneller und sicherer werden. Bis sie im Schlaf hantieren und im Dunkeln die Anordnung der einzelnen Organe in einem geöffneten Körper erkennen konnte. Wo lag die Galle, die Milz, die Lunge? Das Prinzip, dieses herrliche mechanische Prinzip, fand sich überall. Das wusste sie inzwischen. Egal, ob es sich um ein nacktes oder behaartes, ein männliches oder weibliches Tier handelte. Immer öfter fragte sie sich, was sie wohl in einem Menschen entdecken würde. Der, auch wenn er aufrecht ging, von seiner Physiognomie her einem vierfüßigen Tier nicht unähnlich war.

Viele Wochen arbeitete Friederike fleißig in ihrem Studierzimmer. Auch als die Frühlingssonne und die Vogelstimmen durch das geschlossene Fenster drangen, ließ sie sich nicht ablenken. Eigenhändig wischte sie nach jedem Experiment die Blutspuren fort und brachte heimlich die Fleischreste weg. Ihr Spaniel schaffte es schon längst nicht mehr, alles aufzufressen. Die Schwaninger Bauern wunderten sich, dass ihre Markgräfin, jetzt, da die Tage länger wurden und das Gras, die Gänseblümchen, der Löwenzahn und bald auch schon das Wiesenschaumkraut aus dem Boden schossen, nicht mehr querfeldein marschierte wie im vergangenen Sommer. Es sollte ihnen recht sein, dann brauchten sie keine Leute mehr von der Arbeit abzuziehen und als Wachen aufzustellen. Aber komisch war es schon. Was trieb sie bloß?

Das fragte man sich auch in Ansbach. Heistermann, dem es immer langweiliger wurde, seit es mit der Gesundheit und dem Elan des Markgrafen bergab ging, vermisste die Markgräfin regelrecht. Was war ein Hof ohne Fürstin? Gegen wen sollte er intrigieren? Früher war viel mehr gefeiert, gesoffen und gehurt worden. Auch der Zwerg fühlte sich plötzlich alt und müde.

Vor allem aber wunderte sich der junge Seckendorff, dass die Markgräfin seinem persönlichen Plan, den Erbprinzen mit seinen nunmehr zwölf Jahren auf Studienreise nach Utrecht zu schicken, so sang- und klanglos zugestimmt hatte. Das verwunderte, ja beunruhigte ihn fast. Versailles, Potsdam, Wien, London wären zweifelsohne für einen Prinzen mit königlicher Verwandtschaft die erste Wahl gewesen. Warum ließ diese merkwürdige Person, die sich seit Jahren in Schwaningen wie eine Nonne verkroch und dort die merkwürdigsten Sachen anstellte, ihn gewähren? Wusste sie nicht, dass er auf der geheimen Gehaltsliste Wiens stand? Der Freiherr zupfte an seiner langen dünnen Nase, während er die neuesten Depeschen des englischen Premierministers las. Sie waren also einverstanden. Seckendorff nickte. Sein Projekt gedieh. Wenn nur der Markgraf so lange durchhielt und nicht, kurzatmig und fett, wie er war, im Bett seiner Georgenthaler Madame oder einer anderen Schlampe krepierte. Vorher musste er noch alles so drehen und zurechtbiegen, damit er, Christoph Ludwig von Seckendorff-Aberdar, bis zur Volljährigkeit des Prinzen ungestört in Ansbach Politik machen konnte.

Fieberhaft wurde in den nächsten Wochen in der sonst so verschlafenen Ansbacher Kanzlei gearbeitet. Sekretäre forderten Zollbefreiungen bei den rheinischen Ländern an und bestellten Schiffe. Über einen jüdischen Agenten wurde ein standesgemäßes Haus in Utrecht angemietet. Pässe mussten ausgefertigt werden. Das Begleitpersonal suchte und instruierte Seckendorff höchstpersönlich. Den Lehrplan für den jungen Prinzen ließ er gleich auch noch in eigener Regie zusammenstellen. Der Markgraf nickte zu allem und stierte ansonsten missmutig vor sich hin. Wie ein trotziges Kind rang er seinem Premierminister den Bau eines neuen Falkenschlösschens bei Gunzenhausen ab. Dann musste zu guter Letzt auch noch die markgräfliche Staatskarosse repariert werden. Dafür hatte seit Längerem das Geld gefehlt.

Am achtzehnten Mai war es so weit. Friederike logierte schon seit einer halben Woche in der Residenz. Auch sie erschrak, als sie sah, in welch angeschlagenem gesundheitlichem Zustand der Markgraf sich befand. Er tat ihr leid. Ihr früherer Groll gegen ihn war verschwunden. Im Gegenteil: Gerührt ergriff sie sogar seine Hand, als sich ihr Sohn zu einem letzten Lebewohl im Vestibül vor seinen Eltern verbeugte. Wie gut aussehend und hochgewachsen Alexander doch war! Auch Charles vergaß seinen Trübsinn und blickte stolz auf seinen Erbprinzen.

Zur Feier des Tages wurde der beste Rheinwein ausgeschenkt, und für ein kleines Vermögen waren Austern aus Belgien bestellt worden, die man jetzt, während Abschiedsreden gehalten und gute Wünsche ausgesprochen wurden, in großen Mengen schlürfte.

»Gib dir Mühe, Holländisch zu lernen, und, Alexander, pass gut auf, versuch, die Bekanntschaft von Kaufleuten zu machen. Vielleicht kannst du auch einmal in eine Universität schauen«, sagte Friederike leise und schloss ihren Sohn fest in die Arme. Der Markgraf hatte ihre Worte gehört, denn er fügte sogleich hinzu: »Aber seinen Katechismus soll der Bub auch studieren und die frommen Bücher lesen, die man ihm eingepackt hat.«

Insgeheim hoffte Charles, sein Sohn würde einmal weniger sündigen als er selbst. Friederike schnitt eine spöttische Grimasse. So laut, dass es auch der Reiseprediger, der Alexander begleiten sollte, hören konnte, erwiderte sie: »Ja, ja, soll er nur vollgestopft werden mit dem Zeug, bis es ihm aus den Ohren herauswächst. Dann hat es auch seinen Zweck erfüllt: nämlich, ihn so gegen das Pfaffengeschwätz aufzubringen, dass er den Rest seines Lebens dagegen immun ist und sein Herz und sein Hirn sich für die Dinge der Vernunft und der nachweisbaren Wahrheit öffnen.«

Heistermann klatschte der Markgräfin Beifall, dass es im Vestibül hallte. Die Höflinge, Baronessen, Gräfinnen und Freifräulein verdrehten die Augen oder hielten sich den Fächer vor den kichernden Mund. Das stille, fromme Geschöpf, das Reitzenstein vor Kurzem geheiratet hatte, fiel mit einem Seufzer in Ohnmacht. Reitzenstein selbst stierte derweil auf Caroline, die ihm auch noch mit ihren achtundzwanzig Jahren nicht aus dem Sinn ging. Schon allein der Anblick ihres rot gelockten Hinterkopfes machte ihn gleich wieder rasend. Dass seine im fünften Monat schwangere Frau derweil weggetragen wurde, kümmerte ihn nicht. Der Reiseprediger des Prinzen verschwand hochrot im Gesicht und ließ sich noch mehr Wein einschenken. Wie er seine Aufgaben erfüllen und dem störrischen jungen Prinzen ein bisschen mehr Gottgefälligkeit einbläuen sollte, war ihm schleierhaft. Der Markgraf wiederum tat, als hätte er die Worte seiner Frau gar nicht gehört, und drückte Alexander ein letztes Mal an sich.

Zwanzig Personen reisten mit dem Ansbacher Erbprinzen ab, unter anderem ein Leibarzt, ein Lehrer, ein Hofmeister, ein Mundkoch und drei Reitknechte. Zwei Tage später kam der Tross am markgräflichen Hafen Steft an und schiffte sich auf dem Main ein. Über Frankfurt, Mainz und Bingen wollte man Ende Juni Utrecht erreichen. Fast neuntausend Gulden kostete die Suite des Prinzen. Viel Geld angesichts der leeren Staatskassen. Aber eine Investition, so glaubte Seckendorff zuversichtlich, die sich bald lohnen würde.

Friederike hatte inzwischen andere Sorgen. Die Diener tuschelten ungeniert im Dorf herum, wie viel Innereien der Schoßhund der Markgräfin verschlang. Bald würde der Tratsch Ansbach erreichen und das Ohr des jungen Seckendorff. Vor ihm, das war ihr klar, musste sie sich vorsehen. Zur Tarnung legte sie sich drei weitere Schoßhunde zu. Einer, ein Spanielwelpe, stellte sich als gewitztes und gelehriges Tier heraus, und Friederike schloss ihn besonders ins Herz.

Zu Wanderungen kam sie den ganzen Sommer über nicht mehr. Auch um die Landwirtschaft und die Viehzucht kümmerte sie sich kaum noch. Aber ihre Verwalter waren inzwischen gut geschult. Besonders vom Kreuthof hörte sie nur Gutes. Dort wurde umsichtig und fleißig gearbeitet. Die junge Frau des Verwalters, die geborene Strumpfwirkerstochter, hielt die Mägde auf Trab und sorgte vor allem dafür, dass auf dem Kreuthof weit und breit am feinsten gesponnen und am kunstfertigsten gewebt wurde. Friederike freute sich, dass ihre kleine Intrige von damals nicht nur Elisabeth von Nutzen gewesen war.

Mitte Juli trafen hintereinander viele Bücher in Schwaningen ein. Der Lehrer, der mit Alexander in die Niederlande gereist war, hatte von der Markgräfin heimlich viel Geld bekommen, um sich nach wissenschaftlichen Neuerscheinungen umzuschauen. Was er gewissenhaft und mit wesentlich mehr Freude tat, als den Prinzen zu unterrichten. Gerade in diesem Jahr war James Douglas' *Nine anatomical figures, representing the external parts, muscles, and bones of the human body* erschienen. Begeistert packte sie auch William Hunters Abhandlung über das Lymphgefäßsystem der Genitalorgane und den schwangeren Uterus aus. Sie hatte schon früher gelesen, dass Hunter in der Great Windmill Street in London ein nach modernsten Prinzipien aufgebautes anatomisches Kabinett besaß. Ach, wenn sie doch auch einmal dort hinreisen und es sich anschauen könnte! Es gab immer wieder solche Tage, an denen sich Friederike auf ihrer friedlichen Insel, auf der sie so frei wie sonst nirgendwo leben konnte, eingeengt und abgeschnitten von der großen Welt fühlte. »Aber das ist eben der Preis«, flüsterte sie sich zu und vertiefte sich noch einmal in Johann Nathanael Lieberkühns Werk. Es fiel ihr schwer, sich dessen Gefäßinjektionspräparate vorzustellen, die andere Anatomieprofessoren als technische Meisterwerke lobten.

Die Nachrichten, die währenddessen aus London nach Ansbach kamen, waren simpler. Allerdings beunruhigten sie den Geheimen Ratspräsidenten Christoph Ludwig Seckendorff. Sicher, König Georg, der seinen Neffen in Potsdam überhaupt nicht leiden konnte, wollte nach wie vor nicht, dass dieser demnächst oder auch nur in ferner Zukunft Ansbach einheimste. Er freute sich auch, dass der junge Ansbacher Prinz in Utrecht studierte und sich auch schon seiner Tochter, der Erbstatthalterin, in Den Haag vorgestellt hatte. Vorerst könnte man jedoch keine Gelder nach Ansbach schicken, schließlich hätte der österreichische Erbfolgekrieg, der nun ja glücklicherweise zu Ende ging, die englische Staatsschuld auf neunundsiebzig Millionen Pfund anwachsen lassen.

Der junge Seckendorff schlug mit der Faust auf seinen schönen, mit Goldbeschlägen verzierten, vom Hofebenisten gefertigten Schreibtisch. Seine Nase bohrte sich noch ein bisschen spitzer in die stickige Luft der Ansbacher Kanzlei.

Charles hielt es für ein paar Wochen in seiner Triesdorfer Sommerresidenz aus. Reitzenstein versuchte, ihn aufzuheitern, war aber selbst zu melancholisch, weil er seit Alexanders Abreisetag wieder viel zu viel an Carolines Nacken und ihre Art, über die Treppen zu tänzeln, denken musste. Wer wusste schon, mit wem sie es im Moment wieder trieb? Wenigstens aber war es ihm gelungen, heimlich einen ihrer Handschuhe einzustecken.

Der Markgraf zeigte während dieser Wochen guten Willen, entließ zwei Falkner und befahl seinem Hofmeister, für den Herbst drei Empfänge und einen Ball zu streichen. Natürlich war das Seckendorff nicht genug. Dann hörte Reitzenstein von einem gewissen Alexander Benjamini, der behauptete, er könne in Bamberg hunderttausend Gulden zu nur drei bis vier Prozent Zinsen besorgen. Der Markgraf beauftragte ihn sofort. Schon fünf Tage später gestand der Mensch, sichtlich verlegen, dass die Bamberger Juden dem Ansbacher Markgrafen keinen Kredit einräumen würden. Er hätte schon alles verpfändet und kaum noch Sicherheiten. Charles jagte ihn sofort aus dem Zimmer und schoss, als der Mann unten aus dem Schlosstor rannte, mit einer Schrotflinte hinter ihm her.

»Also hat mich Seckendorff jetzt am Wickel«, stöhnte er, als er sich wieder etwas beruhigt und von Reitzenstein einen feuchten Wickel auf die Stirn hatte legen lassen.

»Er kann jetzt«, fuhr er fort, »die Sondersteuer einführen, die er schon lange plant. Meine Untertanen werden mich dafür hassen, obwohl ich doch nichts dafür kann.«

Charles schaute Reitzenstein verzweifelt an. Der nickte nur traurig. Auch er hatte schon lange kein Gehalt mehr bekommen.

Noch am selben Abend, es war erst Anfang August, ließ der Markgraf die Sommerresidenz schließen und sich nach Wald fahren, wo er der Madame Falkenhausen vor Kurzem ein elegantes kleines Schloss mit den modernsten Bequemlichkeiten hatte herrichten lassen. Es passte, so fand er, besser zum neuen Rang seiner Kinder als das verwinkelte alte Georgenthal. Elisabeth empfing ihn sanft wie immer. Die ersten Tage schlief er nur. Dann verbot sie ihm, mehr als einen Krug Bier am Tag zu trinken, und schleppte ihn auf lange Spaziergänge. Er setzte sich nach jeder Biegung auf einen Baumstamm, hielt sich die Hand an die Brust, schnaufte heftig und manchmal sogar röchelnd. Doch wenn er auf den Bauch schaute, der sich unter Elisabeths Rock wölbte, rappelte er sich wieder auf und ging mit ihr weiter. Er ließ weder Heistermann noch Reitzenstein nach Wald kommen. Fahrig unterschrieb er alle Papiere, die ihm Seckendorff zur Vorlage schickte, scherte sich aber ansonsten nicht um die Regierungsgeschäfte.

Als der Herbst mit seinen Stürmen und Regengüssen kam, spürte Charles, dass es mit ihm wieder bergauf ging. Ihm wurde nicht mehr so leicht schwindelig, der Schmerz im linken Arm verschwand, auch das Atmen fiel ihm leichter. Und er konnte mit Elisabeth, die, obwohl sie inzwischen hochschwanger war, noch immer zügig ging, endlich wieder mithalten. Der Markgraf von Brandenburg-Ansbach hatte das Gefühl, ein gut verheirateter Mann zu sein, und dankte Gott in seinen Nachtgebeten dafür. Erst im neuen Jahr, als sein jüngster Sohn schon den flaumigen Kopf heben konnte, kehrte er in die Residenz zurück.

Seckendorff beschlich das ungute Gefühl, dass der

Markgraf nicht nur dem Tod noch einmal von der Schippe gesprungen war, sondern auch die Dinge selbst wieder in die Hand nehmen wollte.

Als der Markgraf mitbekam, dass das vom Ersten Minister ausgeheckte englische Projekt noch immer kein Geld ausspuckte, warf er ihm einen vierarmigen, silbernen Kerzenhalter auf den Fuß, so dass sich am nächsten Tag der Nagel der rechten großen Zehe löste. Seckendorff musste sich trotzdem auf die Reise machen und persönlich in London verhandeln.

Im März kehrte er von dort mit noch spitzerer Nase zurück, denn sowohl das fremde Essen als auch die Kanalüberfahrt hatten ihm zugesetzt. Ab Frankfurt am Main schaukelte eine große, sorgfältig beschriftete und versiegelte Kiste neben ihm in der Postkutsche. Sie war für die Markgräfin bestimmt.

Seckendorff bestach den Kutscher mit einem Gulden und konnte trotzdem nicht bis ins Letzte herausfinden, was drinnen steckte.

»Das Teufelsgerät kommt aus Holland«, nuschelte der aus dem Mainfränkischen stammende Mann und bekreuzigte sich gleich mehrmals.

»Ordentliche Christenmenschen halten sich«, fügte er flüsternd hinzu, »von so etwas fern.«

Der Geheime Ratspräsident beschloss, dass auch diese Angelegenheit unter seine Kontrolle gebracht werden und auf jeden Fall nach Wien gemeldet werden sollte. Obwohl er natürlich bei der Markgräfin auf der Hut sein musste, weil keiner, nicht einmal er, genau wusste, wie sehr sie mit ihrem königlichen Bruder paktierte.

Friederike war sich lange Zeit unschlüssig, wo sie es aufstellen sollte. Man konnte es schließlich nicht einfach unters Bett schieben oder in der Schublade mit den Spitzen verschwinden lassen. Dafür war es zu groß und sperrig. Wenn es aber offen herumstand, würde die Dienerschaft nur argwöhnisch werden. Caroline besorgte in Ansbach schließlich einen rot-grünen Papagei, der sich darauf setzen durfte, wenn Friederike nicht im Raum war. So sah es zumindest auf den ersten Blick wie eines der Gestelle aus, auf denen man Falken transportierte. War die Markgräfin aber in ihrem Studierzimmer, scheuchte sie den krächzenden Vogel sofort herunter, setzte sich davor, schraubte an den Linsen und trainierte ihre Augen. Ein zweites Mikroskop gab es, soviel sie wusste, im ganzen Markgrafentum nicht.

Sie schaute gerade tief in die körnigen Kammern auf der Oberfläche einer geschorenen Schafshaut, als die Einladung mit einer Eilstafette kam. Ihre Königliche Hoheit möge sich doch bitte unverzüglich in die Residenz begeben. Ihre Hochfürstliche Durchlaucht erwarte sie voller Ungeduld. Außerdem wäre für sie schon eine neue Hofrobe in Auftrag gegeben.

Zornig über diese Störung, fuhr sie am nächsten Tag zusammen mit einer hellauf begeisterten Caroline nach Ansbach. Sie trafen in der Dämmerung ein, und das Schloss war hell erleuchtet. Aus allen Fenstern schimmerten Kerzen.

»Das kostet wieder Unsummen«, schimpfte Friederike.

Der Oberhofmeister empfing sie zusammen mit Reitzenstein im Vestibül. Der Markgräfin fiel sofort auf, dass beide neue, nach dem letzten Schrei geschnittene Röcke trugen. Lavendelblau der eine, herbstzeitlosenviolett der andere.

»Hat er nicht immer noch aufregende Waden?«, kicherte Caroline und klappte ihren Fächer in Richtung Reitzenstein auf.

»Ja, ja, mich regt schon wieder alles hier sehr auf«, antwortete Friederike mürrisch und stieg die Treppe hoch. Dann kam die eigentliche Überraschung: Der Markgraf erwartete sie, umgeben von der gesamten Hofgesellschaft, vor dem Festsaal. Heistermann lugte fett und juwelenbehängt aus seiner Sänfte. Seckendorff, das stach ihr sofort ins Auge, lächelte als Einziger nicht.

Ananas, nicht nur dreißig wie damals, als ihr königlicher Bruder zu Besuch war, sondern mindestens hundert, schätzte Friederike, waren zu Pyramiden geschichtet. Alle Pagen trugen funkelnagelneue Uniformen. Aus einem kleinen Brunnen plätscherte teuerster Burgunder. Den Tafelaufsatz hatte sie auch noch nie gesehen. Zehn Hirsche aus Meißner Porzellan wurden von einer nackten Diana gejagt. Ihr Speer schimmerte golden. Sie speisten von grünen Tellern mit Falkenmotiven. Unter jeder der zu einer Blume gefalteten Damastservietten wartete ein kleiner Schmuckstein.

Glacierte Entenbrust und Schwanenschenkel in Safransauce, Austern und pochierter Lachs, gedünstete Nierchen, Radieschen, zu Rosen geschnitzt, Salatherzen mit Orangenpfeffer, Rehbraten unter Sahnehauben, gepökelte Ochsenzunge in Madeirasauce, Aufläufe aus Fisch, Brot und Kräutern, zwanzig Wildschweinköpfe, mit Seidenschleifen geschmückt, Artischocken an Senfsauce und erstaunlicherweise auch Kartoffeln, mit Käse überbacken. Friederike staunte über den Luxus, unter dem sich die Tafel bog, an der sie an der Seite des Markgrafen präsidierte. Ihr zu Ehren hatte er das Fest gegeben.

»Irgendeinen Anlass musste ich ja haben«, richtete er treuherzig das Wort an sie.

»Ansbach scheint von seinen Sorgen befreit zu sein?«

»Friederike, welch eine glückliche Wendung«, antwortete er und zwinkerte der jungen Baronesse von Bobenhausen zu, die ein paar Stühle weiter saß. Er fand sie reizend und hatte ihren Vater auch nur deshalb die Patenschaft für seinen kleinen Ludwig übernehmen lassen, weil dieser versprochen hatte, seine Tochter ein Jahr am Hof zu lassen.

Friederike beobachtete ihn amüsiert, bohrte dann aber doch nach.

»Ich möchte Ihnen zu gern gratulieren, würde aber doch gern wissen, zu was eigentlich?«

Charles lehnte sich in seinen goldgefassten Sessel zurück. Er kam ihr gesünder und vitaler vor als vor einem Jahr, als sie Alexander verabschiedet hatten. Sie sah im an, dass er zu stolz und glücklich war, um sein Geheimnis länger für sich zu behalten.

»Sechzehntausend Ecus«, flüsterte er ihr vertraulich ins Ohr, so dass die Höflinge schon anfingen, über neu erwachte Zärtlichkeiten des Markgrafenpaares zu tuscheln.

»Und noch etwas.«

Die Lippen des Markgrafen berührten jetzt sogar ihr Ohr.

»Ja?«

»Der Hosenbandorden. Sir Hanbury, der Gesandte in

Sachsen, wird ihn mir zusammen mit dem obersten Wappenherold, Sir Anstis, bald verleihen.«

Charles erinnerte sie wieder an den feisten blonden Burschen, der damals, vor genau zwanzig Jahren nach Berlin gekommen war, um sie, die Königstochter mit der üppigen Mitgift, zu heiraten.

Friederike konnte ihr Erstaunen nicht verbergen. Der vornehmste Orden des protestantischen Europa für den, nun ja, nicht allzu bedeutenden Markgrafen von Ansbach.

»Zu welchem Preis?«

Charles zögerte.

»Zu welchem Preis?«

»Der englische König und seine Tochter, die Erbstatthalterin der Niederlande, haben vertraglich die Vormundschaft für Alexander bekommen. Wenn mir, was Gott bewahren möge, etwas zustößt, geht mein schönes Ansbach auf jeden Fall nicht an Ihren Herrn Bruder. Auch dem Kaiser«, fügte Charles schnell hinzu, »ist diese Lösung lieb.«

Friederike fror plötzlich, obwohl es Sommer war und der Festsaal zusätzlich von vielen hundert Kerzen erwärmt wurde. Ahnte Charles überhaupt, was er da für ein paar Ecus und einen nutzlosen Orden angezettelt hatte? Friedrich würde dies nicht hinnehmen. Da war sie sich sicher. Friedrich würde reagieren. Es fragte sich nur, wie.

11

Dieser schafsgesichtige Mensch mit dem albern über der Stirn hochtoupierten Haar sollte ihr Bruder Heinrich sein? Der, der ihr seit Jahren so kluge und herzliche Briefe schrieb? Natürlich wusste sie, dass das handtellergroße Bild, das sie von ihm besaß, wie alle Porträts der Hofmaler geschönt war. Aber dass er so lächerlich aussah, hätte sie trotzdem nicht erwartet. Er war ja noch ein blasser Dreikäsehoch von drei Jahren gewesen, als sie geheiratet und Berlin verlassen hatte. Jetzt steckten seine Füße in Schuhen mit pompösen Schnallen.

Der kleine Mann mit den spindeldürren Waden und dem von Pockennarben überzogenen Gesicht stürmte auf Friederike zu und umarmte sie länger und inniger, als es das Zeremoniell vorschrieb.

»Endlich, Schwester, endlich sind Sie da.«

Jetzt sah sie, dass er auch noch schielte. Trotzdem verliebte sie sich sofort in seine großen runden Augen, die wie die ihren etwas vorstanden und in denen, so fand sie, die in der ganzen Familie sonst seltene Eigenschaft des Humors glitzerte. Humor, das wusste sie von ihrem englischen Geschäftspartner Lord Bessborough, galt in England als sehr schick.

»Sie sind gerade noch rechtzeitig gekommen«, flüsterte er ihr zu, »um zu erleben, wie der Vorhang zu einer Schmierenkomödie fällt, bei der es um nichts, aber auch um gar nichts anderes als die Unsterblichkeit geht.«

»Voltaire und der böse Mensch, wie Maria Theresia unseren Bruder zu nennen pflegt?«

»Gott sei Dank, Friederike! Sie sind tatsächlich so witzig, wie ich Sie mir vorgestellt habe. Wie zwei alte Weiber giften sie sich an. Dabei braucht der eine den anderen für den Weltruhm. Sie dagegen scheinen ja überhaupt nicht eitel zu sein, kein Puder, kein Rouge, sapperlot! Aber dieser kleine hellblaue Hut in Ihrem Haar, das muss ich schon sagen, ist entzückend, wirklich entzückend. Wissen Sie schon, nein, nein, Sie können es noch gar nicht wissen, dass ich jetzt, allerdings auf nicht ganz legalem Wege, diese fabelhaften Schnitte von dem jungen Gott bekommen, der die Garderobe für den Prinzen von Angoulême entwirft. Wenn wir in Rheinsberg wären, würde ich Sie in meine Kleiderkammer führen. Hier habe ich ja nur einen kleinen Teil meiner Garderobe dabei. Ach, mein Gott, das muss ich Ihnen jetzt aber noch schnell sagen, bevor er Sie in die Mangel nimmt. Friedrich ist ziemlich neidisch auf Ihren Erfolg mit den Kartoffeln, das wäre nämlich das richtige Kraftfutter für seine Soldaten. Aber die Bauern hier weigern sich …«

Heinrich verdrehte seine Augen und schnappte nach Luft. Aus Friederike platzte ein lautes Lachen heraus. Die Wände hallten vom Echo ihrer Begeisterung über diesen Bruder, und sie schloss ihn, bevor er weitersprechen konnte, noch einmal fest in ihre Arme. Die Kammerherren und Hofdamen schauten sich nervös an, es wurde trocken gehüstelt und geräuspert, die Fächer klappten hektisch auf und zu. Der König drehte sich auf seinem Stiefelabsatz so heftig, dass das Parkett knirschte.

Bevor im ovalen Marmorsaal von Sanssouci Weiteres außer Kontrolle geraten konnte, schob sich Prinz August Wilhelm auf die Markgräfin von Ansbach zu. Er wäre als zweitältester Bruder und offizieller Thronfolger sowieso vor Heinrich an der Reihe gewesen. Weil sich aber nur bei solchen offiziellen Festivitäten die Gelegenheit ergab, hatte der stattdessen in einer der Fensternischen zwischen den korinthischen Säulen mit der schönen Wilhelmine geflirtet, die der König vor einem knappen Jahr mit Heinrich verheiratet hatte. Jeder wusste, dass Wilhelmine auf immer und ewig Jungfrau bleiben würde. Heinrich, so kicherte man, würde eher eine Küchenschabe verspeisen.

Endlich mal ein Bruder, der die Frauen liebt, dachte sich Friederike, und sie küsste auch August Wilhelm. In ihren Erinnerungen war er noch der fröhliche Bub, der als Einziger auf den Schenkeln des Vaters reiten durfte. Sehr verändert hatte er sich nicht. Dann sank auch schon die unverheiratete Schwester Amalie vor ihr, der Markgräfin, in die Knie, und das Papachen, wie Ferdinand, der jüngste der Geschwister, genannt wurde, verbeugte sich steif.

Man schrieb das Jahr 1753. Der Krieg um Maria Theresias Erbe war schon eine Weile zu Ende, als der König aus heiterem Himmel seine Schwester nach Potsdam eingeladen hatte. Am liebsten hätte sie gleich und sofort kommen sollen, aber sie zögerte, Caroline allein zu lassen. Dass das Fräulein von Crailsheim nicht mit an den preußischen Hof kommen durfte, verstand sich von selbst. Der König vergaß nicht, dass sie ihm vor zehn Jahren den schönen Villepin abspenstig gemacht hatte.

Dann aber passierte etwas Unerwartetes. Nachdem Caroline Ehrenfried von Reitzenstein knapp zwanzig Jahre zum Narren gehalten hatte, erhörte sie den Obriststallmeister von einem Tag auf den anderen. Das Seltsamste war, dass die beiden sogar untergehakt wie ein altes Ehepaar durchs Schloss spazierten. So feierten sie noch alle gemeinsam Weihnachten. Friederike und der Markgraf gingen höflich miteinander um und steckten über den Briefen des nunmehr siebzehnjährigen Alexanders aus Italien die Köpfe zusammen. Ein paar Mal erwähnte er lobend den Kammerherrn und Husarenrittmeister Friedrich von Falkenhausen, der ihn auf der Reise begleitete. Das freute beide, und Friederike reichte Charles sogar etwas von der Schokolade mit Vanille, die ihr Sohn ihr aus Turin geschickt hatte. Sie hatten es aufgegeben, sich zu bekriegen. Friederike zog kein hochmütiges Gesicht mehr, wenn er wieder stundenlang von seinen Falken sprach. Charles wiederum scherte sich inzwischen einen Dreck um den Spott an den deutschen Fürstenhöfen über die Landwirtschaft und die Experimente seiner Frau.

So reiste Friederike mit kleinem Gefolge erst nach der Schneeschmelze ab. Einen Tag später fuhr der Markgraf zu seiner Falkenhausener Familie. Vor allem freute er sich auf seinen jüngsten Sohn, den fünfjährigen Ludwig, und darauf, dass er in dem kleinen Schloss Wald so gut schlief wie nirgendwo sonst.

Friederikes Vorfreude dagegen hatte sie so manche Nacht wach gehalten. Mit großen Hoffnungen reiste sie in die alte Heimat. Gleich am ersten Abend gab der König ihr zu Ehren ein Konzert und spielte selbst Querflöte. Sie saß in der ersten Reihe und stützte ihre Arme majestätisch auf das Gestell unter ihrem vanillegelben Kleid, das über und über mit blauen Röschen bestickt war. Jeder konnte sehen, wie ihre Augen leuchteten. Begierig sog sie alle neuen Eindrücke in sich auf. Die Marmorwände schimmerten auf ihrem Dekolleté, die Kristallspiegel in ihrem Haar leuchteten. Sie spürte, wie die Stimmen der wogenden Zuschauerreihen in ihrem Mund summten. Überwältigt schloss sie für einen Moment die Augen. Endlich wieder einmal unter gebildeten Leuten. Endlich wieder große Welt! Was würde sie in den nächsten Tagen und Wochen alles erleben? Wen würde sie treffen? Mit diesen Gedanken straffte sie sich wieder und drehte sich langsam nach allen Seiten um, bis ihr Blick den des Akademiepräsidenten Maupertuis mit seiner feuerroten Perücke kreuzte. Algarotti, der italienische Freund des Königs, gähnte. Sie nickte D'Arnaud, dem Dramatiker, zu, der ihr schon vorgestellt worden war. Ihre Füße begannen, unter dem Rock zur Musik zu kreisen, aber sie konnte sich nicht recht auf das Zuhören konzentrieren, denn gerade beugte sich der Mediziner La Mettrie vor, der zehn Stühle weiter saß. Er lächelte und hob seine Hand galant zum Gruß. Man hatte ihr erzählt, dass er an der Tafelrunde ihres Bruders die Rolle des Spaßvogels spielte. Trotzdem setzte sie große Hoffungen in ihn. Vielleicht ließ sich mit ihm ein Gespräch unter vier Augen einrichten, und sie konnte ihm die Fragen stellen, auf die sie in ihren stummen Anatomiebüchern keine Antwort fand. Wie ein Fisch im Wasser, da war sie sich sicher, würde sie hier schwimmen. Friederike nickte La Mettrie ihrerseits lächelnd zu.

Dann kam alles ganz anders. Dem Konzert schloss sich zwar noch eine gesellige Tafel mit all den geistreichen und berühmten Männern an, aber der König würgte schnell sein übliches Lieblingsessen – mit Knoblauch gewürzte und mit Parmesan überbackene Makkaroni –

hinunter, knallte die Serviette hin und verließ den Raum, noch bevor Friederike überhaupt satt, geschweige denn mit ihrem Tischherrn über die üblichen Floskeln hinausgekommen war. Der König sei wütend. Ja noch mehr, verbittert und enttäuscht, flüsterte man ihr zu, dann erhob sich auch schon jeder. Der Abend war gelaufen, hier amüsierte sich keiner mehr.

Sanssouci, das begriff Friederike schon am nächsten Tag, steckte in der Krise. Heinrich war, auch das durchschaute sie inzwischen, nicht etwa nur ein eitles und kindisches Plappermaul, sondern der scharfsichtigste Beobachter des ganzen Hofes. Er hatte recht gehabt! Der König und Voltaire, das einstige Liebespaar des europäischen Geistes, standen sich jetzt keifend und kleinlich wie Eheleute kurz vor der Scheidung gegenüber. In Friedrichs mühsam zusammengesuchter Tafelrunde ging es zu wie in einem Hühnerstall. Keiner gönnte dem anderen ein Körnchen, und jeder hackte zu, wo er nur konnte.

Demonstrativ blieb Voltaire den Festen und Empfängen fern. Nicht weil der König ihn nicht einlud, sondern weil er wollte, dass Friedrich seine Unabhängigkeit zu spüren bekam. Dafür sah Friederike den alten Mann öfters im Park. Unruhig streifte sein spitzes Vogelgesicht unter der altmodischen lang gelockten Perücke durch die Kolonnaden. Manchmal allein mit gebeugtem Rücken, dann wieder aufrecht und tänzelnd zusammen mit dem Bruder, dem die Windspiele zwischen den Beinen hin und her sausten. Oft stritten sie hemmungslos, das konnte sie auch aus hundert Metern Entfernung erkennen.

Einmal pirschte sie sich hinter Hecken heran. Voltaire fuchtelte erregt mit seinem Gehstock, und Friedrich presste seinen Mund so zusammen, dass er schmal wie ein Wickenblatt wurde. Der Wind schluckte zunächst alles, was sie sprachen, dann zischte plötzlich das Wort »Willkür« an ihr Ohr. Sie schlich noch näher und schnappte sogar einen ganzen Satz auf.

»Ich habe auch keine Lust mehr, wie eine Waschfrau Ihre schmutzige Wäsche zu waschen und Ihre unzähligen Gedichte zu korrigieren. Das hält ja kein Mensch aus, schon gar kein kunstsinniger!«

Friederike ging vor Schreck in die Hocke. So hatte noch nie jemand mit einem König gesprochen, noch dazu mit einem Genie wie ihrem Bruder. Sie musste ihren Rock zusammenhalten, so wehte es. Selbst die starren Spalierbäume bogen sich, und der Himmel dehnte sich grau und trüb bis nach Russland. Das bezaubernde Sanssouci kam ihr auf einmal unwirtlich und barbarisch vor. Friedrichs Stimme schnitt durch die Nachmittagsluft: »Ich wollte, dass Sie dieses grauenhafte Buch verbrennen, jetzt aber kursieren davon schon dreißigtausend Exemplare in Europa.«

Die Windhunde bellten, und Friederike sah sie über den noch winterbraunen Rasen toben. Sie kauerte sich zusammen und hoffte, dass man sie in ihrem Versteck nicht aufstöberte.

»Ihr Verhalten verdient es, dass man Sie in Ketten legt«, schimpfte der König weiter.

»Ha ha ha, jetzt entlarven Sie sich selbst. Wo bleibt der tolerante Freigeist, der zu sein Sie immer vorgeben? Ich jedenfalls weiß genau, warum ich dreihunderttausend Livres im französischen Landbesitz des Herzogs von Württemberg angelegt habe und nicht in Preußen«, schoss Voltaire scharf zurück.

Friederike fror und bekam Angst. Vor der Herzlosigkeit dieser beiden Männer, aber auch davor, dass die Gefühle ihrer Kindheit sie wieder packten wie der schnellste Triesdorfer Falke ein Eichhörnchen auf freiem Feld. Einsam und angewidert schlich sie ins Schloss und in ihr prunkvolles Appartement zurück. Hätte sie jetzt wenigstens baden können! Das, da war sie sich sicher, hätte ihre Niedergeschlagenheit vertrieben. Aber in ganz Sanssouci gab es keine große Wanne, in die man sich hätte hineinsetzen können. Sie hatte auch nicht gewagt, darum zu bitten, eine anzuschaffen. Sie wusste, wie sehr der königliche Bruder sparte. Was, so überlegte Friederike, nützten diesen Männern ihre großen Ideen, wenn die Zirkulation ihres Blutes und die Straffung ihrer Organe nicht funktionierte? Wenn sie übersäuert waren und voller unguter, überhitzter Säfte, die nicht abkühlen konnten? So konnte doch gar nichts Gescheites und vor allem Nützliches für die Menschheit herauskommen.

Am nächsten Morgen, sie lag noch im Bett, kam Heinrich in aller Herrgottsfrüh zu Besuch. Das war gegen seine Gewohnheit, denn er schlief am liebsten bis elf Uhr. Er trug noch einen Morgenrock, hatte sich allerdings schon fünf Diamantringe über die Finger gestreift. Friederike fand es schön, dass er sich ohne Weiteres zu ihr auf die Bettkante setzte.

»La Mettrie«, gluckste er, konnte vor Kichern aber nicht weitersprechen.

»Ja?«

Friederike war schlagartig hellwach und setzte sich auf.

»Also, La Mettrie war gestern Abend …«, kicherte der Bruder weiter und klopfte sich auf die Schenkel.

»Heinrich, du Quatschkopf.«

Beide vergaßen La Mettrie und schauten sich verdutzt an.

»Ach ja, Friederike, lass uns beim Du bleiben. Ich habe das Gefühl, dass wir beide wirklich Freunde werden könnten.«

Friederike nahm Heinrichs hässliches Gesicht in ihre Hände und küsste ihn auf seine nach oben gebogene Nase.

»Aber nur, wenn du mir sofort erzählst, was mit La Mettrie los ist!«

Heinrich ließ sich der Länge nach neben seine Schwester ins Bett plumpsen und berichtete: »Also, er war gestern Abend zum Essen bei dem französischen Gesandten Tyrconnel. Dabei hat er sich …«, unterbrach er seine Geschichte, um Friederike noch gespannter zu machen, und fuhr dann kichernd fort: »… dabei hat er sich an der Trüffelpastete überfressen. Seine Galle machte nicht mehr mit. Jedenfalls ist er vor einer Stunde gestorben. Ziemlich qualvoll, wie ich von seinem gut aussehenden Kammerdiener gehört habe.«

Friederike stöhnte laut auf.

»Hast du auch Probleme mit der Galle?«

»Nicht mit meiner, aber mit der Galle im Allgemeinen. Ich wollte, dass La Mettrie sie mir erklärt und vieles andere auch. Verdammt noch mal, und jetzt ist er tot.«

Heinrichs Kopf fuhr zu ihr herum. So lagen die beiden Geschwister mit nicht mehr als zehn Zentimeter

Abstand zwischen ihren Nasenspitzen beieinander und schauten sich forschend an. Eine solche Intimität hatten sie vorher noch nie erlebt. Schon gar nicht in der Familie. Friederike entdeckte ihr winziges, verzerrtes Spiegelbild in seinen Augen. Ruhig und nüchtern erzählte sie ihm von ihren Studien, den vielen Tierorganen, die sie in den vergangenen Jahren seziert und unterm Mikroskop untersucht hatte. Auch ihre Schwierigkeiten, sich in Schwaningen, abgeschnitten von der Welt, nur aus Büchern zu informieren, blieben nicht unerwähnt.

»Weißt du, es macht mich manchmal ganz verrückt zu ahnen, dass es da und dort schon wieder neue Erkenntnisse gibt – bei der Pumpfunktion des Herzens zum Beispiel –, aber nicht genau zu erfahren, welche.«

»Was fasziniert dich daran so?«

Heinrich wickelte eine Haarsträhne seiner Schwester um seinen rechten Zeigefinger. Jemand, der plötzlich hereinkäme, würde meinen, wir wären ein Liebespaar, dachte er. Obwohl er normalerweise zu Frauen Abstand hielt, machte ihn die Nähe seiner Schwester glücklich. Wenn er es sich recht überlegte, hatte er schon lange nicht mehr so eine Zuneigung für jemanden empfunden. Heinrich sehnte sich nach Freundschaft und Innigkeit. Er wollte Menschen lieben und geliebt werden. Auch dieses Bedürfnis empfand er als Trumpfkarte gegenüber seinem Bruder, den er hinter vorgehaltener Hand als verkrüppelten Menschenfeind beschimpfte.

Friederike ließ sich mit ihrer Antwort Zeit. Aber auch dann fiel ihr keine ein, die alles, was sie fühlte, ausgedrückt hätte.

»Ach, weißt du, Heinrich, ich kann dir nur sagen, dass ich es einfach machen muss. Es ist für mich wie eine Reise in ein fernes Land, wie die Erkundung einer unbekannten Insel. Ich möchte nicht sticken oder Karten spielen, und wenn ich daran denke, dass ich früher im Ansbacher Schloss stundenlang auf dem Sofa lag und an die Decke gestarrt oder mir Klatsch angehört habe, könnte ich mir noch jetzt Ohrfeigen geben. Schon als Mädchen in Berlin habe ich gespürt, dass ich die Oberflächen, das Bekannte durchdringen muss. Es hat mich immer mehr interessiert, was in einem Menschen passiert, als was er sagt. Die Materie ist unbestechlich, rein und frei von den Manipulationen unserer Gedanken. Dazu gehen mir unentwegt Fragen durch den Kopf. Ich kann nicht einmal«, sie lachte ein wenig, »einen Hund auf meinem Schoß streicheln, ohne zu überlegen, warum er so hechelt und wie seine Lungen funktionieren. Verstehst du mich? Wenigstens ein bisschen? Oder hältst du mich auch für verrückt?

»Dich? Nein, ganz bestimmt nicht. Aber aufpassen musst du. Sie beobachten dich, du bist ihnen ein Dorn im Auge. Ich muss auch immer aufpassen. Wir werden nie das Leben führen können, das wir eigentlich möchten.«

»Ich in meinem Versteck in Schwaningen schon, zumindest zum Teil. Allerdings ist mein Preis die Einsamkeit.«

Traurig lächelte sie ihn an und fragte ihn dann leise: »Und du in Rheinsberg?«

»Rheinsberg ist zwar weit von Friedrich entfernt, aber nicht weit genug. Außerdem musste ich dafür heiraten.«

Er zog eine Grimasse, hauchte einen seiner kostbaren Ringe an und polierte hingebungsvoll den Stein.

Bis zum späten Nachmittag blieben sie zusammen auf dem Bett liegen. Sie ließen sich heiße Schokolade und süße Hörnchen servieren. Später tranken sie französischen Schaumwein und fütterten sich gegenseitig mit den ersten Erdbeeren aus den Glashäusern. Licht und Schatten wanderten durch den Raum, sie hörten Pantoffeln auf dem Flur klappern und wieder verschwinden. Von irgendwoher tönte Musik. Heinrichs hochtoupiertes Haar löste sich und stand kreuz und quer ab, so dass er, wie sie fand, mehr wie ein Kobold aussah als wie ein preußischer Prinz. Dafür schloss sie ihn erneut in die Arme.

Er erzählte ihr von den hübschen jungen Männern, in die er sich regelmäßig verliebte. Aber auch, dass es ihn verletzte, wenn sie nur Geschenke oder Pöstchen von ihm wollten.

»Aber immerhin, Heinrich, du kennst dieses Gefühl wenigstens. Du genießt für ein paar Tage, ein paar Wochen etwas, von dem ich keine Ahnung habe. Das heißt, ahnen tue ich es schon. Aber man steht ziemlich dumm da, wenn man sich in einen Wilden aus den Wäldern Französisch-Amerikas verliebt oder in einen italienischen Maler, der von Hof zu Hof zieht, noch dazu dann, wenn man gerade hochschwanger ist …«

Friederike verstummte und starrte zur Decke.

»Das war alles?«

»Das war alles!«

»Und der Markgraf?«

»Ach, Heinrich, da ist es bei meinen Kühen und Stieren noch spannender.«

Worauf beide in schallendes Gelächter ausbrachen und anfingen, sich mit Kissen zu bewerfen.

Am nächsten Tag fuhr Friederike nach Berlin, um von der Mutter in deren Witwensitz empfangen zu werden.

Immer wieder hatte sie sich in den vergangenen Jahren dieses Wiedersehen ausgemalt. Manchmal in der Version, dass sie liebevoll umarmt wurde, dann dachte sie sich wieder aus, wie sie der Mutter die Belege für die halbe Million Gulden, die sie mit ihren Ziegen und Schafen erwirtschaftet und bei den Frankfurter Juden angelegt hatte, auf den Spieltisch knallen würde. Schweine habe ich auch noch gezüchtet!, würde sie sagen und zuschauen, wie die Mutter nach Luft rang.

Als es dann aber so weit war, erschrak Friederike nur noch angesichts der alten Erdkröte, die sie aus ihrem Lehnstuhl heraus anglotzte. Altersflecken sprenkelten die aus Wangen, Doppelkinn und Busen zusammengepackten Fleischwülste. Nachlässige Zofen hatten ihr die Perücke schief aufgesetzt. Friederike roch ranzige Ausdünstungen. Unter den Fingernägeln der alten Frau saß Dreck. Die Spitzen ihres Kleides hingen vergilbt und eingerissen herunter. Niemand hatte sich die Mühe gemacht, die Eigelbflecken auf ihrem Kleid zu entfernen. Wie viel Geld genehmigte ihr der königliche Sohn? Vielleicht fehlten der Königinmutter auch anständige Diener? Offensichtlich aber war, dass sich keines der Geschwister um ihr Wohlergehen kümmerte. Waren alle so schlecht von ihr behandelt worden wie sie selbst?

Plötzlich musste Friederike gegen Tränen kämpfen. Mit zittrigen Beinen ging sie vor der Mutter in die Knie und küsste ihre plumpe, aufgeschwollene Hand.

Dorothea Sophie nickte ihr großzügig zu und raunte aus ihren Falten heraus: »Wilhelmine hat mir gestern ihren Sohn, den Prinzen von Wales, vorgestellt.«

»Wie schön. Können Sie sich auch an die Krönung erinnern?«

»Natürlich, was denken Sie denn!« Die alte Dame beäugte Friederike misstrauisch. »Schließlich war diese Heirat allein mein Werk. Der König wollte Wilhelmine genauso schlecht an einen unbedeutenden Markgrafen verheiraten wie die andere. Mein Gott, helfen Sie mir, wie hieß diejenige von meinen Töchtern noch, die er nach Ansbach verschachert hat ...?«

Friederike sagte nichts mehr, sondern trank nur noch die Tasse Tee aus, die ihr eine schlecht gelaunte Hofdame reichte, dann ging sie. Erschüttert eilte sie einem Kammerherrn hinterher Richtung Ausgang. Auch daraus war also nichts geworden. Die Mutter war zu verblödet, zu vergreist, als dass sie noch ein kleines bisschen Rache an ihr hätte nehmen können. Oder dass sie sich, dachte Friederike, mit ihr hätte aussöhnen können.

Tränen liefen ihr lautlos über das Gesicht. Da streifte ihr Blick eine zusammengefaltete Zeitung auf einer Fensterbank. Eine der Wachen musste sie heimlich gelesen und dann dort vergessen haben. Unbemerkt ließ Friederike das schmale Bündel Papier unter ihrem Umhang verschwinden.

Am Abend lud der König sie zu einem vertraulichen Abendessen in seine Bibliothek.

»Welche Ehre, Markgräfin«, zwitscherte Heinrich und verbeugte sich in einem neuen petersilienfarbenen Rock, der ab der Hüfte steif ausgestellt war und einer Kaffeetasse glich. Friederike klopfte ihm mit dem Fächer auf den Kopf, dass es staubte. Es war ihr nie ganz wohl dabei, wenn er derart ungeniert über den königlichen Bruder spottete. Sie ahnte allerdings, dass er so viele Demütigungen hatte einstecken müssen, so dass ihm die möglichen Konsequenzen seines Hasses fast schon egal waren. Sie jedenfalls freute sich, Friedrich endlich einmal unter vier Augen zu treffen.

Als sie eingelassen wurde, saß er schon an dem kleinen Tisch, den er mitten in dem kreisrunden Raum hatte decken lassen. Hager, grau und kantig im Gesicht bohrten sich seine Augen gerade noch in irgendwelche Akten. Sie hatte das Gefühl, dass er im ersten Moment gar nicht so recht wusste, wer sie war. Eines seiner Windspiele kam auf sie zu und leckte ihr die Hand. Sie ließ es zu. Der König lächelte vorsichtig, schob die Schriftstücke beiseite und kam ihr entgegen. Es wurde wieder nur ein einziges Gericht serviert. Die erste halbe Stunde gab sich der König große Mühe. Er fragte nach ihren Eindrücken von Berlin und den jüngeren Geschwistern. Dann redete er ausführlich über seinen Ansbacher Neffen Alexander, lobte dessen Studien in Holland und gab sich keine Mühe zu verbergen, dass er viele Auskünfte über den jungen Mann eingeholt hatte. Flink schälte er ihr dabei eine der prächtigen, veredelten Birnen aus den Potsdamer Rabatten und reichte ihr die einzelnen Scheiben. Dann aber spreizte er auf einmal seine schönen langen Hände und drückte sie energisch auf die Tischplatte.

»So, Friederike, jetzt müssen wir anfangen, ernsthaft zu werden.«

Friederike schluckte, wich seinem Blick aber nicht aus.

»Mein Gesandter kann mir immer noch keine schlüssige Antwort geben, warum Ihr Gemahl den Freiherrn von Seckendorff in seinem Amt als Premierminister durch dessen Neffen Christoph Ludwig ersetzt hat. Dieser ist mir zu austrophil. Erklären Sie mir auf der Stelle, was das Ganze soll!«

Der König blickte sie durchdringend an.

Friederike hatte das Gefühl, als ob sich zwischen den Hunderten von Buchrücken unsichtbare Schnüre quer durch die Bibliothek spannten und sie umspannen.

»Na ja, ich lebe fast nur noch in Schwaningen ...«, begann sie vorsichtig.

»Weihnachten waren Sie aber in Ansbach. Ihr Verhältnis zum Markgrafen soll ja auch nicht mehr so schlecht sein wie früher. Umso besser ...«, lachte Friedrich trocken auf.

»Der junge Seckendorff sondiert gerade neue Finanzhilfen für den Markgrafen, da stellt er sich wohl besonders geschickt an, nachdem es mit England geklappt ...«

Friederike spürte, wie ihr Gesicht vor Scham rot anlief. Jetzt wäre Schminke doch ganz praktisch, um sich dahinter zu verstecken, schoss es ihr durch den Kopf. Habe ich soeben einen Verrat begangen? Auf welcher Seite muss ich eigentlich stehen? Nein, nein, korrigierte sie sich selbst, auf welcher Seite *will* ich eigentlich stehen?

Der König beobachtete seine Schwester scharf. Sie hatte sich verändert, und das nicht nur äußerlich. Sie erschien ihm nicht mehr ganz so unbeholfen und linkisch wie früher. Das machte ihn misstrauisch. Die Bayreuther Schwester fühlte mit ihm. Friederike aber war schon als Kind merkwürdig gewesen. Desinteressiert an allem Schönen und Geistreichen, dafür sparsam und akkurat mit dem Wirtschaften, was für Frauen sicher nicht das Schlechteste war. Aber dann hatte sie angefangen, herumzuexperimentieren und zu laborieren, und Bücher gelesen, die für Frauengehirne nicht bestimmt, ja sogar schädlich waren. Prompt machte sie das unfolgsam und störrisch. Der König begann, mit den Fingern auf den Tisch zu trommeln.

»Ich weiß, ich weiß. Glauben Sie etwa, mein Geheimdienst funktioniert nicht? Jeder weiß, dass der Markgraf von Ansbach pleite ist. Ich habe ihm bereits ein Angebot gemacht, allerdings ein bescheidenes. Warum auch mehr? Ich sehe gar nicht ein, dass mein Schwager aus der Reihe tanzt. Er ist ein Hohenzoller und hat seinem König zu gehorchen.«

»Seinem König?«

Friederike erhob sich empört.

»Mein Mann ist ein freier Reichsfürst.«

»Papperlapapp.«

Jetzt schlugen die königlichen Fingernägel Stakkato.

»Wir brauchen, ich wiederhole, wir brauchen«, Friedrichs wasserblaue Augen fixierten die dunkleren seiner Schwester, »Ansbach als Bündnispartner gegen Österreich und den Kaiser.«

Friederike setzte sich wieder und wandte scheinbar ruhig ein: »Aber ich dachte, Schlesien ist Ihnen vertraglich garantiert.«

Dem König entging nicht das Lauernde in ihrer Stimme.

»Nichts ist garantiert, alles ist Kampf, ständig und immer wieder.«

Wieder stellte Friederike verblüfft fest, dass der Mund ihres Bruders tatsächlich aus seinem Gesicht verschwinden konnte.

»Es wird also erneut Krieg geben?«

»Ja, und dieses Mal wird ganz Europa kämpfen. Ansbach sitzt mittendrin. Mitten im Deutschen Reich und mitten in Europa. Ihr Gemahl muss Farbe bekennen, und Ihr werdet ihm dabei helfen. Ansbach muss sich Preußen unterordnen!«

Der letzte Satz klang als harscher Befehl in ihren Ohren. Der König hatte es geschafft, dass seine Schwester erschrocken die Augen niederschlug. Diese Partie sah er als gewonnen an. Er klopfte auf seine Schenkel, und der Hund, der inzwischen vor dem Kamin geschlafen hatte, kam und schmiegte sich an ihn. Friedrich kraulte ihn zärtlich und drückte schließlich sogar sein Gesicht an den schmalen, zitternden Körper. Friederike fragte sich, ob er je von einem Menschen so vorbehaltlos geliebt worden war wie von seinen Hunden. Im gleichen Moment aber fiel ihr ein, dass es ihr selbst ja nicht viel anders ging als ihm. Auch sie war einsam und allein.

Erschöpft verließ sie die königliche Bibliothek. Der Besuch in der Heimat entpuppte sich immer mehr als Enttäuschung. Steif und teilnahmslos ließ sich Friederike eine halbe Stunde lang ausziehen und sehnte sich dabei nach dem Frieden in Schwaningen. Auch das Leben am Hof von Ansbach kam ihr, verglichen mit der Kälte des hiesigen, gar nicht mehr so stumpf, sondern heiter und menschlich vor. Sie wollte schon unter die Bettdecke kriechen, als ihr Blick auf die *Vossische Zeitung* fiel, die seit dem Nachmittag auf einem Stuhl gewartet hatte.

Am nächsten Morgen war sie es, die Heinrich im Bett überfiel. Ihre Laune hatte sich gedreht wie ein Wetterhahn auf dem Dach.

»Cassebohm ist am kommenden Freitag im Anatomischen Theater der Charité«, jubelte sie.

Der Bruder gähnte erst ausgiebig und fragte dann mäßig interessiert nach: »Von einem Cassebohm habe ich noch nie etwas gehört, gibt er ein französisches oder eines dieser neumodischen deutschen Stücke?«

»Heinrich! Cassebohm ist einer der berühmtesten Professoren für Anatomie und seziert Leichen«, antwortete Friederike ungeduldig und schlug seine Decke zurück.

»O mein Gott, war der Besuch bei Friedrich so furchtbar? Hattest du Albträume?«

Heinrich hatte sich mittlerweile aufgesetzt und blinzelte seine Schwester besorgt an.

»Wenn das klappen würde, dann ...«, flüsterte Friederike und suchte Heinrichs Blick, was bei seinem Schielen nicht einfach war, »... wäre das für mich die Erfüllung eines Traums.«

Jetzt war Heinrich sprachlos. Was um Gottes willen ging in seiner Schwester vor? Vielleicht stimmten die Gerüchte, und sie war gemütskrank. Oder sogar geistesgestört. Aber es kam noch schlimmer.

»Heinrich«, sagte sie in einem Ton, den er sonst nur von seinem Bruder, dem König, kannte, »du wirst mir dabei helfen!«

Der Herr, der Friederike am Freitag eskortierte, war es gewohnt, in Rollen zu schlüpfen. Er hatte sich schon oft als jugendlicher Liebhaber, als gehörnter Ehemann, aber auch als quacksalbernder Arzt aus Padua auf der Bühne bewährt. Besonders letzterem Auftritt und seiner Vertrautheit mit entsprechendem Fachvokabular verdankte er den jetzigen, außerordentlich gut bezahlten Auftrag. Das Einzige, was Friederike machen musste, war, sich umzuziehen, denn ihr Begleiter hatte ihr auf Anweisung des Prinzen Heinrich unauffällige bürgerliche Kleidung und einen dichten dunklen Schleier mitgebracht.

Auf dem Platz vor der Charité, dem großen Berliner Krankenhaus, das Friederikes Großvater hatte bauen lassen, drängten sich schon die Studenten und Professoren anderer Fakultäten, als auch ein Dr. Frans Holthuysen von der Universität Leyden mit dicken Brillengläsern auf der Nase und seiner unscheinbaren Gattin am Arm eintraf.

Friederike spürte ihr Herz bis in die Ohren klopfen. Habe ich Angst, oder ist es nur die Vorfreude?, fragte sie sich. Sie klammerte sich noch ein wenig fester an den Arm ihres Begleiters und starrte, um jeden Blickkontakt zu vermeiden, beharrlich auf die Schuhe der Umstehenden. Um sie herum wurde begrüßt, gejohlt, gelästert und gestritten, geschoben und auf das Pflaster gespuckt. Laufburschen verteilten Schriften, Studenten lasen noch im Stehen in Büchern nach. Sänften wurden herangetragen, und Kutschen fuhren vor und brachten weitere Besucher vor die Tore der Charité. Der Mann an ihrer Seite genoss seinen Auftritt offensichtlich, denn er nickte würdevoll einigen Unbekannten zu, die ihn wiederum mit geziemender Ehrfurcht zurückgrüßten. In dem Moment quoll mitten aus der wogenden Masse der Hüte ein dreckiges Lachen hervor:

»Mensch, Henri, du altes Schlitzohr, was hast du dir da für ein Täubchen angelacht? Die riecht ja förmlich nach Geld!«

Der Arm, an dem sie ging, zuckte. Friederike sah zwei unverschämte Augen, die zu einem kanariengelben Rock gehörten, bedrohlich nahe aufblitzen. Der Arm drückte sie grob nach rechts, sie gehorchte widerspruchslos. Das distinguierte Ehepaar aus Leyden verschwand im Strom der Besucher und schwamm schnell durch die geöffneten Türen, die scharf riechenden Flure entlang und weiter bis zum Anatomischen Theater. In der allgemeinen Hochstimmung, dass gleich der seit seinen Vorlesungen in Halle berühmte Cassebohm, der Spezialist für die Beschaffenheit des Ohrs, höchstpersönlich erscheinen und einen Menschen fachgerecht zerlegen würde, achtete niemand auf die einzige Frau. An der Schwelle zu dem steil in die Tiefe herabsteigenden Saal sammelte der Adlatus des Professors einen halben Taler für die Kerzen ein.

Sie setzten sich in die vorletzte Reihe. Friederike hielt den Atem an und ließ ihre Augen emsig wie Ameisen durch das ganze Theater wandern. Jede der sieben, rundherum laufenden Reihen war dicht besetzt. Unten in der Mitte, für alle gut sichtbar, stand bereits der Demonstrationstisch. Allerdings war er noch leer. Da entdeckte sie plötzlich den kanariengelben Rock wieder.

»Wer ist das?«, fragte sie leise.

Ohne dass sie einen Finger ausgestreckt oder nur den Kopf bewegt hätte, wusste er sofort, wen sie meinte.

»Einer der Resurrektionisten«, antwortete er ebenso leise.

»Wer?«

Ihre Nachfrage war ihm offensichtlich unangenehm, denn er zögerte unhöflich lange, bevor er antwortete: »Das sind die, die die Leichen besorgen. Manchmal aus den Armen-, manchmal aus den Waisenhäusern oder auch aus der Irrenanstalt in der Krausenstraße. Und manchmal«, fuhr er fort und wurde noch leiser, »wenn es pressiert, sind die Leichen noch gar keine Leichen.«

Friederike schaute ihn unter ihrem schwarzen Schleier entsetzt an. Aber sie kam nicht mehr dazu, weitere Fragen zu stellen, denn in dem Moment kam Cassebohm.

Beifall brandete auf. Der Arzt verbeugte sich nur kurz und wandte sich gleich dem Körper zu, der von zwei Dienern auf einer Bahre hereingetragen und auf den Tisch gehoben wurde. Friederike gab sich alle Mühe, nichts zu übersehen. Hüstelnd und offensichtlich erkältet, verkündete Cassebohm seinem Publikum, dass es sich bei dem heutigen Demonstrationsobjekt um den Körper eines zweiundvierzigjährigen Mannes handelte, der übrigens an Auszehrung gestorben wäre. Es wäre ein *Situs inversus* und damit schlichtweg eine Sensation. Während seiner ganzen Laufbahn hätte er so eine Kuriosität der Natur noch nicht in die Finger bekommen. Alle Organe lägen seiner Vermutung nach seitenverkehrt.

Durch die Zuschauerreihen ging ein Raunen. Mit so etwas hatte man nicht gerechnet. Normalerweise liege die Herzspitze links in Höhe des fünften Zwischenrippenraums, vom Brustbein aus gesehen neben einer Linie, die lotrecht durch die Mitte des Schlüsselbeins oder durch die Brustwarze gezogen werde.

»Bei dem hier aber«, fuhr Cassebohm mit inzwischen kratziger Stimme fort, so dass die Besucher auf den oberen Rängen Probleme hatten, ihn zu verstehen, und deutete mit einer großen Geste auf das hagere, mit wächserner Haut überzogene und nur mit einem Tuch über die Genitalien abgedeckte Gerippe, »habe ich an besagter Stelle nichts, aber auch gar nichts schlagen gehört. Was in Widerspruch zu dem Auf und Ab seines Brustkorbes stand. Erst als ich mit meinem Stethoskop immer weiter nach rechts wanderte ...«

Cassebohm musste an dieser Stelle seine Ausführungen unterbrechen und heftig niesen. Den Rest seines Satzes schenkte er sich und streckte gleich die Hand aus, damit ihm sein Adlatus eine blitzende Lanzette reichte. Friederike starrte gebannt nach vorne. Im Saal herrschte jetzt eine große, gewichtige Stille. Sie glaubte, ein kleines zirpendes Geräusch zu hören. Cassebohm trat einen Schritt zurück. Friederike kniff die Augen zusammen und konnte tatsächlich einen wunderbar exakten Schnitt sehen, der sich bläulich vom Schambein bis hoch zum Schlüsselbein abzeichnete. Gleich würde sie einen großartigen Moment miterleben und hineinsehen können in das Wunderwerk der menschlichen Maschine. Sie würde mit eigenen Augen die Anordnung der Herzkammern und ihres Pumpsystems betrachten können. Der Professor der Anatomie ließ sich schon die Säge geben. Friederike spürte ein großes Glücksgefühl in sich aufsteigen.

Hinterher wusste sie nicht mehr, ob die zwei Schatten schon länger hinter ihr gelauert oder sich ganz plötzlich wie hungrige Kolkraben gesenkt hatten. Beide Männer waren ganz in Schwarz gekleidet und trugen den gleichen schmucklosen Dreispitz wie ihr Bruder, der König. Ihr Begleiter begriff schneller als sie, was los war. Mit einem Satz sprang er auf, pflügte durch die schimpfenden Studenten hinter ihnen und verschwand. Friederike blieb versteinert sitzen und hörte, wie einer der beiden Fremden mit eisiger Stimme zu ihr sagte: »Madame, folgen Sie uns umgehend.«

Noch immer konnte sie sich nicht rühren.

Inzwischen hatten sich alle Köpfe umgedreht und starrten zu ihr und den beiden schwarzen Gestalten. Professor Cassebohm ließ seine Hand mit der Säge sinken und schaute zuerst verwirrt, dann weiß vor Wut über die Störung zu den Zuschauerplätzen hoch. Der *Situs inversus* lag weiter ruhig und ungeöffnet da.

»Eine Frau, eine Frau«, zischte es. Köpfe wurden geschüttelt, Zöpfe wackelten, und vereinzelte Buhrufe waren zu hören. Wie in Trance spürte Friederike, dass eine Hand ihre Schulter berührte. Einer der beiden Raben hob sie regelrecht hoch und bugsierte sie an den anderen Zuschauern vorbei. Vor ihren Augen tanzten undeutlich erschreckte Gesichter und hämische Fratzen. Von irgendwo vernahm sie eine junge Stimme, die rief: »Lassen Sie die Frau los, hier ist wissenschaftliches Terrain, hier herrschen die Freiheit des Geistes und der Wissenschaft und keine Tyrannei.«

Mit festem Griff wurde Friederike nach draußen und in eine geschlossene Kutsche verfrachtet.

Das Verhör fand in einem Keller statt. Soso, die Markgräfin von Ansbach sei sie, eine preußische Prinzessin, sogar die Schwester des Königs selbst. Wie könne man das glauben? Der Mann mit den stechenden Augen lachte höhnisch auf. Eine Dame von ihrem Stand, eine Königliche Hoheit, würde nie und nimmer so gegen Sitte und Anstand verstoßen wie sie. Wer und wo ihr Begleiter sei, fragte man immer wieder. Ach, das wisse sie nicht. So eine sei sie also auch. Treibe sich mit Männern herum, ohne deren Namen zu kennen.

»Wie heißen Ihre Auftraggeber?«

»Für wen spionieren Sie?«

»Was haben Ihnen die Österreicher gezahlt?«

Wie Hagelkörner prasselten die Fragen auf sie ein, immer und immer wieder.

Nach drei Stunden verlor Friederike ihre Würde und fing zu weinen an. Ihre Peiniger kümmerte das nicht. Im Gegenteil: Nicht eine Sekunde ließen sie sie aus den Augen und gaben ihr trotz inständiger Bitten keinen Schluck Wasser. Nur einmal durfte sie ihre Notdurft in einem feuchten Verlies verrichten. Schmerz loderte in ihrem Rücken, denn sie musste auf der vordersten Kante eines Stuhls ohne Lehne sitzen. Ihre Augen brannten, und ihr Mund fühlte sich ledrig und ausgefranst an. »Nein«, wimmerte sie immer wieder, »nein, ich bin keine Spionin der Österreicher. Ich bin eine preußische Prinzessin.«

Gegen Mitternacht wurde die Tür aufgestoßen, andere schwarze Rabengestalten mit einem Dreispitz auf dem Kopf drangen herein. Sie sprachen schnell und barsch und, wie ihr schien, ein wenig zivilisierter. Wieder wurde sie geschoben, dieses Mal sanfter, und wieder in eine enge, dunkle Kutsche verfrachtet. Sie hatte nicht einmal mehr Angst, so erledigt und müde war sie, als sie durch das nächtliche Berlin rumpelte.

»Diese Halunken, die die Leichen für die Sektionen herbeischaffen, müssen ein Geschäft gewittert haben, als sie den guten Henri mit dir sahen«, murmelte Heinrich, während er ein paar Stunden später seiner Schwester heiße Schokolade einflößte.

»Also haben sie die mysteriöse Dame in der Charité sofort der Geheimpolizei unseres lieben Herrn Bruders gemeldet. Dafür gibt es Kopfgeld. In Preußen sind Frauen erstens immer verdächtig, und zweitens sind wir ja quasi von gefährlichen Huren umzingelt.«

Heinrich streckte drei Finger in die Luft und zählte mit genüsslichem Spott auf: »Madame Pompadour in Frankreich, Zarin Elisabeth in Russland und Maria Theresia in Österreich. Und dann kommt eine noch daher und will zuschauen, wie man Männern den Leib aufschneidet. Das ist Hochverrat, Hochverrat sage ich!«

Der kleine Mann imitierte wieder einmal komisch treffend die Stimme des Königs, doch Friederike hatte im Moment keinen Sinn dafür. Bleich und noch immer zutiefst erschrocken hielt sie ihre Augen geschlossen und rührte sich nicht. Die Ereignisse des vergangenen Tages steckten ihr in den Knochen. Dass sie den Fängen der preußischen Geheimpolizei entkommen war, grenzte an ein Wunder, dem sie fast noch nicht traute. Sie hatte vergangene Nacht in einen tiefen Abgrund geschaut und eine Angst geschmeckt, gegen die diejenige vor den Schlägen des Vaters harmlos gewesen war. Hinter der Fassade dieses ach so fortschrittlichen Preußens mit seinem dichtenden und philosophierenden König verbarg sich eine perfekte Maschinerie, die durch Machtgier, Argwohn und Menschenverachtung am Laufen gehalten wurde.

Und diesem Land, diesem König habe ich vor ein paar Jahren junge Burschen, so alt wie jetzt mein eigener Sohn, als Soldaten verkauft. Damit sie in Mähren abgeschlachtet wurden. Bei diesen Erinnerungen schüttelte sie plötzlich ein heftiges Schluchzen, und Tränen liefen ihr über das Gesicht. Heinrich wurde flattrig vor Sorge und streichelte ihr unablässig die Hand, bis sie schließlich einschlafen konnte.

Zwei Tage später reiste die Markgräfin von Ansbach in aller Eile ab. Ihre Kutsche begegnete derjenigen, in der Voltaire saß. Er verließ Potsdam ebenfalls fluchtartig. Sie ließ anhalten und begrüßte den berühmten französischen Dichter und Philosophen, der dem Hof und dem Ruf ihres Bruders so viel Glanz und Ansehen in Europa verschafft hatte. Dann fuhren sie weiter. Beide waren heilfroh, als sie endlich die Grenzen Preußens passierten.

12

Der Kanal, der das Schwaninger Schloss von seinen prächtigen Gärten und Wirtschaftsgütern trennte, zog sich an diesem Oktobermorgen des Jahres 1756 wie ein glatter Seidenstrumpf durchs Land. Noch dazu schimmerte er flohfarben, was die Modefarbe der vergangenen Saison am französischen Hof gewesen war. Caroline von Crailsheim, die die Fensterflügel ihres Mansardenzimmers weit geöffnet hatte und es bei ihrer Größe auch schaffte, sich über die Brüstung zu lehnen, wusste das ganz genau. Noch immer hielt sie sich mithilfe des *Mercure de France* über die große Welt auf dem Laufenden, auch wenn sie inzwischen nicht einmal mehr am Hof von Ansbach lebte.

Trotzdem, dachte Caroline seufzend, stärkte einem diese gewisse Weltläufigkeit den Rücken, wenn die einzige Abwechslung beim Tee mit den beiden Hofdamen darin bestand, das tägliche Changieren der Kanaloberfläche zwischen Taubenblau, Entengrützengrün oder ungeputztem Zinn zu kommentieren.

Caroline kniff ihre kurzsichtig gewordenen Augen zusammen. Sie beobachtete, wie sich die Gärtner rhythmisch auf und ab beugten, um die verblühten Stauden abzuschneiden und auf Schubkarren zu laden. Der herbe Geruch von Fäulnis und schwerer, feuchter Erde stieg zu ihr hoch. Sie mochte ihn, denn mit dem Herbst ließen die quälenden Versuchungen des Sommers nach. Die Düfte aus den Lindenalleen, die in den warmen Nächten in ihr Zimmer geweht waren, erinnerten sie mehr als ihr lieb war an die aufregenden Zeiten, als ihr Reifrock noch im Getümmel der markgräflichen Residenz geraschelt und sie mit den Damen und Kavalieren zwischen Zitronenbäumen Verstecken gespielt hatte. Jetzt bekam sie nur noch Besuch von Reitzenstein; der allerdings war ihr treu.

Caroline wollte gerade das Fenster schließen, als sie zwei Diener aus dem Haus rennen sah, unter deren Stiefeln der Kies knirschte. Also musste der Mensch angekommen sein, vor dem es der Markgräfin so graute.

Nachdem die Bayreuther Markgräfin, die in ganz Europa als Kunstkennerin und Lieblingsschwester des Preußenkönigs gerühmte Wilhelmine, von ihrer Italienreise zurückgekommen war, schied der Kammerherr, der sie begleitet hatte, aus ihrem Dienst und nahm eine neue Stelle als Diplomat am Hof des Königs von Dänemark an. Der junge Mann bat brieflich darum, auf seinem Weg dorthin in Schwaningen Station machen zu dürfen.

Friederike kannte diesen Karl Heinrich von Gleichen nicht, aber sie bekam gleich ein mulmiges Gefühl, als sie sein Schreiben las. Leuten aus der Umgebung ihrer Schwester traute sie nicht. Bayreuth war eine Schlangengrube, und die Schwester spritzte am meisten Gift. Der Kammerdiener würde ihr mit dem gleichen arroganten Blick und abschätzigen Lächeln begegnen wie Wilhelmine.

Sie spaziert durch Schweinescheiße und schält eigenhändig Kartoffeln, vor denen sich alle Menschen bekanntermaßen ekeln, hatte die Schwester vor nicht langer Zeit über sie nach Berlin geschrieben. Friederike wusste es genau. Die Bezeichnung »närrisch« war gleich drei Mal und »geistig umwölkt« zwei Mal in einem Brief aufgetaucht. Ihr Bruder Heinrich hatte ihr das verraten und sie eindringlich vor der Bayreutherin und deren Einfluss auf den König gewarnt.

Friederike zerriss von Gleichens Schreiben und knetete es wütend zu einer Kugel, die sie schnell ins Kaminfeuer warf. Scharfe Linien zogen sich um ihren Mund zusammen. Nein, sie wollte niemanden auf ihrer mühsam errichteten Insel haben. Die Kraft, gegen die Spione der Schwester anzutreten, hatte sie nicht, da machte sie sich nichts vor. Die Geheimpolizei ihres Bruders tauchte noch zu oft in ihren Träumen auf und ließ sie schweißgebadet aufwachen. Friederike legte ihren Kopf in die Hände und rieb sich die Augen.

Als er dann eintraf, saß sie gerade über den Rechnungsbüchern der neuen Meierei. Sie schreckte hoch wie ein Kaninchen. Offensichtlich hatte ihn ihre Absage nicht mehr rechtzeitig erreicht. Sie hielt sich an ihrem Federkiel fest und überprüfte die Zahlenkolonnen vor sich auf dem Blatt. Friederike traute ihrem Sekretär seit einiger Zeit nicht mehr. Nicht dass er sie betrügen wollte, aber es unterliefen ihm zu viele Fehler beim Addieren. Also rechnete sie jetzt alles selbst. Die Milcherträge waren im letzten Halbjahr zwar wieder um ein Fünftel gestiegen, aber wichtig war, genau zu wissen, welche Tiere über welchen Zeitraum am meisten Milch gaben. Die musste man von Stieren aus der gleichen Abstammung decken lassen, nur so ließ sich der Erfolg sinnvoll planen. Außerdem lag auf ihrem Schreibtisch die Ausschreibung der Royal Agricultural Society, die für die Erfindung eines eisernen Schaufelpfluges für die Kartoffelernte einen Preis von fünf englischen Pfund auslobte. Friederike fühlte Schweißtropfen in ihrem Nacken.

Bestimmt hat ihn mir Wilhelmine auf den Hals gehetzt. Er soll mich offiziell für geisteskrank erklären, kombinierte sie. Dann würde nicht einmal Carolines Witz ihr helfen können. Konnte sie Schutz von ihrem Mann, dem Markgrafen, erwarten? Wer wusste schon, was der Bruder in Potsdam noch alles vorhatte? Vielleicht sollte die ganze Ansbacher Linie für null und nichtig erklärt werden? Charles zögerte, an Friedrichs Seite in den Krieg zu ziehen, und der König wurde immer ärgerlicher. Sie selbst galt inzwischen als ein Makel für das Haus Preußen. Verdammt, wo steckte bloß Caroline?

Nach den üblichen Höflichkeitsformeln und Kratzfüßen überreichte ihr Karl Heinrich von Gleichen ein kleines, nur eine halbe Elle hohes, in Samt eingeschlagenes Bild.

»Der Ausbruch des Vesuvs, von der Markgräfin an Ort und Stelle gemalt und Ihrer Königlichen Hoheit zum Andenken gewidmet.«

Friederike betrachtete schweigend den Feuer speienden Vulkan. Eine graue Rauchpinie stieg mächtig in einen gelblichen Himmel auf. Roter Funkenregen wurde aus dem Krater geschleudert. Ebenfalls rot getuscht waren ein größerer und zwei kleinere Flankenausbrüche aus glühender Lava. Sollte diese Szenerie eine Drohung sein? Oder eine Anspielung auf ihr Verhalten? Warum schickte ihr die Schwester gerade dieses Bild?

Friederike wusste, dass sie unbedingt etwas erwidern musste.

»Wie nahe war meine Schwester dem Geschehen?«

»Sie hat ihre Kutsche anhalten und ihre Staffelei am Wegesrand aufstellen lassen. Der Markgraf selbst hat den Vesuv bestiegen«, berichtete Herr von Gleichen. Unaufgefordert fuhr er fort, von den Ausgrabungen in Herculaneum zu erzählen, und schilderte ihr eine grandiose, verborgene Welt, die auf ihre Wiederentdeckung wartete. Ihr fiel auf, dass er nicht ruhig stehen konnte.

»Ein ganz neuer Esprit, verstehen Sie, an den sich unser Geschmack erst gewöhnen muss, aber der in seiner Radikalität und Größe neue Maßstäbe setzen wird.«

Bei diesen Worten wippte er in den Knien und fuchtelte mit den Händen. Friederike überlegte, ob er zu dieser frühen Stunde schon getrunken hatte, so merkwürdig kam ihr sein Enthusiasmus vor. Sie tat so, als würde sie weiter das Geschenk der Schwester studieren.

Auch er war irritiert. Für eine Dame ihres Standes war es höchst ungewöhnlich, dass sie keine Schminke trug. Diese Mode kannte er nur von den ganz mutigen Damen der Pariser Avantgarde. Zudem wunderte er sich, dass in ihren schönen Augen, die groß und glänzend wie Spiegeleier unter feinen Brauen lagen, so viel

Ernst schimmerte. Stimmten die Gerüchte, dass der Ansbacher Markgraf die preußische Königstochter von seinem Hof verbannt hatte und dass sie inzwischen mit Ökonomen in aller Welt korrespondierte und merkwürdige Versuche mit Tieren durchführte? In etwas weinerlichem Zustand, weil der Markgraf wieder häufig mit der Marwitz ins Bett ging, hatte die Bayreuther Fürstin erzählt, dass sich ihre Schwester mit gotteslästerlichen, frivolen Untersuchungen verlustierte. Sogar die eigenen Landeskinder hätte sie untersuchen wollen. Gottlob hätte ihr Schwager, der sonst ein Dummkopf war, ihr das strikt verboten. Inzwischen wäre es aber so, dass Friederike gar nicht mehr in die zivilisierte Welt passte. Schwaningen wäre der einzige Ort, an dem sie ihre absonderlichen Grillen und unweiblichen Vergnügungen verstecken könnte.

»Was haben Sie vor dem Dienst bei der Markgräfin gemacht?«

Friederike, die genug von dem gewalttätigen Naturereignis hatte, ließ das Bild kurzerhand hinter einen Sesselrücken gleiten. Tat er nur so unbedarft? Oder stand er vielleicht doch nicht auf der Gehaltsliste ihrer Schwester für besondere Spionagedienste? Sie blieb auf der Hut, ihre Augenlider zuckten ein wenig vor Anspannung, was ihm aber nicht auffiel. Sie befahl Karl Heinrich von Gleichen, der ihrer Schätzung nach kaum älter als Mitte zwanzig war, auf einem Hocker Platz zu nehmen.

Völlig ungeniert antwortete Wilhelmines ehemaliger Kammerherr mit einer Gegenfrage.

»Kennen Königliche Hoheit Ihren Untertan, den Dichter Cronegk aus Ansbach? Mit ihm habe ich nämlich in

Leipzig bei Gellert studiert, und mit ihm zusammen bin ich auch nach Frankreich gereist. Wirklich ein famoser, ein wunderbarer Freund.«

»Cronegk sagen Sie? Ach ja. Aber was genau haben Sie in Paris gemacht?«

Friederike erinnerte sich dunkel, dass ihr Gemahl den Dichter Cronegk, der stets verhuscht und verspottet durch die Ansbacher Straßen gestolpert war, unter seinen Schutz gestellt hatte und ihm auch eine Pension zahlte. Der junge Mann, in dessen kantigem Gesicht sie kein Stäubchen Puder entdeckte, schlug seine, was ihr ebenfalls nicht entging, schönen langen Beine übereinander.

»Gemacht allerdings wenig«, lachte er, »dafür war ich tagsüber zu müde, und nachts ging ich abwechselnd ins Theater oder in die Salons von Madame de Graffigny, Madame du Deffand oder Madame de Lespinasse. Wo sich ja jetzt die ganze Welt trifft.«

»Und die königliche Familie, der Hof von Versailles? Die Maskenfeste, Bälle und Bankette? Waren Sie nicht auch dort Gast und Bewunderer?«

»Gast schon, aber nicht Bewunderer.«

Nach dieser Bemerkung füllte Schweigen das zartrosa Empfangszimmer. Friederike zupfte sprachlos das Kissen zurecht, auf das ihre Mutter den kleinen, über alles geliebten, schwarz gefleckten Bologneserhund Finette gestickt hatte.

Karl Heinrich von Gleichen war es, der entgegen dem Protokoll als Erster wieder das Wort ergriff. Er schaute die Markgräfin nicht an, sondern wanderte mit seinen Augen die zierlich verspielten Rocailles an den Stuckleisten ab. Mit gedämpfter Stimme begann er zu erzählen.

»Es ist nicht mehr nur der Putz, der abbröckelt, selbst das Mauerwerk fällt schon an manchen Ecken in großen Stücken heraus, und niemand schert sich mehr darum. Außerhalb des Versailler Schlosses rennt man am besten, weil einem jeden Moment einer der vielen losen Dachziegel auf den Kopf fallen kann. Die Gärten werden nur noch in dem Radius gepflegt, in dem die Herrschaften spazieren gehen, und der ist nicht allzu groß. Dafür sprühen die Fontänen immer höher. Immer häufiger werden auch Feuerwerke abgebrannt, um das arme Volk bei Laune zu halten und von den leeren Kochtöpfen abzulenken.«

Er schaute jetzt beharrlich auf eine der hübschen Supraporten, auf der chinesische Damen und Herren Chrysanthemen pflückten. Beinahe wie ein kleiner Junge, der gegen seinen Erzieher bockt, schmunzelte Friederike und entdeckte gleichzeitig, wie dicht und dunkel der Kranz seiner Wimpern war. Als sich ihre Blicke dann doch kreuzten, fiel ihr auf, dass er bitterer und zynischer schaute, als es in seinem Alter üblich war. Für ihn muss Schwaningen direkt hinter dem Mond liegen, schoss ihr durch den Kopf. Natürlich hätte sie ihn brennend gern weiter ausgefragt: über das, was man in diesen Salons alles diskutierte, und warum sich die Dinge in Versailles so entwickelten, wie er schilderte. Doch sie beherrschte inzwischen die Kunst, nichts zu überstürzen, und deshalb stand sie auf und verabschiedete ihn freundlich.

»Nehmen Sie das Mittagessen mit uns ein. Wir halten keine große Tafel, aber ich würde mich freuen, wenn Sie uns um drei Uhr mit Ihrer Gesellschaft bereichern würden.«

Der junge Mann, der eigentlich die allernächste Postkutsche zu seinem Dichterfreund Cronegk nach Ansbach hatte nehmen wollen, verbeugte sich und sagte zu.

Auch am Nachmittag sprachen sie nicht mehr über Paris oder Versailles. Sie absolvierten stattdessen das übliche und einzige Programm, mit dem man in Schwaningen Gäste unterhalten konnte: Sie ließen sich mit dem Kahn zu der kleinen Insel am unteren Ende des Kanals rudern, wo sie trotz kühler Witterung nach höfischer Manier im Kreise von Friederikes Damen und Kammerherren im Pavillon Kaffee tranken. Anschließend fuhren sie in der schon etwas altersschwachen offenen Gartenkutsche aus, die sie vor vielen Jahren zum Trost für die häufigen Wutausbrüche des Markgrafen von ihrem Vater geschenkt bekommen hatte.

Von Gleichen wollte gerade sagen, dass er sich einen Platz in der nächsten Kutsche früh um fünf Uhr gesichert hatte, als sie darauf bestand, die Besichtigung zu Fuß fortzusetzen. Der Chevalier, der zwar schlichte, aber doch seidene Kniehosen über blütenweißen Strümpfen trug, zögerte kurz, als die Markgräfin nach wenigen hundert Metern von den buchsgesäumten Kieswegen abbog und ihn auf schmutziges, unbefestigtes Terrain führte, doch was blieb ihm schon übrig? Der kleine Hofstaat, der solche Exkursionen anscheinend gewöhnt war, folgte ohne Murren. Bald hingen Kotballen an seinen Sohlen, und der saure Gestank von Stallungen stach ihm in die Nase.

»Meine Viehmast, passen Sie auf, hier ist eine Stufe«, sagte sie knapp und riegelte das Tor zu einem Gebäude auf, das, so mutmaßte von Gleichen, die Fortsetzung des prächtigen Marstalls sein musste. Er trat nach ihr in die warme, dampfende Dunkelheit ein. *Mon Dieu,* wenn das die Bayreuther Markgräfin erleben würde, dachte er. Seine Gönnerin und bis nach Frankreich gefeierte große Dame, die als bekränzte Schäferin promenierte und dabei die Oden ihres königlichen Bruders deklamierte. Und hier, neben ihm, die Ansbacher Schwester. Die in nicht weniger eleganter Aufmachung durch die Reihen schnaubender Rinder schritt und um deren ungepuderten Kopf ein Schwarm grüner Schmeißfliegen surrte.

»Schauen Sie«, unterbrach sie energisch seine Gedanken und blieb vor einem massigen Tier mit struppigem, schwarzbraunem Fell stehen, das ruhig auf dem Stroh lag und den hohen Besuch aus seinen blond bewimperten Augen nicht unfreundlich anglotzte, »dieser Ochse ist eine Kreuzung zwischen dem von John Ellman von Glyde veredelten Sussex-Rind und den Einzüchtungen der schwarz-weißen Hollandrinder, die ich vor fünfzehn Jahren ins Land holen ließ. Er ist entschieden muskulöser und kräftiger als jedes andere Pflugtier und kann Pflüge ziehen, für die man sonst zwei Tiere braucht ...«

Friederike gönnte sich eine stolze kleine Pause, bevor sie fortfuhr. »Dazu ist er auch noch ergiebiger und schmackhafter im Fleisch, wenn man ihn schließlich schlachtet.«

Von Gleichen starrte der Markgräfin ins Gesicht, was aber im Dämmerlicht des Stalls nicht als allzu unhöflich gelten konnte.

»Königliche Hoheit, das ist phänomenal.«

Damit meinte er weniger den Ochsen, der inzwischen aufgestanden war und gemächlich und geräuschvoll urinierte, sondern Friederike. Sie kam ihm gewagter vor als die modernen Damen, die er in den Pariser Salons kennengelernt hatte.

»Warten Sie ab, bis Sie meine Merinoschafe gesehen haben. Die Wolle hat mir im letzten Jahr zweitausendachthundert Gulden eingebracht, und Lord Spencer bittet mich unablässig um ein paar Lämmer für seine Zucht.«

Für das Abendessen wies die Markgräfin ihren Hofmeister an, einige der kostbaren Flaschen Rheinwein aus dem Keller holen zu lassen. Beim zweiten Gang stand dann auch schon fest, dass Herr von Gleichen sich in Schwaningen einige Tage der Ruhe gönnen würde, damit er seine beschwerliche und lange Reise zum königlichen Hof nach Kopenhagen in aller Frische fortsetzen konnte.

Caroline von Crailsheim, die den Gast für ihren Geschmack zu wenig galant fand, fiel auf, dass die Fürstin für diesen Abend ein Kleid mit einem ungewöhnlich großen Dekolleté gewählt hatte. Ihr Busen schwamm geschmeidig wie ein silbern glänzender Fisch über die Wellenkämme der Schatten, die die Kerzen warfen. Doch ob der junge Chevalier, der so klug daherredete, dieses schöne Schauspiel überhaupt würdigte, wusste Caroline nicht mit Sicherheit zu sagen.

Er schnitt mit Messer und Gabel abenteuerliche Kurven in die Luft und unterhielt die Tischgesellschaft mit Details einer Aufführung von Molières lange verbotenem *Tartuffe,* die er in Paris zusammen mit einem Sonderling aus der Schweiz namens Rousseau besucht hatte.

Frau von Beust und Frau von Wasdorff, die beiden Hofdamen der Markgräfin, waren hin- und hergerissen. Einerseits erregte sie jeder männliche Gast, der nach Schwaningen kam. Selbst der Leibarzt aus der Ansbacher Residenz, der ihnen zweimal im Jahr einen Aderlass verabreichte, ließ sie munter wie Vögel flattern. Das Ungestüm jedoch, mit dem dieser fremde Mensch zwischen Krebsschwänzen in Weinschaum und in Sardellen gekochten Tauben unablässig Sätze wie kleine Bälle gegen die Wand schlug, ängstigte sie. Das war nicht die Art von Unterhaltung, die sie ihr Leben lang geübt hatten wie das Mischen und Austeilen von Spielkarten.

Friederike aß und trank kaum, verschlang aber gierig alles, was er sagte. Diderot, Montesquieu, der Mathematiker d'Alembert, Turgot und vor allem der Chevalier Jaucourt aus altem burgundischem Adel, der zwanzig Jahre zur Schande seiner Familie wie ein Bürger an einem anatomischen Lexikon gearbeitet hatte, dessen Manuskript dann aber auf der Fahrt zur Drucklegung fernab von der französischen Zensur im holländischen Meer versank. Die Ideen des Schweizers Rousseau von der natürlichen Einfachheit, wonach Mütter ihre Kinder stillen und geometrische Gärten in Urwälder verwandelt werden sollten, ließ sie sich genüsslich auf der Zunge zergehen, bevor sie sie schluckte.

Als Nächstes wurde sie mit Geschichten über den pfälzischen Baron Holbein überschüttet, der die Enzyklopädisten zweimal wöchentlich mittags um zwei zu Champagner und Austern einlud. Und schließlich kam noch der höchst wunderliche Abbé Morelly an die Reihe, von dem von Gleichen wusste, dass er in seinem *Code de la nature* den Beweis geliefert hatte, dass Privateigentum der Grund allen Streits und Übels wäre und deshalb durch den Staat auf alle Bürger gleichmäßig verteilt werden sollte.

All diese fremden und doch längst geahnten Namen und Düfte wehten zusammen mit von Gleichens zitronenfruchtigem Parfüm, das sie gerochen hatte, als er vor dem Souper kurz ihren Arm gestreift hatte, auf ihre einsame Insel, auf der sie sich mit ihren menschlichen und tierischen Ziegen ein gutes Leben eingerichtet hatte, und führten ihr vor, was sie trotz allem vermisste.

In dieser Nacht schlief Friederike lange nicht ein. Der Gedanke, dass irgendwann der gesamte Geist in alphabetischer Anordnung zwischen Buchdeckeln einer Enzyklopädie zusammengefasst sein würde, erregte sie sehr. Noch mehr aber die plötzliche Erinnerung an eine blanke, zimtfarbene Brust, auf die das strähnige Haar eines Wilden aus den Wäldern Französisch-Amerikas fiel. Der allerdings plötzlich dichtere und längere Wimpern bekam, als er tatsächlich gehabt hatte.

Am nächsten Tag ließ sie den Besucher absichtlich alleine. Sich selbst zwang sie, eine halbe Stunde im kalten Morgenbad auszuharren. Sie hoffte, das würde die *vapeurs* auflösen, die vergorenen Dämpfe, die ihr seit gestern wieder unerwartet heftig zu Kopf stiegen. Als sie schließlich aus der Wanne stieg, fror sie immerhin so sehr, dass ihre Gedanken für eine Weile gezähmt waren. Dann brütete sie wieder über den Zahlen der Meierei.

Sie erhoffte sich Geldzuflüsse, mit denen sie wiederum neues Gerät aus England bestellen konnte, und überlegte sogar, ob sie sich nicht für einen der neuartigen Webstühle interessieren sollte, mit dem sich angeblich so viel schneller Ware herstellen ließ. Atterbury, ihr geschäftlicher Vertreter in London, der ihr alle zwei Monate ostindischen Tee schickte, gab sich Mühe, der seltsamen deutschen Fürstin die neuesten medizinischen Bücher und alle Beschreibungen von mechanischen Erfindungen zu schicken, die er auftreiben konnte.

Friederike gelang es nicht, sich zu konzentrieren. Unruhig sortierte sie Quittungen und bekleckste Zettel der Verwalter, bis sie schließlich mit zornigen Schritten ins Musikzimmer marschierte, um auf dem Spinett Fingerübungen zu exerzieren. Weder die schlimmsten Zornausbrüche ihres Mannes noch die Eiseskälte ihres Bruders hatten sie in den vergangenen Jahren so aus der Contenance bringen können. Warum also jetzt dieser Bücherwurm und Wortverdreher?

Ärger kroch in ihr hoch, und sie eilte zurück zu dem kleinen Sekretär und ihrer Zettelwirtschaft. Ihre Blutung war schon seit ein paar Tagen abgeklungen, trotzdem schmerzte ihr auf einmal der Schoß, und ihr Atem ging unruhig. Plötzlich fühlte sie sich dem königlichen Bruder nahe, so wenig sie ihn mochte. Ihre Einsamkeit war immer auch ein wenig die seine gewesen. Seine Kriege und ihre Kriege waren sich am Ende vielleicht nicht unähnlich. Aber dann hörte sie wieder seine messerscharfe Stimme in den Ohren.

»Meine Schwester ist zur ökonomischen Hure verkommen, die Verkehr mit englischen Pfeffersäcken pflegt und Krautjunkern jedes Schaf und jedes Schwein anbietet, das sie hat. Schamlos wollte sie in Preußen der Sektion eines Menschen zuschauen und den Beweis führen, dass sie den Verstand verloren hat. Das konnte ich noch verhindern. Aber ich sehe schon auf mich zukommen, dass sie auch noch mit den Österreichern Geschäfte macht. Und Ansbach will sie mir partout nicht verschaffen, dieses Hurenweib.« Diese Worte hatte er erst kürzlich dem Bruder Heinrich ins Gesicht geschrien, der selbst doch genug unter dem Hass des Bruders zu leiden hatte.

Zornig rief sie einen Diener herbei und befahl ihm barsch: »Bring er mir den Brustkorb von einem frisch geschlachteten Schwein in mein Experimentierzimmer. Aber hör er, dass es ja noch warm ist!«

Es war ihr inzwischen egal, dass die Lakaien ahnten, dass die Innereien gar nicht für ihre Schoßhunde bestimmt waren. Sie nahm all ihre Kraft zusammen und ging in das kleine Zimmer, das sie mit einem langen, sauber gescheuerten Holztisch für ihre Forschungen hatte ausstatten lassen. Als sie das fahle, ausgeblutete Fleisch vor sich sah, ließ ihre Nervosität nach. Sie griff nach den bereitliegenden feinen Messern und trennte schnell und geübt Haut- und Fettschichten ab. Dann vermaß sie die Präparate und notierte wie immer ihre Ergebnisse in ein kleines Buch. Nur das, was man sah, zählen und beschreiben konnte, galt. Das, nur das, würde Bestand haben. Friederike atmete wieder gleichmäßig und ruhig.

Am dritten Tag seines Aufenthalts passte Herr von Gleichen die Markgräfin und ihre Damen beim morgendlichen Spaziergang ab. Er gab vor, in das Buch vertieft zu sein, in dessen Seiten seine Finger verkrampft waren. Die kleine plaudernde Gruppe mit Caroline von Crailsheim tänzelnd an der Spitze war schon von Weitem zu hören. Er tat, als wäre er überrascht worden, schaute hoch und reichte der Markgräfin unaufgefordert sein Buch.

»Lassen Sie sehen, aha, die *Lettres d'une Péruvienne*,

sehr gewagt. Haben Sie diese Lektüre auch meiner Schwester als Ablenkung vorgelesen, während sie über die scheußlichen Alpen rumpelten?«

Friederike reichte ihm das Buch zurück und genoss es, den jungen Mann zum ersten Mal verlegen zu sehen. Noch immer fiel ihr nicht ein, an wen er sie erinnerte, wie er so dastand, mit seinen runden nussbraunen Augen und dunklen Haaren, die sein Bursche heute mehr schlecht als recht gepudert hatte.

»Die Alpen mögen rohe, gewaltige Natur sein, aber ich habe die Markgräfin davon überzeugen können, dass sie während der Fahrt nicht die Vorhänge zuzog. Die Natur, gerade so, wie sie ist, rein und ursprünglich, kann unser allerbester Lehrmeister sein, um aus uns empfindsame Menschen zu machen.«

»Ich bezweifle, dass Empfindsamkeit eine erstrebenswerte und vor allem nützliche Tugend ist. Sie verwirrt nur unsere fünf Sinne. Allein die Vernunft ist unbestechlich. Außerdem scheint es mir umgekehrt zu funktionieren: Die menschliche Fähigkeit, Seele einzuhauchen, zeigt sich neben der Kunst und der Musik gerade in der gestalteten Natur. Meine Schwester hat es auf diesem Gebiet zur Meisterschaft gebracht. Ihre Wasserfälle, Seen, Grotten, Einsiedeleien – ganz Deutschland schwärmt davon …«

Friederike wusste nicht mehr weiter und scharrte mit ihrer Schuhspitze im Kies. Sie fand sein von der Kälte und Begeisterung gerötetes Gesicht so entzückend, dass sie sich zwang, ihren Blick auf einen braunen Stein zu konzentrieren.

»Aber wenn wir an Gottes Schöpfung als Sinnbild seiner Allmacht glauben, dann müsste diese Schöpfung an sich in ihrer reinen Unschuld doch ausreichen, um uns für alle Zeiten ehrfürchtig zu machen. Wenn nicht, wird daraus leicht so etwas wie die Kirche der Pfaffen aus dem christlichen Glauben.«

Karl Heinrich von Gleichen duckte sich, als hätte er etwas in einer Hecke entdeckt. Er wusste, dass das, was er eben gesagt hatte, ein Skandal war. Außer Caroline von Crailsheim verstand jedoch niemand aus Friederikes kleinem Trupp die Provokation. Das Freifräulein, das sonntags nur in die Kirche ging, um in Ruhe ihre Gedanken zu vergangenen Liebhabern abschweifen lassen zu können, spielte jedoch unverdrossen mit Friederikes semmelfarbenem Spaniel.

Während ihr das Herz bis hoch in die Ohren schlug, suchte die Markgräfin nach einer klugen Formulierung, mit der sie Herrn von Gleichens Herausforderung parieren konnte, doch sie kam nicht dazu. Der Chevalier hob nämlich tatsächlich etwas vom Fuß der Eibenhecke auf. Er richtete sich zögernd auf, trat einen Schritt auf sie zu und streckte ihr stumm bittend seine geschlossene Faust entgegen. Sie machte die nötigen zwei Schritte, öffnete ihre Hand und spürte, wie etwas Weiches, Bebendes, Feuchtes in sie hineinfiel.

Der kleine Schrei, den sie ausstieß, war heiser und kam tief aus ihrer Brust. Das braungrüne Fröschlein nutzte diesen Moment, um sich mit der ganzen Spannkraft seiner Schenkel in Sicherheit zu bringen.

Bei dem festlichen Abendessen, zu dem die Markgräfin auch die Herrschaften aus dem benachbarten Schloss Dennenlohe samt einer üppigen, heiratsfähigen Tochter eingeladen hatte, sprach Herr von Gleichen kaum ein

Wort. Dafür trank er viel. Schließlich mussten ihn zwei Diener unterhaken und die Treppe hinaufhieven.

Am nächsten Morgen meldete sein Bursche, der gnädige Herr sei krank.

Am Nachmittag schickte die Markgräfin ihm ein Billet, in dem sie sich nach seinem Befinden erkundigte.

Er antwortete mit einer einzigen, hastig hingeschriebenen Zeile: »Warum lassen Sie mich so leiden?«

Friederike raffte die seidenen Vorhänge in ihrem Schlafzimmer beiseite und schaute in den Park hinunter, wo die narbige Erde bloßlag und der Wind die von den Gärtnern zu Haufen gekehrten Blätter mutwillig wieder auseinandertrieb. Sie fragte sich, ob ihr Gesicht, das zwar die Pocken gut überstanden hatte, inzwischen der herbstlichen Landschaft glich. Sie fror und bestellte eine Kanne Schokolade. Als sie schließlich ihre Zunge in das heiße, süß gewürzte Getränk tauchte und in ihrem Mund hin und her spülte, wusste sie endgültig, an wen der junge Herr von Gleichen sie erinnerte.

Er lag auf dem Bett und las, als die Markgräfin ohne Klopfen in sein Zimmer kam. Er sprang auf, und wie er so ohne Rock im Zimmer stand, fand sie, dass er noch jünger aussah, als er ohnehin war. Wortlos ging sie auf ihn zu. Sekunden später glitt seine Weste zu Boden. Sein Hemd aufzuknöpfen, bereitete ihr mehr Schwierigkeiten. Er half ihr, indem er es, noch halb geschlossen, ruckartig über seinen Kopf zog. Die Schönheit seiner nackten Brust machte sie sprachlos. Ihre Fingerkuppen wanderten durch das Gestrüpp der schwarzen Haare. Verzückt hörte sie, wie er kehlig rau aufstöhnte. Ihr Blick folgte ihrer sich verselbstständigenden Hand hinunter in die Regionen seines Bauches. Sein Fleisch war muskulöser, als sie vermutet hatte. Also ritt er oder ging in den Fechtsaal und lungerte nicht nur in Salons und Theatern herum. Ihr Zeigefinger hielt sich damit auf, seinen Nabel zu liebkosen. Wie prachtvoll diese runde Muschel war. Sollte Gott diesen Nabel erschaffen haben, dachte Friederike, würde sie wieder fromm werden. Dem eigensinnigen Rinnsal seiner Kräusellocken folgend, kroch ihre Hand schließlich unter den Hosenbund. Endlich fand er den Mut, sie an sich zu ziehen. Seine Zunge kroch in die warmen Höhlen ihres Mundes, während sie die Verstecke zwischen seinen Beinen erkundete.

Auch die nächste Runde ihres gegenseitigen Entdeckens leitete sie ein. Sie ging etwas in die Knie und zog ihm die Hose herunter. In der Dämmerung des späten Oktobernachmittags wuchs sein Glied wie eine stämmige blaurote Blume schräg gegen den Bogen seines Schenkels empor. Für einen winzigen Moment dachte sie noch daran, davonzulaufen und sich ihr *tableau d'amour* aus den Tiefen einer Schublade zu holen. Noch immer versteckte sie in ihrer Wäsche das Büchlein mit seinen detaillierten Beispielen der Kopulationstechniken, das man ihr als junges Mädchen am Berliner Hof zur Vorbereitung für ihre Hochzeitsnacht gegeben hatte. Doch schon die ersten gemeinsamen Versuche zeigten, dass sie solche Instruktionen nicht brauchen würden. Ihren Reifrock am Saum nach oben haltend, gegen eine mit Perlmuttchinoiserien geschmückte Kommode gelehnt, spürte sie deutlich, dass der junge Herr von Gleichen über all die Talente und Phantasien verfügte, die sie am Markgrafen vermisst hatte.

Caroline roch den Braten natürlich als Erste. Es trieb sie in das oberste Stockwerk. Sie zog ihre mit Gänseblümchen bestickten Pantoffeln aus und trug sie in der Hand, damit die Dielen nicht zu sehr knarrten. Als sie die kleinen Schreie der Markgräfin hörte, die wie Murmeln unter dem Türspalt des Gästezimmers hervorkullerten, huschte sie glücklich lächelnd davon. Selbstbewusst befahl das Fräulein von Crailsheim dem Hofmeister, das Souper mit zwölf Speisen pro Gang komplett ausfallen zu lassen.

»Was genau habt Ihr gemeint, als Ihr sagtet, von den Schlössern in Versailles und Fontainebleau bröckelte der Putz und die Gärten verkommen?«, fragte Friederike. Sie lag mit ihrem Kopf auf seinem Bauch und sah zu, wie seine Hand die Flut zwischen ihren Beinen trocknete. Karl Heinrich von Gleichen zögerte. Er fühlte sich himmlisch matt, aber gerade ihr wollte er eine ehrliche Antwort nicht schuldig bleiben.

»Habt Ihr nicht von den Hungersnöten gehört, die in Frankreich herrschen? Von den zerlumpten Bauern, die ihre Kinder zum Kauf anbieten und Wurzeln ausgraben, damit sie den nächsten Tag überstehen? Die Verarmung breitet sich rasant aus, der Staat steht vor dem Bankrott. Der König hat alles verprasst mit seinen Mätressen, Höflingen und Schmeichlern. Die Pfaffen huren und schlemmen, und die gerissenen Jesuiten lassen jeden bespitzeln, der eigenständig denkt. Es stinkt zum Himmel.«

Während seine rechte Hand zu ihrem Busen hochwanderte, schilderte er ihr das ganze Ausmaß des französischen Elends.

»Der Adel kümmert sich längst nicht mehr um seine

Besitzungen und deren Gedeihen, sondern presst aus ihnen alles heraus, um sich in Versailles mit leerem Geschwätz und Narreteien zu übertrumpfen.«

»Aber die Ideen der Vernunft?«, fragte Friederike kleinlaut. Sie war eingeschüchtert von all dem Unfasslichen, das sie zu hören bekam.

Er lachte über ihre Naivität.

»Ach du liebe Zeit, die Vernunft. Eine Erfindung, ein Spielzeug, mehr nicht. Die Adeligen haben sich ihrer bedient wie einer neu kreierten Rolle im Hoftheater. Mancher Herzog hat sich dabei aus Spaß auch als Demokrat kostümiert. Mittlerweile aber ist die Vernunft entwischt, in die Gossen und Bürgerhäuser. Das will man weiß Gott nicht. Die Kirche hat die Gefahr als Erstes erkannt und fürchtet die Vernunft wie den Teufel. Jetzt tun die Pfaffen alles, damit der König die Vernunft exkommuniziert.«

»Aber seit dem Erdbeben von Lissabon genau vor einem Jahr, als die Erde noch bei uns in Franken zitterte und in Frankreich sicherlich auch, fing man doch an, darüber nachzudenken, warum gerade in einer der frömmsten katholischen Städte neunzigtausend Menschen umkamen und fast alle Kirchen einstürzten, das Viertel der Prostituierten aber unversehrt blieb. Da muss doch auch der König gemerkt haben, dass seine Priester nicht die Besitzer der letzten Weisheit sind und die Vernunft nicht kleinreden können. Er muss doch verstehen, dass das Land gerade jetzt aufgeklärte Geister braucht!«

»Friederike, das ist ihm vielleicht schlichtweg egal. Ihn interessieren nur seine Mätresse und seine Feste.«

»Er brauchte bessere ökonomische Berater.«

»Ganz gewiss! Die würden ihm als Erstes das grenzenlose Schuldenmachen verbieten. Gerade deshalb will Louis XV. sie nicht. Auch sein Onkel, der Regent, wandte sich lieber an einen schottischen Scharlatan namens Law, der ihm unbegrenzte Geldströme versprach. Der ließ auch prompt hübsches Papiergeld drucken, das aber bald durch nichts mehr gedeckt wurde als durch seine eigene List. Die Leute konnten sich mit den Geldlappen allenfalls noch den Arsch abwischen.«

Friederike rümpfte über seine letzte Bemerkung nicht einmal die Nase, so aufgewühlt war sie.

»Aber es gibt doch am Hof so viele Leute mit Bildung und Verstand, auch Madame de Pompadour soll eine brillante ...«

Wieder fiel ihr junger Liebhaber ihr ins Wort.

»Natürlich gibt es die. In Paris. In Versailles selbst ist alles erstarrt. Die besten Franzosen hungern nach Veränderungen. Herren und Damen von Adel treffen sich seit geraumer Zeit mit Menschen des dritten Standes und sprechen ganz leger über die neuesten Bücher, Theaterstücke und Erkenntnisse der Wissenschaften. Aus diesem intelligenten Zeitvertreib wird Tag für Tag mehr. Manche möchten ernst machen und das Land und seine Ordnung umkrempeln. Gedankenfreiheit, Menschenrechte und Brüderlichkeit, verstehen Sie?«, fragte er und sah sie fast flehentlich an. »Aber das ist kein glattes Parkett mehr«, fuhr er fort, »auf dem man sich sorglos amüsieren kann, sondern heißes Pflaster. Niemand weiß, was dabei herauskommt.«

»In den Salons probt man also die Zukunft?«

»Königliche Hoheit, Sie wären dort eine Königin.«

»Sie brauchen mir nicht zu schmeicheln. Erstens bin ich danach nicht süchtig wie meine Schwester. Zweitens weiß ich zu gut über meine Beschränkungen Bescheid. So wie wenn eine Pflanze mit zu wenig Licht gehalten wird. Ihre seitlichen Triebe verkümmern.«

Friederike hielt inne und gönnte sich einen langen Blick auf seine sehnige Nacktheit. Sie küsste ihn heftig auf den Mund. Dann schlüpfte sie aus dem Batisthemd, dem letzten Stück, das sie noch anhatte, und warf es auf den Boden, wo schon das Gestänge ihres Reifrocks zusammengesunken lag. Dabei kam ihr in den Sinn, dass sie sich heute zum ersten Mal in ihrem ganzen Leben ohne jede Hilfe von Zofen oder Kammerfrauen entkleidet hatte. Ein Gedanke, der sie sehr amüsierte. Und mit einem schelmischen Lächeln schwang sie sich rittlings auf den Schoß des jungen Herrn von Gleichen und spornte ihn zu einem schnellen gemeinsamen Ritt an.

Jonathan, der Verwalter des Kreuthofes, der vier Tage später vorsprach, um Anweisungen für lange anstehende Reparaturen und Vergrößerungen der Scheunen entgegenzunehmen, wurde vom Hofmeister der Markgräfin mit barschen Worten abgewiesen.

»Ich sag es ihm doch, die Königliche Hoheit macht derzeit keine Pläne.«

»Aber was sollen meine Leute jetzt machen? Es war längst abgesprochen, dass sie in der schlechten Jahreszeit ...«

»Geh er! Lass er sie Holz hacken oder sonst was, wir wissen auch nicht, was Ihre Königliche Hoheit überhaupt noch im Sinn hat.«

Damit knallte er dem verdatterten Mann, der über drei Stunden vom Kreuthof zum Schloss bei strömendem Regen gelaufen war, die Tür vor der Nase zu. Ohne ihm wie sonst die übliche warme Biersuppe zu geben. Ganz davon abgesehen, dass Jonathan sonst von der Markgräfin persönlich empfangen wurde. Sie freute sich, wenn er ihr erzählte, dass ihm Delphine nicht nur fünf gesunde Kinder geboren hatte, sondern auch fleißig und umsichtig wirtschaftete.

Der kleine Schwaninger Hof vibrierte wie ein Ameisenhaufen, in den ein Dorfjunge mit einem Stöckchen gestochert hatte. Alles und jeder kam aus dem Tritt. Die beiden Hofdamen krallten sich verängstigt an ihre Stickrahmen und bearbeiteten mit nie gekannter Grausamkeit den Stoff. Die Zofen stritten sich von früh bis spät. Sie beschuldigten sich wechselseitig der üblen Nachrede und des Diebstahls. Die zwei Kammerherren kleideten sich liederlich und spielten stundenlang Billard. Selbst die Mägde in der Küche ließen die Milch anbrennen und vergaßen, den Armen die Speisereste vor die Tür zu stellen.

Natürlich sprach keiner den Grund dafür laut aus, nämlich dass die Markgräfin, die ihr aller Leben seit Jahren so tüchtig, straff und genau regelte und sämtliche Fäden ihrer Wirtschaft in der Hand hielt, sie im Stich ließ. Seit Tagen kam sie nicht mehr aus dem Zimmer des Bayreuther Chevaliers heraus. Weder ihre Damen noch sein Bursche bekamen Zutritt oder Anweisungen. Nur die älteste Zofe der Markgräfin, die mit ihr vor fast dreißig Jahren aus Berlin gekommen war, durfte, was sie mit hochroten Flecken im Gesicht und unter großer Verschwiegenheit erledigte, Essen und Wein servieren und das Nachtgeschirr leeren.

Selbst Caroline von Crailsheim begann, sich Sorgen zu machen.

»So soll es sein«, murmelte sie zwar, wenn sie von ihrem Erkundungsgang zurückkam. Die Matratze quietschte. Das Bett wackelte, dass man es noch einen Stock tiefer hören konnte. Aber weiß der Himmel, warum die beiden zwischendurch über die Mehlpreise in Frankreich und die Ansichten eines gewissen Jean Jacques Rousseau debattieren mussten. Natürlich lauschte Caroline. Aber was sie hörte, war, so fand sie, entschieden gegen die Spielregeln.

Sie selbst erinnerte sich mit einem kleinen Schauder an den Bauernlümmel, den sie vor drei, vier Jahren auf einer Waldlichtung getroffen hatte. Er hatte die Erntearbeit geschwänzt und schlief schöner als jeder Faun im Schatten einer Rotbuche. Sie kniete sich zu ihm und weckte ihn mit einem Kuss. Natürlich war aufgefallen, dass sie erhitzt und mit zerknittertem Rock ins Schloss zurückkam. Grashalme steckten ihr vorwitzig im Ausschnitt, gesprächige Zeugen einer wollüstigen Rauferei, die sie mit Absicht nicht entfernte. Die Hofdamen warfen ihr bewundernde Blicke zu, und selbst die Markgräfin wärmte sich an diesem Tag am aufreizenden Strahlen ihrer Freundin. Früher, bei Hofe, bestäubte man sich absichtlich mit dem Parfüm desjenigen Kavaliers, mit dem man die Nacht verbracht hatte. Oder holte wie zufällig seine Bonbondose aus dem Ärmel hervor, um das Karussell der Gerüchte in Fahrt zu halten. Alles musste Schein und Spiel sein. Die Markgräfin aber machte Ernst daraus.

Ich bin heilfroh, dachte Caroline bei sich, dass ich nur die schönen Seiten der Liebe erlebt und mich nie verliebt habe. Gefühl ist Mangel an Esprit. Den kleinen Buben, der rot und hübsch aus ihrem Bauch gekrochen war, ja sicher, den hätte sie lieben können. Aber sie hatte ihn ja nicht behalten können. Die Wünschin, das sagte ihr manchmal die Markgräfin, überwachte gewissenhaft seine Ausbildung.

Bevor sie traurig wurde, ging Caroline zu Haushofmeister von Haagk und raunte ihm zu: »Wir müssen unter allen Umständen verhindern, dass der Markgraf in Ansbach oder gar ihr Bruder, der König, davon erfährt.«

Auch Herr von Haagk war sehr besorgt und flüsterte: »Der Pfarrer hat mich gestern Abend um Aufklärung gebeten. Die Gemeinde ist zutiefst beunruhigt, weil Ihre Königliche Hoheit am Sonntag nicht zum Gottesdienst erschienen ist. Bestimmt weiß auch bald schon der Oberamtmann von Gunzenhausen davon! Ach Gott, Madame, was machen wir nur?«

Von Haagk hatte sich heiser geredet und drückte wiederholt ein Schnupftuch gegen die feuchte Stirn. Dem kreuzbraven Herrn, der Friederike einfallslos, aber devot diente, saß die Furcht, einen Fehler zu begehen, im Nacken. Noch dazu fühlte er sich wie so oft unwohl unter den blitzenden Blicken des Fräuleins von Crailsheim, über deren genaue Stellung im Schwaninger Haushalt er noch nach all den Jahren rätselte.

Caroline grübelte eine Weile und sagte dann: »Warten wir noch bis morgen Abend, dann werde ich eine geheime Stafette an den alten Grafen Seckendorff schicken und ihn um Rat fragen.«

Caroline war überzeugt, dass höchste Vorsicht geboten war. Jeder Mensch an den deutschen Höfen wusste doch, was man mit Friederikes unglückseliger Großmutter mütterlicherseits gemacht hatte. Die so dumm gewesen war, sich Hals über Kopf in den jungen Königsmarck zu verlieben. Sie wurde bis zu ihrem Tod in furchtbarer Gefangenschaft gehalten. Selbst die schöne Aurora von Königsmarck mit all ihrem Einfluss auf August den Starken konnte damals nicht verhindern, dass ihr Bruder hingerichtet wurde.

»Verpflichten Sie alle Diener und Mägde zu strengster Verschwiegenheit. Jeder, der nur ein Wort nach außen dringen lässt, wird hart bestraft und davongejagt. Ich verlasse mich auf Sie, lieber Haagk.«

Zu guter Letzt ließ Caroline den Hofmeister auch noch auf die Markgräfin schwören.

Nichts ahnend, dass man sich so viele Sorgen um sie machte, schlüpften Friederike und Karl Heinrich unbemerkt aus ihrem Versteck der zugezogenen Bettvorhänge und eilten wie unbeaufsichtigte Kinder in den Morgen hinaus.

Der Himmel schimmerte hart wie böhmisches Glas. Die Kälte ließ Friederike diesen Tag noch wahrhaftiger vorkommen, und sie reckte ihr Gesicht dem Ostwind entgegen. Bei den Streuobstwiesen flogen die Krähen wütend auf und erschreckten den semmelfarbenen Spaniel. Ihr war, als sehe sie alles um sich herum durch ein dickes Brennglas. Eine Blaumeise stürzte wie ein pelziges Geschoss von einem zum anderen Baum. Braune Blätter, riesengroß und scharf ausgeschnitten, taumelten als Geburtstagsgeschenke vor ihre Füße. Karl Heinrichs Augenbrauen waren jetzt buschige tropische Gehölze. War die Erde je zuvor von solchen locker zu Eiweißbaisers geschlagenen Wolken umspielt worden? Friederike konnte sich auch nicht erinnern, schon einmal so viel Luft eingeatmet zu haben. Mit Mühe hielt sie mit dem Geliebten

Schritt, weil ihre Sinne überbordeten vor Eindrücken, die sie vor dem Winter einsammeln musste.

Er ist der beste Freitag, den ich treffen konnte, dachte sie und beobachtete ihn, wie er schlank und federnd für ihren Spaniel einen Stock über die Wiese schleuderte.

Unwillkürlich fasste sie sich an die Brust, um sich zu spüren. Wie gern hätte sie ihn gleich wieder berührt, aber sie wusste, dass die Zeit drängte.

»Karl Heinrich, Sie haben mir immer noch nicht ganz erklärt, warum die Enzyklopädisten nicht mehr weiterarbeiten dürfen? Was missfällt dem König so sehr, dass er dieses Jahrhundertwerk des Geistes jetzt verboten hat?«

Der junge Mann, der nach all den Tagen und Nächten der körperlichen Verausgabung ziemlich mitgenommen war, lächelte die Frau gequält an, deren Zähne zugegebenermaßen etwas krumm waren, die er aber sehnsüchtiger begehrte als jede der reizenden Kammerzofen oder raffinierten Pariser Ehefrauen, mit denen er bislang das Bett geteilt hatte.

»Ach, Friederike, Erbarmen, ich bin viel zu sehr damit beschäftigt, eine Enzyklopädie Ihrer wunderbaren Natur, Ihrer Schenkel, Ihres Schoßes zu erstellen …«

»Lassen Sie mich doch nicht so nackt zurück, wenn Sie gehen.«

Ein Ast knackte. Der Abschied und der Schmerz standen auf einmal wie ein gut gedrillter preußischer Offizier mit aufgepflanztem Bajonett zwischen ihnen.

Um diesen Feind wenigstens noch für ein paar Stunden zu vertreiben, fing von Gleichen an, schnell und sachlich zu erklären: »Weil die Jesuiten schließlich draufkamen, dass sich ihr Feind wie der Teufel im Detail versteckt, hinter feinen Anspielungen und scheinbar harmlosen Begriffen. Unter dem kleinen Wort *duc* zum Beispiel findet sich in der Enzyklopädie zuerst ein Eintrag über eine seltsame Eule dieses Namens, die jedes Mäuslein schlägt und frisst. Dann gleich einer über den Adelsstand. Der Absatz zu *abeille* behandelt die Arbeiterbienen, die durch ihren Fleiß ein ganzes Volk am Leben erhalten, und gleichzeitig wird der Mord an den schmarotzenden Drohnen begrüßt. An Stellen also, wo niemand die Auseinandersetzung über Gerechtigkeit, Gleichheit oder Freiheit vermutet, werden die Argumente in Harmlosigkeiten verpackt wie Bonbons in buntes Papier. Der eingeweihte Leser versteht bald das System. So geschickt und listig also agiert der intellektuelle Widerstand unter Louis XV. Da ist es nur natürlich, dass die Geheimpolizei jetzt weiße Seiten will.«

»Aber dann bliebe die Enzyklopädie ein Fragment, ein Verlust ...«

»Was wird, ist im Moment schwer abzusehen. Einerseits hat sich der Ruhm der Enzyklopädisten schon bis nach Sibirien und in die Kolonien Nordamerikas herumgesprochen. Andererseits sind Wissenschaftler keine Helden. Auch ein Diderot duckt sich, wenn ihm die Bastille droht. Das Letzte, was mir Baron Grimm geschrieben hat, war, dass im Moment nur Jaucourt, zäh wie die Calvinisten nun mal sind, an der Sache dranbleibt und wie eine Maschine vier Artikel pro Tag ausspuckt.«

»Sie meinen also, man bleibt trotz Verbot nicht bei dem Buchstaben G stehen, und auf den siebten folgt noch ein achter Band?«

Karl Heinrich von Gleichen nahm die Frau, deren Haar seit einer Woche nicht gebrannt und gewickelt worden war und jetzt in langen blonden Locken, in die sich ein paar graue Strähnen mischten, auf ihre Schultern hing, in seine Arme. Er drückte seine Lippen auf ihre geschlossenen Augenlider.

»Ich bete dafür. Weil Europa sonst wieder in die geistige Dunkelheit zurückfällt. Außerdem, Friederike, bedeutet jeder neue Band ein festes Glied in der Kette, die uns verbindet. Vergessen Sie das nie. Ich meinerseits werde nie das Glück vergessen, das ich nicht zwischen Buchdeckeln, sondern zwischen ihren Beinen gefunden habe.«

Am nächsten Morgen um fünf Uhr verließ Karl Heinrich von Gleichen das Schwaninger Schloss. Niemand sah zu oder grüßte zum Abschied, als er bei Dunkelheit in die Kutsche stieg und sein Bursche vorne beim Kutscher aufhockte.

Drei Stunden später schrieb Friederike an Daniel Israel. Der Sohn Mosche Israels und Neffe des verstorbenen Ansbacher Hoffaktors Löw Israel erledigte jetzt in Paris alle Einkäufe für das markgräfliche Haus. Sie gab ihm den eiligen Auftrag, unverzüglich in ihrem Namen die Enzyklopädie zu subskribieren. Außerdem sollte er dem Chevalier Louis de Jaucourt eine großzügige Summe anweisen, damit der in aller Stille und ohne Not seine Arbeit fortzusetzen vermochte.

»Meine Ochsen gegen die nächsten Bände der Revolution«, spottete Friederike müde und ließ sich von Caroline ihr Siegel und das Wachs bringen.

Als der Brief auf dem Weg war, legte sie sich wieder ins Bett. Für viele Tage, die sie nicht zählte, wühlte und suchte sie seinen Geruch zwischen den von Samen und Schweiß befleckten Laken und Kissen. Sie roch an der Innenseite ihrer Schenkel, in ihrem Schoß und in ihrem losen Haar, um noch etwas von ihm zu finden und für den Rest ihres Lebens zu retten. Sie summte lange Gespräche mit ihm vor sich hin, wechselte von unruhigem Schlaf in starre Tagträume und berauschte sich an den Sekunden, in denen sie ihn wieder neben und in sich zu spüren glaubte.

Bis irgendwann Caroline ins Zimmer kam und die wimmernde Markgräfin zuerst wiegte wie ein Kind und ihr dann eigenhändig und mit einiger Gewaltanwendung das sauer riechende Haar wusch. Danach stand Friederike auf und gab Befehl, den Verwalter des Kreuthofes zu rufen. Abgezehrt, aber ruhig und konzentriert besprach sie mit ihm sämtliche Details der Um- und Anbauten.

Als der erste hell schimmernde Schneetag kam, ließ sie ihren Schlitten anspannen und sich zum Kreuthof fahren. Sie grüßte herzlich die Frauen und Kinder, die tief vor ihr in die Knie gingen, und verteilte süße Wecken und Seife. Sie beschwor Delphine eindringlich, sich und die Kinder regelmäßig mit Wasser zu waschen. Dann ließ sie sich die harzig duftenden neuen Scheunen zeigen, die viele Jahre halten würden, und lobte die Ballen von fein gewebtem Flachs, die sich in den Vorratskammern stapelten. Jonathans Jüngster mit seinem frohen, runden Gesicht unter dem semmelfarbenen Haar ließ sie sogar wieder etwas lächeln. Sie nahm den Kleinen auf den Arm und küsste ihn. Wieder einmal erschraken die Hofdamen.

Zu Weihnachten kam ein kleines Paket aus Kopenhagen. Von Gleichen schickte ihr ein so genanntes Thermometer. Seine Notiz war nur kurz: »Ein Herr Celsius hat das kleine Glasstäbchen erfunden, in dem eine Quecksilbersäule auf- und absteigt. Damit kann man die Wärme in einem Menschen messen.«

13

Kersmackers trat vor die Hütte, in der ihm Friederike erlaubt hatte, ein Falkenweibchen zu halten, und roch, dass es bald wieder schneien würde. Er witterte auch noch etwas anderes in der Luft in diesem Februar des Jahres 1757. Etwas, das er nicht genau bestimmen konnte, das ihm aber überhaupt nicht gefiel.

Er hatte gehört, dass der Markgraf vor acht Wochen auf dem Reichstag in Regensburg vor allen Fürsten gegen den preußischen König, seinen Schwager, gestimmt hatte. Für die anderen protestantischen Reichsstände, besonders die im Süden, war das fast so etwas wie ein Signal. Alle hatten jedenfalls auf den selbstbewussten Ansbacher geschaut. Für Friedrich, den inzwischen viele »den Großen« nannten, musste das, so vermutete Kersmackers, ein Schlag ins Gesicht gewesen sein. Selbst die Bauern und die kleinen Leute im Markgrafentum redeten jetzt davon. Ihr Markgraf wäre ein freier Fürst und kein gemieteter Prinz der Preußen, meinten die Untertanen und waren stolz auf ihn. Andere flüsterten, sie hätten von den Juden gehört, dass Serenissimus bis zu den Nasenlöchern in Schulden steckte und nur deshalb auf die Seite des Kaisers gewechselt wäre, weil der ihm eine jährliche Pension von fünfzehntausend florentinischen Gulden garantierte sowie die Erbansprüche auf Bayreuth, wo es keinen männlichen Erben gab.

Kersmackers, den immer nur interessiert hatte, dass sein Markgraf ein leidenschaftlicher Falkner war, kamen diese politischen Geschäfte unheimlich vor. Besorgt schaute er noch eine Weile in den leeren, milchigen Himmel, dann verschränkte er die Arme, um seine eiskalten Hände in den Achselhöhlen zu wärmen, und ging, sein gelähmtes Bein hinter sich herziehend, auf das Schwaninger Schloss zu. Seit er durch einen Jagdunfall für die Triesdorfer Falknerei unbrauchbar geworden war, lebte und arbeitete der Flame bei der Markgräfin. Er assistierte ihr bei ihren Versuchen. Ruhig und präzise trennte er die Hautschichten von einem aus unerklärlichen Gründen gestorbenen Kalb ab, nahm es aus und zerlegte das Gewebe der einzelnen Organe, so dass Friederike die Proben nur noch unters Mikroskop zu schieben und auf mögliche Krankheiten zu untersuchen brauchte.

Sie kamen gut miteinander aus, der stille Falkner und die Markgräfin. Sie schätzte seine geschickten Hände und schnelle Auffassungsgabe. Er bewunderte die Umsichtigkeit, mit der sie die Schwaninger Güter bewirtschaftete, die unmissverständliche Sanftheit ihrer Anweisungen und schließlich ihr großes Wissen über das Innenleben von Tieren, an dem sie ihn teilhaben ließ. Wöchentlich kamen mit der Postkutsche Briefe aus England, Holland und inzwischen auch von deutschen Gütern, in denen sie um ihre Meinung bei speziellen Schweinezüchtungen oder beim Kartoffelanbau gefragt wurde. Jede Stunde füllte sie mit Arbeit, Studieren und Korrespondenz aus. Etwas Besseres, als für sie arbeiten zu können, hätte ihm in seiner Lage gar nicht passieren können. Allerdings kam es vor, dass Kersmackers, wenn er sein kleines Falkenweibchen fliegen ließ und beobachtete, wie es Kaninchen schlug, darüber nachdachte, ob es gut für die Markgräfin war, all die Jahre einsam in Schwaningen zu verbringen. Die Frage, ob sie glücklich war, wagte er sich erst gar nicht zu stellen, geschweige denn zu beantworten.

Als er heute in ihr Experimentierzimmer trat, saß sie schon da. Sie betrachtete gerade eine der Wachsfiguren, die sie sich aus Florenz hatte kommen lassen. Täuschend echte Nachbildungen des menschlichen Körpers, geschaffen von Künstlern, die Blut- und Lymphgefäße aus mit farbigem Wachs getränkten Baumwollfäden einzogen und Muskelfasern mit Draht ritzten. Doch irgendwie spürte er gleich, dass eine andere Stimmung herrschte als sonst. Ohne etwas außer guten Morgen zu sagen, scheuerte er den Seziertisch und wartete ab.

»Kersmackers«, sagte sie nach einer Weile, drehte sich aber nicht zu ihm um, »mein Bruder Heinrich hat mir in aller Heimlichkeit aus Rheinsberg geschrieben. Er rät mir dringend, das Markgrafentum zu verlassen. Die Wut des Königs, so meint er, sei grenzenlos.«

Kersmackers schrubbte weiter die Blutspuren weg, die gestern ein Ferkel hinterlassen hatte. Er wusste, dass sie keine Antwort, sondern nur ihre Gedanken sortieren wollte.

»Ich fürchte«, sprach sie zögernd weiter, »der Markgraf schätzt die Lage nicht realistisch genug ein. Er kann sich wahrscheinlich immer noch nicht vorstellen, zu was mein Bruder fähig ist.«

Jetzt erlaubte sich Kersmackers doch eine Bemerkung: »Der Markgraf ist ein hitziger, aber guter Mensch.«

»Ja, Kersmackers, da hat er wahrscheinlich recht. Genau das Gegenteil des Königs.«

Der Flame hatte seine Arbeit beendet, räumte seine Putzutensilien weg, stellte sich dann aber mitten in den Raum, kratzte an seinen rotblonden Bartstoppeln und fragte: »Was wollen Ihre Königliche Hoheit jetzt also unternehmen?«

Kersmackers erschrak. Die sonst so entschlossene und selbstsichere Markgräfin schaute ihn nur ratlos an und zuckte mit den Schultern. Für einen Moment schwirrte eine Erinnerung vor seinen Augen. Er hörte von Ferne eine Hundemeute bellen, und einer seiner Rockknöpfe, an dem der Markgraf wieder einmal gedreht hatte, sprang ab und kullerte in den Dreck. Die junge Markgräfin, die gerade eben erst nach Ansbach geheiratet hatte, sprach ihn, den unbedeutenden flämischen Falkner an, so dass der Hofstaat glotzte. Verlegen erschien sie ihm damals und bezaubernd. War es achtundzwanzig Jahre her oder vielleicht schon neunundzwanzig? Sie hatte ihn gefragt, ob es in seiner Familie schon immer runde Köpfe gegeben habe. Das vergaß er in all den Jahren nicht. Auch nicht, dass sie auf eine ganz bestimmte Art mit den Schultern gezuckt hatte, unsicher, wie es mit ihr und ihren vielen Fragen weitergehen sollte.

Der Frühling machte sich geräuschvoll und geschäftig bemerkbar. Manchen kam es später so vor, als ob die Mehlschwalben noch nie so lärmend um die Ställe gesegelt wären und geschäftig ihre kugelrunden Nester an die Wände geklebt hätten wie in diesem Jahr. Blüten schossen über Nacht größer und duftender, als man sich erinnern konnte, aus den Knospen.

Friederike trieb ihre Verwalter an, noch mehr Felder bestellen, noch schneller Saatkartoffeln setzen zu lassen. Sie schaute hier, kontrollierte dort und hatte immer gleich schon die Anordnungen für den nächsten Tag dabei. Selbst Caroline, die sie jetzt schon so lange kannte, wunderte sich über ihre Rastlosigkeit. Friederike vertraute niemandem an, dass sie große Angst hatte.

Ende April kam ein Brief von Karl Heinrich von Gleichen aus Kopenhagen. Sie trug ihn einen Tag lang ungeöffnet in ihrem Mieder. Wollte er ihr seine Vermählung mit einem jungen Freifräulein mitteilen? Oder führte ihn vielleicht ein Auftrag des dänischen Königs in ihre Nähe? Die Ungewissheit zu ertragen schien ihr zuerst einfacher zu sein, als sich mit einer vielleicht schmerzhaften Neuigkeit abfinden zu müssen. Das, was sie dann doch schließlich spätnachts las, enthielt kein einziges zärtliches Wort. Es war aber trotzdem, so fand sie, die einzige Liebeserklärung, die sie je bekommen hatte.

> Friederike, ich sorge mich um Ihr Leben, verlassen Sie so schnell wie möglich Ansbacher Gebiet. Der Herzog von Württemberg wird Ihnen auf jeden Fall Schutz bieten.
> Karl Heinrich.

Friederike blieb. Anfang Mai desselben Jahres erfuhr sie aus Ansbach, dass der Markgraf vor Kummer und Sorge wieder einmal nicht mehr aufstand. Seine geliebte Wünschin, die Frau von Falkenhausen, hatte unerklärliche Blutungen und Schmerzen im Unterleib, sie verlor seit Wochen Gewicht und Gesichtsfarbe. Weil er so unglücklich war, holte er sich Margarete Dietlein, die Tochter des Fischmeisters von Obereichenbach, ins Bett.

Friederike blätterte in ihren anatomischen Büchern nach und versuchte, das Funktionieren der weiblichen Geschlechtsorgane zu verstehen, klappte die Folianten aber bald wieder zu. Wozu jetzt noch ängstlich die Form wahren? Warum eine Freundschaft verheimlichen, die zu den wenigen in ihrem Leben zählte? Friederike gab Befehl zum Anspannen und teilte ihrem Hofmeister laut und deutlich das Ziel ihrer Ausfahrt mit.

Als sie eintrat, lag Elisabeth mit geschlossenen Augen auf einem Sofa. Die Markgräfin hatte dem Lakaien an der Tür verboten, sie anzumelden. Dass es der Wünschin, wie sie sie insgeheim immer noch nannte, nicht gut ging, sah sie auf den ersten Blick. Die verführerische junge Frau, die ihr damals an jenem gleißenden Wintertag begegnet war und die mit ihrem Sohn wie eine Füchsin getollt hatte, zerfloss bleich und fast konturenlos unter ihrer Decke. Ein Mädchen, das Charles' Mutter, der verstorbenen Markgräfin, auffallend ähnlich sah und Eleonore sein musste, hielt ihr gerade eine Tasse an den Mund. Erschrocken ging sie vor der Markgräfin in die Knie. Friederike begrüßte sie wie eine Vertraute.

»Du und ich haben am selben Tag Geburtstag, weißt du das eigentlich?«

»Die Mutter hat es mir oft gesagt«, murmelte das Mädchen und wurde flammend rot.

Friederike setzte sich zu Elisabeth aufs Sofa, so nah und so vertraulich, wie sie es von Heinrich gelernt hatte. Die Kranke starrte sie aus trockenen Augen an. Sie hatten sich nur einmal vorher getroffen, aber wussten doch so viel voneinander. Sie hatten Kinder von demselben Mann bekommen, und keine hatte der anderen ihre Rolle oder ihr Glück geneidet. Im Gegenteil: Ohne sie, dachte Friederike, hätte ich Caroline verloren und vielleicht nie meine Freiheit in Schwaningen gewonnen.

Elisabeths stummes Lächeln zeigte ihr, dass sie im Moment ähnliche Gedanken hatte. Sie sprachen ein wenig über die Kinder. Darüber, dass Elisabeths Ältester den Ansbacher Prinzen Alexander auf seiner Kavalierstour nach Italien begleitet hatte und Herr von Trautskirchen werden würde, während der kleine Ludwig einmal Schloss Wald erben sollte.

Friederike beugte sich ganz nah an Elisabeths Ohr und flüsterte: »Ich habe bereits mit meinem Sohn ausgemacht, dass er und ich Paten bei Eleonores erstem Kind stehen werden. Und überhaupt«, versuchte sie Elisabeth aufzumuntern, »müssen wir für sie eine ganz noble Partie finden. Ich habe da schon an den jungen Herrn von Nostiz gedacht, der ist liebenswürdig und, soviel ich weiß, nicht allzu lasterhaft. Ich werde den Markgrafen mal wieder mit der Nase darauf stoßen müssen.«

»Danke«, antwortete Elisabeth schlicht, aber ihre Augen bekamen etwas Glanz. Dann richtete sie sich langsam auf, hob, was sie sichtlich anstrengte, ihre Arme aus der Decke heraus und schlang sie innig um die Markgräfin. Friederike brauchte ein paar Sekunden, um ihre Überraschung zu überwinden, dann erwiderte sie die Umarmung mit aller Zärtlichkeit. Noch nie hatte ein

Mensch von so geringer Herkunft wie Elisabeth es gewagt, sie, die Markgräfin und Königliche Hoheit, zu berühren, gar zu umarmen und ihr so viel echte Liebe zu zeigen. Friederike beneidete sie. Die Wünschin war, das hatte sie schon immer geahnt, die mutigste Frau, die sie je kennengelernt hatte. Der Markgraf hatte großes Glück mit ihr gehabt. Sie lagen sich eine Weile stumm in den Armen. Dann löste sich Friederike, küsste zum Abschied Eleonore auf die Stirn, die der Begegnung der beiden Frauen mit aufgerissenen Augen zugeschaut hatte, und verließ so heimlich, wie sie gekommen war, das kleine Schloss Wald. Sie wusste, dass sie Elisabeth nicht wiedersehen würde.

Es war ein geradezu unwirklich blauer Tag in der ersten Maiwoche 1757, als ein am Ende seiner Kräfte angelangter Ansbacher Husar in den Schwaninger Schlosshof sprengte. Er war die ganze Strecke ohne Pause galoppiert. Premierminister Christoph Ludwig Seckendorff, der das Handtuch geworfen und sich inzwischen ins sichere Mannheim abgesetzt hatte, so lautete die Botschaft, hätte eine Warnung seines Onkels, des greisen Berliner Feldmarschalls Seckendorff, an den Markgrafen übermittelt. Ein starkes preußisches Korps bewegte sich auf Franken zu. Wie schon vor einiger Zeit von Gleichen, so beschwor jetzt Charles seine Frau, schnellstens vor den Preußen zu fliehen.

Die nächsten Tage vergingen wie in einem Fiebertraum, schwerelos und gleichgültig gegenüber der Zeit. Caroline streifte schon am frühen Morgen durch den Park, schnitt Körbe voller Flieder und brachte die Zimmer zum Duften. Sie, die beiden Hofdamen und auch Friederike zogen ihre schönsten Kleider an, deren Seidenröcke rauschten, wenn sie über die Flure liefen. Die Zofen mussten ihnen täglich die Haare brennen und zu gewagten Frisuren aufstecken, die auch noch mit Blüten und Federn verziert wurden. Friederike betrieb keine Studien mehr, sezierte auch kein Stück Vieh, sondern lag unter blühenden Apfelbäumen, während von den Zweigen Sonne auf sie heruntertropfte. Sie dachte an die knisternden, von Nebeln durchzogenen Wälder Französisch-Amerikas, wo der große Krieg schon länger tobte und Huronen auf der Seite der Franzosen gegen die Engländer kämpften. Von dort aus segelten ihre Träume über den Atlantik in die wärmeren Gewässer des Pazifiks. Sie ruhte sich an einem elfenbeinfarbenen Strand neben Herrn Crusoe aus, der lauthals über das Gestänge ihres Reifrocks lachte, den sie seltsamerweise als einziges Kleidungsstück trug.

Auch nach dem Abendessen zog sich die Markgräfin nicht mehr mit ihren Abrechnungen oder Büchern zurück, sondern spielte mit ihren Damen Rätselraten und Verstecken, wobei sie die Umtriebigste war und eine Flasche Wein nach der anderen öffnen ließ. Sie schlidderten auf ihren Pantoffeln über das Parkett, warfen Kissen gegen Kristalllüster und kicherten über die kleinste Kleinigkeit. Caroline schlug vor, ein Schauspiel einzustudieren. Es sollte gleich, ja sofort geschehen. Man wollte keine Minute Zeit verlieren. Das Freifräulein kletterte auf einen Stuhl, um ein Buch mit den Stücken Molières ganz oben aus dem Regal zu ziehen. Dabei geriet sie ins Taumeln und stürzte halb unfreiwillig, halb gespielt in die Arme von Frau von Beust. Wieder schüttelten sich alle vor Lachen. Der verdutzte Kersmackers und der Hofmeister wurden gerufen und bekamen auf der Stelle Rollen zugeteilt. Dass der Markgraf mit dem Erbprinzen und dem gesamten Staatsarchiv in die Nähe von Würzburg geflohen war, nahmen sie kaum zur Kenntnis. Sie waren fest entschlossen, ihre Angst wie eine griesgrämige Tante zu behandeln und sie einfach zu ignorieren.

Kersmackers dagegen roch jetzt fast stündlich die Luft. Sie schmeckte weich nach Frühling, aber seiner Einschätzung nach auch schon etwas nach Tod. Ganz davon abgesehen, konnte er sich keinen Reim mehr auf seine Markgräfin machen. Statt Vorkehrungen zu treffen, setzte sie der drohenden Gefahr nur Narreteien entgegen. So kannte er sie weiß Gott nicht. Aber so waren sie eben doch, die Frauen. Er spuckte einen Rest Kautabak auf den Boden. Er würde sie natürlich nie allein lassen, das verstand sich von selbst. Für eine Flucht, das musste er zugeben, war es ohnehin zu spät.

Täglich zogen mehr armselige Gestalten, deren Dörfer geplündert und dann abgebrannt worden waren, durch Schwaningen Richtung Westen. Einmal, als der kleine Hofstaat um Friederike geschart auf der Insel am Ende des Kanals Tee trank, glaubte Caroline, in der Ferne Kanonendonner zu hören. Der semmelfarbene Hund fing an zu zittern, und sein Fell sträubte sich. Friederike kippte den Rest Tee in ihrer Tasse in den Kanal und ließ stattdessen wieder Wein ausschenken. Während sie sich zuprosteten, konnte jeder die Furcht in den Augen des anderen schwimmen sehen.

Sie kamen in der letzten Stunde vor Sonnenaufgang. Friederike hatte ohnehin nicht mehr schlafen können.

Hinter dem Vorhang verborgen, lehnte sie am geöffneten Fenster und machte die Blauröcke im rosa Dunst des anbrechenden Tages aus. Ein Spähtrupp offensichtlich. Ein Offizier und zwei einfache Fußsoldaten schlichen geduckt, ihre Bajonette schon aufgesteckt, die Vorderfassade des Schlosses entlang. Friederike hätte preußische Soldaten auch in einer rabenschwarzen Nacht erkannt. Ihre Stiefel knirschten anders. Vielleicht konnte sie sie sogar riechen. Als Kind hatte sie diesen Uniformen zugewinkt, wenn sie ebenso wie die Brüder den Vater auf Truppenschauen begleiten musste. Sie war jetzt auf alles gefasst. Dass man sie als Geisel nehmen, das Schloss anzünden oder sogar sie und ihre Damen schänden würde. Denn der Bruder, so erkannte sie in diesem Moment, der sich anmaßte, sie für verrückt zu erklären, weil sie als Frau ein Anatomisches Theater besucht hatte, hatte längst selbst die Welt ihrer Ordnung entrückt.

Friederike streifte sich gerade einen Umhang über und wollte nach unten gehen, als das Gebrüll einsetzte. Keine preußischen Stimmen, sondern die weicheren der fränkischen Bauern drangen zu ihr hoch. Sie eilte wieder zum Fenster. Fackeln erleuchteten wutverzerrte Gesichter. Ein kleines Heer Mistgabeln tanzte mit den Zinken nach oben über den Schlossplatz. Die Burschen, die gestern noch gedüngt hatten, wollten jetzt kämpfen.

Ein Schuss krachte in dem Moment, in dem Caroline und ein Diener zu ihr ins Zimmer stürzten. Dann ein zweiter. Das Brüllen schwoll an, wie früher das des alten Löwen in der Triesdorfer Menagerie, wenn die Höflinge ihn ärgerten.

Das ganze Dorf schien auf den Beinen zu sein, zornig

und entschlossen, sich und vor allem auch die Markgräfin zu verteidigen. Atemlos sah Friederike zu, wie die beiden Soldaten von der Menge erfasst und niedergeknüppelt wurden. Sie hörte stampfende Füße, spitze, dann gurgelnde Schreie, und ihr war klar, dass ihnen jetzt wahrscheinlich eine Sense oder eine Mistgabel in den Leib gerammt wurde.

Zwei Minuten später stand sie, kaum ordentlich angezogen, am Tor. Aus den aufgerissenen Mündern der Bauern dampfte es. Nur langsam drehten sie ihre Sensen und Mistgabeln nach unten. Ihr Schweiß roch warm und vertraut. Sie kannte fast alle beim Namen. Karl, der Schmied, mit seinem kantigen Schädel und den Kinderaugen. Wilhelm Nördlinger, der das beste Bier braute. Der junge, gut aussehende Korbinian, Sohn des größten Bauern, mit dem Caroline vor Jahr und Tag im Gras gelegen hatte.

Sie alle schauten sie jetzt an. Nicht ängstlich, verstockt oder demütig wie damals, als sie zum ersten Mal nach Schwaningen gekommen war. Auch nicht bockig wie beim ersten Kartoffelpflanzen. Sondern so stolz, verwegen und freimütig, wie sie diese einfachen Männer vorher noch nie erlebt hatte.

»Bringt Bier, Brot und Speck für alle«, befahl sie den beiden ängstlichen Lakaien hinter sich. Dann erst sah sie ihn. Er lag auf dem Boden. Die Männer wichen zur Seite, um sie durchzulassen. Es war der Offizier. Er röchelte leise, dabei quoll ihm ein Rinnsal dunkles Blut aus dem Mund. Was das bedeutete, wusste sie. Äußerlich sah er nicht schwer verwundet aus. Sein Dreispitz war übel zerknautscht, sein linkes Bein merkwürdig verdreht. Er hatte noch nicht das Bewusstsein verloren, er biss aber die Zähne zusammen und schwieg. Ihr Vater und ihr Bruder wären stolz auf ihn gewesen.

Auf einmal konnte Friederike wieder schnell handeln. Sie befahl, die beiden Toten umgehend zusammen mit der vorgestern mit über achtzig Jahren verstorbenen Meierin in einem Grab zu beerdigen.

»Dass bloß keiner die Gewehre behält«, warnte sie und schaute streng in die Runde, »es dürfen keine Spuren zu finden sein. Keine! Die Preußen würden sich furchtbar an uns allen rächen, verstanden?«

Alle nickten und dankten wieder einmal Gott, dass er ihnen eine so gescheite Markgräfin geschickt hatte. Den verwundeten Offizier trugen die Lakaien vorsichtig ins Schloss. In wenigen Minuten löste sich der Spuk auf. Die Morgensonne leckte schon über den Platz vor dem Schloss. Friederikes Stallarbeiter schwemmten die Blutlachen fort.

Sie schätzte ihn auf Ende zwanzig, vielleicht dreißig. Sprechen konnte er nicht mehr, aber seine glasigen Augen verfolgten jede ihrer Handbewegungen. Wusste er, ahnte er, wer sie war? Friederike ließ Kersmackers die Beinkleider und die Uniformjacke aufschneiden. Dann erst sah sie auf seiner rechten Seite die kleine, aber tiefe Wunde. Das bestätigte ihre Vermutung, dass er schwere innere Verletzungen erlitten hatte. Sie sah ihm ins Gesicht. Wartete irgendwo auf einem Rittergut in der Altmark eine Frau auf ihn? Wiegte sie gerade sein Kind? Sicher aber hatte er eine Mutter und eine Schwester, die bald um ihn trauern würden. Sie konnte wenig mehr für ihn tun, als seine Wunden auszuwaschen und ihm verdünntes Opium gegen die Schmerzen einzuflößen. An die heranrückende preußische Armee dachte sie überhaupt nicht mehr. Es blieb auch den ganzen Tag über still.

Gegen fünf Uhr nachmittags fing er an, heftig zu würgen, und spie fast schwarzes Blut. Während sie ihm die Hand hielt, beobachtete sie, wie er immer flacher atmete. Auf einmal wurden seine Augen starr, der Mund blieb offen stehen, das Kinn sackte ab. Obwohl sie sich sicher war, hielt sie ihm einen Spiegel vor den Mund. Er beschlug nicht.

Kersmackers trat hinter sie. Schweigend standen sie eine Weile neben dem Verstorbenen. Dann drehte sich Friederike um und fragte: »Wäre es eine Sünde, was meinen Sie, Kersmackers?«

Dass sie ihm nicht erklären musste, was sie im Sinn hatte, wusste sie.

In seinem wettergegerbten Gesicht arbeitete es, und er kaute seine Gedanken wie ein Stück zähen Speck. Schließlich antwortete er bedächtig: »Wenn wir ihn wieder zunähen, dann ist er am Tage der Auferstehung unversehrt, und auch die katholische Kirche, der ich angehöre, könnte nichts einwenden. Er selbst ist ja wohl Lutherischer, und seine Pfarrer sind sowieso großzügiger.«

Friederike atmete tief durch. Ohne Kersmackers' Einverständnis hätte sie nichts unternommen.

»Also los, fangen wir an!«

Friederike drängte aus gutem Grund zur Eile. Das, worüber sie sich die vergangenen Tage gefreut hatten, nämlich dass gleich mit dem ersten Juni eine schöne Wärme übers Land gekommen war, die die Saat sprießen ließ, konnte jetzt zum Problem werden. Sowohl die Totenstarre als auch die Fäulnis setzten schneller ein.

Die Markgräfin schrubbte sich ihre Hände mit Seife. Ihr flämischer Assistent machte es ihr, wenn auch etwas widerwillig, nach. An ihr häufiges Waschen hatte er sich noch nicht so recht gewöhnt.

Als Friederike den Offizier wieder berührte, stellte sie erstaunt fest, dass sein Fleisch schon merkwürdig an Elastizität verloren hatte und sich teigig, auf jeden Fall fester als das eines Lebenden anfühlte. Gemeinsam mit Kersmackers schälte sie den Mann aus seinem Hemd, so dass er ab der Hüfte nackt vor ihnen auf dem Holztisch lag. Seine Rippen zeichneten sich deutlich unter der mit vielen kleinen Muttermalen und Narben gesprenkelten Haut ab. Sie wunderte sich über die wirre rotblonde Wolle auf seiner Brust, die so gar nicht zu den dunklen Haaren auf seinem Kopf passte. O mein Gott, schoss es Friederike plötzlich durch den Kopf, wo ist seine Perücke? Ist sie draußen verloren gegangen, so dass die Preußen sie finden können? Wie so oft verstand Kersmackers sie ohne Worte.

»Sie wird gerade zusammen mit dem Uniformrock und seinem Dreispitz verbrannt«, brummte er.

Sie nickte anerkennend. Jetzt bemerkte sie noch eine weitere Veränderung. Die vor einer knappen Stunde fiebrig glänzenden Augen des Offiziers waren trüb geworden. Für einen Moment schämte sie sich und drückte ihm, wie es sich gleich gehört hätte, die Lider zu. Ihr Blick fiel auf seine fahlen Lippen. Auch seine Haut schimmerte inzwischen merkwürdig grau. Dabei dürfte nach ihrer Schätzung kaum mehr als eine Viertelmetze Blut aus ihm herausgelaufen sein. Wie konnte er da seine rosige Farbe verlieren? Auch dieses Geheimnis, so nahm sie sich vor, während sie ihre Werkzeuge richtete, wollte sie lüften.

Sie begann damit, die Haut vom Nabel bis hoch zum Hals eine Daumenlänge nach der anderen aufzuschneiden. Es fühlte sich an, als würde sie einen Apfel einritzen. Schicht für Schicht arbeitete sie sich nach innen. Dabei überlegte sie, ob er ein fröhlicher oder eher ein trübsinniger Mensch gewesen war, gutherzig oder grausam zu seinen Untergebenen und Feinden. Seine Gesichtszüge gaben nichts preis. Der Tod hatte ihm die Persönlichkeit längst geraubt. Und die Seele? Hätten sie ein Fenster öffnen sollen? Friederike überkam Ärger über die eigene Sentimentalität. Sie riss sich zusammen und konzentrierte sich wieder auf das, was sie sehen und anfassen konnte.

Nach kurzer Zeit stieß ihre Lanzette auf mehr Widerstand. Die Sehnen. Für die, das wusste sie von ihrer Arbeit mit Tieren, brauchte sie mehr Kraft. Sie stellte sich vor, die Haut einer Orange durchzuschneiden. Diese Bilder im Kopf machten es ihr leichter, ihre Nervosität unter Kontrolle zu halten, denn jetzt, da sie endlich das durchführen konnte, auf was sie so viele Jahre gelauert hatte wie eine alte Jungfer auf den ersten und einzigen Kuss, beschlich sie eine lähmende Beklommenheit. Tat sie doch etwas, was nicht rechtens war? Für das Frauen ins Zuchthaus gesteckt werden konnten? Übertrat sie eine Schwelle, die ins Unmoralische, Ketzerische führte?

Sie musste innehalten und sich aufrichten. Ihre Hände zitterten. Sie legte die Lanzette auf die Tischplatte. Seit sie mit der Sektion angefangen hatten, waren schon fast zwei Stunden vergangen. Ich muss weitermachen, pochte es in ihren Schläfen. Ich muss mich beeilen. Bald wird er starr, oder das preußische Korps stürmt mein

Schloss. In dem Moment färbte sich der weiße Stoff zwischen seinen Beinen dunkel. Seine Blase hatte Urin abgelassen. Kersmackers lachte dunkel auf. Dann schenkte er mit der größten Selbstverständlichkeit ein Glas Wein ein und reichte es ihr. Sah er ihr den schwindenden Mut an? Wortlos nahm Friederike ein paar Schlucke.

Sie hörte seine ruhige, feste Stimme: »Ihr habt damals Kartoffeln anpflanzen lassen, wie es die englischen und flämischen Grafen und Großbauern schon seit Jahrzehnten getan haben, und dabei das ganze Dorf vor dem Verhungern bewahrt. Warum sollt Ihr da nicht forschen und der Wissenschaft weiterhelfen wie die Herren in London, Padua, Leyden und sonst wo?«

Sie drehte sich ihm zu und schaute ihm ein paar Sekunden forschend in die Augen. Nein, Kersmackers redete seiner Herrschaft nicht nach dem Mund. Er meinte aufrichtig, was er sagte.

»Wenn Sie meinen, Kersmackers«, sagte sie nach einem Zögern und wischte sich mit dem Handrücken den Schweiß von der Stirn. Mit entschlossener Stimme fügte sie hinzu: »Der arme Kerl wird ohnehin nicht mehr lebendig. Wir aber leben, und unsere Aufgabe ist es, das Leben zu erforschen. Dazu brauchen wir ihn. Das und nur das ist vernünftig, alles andere ist Dunkelheit und Dummheit, in die sich die Menschheit lang genug verkrochen hat.«

Friederike leerte das Glas Wein in einem Zug und griff erneut nach ihrer Lanzette. Als sie wieder im Bauchraum schnitt, wunderte sie sich, dass überhaupt kein Blut floss. Die Klinge sank jetzt buttrig ein. Das Fett. Sie hatte das Fett erreicht, eine gelbe weiche Masse. Sie schnitt tiefer, kam zu den Muskeln und musste viel

Kraft aufwenden, um sie zu zerlegen. Dann konnte sie den Schnitt auseinanderdehnen, und die Bauchhöhle lag offen vor ihr. Die schlüpfrige Masse des Zellgewebes, der ölige Schleim des Fettes an ihren Fingern, ließ sie schaudern. Das Gekröse fasste sich kalt und schlüpfrig an und schien sich zu regen. Ihre Hände sehnten sich nach warmem Waschwasser.

Sie winkte Kersmackers näher, er sollte ihr mit einer Kerze zusätzliches Licht geben, denn das Tageslicht reichte nicht mehr aus. Sie ließ den Leib aufklaffen und betrachtete fasziniert die perlmuttschimmernde, sich windende Schlange des Darms.

»Wunderschön, Kersmackers, wunderschön«, murmelte sie.

Aber was sie wirklich interessierte, lag weiter oben. Sie versuchte zunächst mit einer Schere die Rippenknochen durchzuschneiden. Sie drückte, so fest sie konnte, hörte es knirschen, schaffte es aber nicht. Da reichte ihr Kersmackers auch schon eine kleine Säge. Sie stemmte sich mit der linken Hand auf die Brust des Offiziers und sägte mit der rechten. Es knackte wie ein brechender Ast. Die erste Rippe war durch, bald die zweite und dritte. Zum Schluss wurde es noch einmal schwierig. Sie mussten sich anstrengen, den aufgeschnittenen Brustkorb auseinanderzudrücken, aber sobald die Rippenbögen eine Handbreit aufklafften und Friederike und ihr Assistent sie losließen, schlossen sie sich wieder.

Kersmackers zögerte einen Moment, kratzte sich am Bart, verschwand dann kurz und kam mit einem stabilen kleinen Brett zurück. Beim nächsten Auseinanderbiegen klemmten sie es einfach zwischen die Rippen. Der Spalt war so breit, dass sie gut darin hantieren konnte.

Auf ihr Zeichen hielt Kersmackers die Kerze ganz nah an die Öffnung.

Als Erstes nahm sie ein ziegelrotes, mit netzartiger Zeichnung überzogenes Organ wahr, das sie als Lunge identifizierte. Spontan drückte sie darauf. Aus dem Mund des Offiziers zischte es leise, aber deutlich hörbar. Kersmackers fiel vor Schreck beinahe die Kerze aus der Hand. Auch Friederike zuckte zusammen, für einen Moment starrte sie ihren Assistenten ratlos an. Dann aber begriff sie, dass sie soeben die noch in der Lunge verbliebene Luft herausgedrückt hatte. Das, was sie in all den Jahren gelesen und nur auf Stichen angeschaut hatte, verknüpfte sich jetzt zu einem wirklichen Zusammenhang und ergab Sinn.

So also funktionierte das Atmen! So arbeiteten Lunge, Mund und Nase wie die Räder in einem Uhrwerk zusammen! In diesem unbeirrbaren Kreis bewegte sich die Luft, die sie, egal, ob sie nach florentinischem Parfüm duftete oder nach Kuhmist stank, vom ersten Schrei bis zum letzten Atemzug verzehrten. Ein großes Glücksgefühl durchströmte Friederike, und sie schob die Lunge ein wenig beiseite, da sie schon das Herz sah. Es war von einem glänzenden Häutchen bedeckt und ähnelte auffallend den Schweineherzen, die sie schon so oft aufgeschnitten und untersucht hatte. Trotzdem, das schnellere Klopfen ihres eigenen Herzens zeigte ihr, dass es etwas ganz anderes war, das Lebenszentrum eines Menschen zu berühren. Es lag erstaunlich frei in der Brusthöhle, ein paar Schnitte mit der Schere, und es war gelöst.

Zuerst sah sie sich die durchtrennten Blutröhren an. Auch aus ihnen floss kein Blut. Überhaupt fiel auf, dass sie merkwürdig eingefallen waren. Vorsichtig schnitt Friederike einen fingerlangen Abschnitt heraus und zerlegte ihn gleich auf der Tischplatte neben dem reglosen preußischen Oberschenkel. Wie gestockte Milch hatte sich das Blut nach unten abgesetzt und stand einfach still. Deshalb also! Jetzt verstand sie auch, warum die Haut des Toten immer fahler wurde. Das Blut entfernte sich mehr und mehr von der Oberfläche und konnte nicht mehr rosig hindurchschimmern. Zufrieden wischte sie sich die Hände am Rock ab und atmete ein paar Mal tief durch. Jetzt war es so weit.

Langsam nahm sie es wie eine köstliche faustgroße Frucht aus tropischen Ländern, die Robinson Crusoe gerade erst nach Europa mitgebracht hatte, in beide Hände. Das Herz. Sie staunte über sein seltenes Rot. Ein Rot, das Brombeeren annehmen, kurz bevor sie sich schwarz färben. Sie staunte über diese pralle Schönheit. Verzückt stand sie da und vergaß die Stunden, ihre Angst, sogar Kersmackers neben sich und dass sie Markgräfin und früher einmal sehr unglücklich gewesen war und draußen Krieg herrschte. Dieser Muskel, der noch vor wenigen Stunden gezuckt und gearbeitet hatte, gab den Takt des Lebens vor, ohne ihn stand alles still. Eine Erfindung, die alles übertraf.

Behutsam legte sie das Herz an seine Stelle zurück und achtete darauf, dass die Schnittstellen zueinanderpassten. Sie verfolgte die Röhren mit ihren Fingern. Diese hier, die rechts mittig aus dem Herzen herausging, führte direkt zur Lunge. Auf der linken Seite oben entdeckte sie weitere Verbindungen zwischen den beiden Organen.

Andere Adern führten vom Herzen tief in den Körper hinein, andere kamen von dort zurück. Das also hatte Harvey gemeint. Jetzt verstand sie ihn genau. Das Herz pumpte das Blut unentwegt und ließ es durch die feinsten Gefäße bis hinunter in die Zehen strömen. Jeder konnte es, wenn er sein Ohr auf die Brust eines lebendigen Menschen legte, bei seiner Arbeit hören.

Der Atem wiederum, der über Nase und Mund in die Lunge kam, wurde dort ins Blut weitergegeben und mit auf die lebensspendende Reise geschickt. Hatte der Mensch dem Blut seine Kräfte entzogen, kam es zum Herzen zurück und musste von dort wieder zur Lunge gedrückt und neu mit Luft versorgt werden. Die Ausdauer eines spielenden Kindes, eines die Sense schwingenden Bauern oder eines verliebten Mädchen kam nur zustande, wenn die kräftigenden Gase der Natur pausenlos wanderten. Ohne diese Gase verlöschte und erkaltete alles Leben, so wie wenn man einer Kerze ein Glas überstülpte. Ein unendlicher mechanischer Kreislauf, nein, korrigierte sie sich, zwei unendliche Kreisläufe, die nur zum Stillstand kamen, wenn jemand sie gewaltsam unterbrach oder die menschliche Maschine durch Alter und Krankheiten von innen her zerstört wurde. Friederike stöhnte. Wie genial! Vollkommener und anmutiger als jedes Bild, verführerischer und eleganter als die berühmteste Opernstimme.

Jeder Mensch, davon war sie überzeugt, besaß so eine Wundermaschine. Das Herz eines preußischen Offiziers unterschied sich nicht von dem des preußischen Königs oder leibeigenen Bauern. Wenn man einen Juden, einen Katholiken oder einen Protestanten aufschnitt, konnte man aus seinem Inneren höchstwahrscheinlich nicht auf seine Religion rückschließen. Und mein eigenes Herz funktioniert nicht anders als das der Frau Wünschin!

Warum aber gab es dann in der äußeren Welt, sinnierte Friederike weiter, so viele Unterschiede? Warum sollten sie gottgewollt sein, wenn die Natur uns mit unbestechlicher Vernunft im Inneren alle gleich gemacht hat? Widersprachen sich Gott und Natur? Jetzt erschrak Friederike sogar selbst über das Ausmaß ihrer Spekulationen. Wer hatte recht und setzte sich durch? Gott oder die Natur?

Nein, verbesserte sie sich, dieser Gott, der durch seine angebliche Gnade einen Tyrannen auf den Thron setzt oder einen kindischen Tölpel, ist eine Erfindung von uns. Die Wirklichkeit bewies das hinlänglich.

Demnach, folgerte die Markgräfin, musste die Aufteilung in Adel und Bürgertum, in Getaufte und Heiden komplett unvernünftig und wahrscheinlich sogar schädlich sein. Was mir von Gleichen erzählt hat, dass nämlich in Paris über eine neue Ordnung der Gesellschaft nachgedacht wird, ist ein großer Fortschritt. Endlich ziehen Philosophen, Wissenschaftler und Mediziner an einem Strang. Die Gleichheit im Inneren muss sich in der Welt und in ihren Gesetzen widerspiegeln, nur dann macht meine Arbeit und die aller Forscher überhaupt Sinn. Nur dann wird wahrscheinlich auch der göttliche Plan erfüllt.

Friederike fixierte für einen kurzen Moment Kersmackers. Seinen runden Kopf mit den inzwischen spärlich gewordenen rotblonden Haaren, die blauen Augen unter den farblosen Brauen, das fleischige, aber keinesfalls weiche Gesicht, in dem sich Verschlossenheit und Wachheit trafen. Er war von Geburt an intelligenter als viele der Höflinge, die sie in Berlin, Ansbach oder Bayreuth kennengelernt hatte. Warum hatte man ihn nicht zum Geheimen Ratspräsidenten des Markgrafen berufen? Vieles wäre dann wahrscheinlich besser gelaufen mit Ansbach. Warum herrschte der Meisterfalkner nicht über Preußen oder Frankreich? Friederike fing an zu lachen und lachte und lachte, bis Kersmackers ganz nervös wurde.

Ich habe das damals schon irgendwie geahnt, aber nicht zu denken gewagt, sagte sie sich. Damals, als ich das rote Blut aus den Adern des Huronen fließen sah, das sich in nichts von meinem Blut unterschied. Friederike sah sich plötzlich wieder als junges Mädchen im schäbigen Hinterzimmer eines Berliner Gasthofes stehen, vor sich den zimtfarbenen Oberkörper eines Wilden. Vielleicht hätte er mich damals küssen wollen? Warum habe ich ihn nicht geküsst? Welche gefährliche Wendung nahmen ihre Gedanken jetzt schon wieder! Was war mit ihr los heute Nacht?

Noch einmal löste sie das Herz des Offiziers aus seiner Höhle heraus, legte es sich auf die flache rechte Hand und betrachtete es. Nein, sie brauchte es nicht aufzuschneiden. Sie hatte sein Geheimnis schon gelöst. Das Geheimnis, das der Schlüssel zu Freiheit und Gleichheit war und, da war sich Friederike sicher, bald alle Menschen erfahren würden. Fast zärtlich legte sie das Herz des Offiziers an seinen Platz zurück.

Bis zum Anbruch des Morgens nähte Kersmackers den preußischen Offizier sorgsam wieder zu, dann wurde er zusammen mit seinem Gewehr auf dem Schwaninger Friedhof begraben.

Merkwürdigerweise machte der Krieg einen Bogen um Schwaningen. Keine preußische Uniform tauchte mehr auf. Nürnberg, so hörte sie, hatte sich Friedrich unterworfen, was den Markgrafen maßlos erzürnte. Vom sicheren Würzburg aus, unter dem Schutz des kaisertreuen Fürstbischofs, befahl er, dass die Ansbacher Truppen sich mit denen des gesamten Fränkischen Kreises vereinen sollten. Jedes Dorf, das den Preußen half, sollte niedergebrannt werden. Am 4. Juni 1757 kam es zu einer erbitterten Schlacht. Die Preußen plünderten und brandschatzten weiter, zogen sich dann aber allmählich zurück.

Zehn Tage später kehrte der Markgraf nach Ansbach zurück und schickte sofort herzliche Grüße an seine Gemahlin in Schwaningen. Er hoffe, sie sei wohlauf. Der große Krieg zwischen Österreich, Preußen, Frankreich und England werde sich, so prophezeite er ihr, noch lange hinziehen. Ihm und seinem schönen, friedlichen Ansbach wäre aber schon jetzt die Freude am Leben genommen. Er hätte keine Kraft mehr und schon gar keine Lust.

Friederikes Finger spielten gedankenverloren mit dem prächtigen markgräflichen Wappen. Sie hatte gerade mit Caroline und ihrem Spaniel im Park spazieren gehen wollen, als der Bote aus Ansbach geritten kam. Wie schon seit Beginn des Krieges spannte sich ein ungetrübt blauer Himmel über Schwaningen. Das sanfte Rauschen in den Bäumen hörte sich an, als ob die Welt dieselbe geblieben wäre. Aber es gab sie, die Gräben voller abgemetzelter junger Soldaten. Die abgebrannten Dörfer, in denen vergewaltigte Frauen und hungernde Kinder sprachlos hockten. Über sie strich jetzt ein heißer Sommerwind, und das Getreide stand erstaunlich voll und reif auf den Feldern. Der Natur, so schlussfolgerte Friederike, sind wir völlig egal. Dem wahren Gott, nicht dem, den sich die Könige und Pfarrer ausgedacht haben, wahrscheinlich ebenso. Die Sonne bescheint auch noch das grausamste Blutvergießen. Vielleicht bleibt uns nichts anderes übrig, als uns selbst um die Welt zu kümmern.

Nach einer Weile faltete sie den Brief klein zusammen und ging weiter, ihr Spaniel rannte ausgelassen vorneweg. Caroline fragte nichts. Sie kannte die Markgräfin lange genug, um zu wissen, dass sie die Dinge erst einmal in Ruhe überdenken wollte. Von Weitem erblickten sie Kersmackers mit seinem Falken auf der Faust und gingen auf ihn zu. Wie oft hatten sie das schon gesehen! Der Falkner warf seinen Vogel in die Luft, und ein dunkler Punkt schraubte sich mit verträumter Präzision in den Himmel. Alles andere wurde dann unwichtig. Während sie das Schauspiel beobachtete, spürte Friederike, dass ihre Gedanken zum ersten Mal auf seltsame Weise mit in die Lüfte getragen wurden. Genau so, wie es Charles immer berichtet hatte!

Sie konnte jetzt leichter und weiter sehen, weit über ihre Insel hinaus. Sie beobachtete sich einen Moment dabei, wie sie den toten Offizier sezierte, sein Herz zurücklegte. Dann wurde auch dieses Bild verschwommen, andere tauchten am Horizont auf, für die es aber noch gar keine Begriffe gab.

Der Falke stach herab und schlug irgendein Tier. Vermutlich ein Kaninchen oder ein Eichhörnchen. Kersmackers gab ihm jedenfalls zur Belohung etwas zum Kröpfen.

Friederike und Caroline wandten sich ab und bogen in einen schattigen, mit Buchenhecken gesäumten Weg. Sie neckten den Hund und schleuderten für ihn ein paar Mal einen Stock, den er ihnen immer wieder vor die Füße legte. Sie waren schon dabei, eine kleine Laube zu betreten, um eine Weile zu rasten, als sich Friederike noch einmal umdrehte. Später fragte sie sich oft, warum sie es getan hatte und was passiert wäre, hätte sie es nicht getan.

Der Falke stieg gerade wieder auf, weiter und weiter. Sie ließ ihn nicht aus den Augen, bis sie ihn tatsächlich nicht mehr sah.

»Caroline, kommen Sie doch mal, sehen Sie noch Kersmackers' Falken?«

Friederikes Stimme klang aufgeregt. Sie zeigte mit dem rechten Arm in den Himmel.

»Er ist nicht mehr da!«

»Ich sehe ihn auch nicht«, antwortete Caroline zögerlich, wunderte sich aber über das Getue um den Vogel. Früher hatte sich Friederike keinen Deut um die Falknerei des Markgrafen geschert, ja sich sogar davor geekelt.

Friederike konnte ihre Augen nicht vom Himmel nehmen, sie stand wie angewurzelt und schaute und schaute. Aber Kersmackers' Falke kehrte nicht wieder zurück. Schließlich lief sie zu der kleinen Anhöhe, wo sie den Flamen vor einer knappen halben Stunde gesehen hatten. Er war noch da. Zusammengesunken saß er im Gras, die Falkenhaube in der Hand.

»Das Falkenweibchen ist weg«, sagte er tonlos, als er die Markgräfin sah, »sie ist einfach weggeflogen.«

»Wie kann das sein? Sie war doch abgerichtet.«

Friederike schrie beinahe, so sehr wühlte sie das auf, was gerade passiert war.

»Ich hab so was mein Lebtag noch nicht erlebt. Aber mein Vater«, erklärte Kersmackers, »hat mich immer davor gewarnt, dass man bei Falken nie ganz sicher sein kann. Gerade die intelligentesten, diejenigen, die am besten abgetragen waren, nehmen sich manchmal ihre Freiheit wieder. Aber das kommt ganz selten vor.«

Am nächsten Morgen fieberte Friederike leicht. Trotzdem nahm sie wie üblich ihr kaltes Bad und setzte sich dann gleich an ihren Schreibtisch. Der Brief, den sie schrieb, war an den ersten Diplomaten am königlich-dänischen Hof adressiert und recht kurz. Er enthielt einen sehr ungewöhnlichen Vorschlag.

Auf die Antwort zu warten hätte ihr zu lange gedauert. Angesichts der Kriegswirren und unpünktlicher Postkutschen konnte womöglich ein ganzer Monat vergehen. Stattdessen nähte sie eigenhändig ihren gesamten Schmuck in ihre Unterröcke. Dabei entdeckte sie auch den alten Rock wieder, den sie als unverheiratetes Mädchen beim Besuch der Menagerie in Berlin getragen hatte und an dessen Saum noch immer, allerdings nur noch ganz blass, der Blutfleck des Huronen zu erkennen war. Bargeld würde sie, so ihr Plan, nur wenig mitnehmen. Dafür wies sie ihre jüdischen Bankiers in Erlangen und Frankfurt an, größere Geldsummen zu transferieren. Ihr Fieber stieg, aber sie beachtete es nicht. Caroline war besorgt, konnte die Markgräfin aber weder zum Hinlegen noch zu einem Aderlass überreden. Im Gegenteil: Friederike hatte viel zu erledigen.

An einem Morgen Anfang August, pünktlich um acht Uhr, bestieg sie mit wenig Gepäck und nur einer Zofe die einfache Postkutsche Richtung Westen. Sie gab sich als Baronin Louise von Schwaningen aus und blickte, als sie aus dem Dorf fuhren, kein einziges Mal zurück. Weder ihr Hofmeister noch ihr Verwalter oder der Pfarrer waren informiert. Nur Caroline wusste Bescheid. Ihr hatte Friederike ein mit dem markgräflichen Siegel versehenes Schreiben gegeben, in dem der Freifrau von Crailsheim auf Lebenszeit Wohnrecht auf Schwaningen und eine Pension eingeräumt wurden. Außerdem würde sich Reitzenstein um sie kümmern, da war sich Friederike sicher. Auch für Kersmackers hatte sie vorgesorgt. Als sie am nächsten Tag die Grenzen des Ansbacher Gebietes passierte, war es neunundzwanzig Jahre her, dass sie das Markgrafentum zum ersten Mal betreten hatte.

Die Sonne schien unterwegs jeden Tag. Die Luft war schon frühmorgens stickig, und der elsässische Kaufmann, der seit Heilbronn mit in der Kutsche saß, döste die ganze Zeit und behelligte sie nicht mit unnötiger Konversation. Als sie schließlich in die Pfalz kamen und die gleißenden Windungen des Neckars sahen, war es Friederike schon egal, ob ihr Fieber noch weiter gestiegen war oder sie sich von der Hitze matter und merkwürdigerweise gleichzeitig leichter und wohler fühlte. Lag sie schon wieder zu Hause in Schwaningen in ihrem Bett, und der markgräfliche Leibarzt beugte sich über sie? Oder drückte sie noch ihre Reisetasche an sich, schaukelte leicht hin und her und merkte nicht einmal, dass ein Rad brach und ausgewechselt werden musste?

Friederike störte auch nicht der Straßenstaub, der

durch die Ritzen drang und sich ihr wie früher der Puder auf Gesicht und Haar legte. Sie spürte nur, wie jemand ihr von Zeit zu Zeit mit feuchten Tüchern über die glühende Stirn wischte. Friederikes Gedanken waren schon in der Zukunft.

Karl Heinrich, so vermutete sie, reiste gerade jetzt aus Kopenhagen ab. Ich werde ein paar Tage früher als er eintreffen. Wenn er dann kommt, werde ich schon ein Haus für uns gemietet haben. Groß und elegant, damit wir unseren eigenen Salon eröffnen können. Dann wird mir mein Liebster alles zeigen. Paris und die neue Welt. Die Welt, in der bald schon Freiheit und Gleichheit gelten werden. Friederike lächelte und sah zu ihrer Freude, wie ihr Herr Crusoe durch das Kutschenfenster zuwinkte. Auch ihn hoffte sie, in Paris wiederzusehen. Vielleicht auch Jerome aus den Wäldern Französisch-Amerikas.

Gespräch mit der Autorin

Wie und warum sind Sie zum Schreiben gekommen?
Seit ich ungefähr neunzehn bin, verdiene ich mir als Journalistin meinen Lebensunterhalt. Aber eigentlich ist für mich Schreiben meine Art, die Welt zu spüren, zu erfahren, zu verstehen und zu lieben. Irgendwann war klar, dass ich die Herausforderung eines Buches suchte. Figuren zu erfinden, zu gestalten, ihnen Glaubwürdigkeit und Tiefe zu verleihen, den Bogen einer Geschichte zu spannen und Türen zu anderen Zeiten und Leben aufzustoßen ist wunderbar.

Wie sind Sie zu diesem Stoff gekommen?
Das achtzehnte Jahrhundert, besonders das Rokoko, fasziniert mich sehr. Es ist verspielt, dekorativ, frivol, süchtig nach Illusionen. Gleichzeitig bahnt sich die Aufklärung ihren Weg, die Menschen gehen den Dingen systematisch und analytisch auf den Grund, Freiheit bekommt eine neue Dimension. Sternstunden Europas, in denen Nationalismus noch kaum eine Rolle spielte. Und schließlich bin ich in Ansbach aufgewachsen und kannte die Historie der Markgrafen.

Menschliches mit dem Geist und der Kultur der Zeit zu einer schillernden Geschichte zu verweben hat mich gereizt.

Wo und wann schreiben Sie am liebsten?
Am häufigsten in meinem Arbeitszimmer unterm Dach mit Blick auf eine wunderschöne alte Eiche. Am liebsten im Haus meines guten Freundes Nick Larrett in der Altstadt von Antibes. Und am besten vormittags, weil ich überhaupt kein Nachtmensch bin.

Wie würden Sie sich selbst beschreiben?
Als humorvoll, sehr begeisterungsfähig, neugierig und ziemlich unbedarft in allen praktischen Dingen. Außerdem habe ich ein Faible für Kleider und Schuhe.

Ihre Lieblingsautoren?
Die Amerikaner Cunningham, Updike, Roth und Begley. Natürlich liebe ich auch historische Romane wie zum Beispiel Sigrid Undsets *Kirstin Lavranstochter* oder *Die stumme Herzogin* von Dacia Maraini. Wichtig ist mir, dass sie gut recherchiert sind und ich die Zeit schme-

cken und fühlen kann. Aber auch bei einem guten Krimi sage ich nicht Nein.

Was war Ihr besonderes Erlebnis beim Schreiben?
Dass sich meine Hauptfiguren so verhielten wie meine drei Kinder, nämlich recht eigenwillig. Sie haben sich manchmal regelrecht verselbstständigt, und ich musste ihnen beim Schreiben dann hinterherrennen. Das waren übrigens die besten und kreativsten Momente. Wäre ich eine Anhängerin von Sigmund Freud, würde ich sagen, nicht ich habe geschrieben, sondern »Es«.

Werden Sie ein neues Buch in Angriff nehmen?
Bestimmt, es gibt da schon so eine Idee …

Dichtung und Wahrheit

Friederike Louise ist die zweite Tochter Friedrich Wilhelms I. von Preußen, der als »Soldatenkönig« in die Geschichte einging. Mit vierzehn Jahren wird sie im Mai 1729 an den nur wenig älteren Markgrafen Carl Wilhelm Friedrich Wilhelm von Brandenburg-Ansbach verheiratet. Preußen will mit dieser an sich nicht besonders standesgemäßen Heirat seinen Einfluss in Süddeutschland stärken und gleichzeitig die Linien des Hauses Hohenzollern wieder enger zusammenführen. Briefe und Zeugnisse belegen, dass diese Ehe trotz zweier Söhne von Anfang an noch unglücklicher als die meisten jener Zeit verläuft.

Besonders nach dem Tod des Erbprinzen gehen der Markgraf und die Markgräfin getrennter Wege. Carl flüchtet bald in eine eheähnliche Beziehung mit Elisabeth Winkler, einem Mädchen aus dem Volk, mit der er ein fast bürgerliches Familienleben führt. Seine größte Leidenschaft allerdings, für die er sein kleines Markgrafentum über die Jahre in den Ruin treibt, ist die glanzvolle barocke Falkenjagd.

Auch Friederike versucht wie nicht wenige Hochadelige ihrer Zeit, sich von der erdrückenden, kaum ein individuelles Leben ermöglichenden Enge des Hoflebens zu befreien. Anders als ihre berühmte ältere Schwester Wilhelmine von Bayreuth verwirklichte sie sich aber nicht in der Musik oder Kunst, sondern zieht sich auf das kleine Landschloss Schwaningen zurück, das ihr seit der Geburt des ersten Sohnes als persönlicher Besitz zusteht.

Wie die noch junge, gebildete und – nach Bildern und Berichten zu urteilen – sehr attraktive Markgräfin über Jahrzehnte in diesem weltabgeschiedenen Exil lebt, entzieht sich dem Wissen der Historiker. Umso mehr bietet sich die historische Person Friederike als Protagonistin einer Romanhandlung an, die gänzlich frei erfunden ist. Die naturwissenschaftlichen Ambitionen Friederikes in *Falkenjagd* sind ebenso wie ihre Freundschaft mit Elisabeth, über deren Leben wir außer ein paar Eintragungen im Kirchenbuch wenig wissen, und ihre Liebschaften reine Fiktion. Auch die meisten Nebenfiguren sind Gestalten der Phantasie, das kokett-verspielte höfische Leben des Rokoko, das auf den Forschungstrieb und den Freiheitswillen der Aufklärung trifft, spiegelt dagegen die historische Realität.

Tatsache ist auch, dass das kleine Ansbach im Siebenjährigen Krieg eine selbstbewusste und eigenwillige Rolle spielt, und Friederikes Bruder, inzwischen als Friedrich II. auf dem preußischen Thron, das kleine Markgrafentum von seinen Truppen überfallen und plündern lässt.

Während sich die fiktive Friederike am Ende des Romans dem vorrevolutionären Paris nähert, verstirbt die wahre im Alter von siebzig Jahren einsam, allein und vergessen in Schwaningen.

Ihr kinderloser Sohn Alexander, der 1757 nach dem Tod seines Vaters die Nachfolge im Markgrafentum antritt, dankt 1791 ab, verkauft Ansbach für dreihunderttausend Gulden jährliche Leibrente an Preußen und zieht nach England. Die Familie von Falkenhausen, der einst vom Kaiser in den Adelsstand erhobenen »Bastarde« der Wünschin, gibt es allerdings noch heute.

Literaturauswahl

Biehn, Heinz: *Feste und Feiern im alten Europa.* München.

Blanning, T.C.W.: *Das alte Europa 1660-1789. Kultur der Macht und Macht der Kultur.* Darmstadt 2006.

Brandt, Otto: Staat und Kultur der fränkischen Markgrafschaften im Zeitalter Friedrichs des Großen. In: *Zeitschrift für bayerische Landesgeschichte,* 4. Jg., München 1931.

Brod, Walter M.: Von der Beizjagd am Hofe des Markgrafen von Ansbach im 18. Jahrhundert. In: *Altfränkische Bilder und Wappenkalender,* Jg.63, Würzburg 1964.

Defoe, Daniel: *Robinson Crusoe.* London 1719.

Delpierre, Madeleine: *Dress in France in the Eighteenth Century.* Paris 1996.

Eckart, Wolfgang U.: *Geschichte der Medizin.* Heidelberg 2005.

Elias, Norbert: *Die höfische Gesellschaft.* Darmstadt 1969.

Endres, Rudolf: Reformpolitik im 18. Jahrhundert. Die Markgrafentümer Ansbach und Bayreuth. In: *Jahrbuch für fränkische Landesforschung, Band 58.* Neustadt a.d. Aisch 1969.

Friedell, Egon: *Kulturgeschichte der Neuzeit.* München 1997.

Kaiser, Wolfgang J. (Hrsg.): *Le siècle de Voltaire.* Frankfurt a. M. 1995.

Klepper, Jochen: *Der Vater. Roman des Soldatenkönigs.* Stuttgart 1937.

Krieger, Martin: *Die Ansbacher Hofmaler des 17. und 18. Jahrhunderts.* Ansbach 1966.

Krockow, Christian Graf von: *Die preußischen Brüder.* München 1998.

Kroener, Bernhard R. (Hrsg.): *Europa im Zeitalter Friedrichs des Großen. Wirtschaft, Gesellschaft, Kriege.* München 1989.

Krückmann, Peter O.: *Carlo Carlone.* Landshut 1990.

Kunisch, Johannes: *Friedrich der Grosse.* München 2004.

Kyoto Costume Institute (Hrsg.): *Fashion: A History from the 18th to the 20th Century.* Bd. 1. 2002.

Lang, Adolf: *Falkenjagd in Gunzenhausen.* Gunzenhausen 1979.

Lindner, Kurt: *Ein Ansbacher Beizbüchlein aus der Mitte des 18. Jahrhunderts.* Berlin 1967.

Martin, Wolfram: *Faszination Beizjagd.* Graz 1998.

Mundt, Bernhard: *Prinz Heinrich von Preußen.* Hamburg 2002.

Oster, Uwe A.: *Wilhelmine von Bayreuth.* München 2005.

Pangels, Charlotte: *Königskinder im Rokoko. Die Geschwister Friedrichs des Großen.* München 1976.

Plodeck, Karin: *Hofstruktur und Hofzeremoniell in Brandenburg-Ansbach vom 16. bis zum 18. Jahrhundert.* Ansbach 1972.

Schuhmann, Günther: *Die Markgrafen von Brandenburg-Ansbach.* Ansbach 1980.

Steuer, Gerd (Hrsg.): *Elisabethas Kochgeheimnisse. Barocke Tafelfreuden.* Karlsruhe 2002.
Weber-Kellermann, Ingeborg (Hrsg.): *Wilhelmine von Bayreuth, Memoiren.* Frankfurt a.M. 1990.